U0153343

# 《詩經》藝術趣談

林祥征 — 著

五南當代學術叢刊

# 前言

　　《詩經》是中華民族重要的文化元典，又是上古時代詩歌藝術的一座高峰。林興宅先生在談到《詩經》在中國文學史上的地位時說：

　　《詩經》是中國文學史上第一部詩歌總集，是至今可見文學創作的完整原始形態。它孕育並繁衍中國文學傳統，其重要性恰似希臘的戲劇和史詩之於歐洲文學的傳統。因此，瞭解中國文學，就不能不讀《詩經》。而從文學欣賞的角度看，透過《詩經》的藝術世界，人們可以發現宇宙人生的奧秘和人類心靈的奇幻。《詩經》中的〈國風〉和〈小雅〉的多數篇章都是靈魂的吶喊，人類的情感活動幾乎都在《詩經》中得到某種形式的的表現，它為歷代詩人提供了表現情感的範例，抒情詩在《詩經》時代就達到使人驚奇的成熟地步，這是令人深思的。（《藝術魅力的探尋》）

　　文中對《詩經》的藝術成就的評價是合乎實際的。然而《詩經》的藝術成就並沒有得到應有的認識和闡釋，「五四」時期，就有人認為《詩經》枯燥無味，並向聞一多求教，時至今日，我中文學院的老師和同學也持同樣的看法，其原因是：

　　一、興趣規律有兩條，不熟悉和太熟悉都不會感興趣，《詩經》年代久遠，許多語詞不好懂，自然不感興趣。

二、歷來對《詩經》藝術的闡釋存在許多問題，在《詩經》學史上，經學研究占主流，經學的研究是借《詩經》澆自己的塊壘，以此構成自己的倫理、道德體系，把一首美麗的愛情詩〈周南‧關雎〉說成是歌頌「后妃之德」；把一首思念征人的〈周南‧卷耳〉說成是一首「讚美后妃能夠幫助君子進用賢人的詩。因為經學家對《詩經》藝術不感興趣，所以有人批評說：「今之君子只知《詩》之為經，而不知《詩》之為詩也」（明人萬時華語）。另外，古人對《詩經》的闡釋採用的術語，如神、韻、風、骨等，難以掌握，也是其中的原因。

三、近代以來，《詩經》學由傳統向現代轉型，開始對《詩經》的藝術有較多研究，但不如對《詩經》社會學、訓詁、歷史學的研究熱衷，甚至認為藝術闡釋沒有學問。更有甚著，由於極左思想的影響，產生了以階級鬥爭為綱的庸俗社會學的研究，把優美的愛情詩〈陳風‧月出〉說成「統治者殺害英俊青年的哀歌」，這就讓美感喪失殆盡了。後來出現了一股鑑賞熱，《詩經》藝術得到較好的普及，然而，採用段落大意的分析法使讀者得不到整體的藝術感受，因為只採花瓣並不是花。所採用的語言也具有八股味，如語言生動，結構完整，形象鮮明等，缺乏具體問題具體分析的正確態度。

科學史表明，研究視角的轉變，往往能夠取得較大的進步。基此，本書希望《詩經》的闡釋，有以下的轉變：

（一）審美是人生的一次解放，本書多從審美的視角進行闡釋，它將使讀者在閱讀中得到美感與快樂「似乎覺得自己是在海妖的美色中陶醉了」（亞里斯多德語），如在〈〈周南‧關雎〉審美談〉中，闡釋抒情主角的人性美和作品的和諧美，以及「快適度」藝術的運用等。著名美學家宗白華讚美「月亮是大藝術家」，因為在月亮的清輝下，女人、山石、風景等會有一種朦朧的美。這一點我們從「〈陳風‧月出〉對意境的開拓」一文中會有更深的體會；〈秦風‧蒹葭〉是《詩經》中的名篇，傳遍大江南北的〈在水一方〉這首歌就是出自該詩。我們讀〈〈秦

風・蒹葭〉審美談〉一文的時候，能夠認識到什麼叫「可望而不可即的藝術境界」以及在後來的詩詞中的表現。還可以體會到什麼是間隔美，以及具有哲學意味的象徵意蘊，這個象徵意蘊是：「可望而不可即的意境昭示，人類每前進一步，都在接近理想的境界，然而又是永遠無法達到它的極終的彼岸。人類就是在這不斷的追求中，經受各種苦難與歡樂。在這種追求中，提升自己，完善自己，一步步向眞、善、美靠近。這種昭示人生的追求永無止境的象徵意蘊，對我們的人生有著重要的指導意義。它告訴我們要永遠向前。永不停步。

　　（二）鑑於以往的藝術闡釋侷限於現實主義藝術和只談賦、比、興等的不足。本書採用多角度多層面的分析方法，如在〈詩經心理審美化及其影響〉一文中，闡釋心理時間與心理空間；阻塞原則；移情與快適度，內心矛盾的藝術展現，無理而妙等，以見《詩經》藝術的豐富性。從物理學的角度而言，時間的長短；空間的大小都有一定的客觀性，然而由於人的情感的主觀性，同一時間或空間感覺會不一樣。愛因斯坦說：「如果你在一個漂亮的姑娘身旁坐一個小時，你只覺得片刻。反之，您如果坐在一個熱火爐旁，片刻就像一小時。」說明了心理時間與心理空間具有特殊性。表現心理時間的「一日不見，如隔三秋」的成語最早就出現在〈王風・采葛〉；「一日不見，如三秋兮」之中。〈鄭風・東門之墠〉；「其室則邇，其人甚遠」，爲什麼情人住得很近，卻覺得很遠呢？詩人正是利用心理空間的描寫，表現對情人的思念之情。《西廂記》；「繫春心情短柳絲長，隔花陰人遠天涯近」正是這種心理空間的描寫的一個好例子，〈衛風・碩人〉是一首讚美衛莊姜的詩，被稱爲「詠美人之祖」。詩中的前五句是對於美人的形體描寫，正因爲有了後面的「巧笑倩兮。美目盼兮」的動態的生動描寫，才把美人寫活了，「如果沒有這兩句，前面五句可以使人感到是一個廟裡的觀音菩薩，有了這兩句，就完成了一個如『初發芙蓉、自然可愛』的美人形象了」（美學家宗白華語）。白居易〈長恨歌〉中的「回眸一笑百媚生，六宮粉黛無顏色」就是從「巧笑」兩句發展而來的。

　　（三）喜歡新奇是人的天性。本書注重新的研究方法的運用，如美
學方面，就採用接受美學、虛實美學、愛情美學、結構美學等；心理學
方面，就有審美心理學、藝術心理學、格式塔心理學等，此外還有原型
學（書中收錄的〈詩經的藝術範例〉就是受原型學說的影響），文藝思
維學等新研究方法的運用。綜合研究是當代學術的發展方向，也是本書
力求做到的。《詩經》中的愛情詩占很大比重，〈詩經的愛情美學〉一
文，從美學的角度論及愛情的人性美和情操美，憂傷美和野性美，以及
《詩經》時代的審美觀等問題。保加利亞美學家說：「愛情是作爲男女
關係上的一種特殊審美感而發展起來的，愛情創造了美，使人對美的領
悟能力敏銳起來，促進了對世界的藝術化的認識。」（《情愛論》）學
習《詩經》中的愛情詩，能夠豐富我們對美的感受，還能夠滋潤我們的
心田。

　　（四）錢鍾書先生是當代國學大師，書中收錄闡釋錢鍾書先生關於
《詩經》研究的一篇文章（其餘可參看筆者所著，由臺灣五南圖書出版
公司出版的《錢鍾書論〈詩經〉〈楚辭〉》一書），讀者從中可以學
習到錢先生獨特的研究方法，如他的研究是把《詩經》放到古今中外的
視野下加以鑑賞，眼界開闊，令人耳目一新。舉一個例子，《詩經》經
常用帶絲字旁的「結」字來比喻深深的解不開的憂愁，如〈大雅·正
月〉：「心之憂兮，如或結之」，我們如果光讀這一個句子，對詩人採
用「結」的好處不甚瞭解，錢先生用〈楚辭·悲回風〉：「糾思心以爲
纕兮，編愁苦以爲膺，」意思是我把無限的憂慮編成佩帶，我把無限的
愁苦搓成背心。施肩吾〈古別離〉：「三更風作切夢刀，萬轉愁成繫腸
線。」李後主〈烏夜啼〉：「剪不斷，理還亂，是離愁」，李後主〈蝶
戀花〉：「一寸相思千萬縷，人間沒個安排處。」等加以說明，對於
「結」的用處就好理解了。又如他第一次引用西方語言學家艾爾德曼使
用的「情感價值」與「觀感價值」這兩個概念說明詩中可以用「黑色」
或「赤色」來形容女子面容之美，他說，古詩中，有「杏臉桃頰」描寫
女人之美，人們如在欣賞藝術作品中只用「觀感價值」，而不用「情感

價值」，那麼女子的臉和桃杏一模一樣，這個女人豈不成了怪物或患有惡疾的人嗎？〈衛風‧碩人〉用「螓首蛾眉」來寫衛莊姜之美，如果太坐實，莊姜頭上豈不「蟲豸蠢動，不復人形矣」（管錐編，106頁）。

中外學術史證明，批評是學術發展的動力之一，正如丹麥史學家勃蘭兌斯所說：「批評是人類心靈路程的指路牌，批評點燃火把，批評披荊斬棘，開闢新路。」我國春秋戰國時期學術為什麼那麼繁榮呢？其中原因之一就是百家爭鳴，自由爭論，互相批評。「其言雖殊，譬猶水火，相滅相生也，」（班固《漢書‧藝文志》）可惜長期封建社會裡，沒有批評的風氣，文化大革命期間，批評成了政治鬥爭的工具，無限上綱，殘酷打擊，「多少年來，我們警惕著把敵人引為朋友，但卻很少警惕把朋友當做敵人」（鍾掂裴語）當前學術界卻走向另一個極端，不敢批評，只能一昧稱是。是到了改變老好人的時候了。書中對《詩經》學大家程俊英教授有過商榷，書中收錄「對〈詩經探微〉國風非民歌說的批評」和「詩經研究中的庸俗社會學傾向」兩文，集中對研究中的庸俗社會學錯誤進行批評，指出其錯誤的原因是受了極左思潮的影響，以階級鬥爭為綱看待《詩經》中的作品，另外，指出《詩經探微》的作者，不懂的文學藝術掌握世界的方式不同於哲學、社會科學掌握世界的方式，不尊重詩歌藝術的特點，犯了方法論的錯誤。正如普魯塔克所批評的「一個人用鑰匙去劈柴，用斧頭去開門，不但把這兩件用具弄壞了，而且自己也失去它們的用處。」講到這裡，讓我想起〈鸚鵡滅火〉的寓言故事：鸚鵡所居住的山林發生大火，鸚鵡就到水邊用它的羽毛沾水，前去滅火，天神說：「您那一點水管什麼用？」鸚鵡回答說：「大家都來就管用。」我們熱切希望百花齊放，百家爭鳴的時代早日到來。

相傳八仙之一的呂洞賓到山上一位人家住宿，臨走時，用手指點了一塊石頭變成金子送給主人，主人不收。呂洞賓以為主人嫌太小，便點了一塊大的送上，主人還是不要。呂洞賓不解地問：「那您到底要什麼？」主人回答說：「要您的手指。」這個故事從倫理學的角度將，這位主人太貪婪；如果從方法論的角度講，這位主人很聰明，因為有了點

石成金的手指就可受用無窮。這個故事告訴我們，研究問題方法很重要。成功學有兩個要點，其一是努力；其二是方法對頭。書中有一篇《詩經的審美價值》，是我給學生的講座，其中給學生介紹了兩點學習方法：

1. 深入了解其中要義。正如尼采所說：「從你的腳下深挖下去，必定有清泉湧出。」有的人書讀了很多，也很用功，可是什麼成果都沒有，成了被人嘲笑的「兩腳書櫥」。

2. 要提高理論修養。古希臘「理論」一詞原意就是看，有了理論眼睛才能雪亮。孟子有〈齊人有一妻一妾〉的寓言故事，孟子說講這個故事是要批判那些當官的一心想富貴騰達人。那麼「良人」形象與官員有什麼相關呢？很費解，但從結構主義的「二元對立」的觀點看，良人「有卑微（乞討）與驕傲（驕其妻妾）」的「二元對立」，對應於官場上的官員是，對上級像老鼠，對下級，對老百姓像老虎。這在官場裡太普遍了。明白了孟子的寓言故事深刻意義，才知道孟子的寓言到今天仍有其生命力，同時也說明，只有有思想的文藝作品才能夠流傳久遠。請大家記住巴斯卡的話：人只不過是一根蘆葦，是自然界最脆弱的東西。但是，他是一根能思想的蘆葦。西方有一句俗語，每一個人都是上帝咬一口的蘋果，說明人無完人。對於著述也是一樣，因為按照接受美學的觀點，一部優秀的藝術作品是永遠探測不到底的。本書也有許多不足，希望得到讀者的批評。庫恩‧伊伯斯在展望未來文學研究的時候說：文學研究具有諸多方面，以致於一個學者的研究不能涵蓋整個領域，只有這種研究的協調分配，才能回答我們所面臨的諸多問題。我們期待《詩經》研究園地永遠是百花齊放的春天。我相信，讀者讀到該書，一定會有所收獲，不會空手而歸。

# 目　錄

# 《詩經‧關雎》審美談

## ——兼與程俊英教授商榷

　　韋勒克、沃倫合著《文學原理》說：「一件藝術品的全部意義，是不能僅僅以其作爲和作者同時代人的看法來界定。它是一個累積過程的結果。」這就是說，文學作品的價值，並不是一個一經發現便不可再變化的常數。優秀的文學作品是一座可以不斷開採，不斷有所發現的礦藏。外國有所謂說不完的莎士比亞，說不完的托爾斯泰，原因就在這裡。對〈周南‧關雎〉的閱讀與鑑賞也應作如是觀。[1]〈關雎〉是《詩經》中的第一篇，也是傳誦千古的名篇，它生長在中國人的心靈裡，像生命的泉水一樣，滋潤著中國人的心田。不可否認，前人對〈關雎〉已寫了不少文章，據寇淑慧《二十世紀詩經研究文獻目錄》的統計，近一百年裡，有關的論文多達十三篇（臺灣、香港及專著中有關資料沒統計在內），說明〈關雎〉的研究也是焦點之一。著名的雕塑家羅丹說：「所謂大師，就是這樣的人；他們用自己的眼睛去看別人見過的東西，在別人司空見慣的東西上，能夠發現出美來。拙劣的藝術家永遠戴別人的眼鏡。」[1]羅丹講的是創作，藝術研究也應該如此。當我們用自己的眼睛去看已被多人評論過的〈關雎〉時，確實能夠發現更多的美來。讓我們先從程俊英教授《詩經譯注》中〈關雎〉部分談起吧！程教授的譯注原文如下：

# 關雎

## 【原文】

（一）關關雎鳩，在河之洲，窈窕淑女，君子好逑。

（二）參差荇菜，左右流之；窈窕淑女，寤寐求之。

（三）求之不得，寤寐思服。悠哉悠哉，輾轉反側。

（四）參差荇菜，左右采之；窈窕淑女，琴瑟友之。

（五）參差荇菜，左右芼之；窈窕淑女，鐘鼓樂之。

## 【譯文】

（一）雎鳩關關相對唱，雙棲河裡小島上；純潔美麗好姑娘，真是我的好對象。（二）長長短短鮮荇菜，順著水流左右採。純潔美麗好姑娘，白天想她夢裡愛。（三）追求姑娘難實現，醒來夢裡意常牽。相思深情無限長，翻來覆去難成眠。（四）長長短短荇菜鮮，採了左邊採右邊。純潔美麗好姑娘，彈琴奏瑟親無間。（五）長長短短鮮荇菜，左採右採揀揀開。純潔美麗好姑娘，敲鐘打鼓娶過來。

## 【題解】

這是一位青年熱戀採集荇菜女子的詩。詩中所說的「君子」，是當時對貴族男子的稱呼；琴瑟、鐘鼓是當時貴族用的樂器，可見詩的原作者是一位貴族青年。全詩集中描寫他「求之不得」的痛苦，只能在想像中和她親近結婚。

# 一、「君子」所追求的是一位「採集荇菜的女子」嗎？

程俊英教授認為〈關雎〉的題旨是一首求愛的情詩，已為當代大多數學者所公認。這個闡釋既糾正了是首「諷刺周康王淫於色」的誤解

（《三家詩》說），又糾正了「〈關雎〉后妃之德也」的錯誤（《毛詩》說）；既跳出了「勞動人民的戀歌」的窠臼，又揚棄了「產生於在搶親背景下的貴族有關問題的教育詩」（張震澤〈說關雎〉）的牽強附會，是值得肯定的。然而程教授認爲詩中抒情主角所熱戀的是一位「採集荇菜的女子」則是值得商榷了。

（一）詩中「參差荇菜，左右流之」與「參差荇菜，左右采之」是「興」，與所熱戀的女子身份無關。這跟用「雎鳩」起興，而雎鳩不是追求的對象同一個道理。在《詩經》中用採物（菜或草）起興以引起對別人的思念的還有〈召南‧草蟲〉、〈鄘風‧載馳〉、〈魏風‧汾沮洳〉、〈唐風‧采苓〉等。〈小雅〉中有〈采薇〉〈杕杜〉、〈采芑〉等。試以〈鄘風‧桑中〉爲例，「爰采唐（女蘿）兮，沬之鄉兮；云誰之思，美孟姜兮」。詩中的「采唐」只用於起興，以引起對孟姜的思念之情，並不是說所熱戀的女子在採唐。

（二）程教授判定抒情主角是一位貴族青年是相當準確的。因爲在當時能夠用琴瑟、鐘鼓等高等樂器來娛樂的絕不會是普通勞動者。王國維《觀堂集林‧釋樂次》引鄭眾注說：「凡金奏之樂用鐘鼓。天子諸侯全用之；大夫、士鼓而已。」可見在古代樂器的演奏有嚴格的等級劃分。魯迅先生的《門外文談》把〈關雎〉中的「君子」翻譯成「少爺」，認爲〈關雎〉是一首「宣揚漂亮的好小姐，是少爺的一對兒」的詩，也較準確。應該指出，當時貴族的婚姻跟政治、階級利益關聯密切。恩格斯在《家庭私有制和國家的起源》中指出：「當父權制和一夫一妻制隨著私有財產的分量超過共同財產的分量，以及隨著繼承權的關切而占統治地位的時候，婚姻的締結便完全依經濟上的考慮而轉移了。」又說：「結婚是一種政治行動，是一種新的聯姻來擴大自己勢力的機會，起決定作用的是家世的利益，而絕不是個人的意願。」[2]根據《列女傳》的記載，許穆夫人出嫁前，曾對其傅母曰：「古之諸侯之有女子也，所以苞苴玩弄，系援於大國也。」意思是說，古代諸侯之生女兒，總是把她當作禮品嫁給大國，目的是要把強國作爲後盾。[3]在

這種背景下,〈關雎〉中那位上層貴族的少爺還能為追求一個「勤勞美好的農家姑娘」(鄧奎《國風譯注》)而「輾轉反側」,夜不成寐嗎?

## 二、「窈窕」應如何釋義?

程俊英教授在該書的[3]注中說:「窈窕:純潔美麗。馬瑞辰《毛詩傳箋通釋》:『秦晉之間,美心為窈,美狀為窕』是窈窕一詞,古人兼指內心和外貌兩方面而言。淑,善,好。」²筆者認為程先生的注釋也值得商榷。如果「窈窕」一詞包括內心之美和外貌之美,豈不同「淑女」的『淑』相重複嗎?大家知道,大量運用聯綿詞是《詩經》語言的顯著特色。所謂聯綿詞是指一個詞由兩個音節組成,這兩個音節有語音的關聯(大量的是雙聲疊韻)但整個詞的意義是單一的,分不出兩個詞素來。可是自毛《傳》、鄭《箋》以來,大多把聯綿詞看成複合詞,分釋上下兩字。如〈召南·甘棠〉:「蔽芾甘棠」中的「蔽芾」本是唇音雙聲聯綿詞,意為草木茂盛,而歐陽修《詩本義》卻解為「蔽,能蔽風日,俾人舍其下也;芾,茂盛貌。」分開解釋顯然是望文生義的。此外,人們把「猶豫」釋為「兩種獸」,「首鼠」解釋為「老鼠來回探頭」,「狐疑」解釋為「狐性多疑」等等,鬧出許多笑話。〈關雎〉中的「窈窕」也是個聯綿詞,意即「苗條」,專指身段之美。《晉書·皇后傳》注:「窈窕一作苗條」可證。余冠英《詩經選譯》把「窈窕淑女,君子好逑」翻譯成「好姑娘苗苗條條,哥兒想和她成雙。」是非常準確的。歌德說:「面貌的美麗是愛情的一個因素,但心靈與思想的美麗才是崇高愛情的牢固基礎。」〈關雎〉中的「君子」追求的「窈窕淑女」,「窈窕」指身段之美,「淑」指心靈之美;〈邶風·靜女〉:「靜女其姝」,「靜」指品德之美,「姝」指容貌之美,可見《詩經》時代的先民們是懂得並很重視思想品德和美貌並重的愛情美學的。〈鄭風·叔于田〉讚美「叔」「洵美且仁」;〈齊風·盧令〉稱讚心愛的獵人「其人美且仁」;〈鄘風·君

子偕老〉是首諷刺衛宣姜的詩，開頭用較多篇幅讚美衛宣姜服飾和美麗，隨後用「子之不淑，云如之何？」加以否定，說明對人的評價也是注重品德的內在之美和面貌的外在之美的統一，這是我國一個悠久而優良的傳統，值得繼承。

「窈窕」即苗條，還可以從《詩經》時代南北不同的審美觀加以說明。〈衛風‧碩人〉：「碩人其頎，衣錦褧衣。」「余冠英注：碩，大。頎，長。古代男女同以長、大爲美。」（《詩經選譯》）余先生的注釋只對了一半。也就是說，以高大健壯爲男女共同審美特徵的只適用於《詩經》時代的中原或北方地區。唐宋時代女性以高大肥壯爲美正是由此而來。而〈關雎〉的地望屬當時的南方，其女子以苗條爲美，上流社會更是如此，所謂「楚王愛細腰，宮中多餓人。」就是證明。《楚辭‧大招》：「小腰秀頸，著鮮卑兮。」宋玉〈登徒子好色賦〉：「肌若白雪，腰如束素。」等等，也是這種審美觀的體現。漢代喜歡趙飛燕的瘦美，明清時代喜歡林黛玉的身材，正是這種審美觀的延續。附帶提及，程先生在題解和釋譯中把「鐘鼓樂之」解釋爲結婚儀式也是不恰當的。周代結婚不奏樂，《禮記‧郊特牲》：「昏（婚）禮不用樂。」〈召南〉中〈鵲巢〉、〈何彼襛矣〉、〈大雅‧韓奕〉等描寫婚禮情節的詩篇，也沒有奏樂的記述。據有關文獻記載，婚娶舉樂的禮俗到了南北朝時才盛行起來。

## 三、關於〈關雎〉的章法及其藝術

關於〈關雎〉篇章結構向來有不同的處理。全詩共二十句，毛《傳》分爲三章，首章四句，後二章各八句；鄭《箋》分爲五章，每章四句；金啓華《國風今譯》分爲四章，首章四句，次章八句，後二章各四句；王宗石《詩經分類詮釋》砍去後面八句，剩下十二句分爲三章。程先生採用鄭《箋》的分法可謂慧眼獨具。其一，每章四句，每句

四字，是《詩經》的基本形態，而且也能體現勻稱的形式美；其二，較能呈現作者的創作意圖。在程先生之前，較多的研究者把〈關雎〉看成是一首結婚詩，其章意是，一、二、三章寫君子對淑女的追求，四章寫君子以琴瑟取悅淑女，最後一章寫君子用鐘鼓迎娶淑女，完成了由追求到結婚的全過程。程先生不同意這種看法，他在題解中指出：「全詩集中描寫他『求之不得』的痛苦，只能在想像中和她親近結婚。」程先生把四、五章看成是想像中的情景，也就是說是虛寫而不是寫實，是符合詩意的。佛洛伊德在《創作家和白日夢》說：「我們可以斷言，一個幸福的人，絕不會幻想。幻想的動力是未得滿足的願望。」詩人在寫「君子」「求之不得」痛苦之後，用兩章詩抒寫其幸福的幻想，不是有充分的心理依據嗎？關於這個問題，五四時期的劉大白先生就有深切的體會，他說：

　　凡是一個男子愛上一個女子的時候，不論是互戀或單戀，他總是在那裡預先想像，將來結合以後，怎樣怎樣地供養她、和她過怎樣怎樣的快樂生活。所以〈關雎〉第四、第五兩章的「琴瑟友之」，「鐘鼓樂之」，都是那位單相思的詩人，在「寤寐思服」，「輾轉反側」的時候，預先準備著，將來和這位意中人的「窈窕淑女」，要過這樣那樣的快樂生活；並非已經結合了，而實行這種生活。……此詩的頂點在第三章。因為「求之不得」所以要「寤寐思服」，所以覺得「悠哉悠哉」而「輾轉反側」，睡不著了。這正是情感的最迫切處，所以從想像中發生出第四第五章的幻象來了。只消注意到「求之不得」一句，就不會誤解作結婚歌了。[4]

　　劉大白先生不僅講清第四、五章是幻象，而且把該詩的文脈也清理出來了。他的結論可作為程先生「想像說」的補充說明。然而筆者看來，所謂「幻象」，從潛意識的學說看就是夢景，當「君子」在床上單相思而不得其求時，忽然作了一個夢：夢見和「淑女」成了親，過著夫

妻好合，如鼓琴瑟（〈小雅‧棠棣〉）的和諧幸福的生活。在現實中得不到滿足的時候，往往在夢中得到補償，不僅有心理學的依據，而且可在後代的詩詞中得到印證。《古詩十九首》：「獨宿累長夜，夢想見容輝。」後漢阮瑀〈止欲賦〉：「還伏枕以求寐，庶通夢而交神。」潘岳〈寡婦賦〉：「庶浸遠而哀降兮，情惻惻而彌甚；願假夢以通靈兮，目炯炯而不寢。」李商隱〈過招國家南園〉：「唯有夢中相近兮，臥來無睡欲如何？」宋徽宗〈燕山亭〉詞：「怎不思量，除夢裡有時曾去。」歐陽修〈述夢賦〉：「求兮不可遇，坐思兮不可處，可見惟夢裡。」等等。我們認為，只有從「思極而求通夢」這一心理去理解第四、五章，才能真正懂得作者的創作用心和藝術情趣。

明瞭〈關雎〉的創作文脈之後，我們就可以來體味〈關雎〉的章法藝術了。一、二章抒寫「君子」對「淑女」的思念和追求；第三章寫追求不得的痛苦，是全詩的高潮和頂點。如果「沿著同一方向繼續寫下去，文情勢必難以生發」（樂勳〈試論〈關雎〉〉語）於是詩人蕩開一筆由實轉虛，四、五章抒寫一段美麗的一廂情願的白日夢。另闢境界，頓生波瀾，從而使詩歌悲喜相映，虛實相生，增強藝術的感染力。[3]然而詩貴言外之意，味外之味。讀者自然會聯想到「君子」夢醒之後的情景，他將重新陷入更深的痛苦之中，其心路歷程是：思慕—追求—痛苦—歡樂—更痛苦。美夢之後，陷入更深的痛苦之中是符合於心理規律的。有詩為證：鮑照〈夢歸鄉〉：「寐中長路近，覺後大江違。驚起空嘆息，恍惚神魂飛。」賀鑄〈菩薩蠻〉：「良宵誰與共，賴有窗間夢；可奈夢回時，一翻新別離。」項鴻祚〈清平樂〉：「歸夢不如不作，醒來依舊天涯。」文如見山不喜平，讀者在閱讀〈關雎〉的時候，定會如同瀏覽蘇州園林，回廊曲徑，別有洞天，得到美的享受。如果按王宗石先生的看法，砍去最後兩章，藝術情趣不知將減色多少！

夏傳才先生曾說：

　　俗話說：「夢是心頭想」，描寫幻覺或夢境，實際是描寫內心的思想感情。在中國古典文學中，這是一種傳統的藝術手法，它是由《詩經》開創的。[5]

　　我們也可以說，虛實相生這一傳統藝術手法也是由〈關雎〉開創的。〈關雎〉這位無名氏作者是虛實美學的開創者和實踐者。杜書瀛指出：

　　（一位真正的傑出作家），總是表現出前所未有的「第一次」性質，是在這之前世界上從未出現過的，甚至連他的語言和表現方式也是未曾見過的。總之，這一切都是作家的精神創造，是他第一次帶到這個世界上來的，為這個世界增加了新的精神因子。作者正是透過他的精神創造物，激發和啟迪著人們的精神潛力。而作家自己在精神創造過程中，他的內心世界似乎也經歷了一次質的變化，得到冶煉，得到昇華，得到新生，並以他的新的精神素質使他的時代，他的社會，他的民族乃至全人類受益。[6]

　　這段精彩的創造者的頌歌用來讚頌〈關雎〉作者對虛實美學的開創是完全合適的。相傳畢卡索曾對張大千說，「你們中國人真了不起，畫魚竟然不用畫水」，就是證明。

## 四、和諧美的藝術體現

　　中國傳統美學認為，大自然及人類社會按其本性來說就是和諧的。最高的美就在於和諧之中。「天人合一」是人與自然的和諧，「政通人和」是政治上的和諧。人際關係講「和為貴」，經濟效益講「和氣生財」，家庭關係講「家和萬事興」。而〈關雎〉的美學價值恰恰在思想

與藝術兩方面體現了「和諧」的美學理想。懂得這一點,我們才能領會孔子在編訂《詩經》時,把〈關雎〉放在第一篇的真正意圖,以及〈關雎〉之所以能夠家喻戶曉、傳誦千古的緣由。在分析之前,讓我們先看看胡適先生是怎樣詮釋〈關雎〉的,他說:

> 〈關雎〉完全是一首求愛詩,他求之不得,便寤寐思服,輾轉反側,這是描寫他的相思苦情;他用了種種勾引女子的手段,友以琴瑟,樂以鐘鼓,這完全是初民時代的社會風俗,沒有什麼稀奇。義大利、西班牙有幾個地方,至今男子在女子的窗下彈琴唱歌,取悅於女子。至今中國的苗族還保存這種風俗。[7]

胡適先生對題旨的理解是正確的,但他把「琴瑟友之」「鐘鼓樂之」看成是勾引女子的手段,則是荒謬的。周代的鐘鼓是指編鐘和懸鼓,如此大型的樂器怎能搬到「淑女」的窗前呢?這種無稽之談不僅不符周代社會生活的實際,而且有損於「君子」的健全人格。詩中的「君子」追求心上人,既喜歡外貌之美,也顧及人品之善;他明知「淑女」追求不到,卻仍不忘情,幻想總有一天得到她,要用鐘鼓、琴瑟使她幸福快樂,真是一片癡情,一往情深。一個善良、純樸、誠摯、敦厚的人物躍然紙上。廖群說得好:

> 這裡的愛情內容已不是單純的性愛欲求。表現的是一種精神依戀,一種希望對方幸福快樂的美好情感,顯示出一種愛的昇華。[8]

聯結到今天有的人由於「求之不得」而用刀砍傷對方,或用硫酸讓女方毀容。這種「愛的昇華」不是很有價值嗎?閱讀和欣賞〈關雎〉不是會讓我們的靈魂得到淨化嗎?

在我國古典哲學中,「和」與「同」有著根本的區別。《國語‧鄭

語》記載史伯對鄭桓公說：「夫和實生物，同則不繼。以他平他謂之和，故能豐長而物歸之；若以同裨同，盡乃棄矣……聲一無聽，物一無文，味一無果，物一不講。」說明所謂「同」是指事物的單一，而「和」則指事物的對立統一。只有對立的統一才有真正的和諧。近代美學家提出「一致非單調的理論」正是從「和而不同」總結出來的。可喜的是〈關雎〉在藝術表現上符合這一原則。在章節和句式一致的系統中有著「各種異質並存與調節」機制，例如在結構上是單音和重調的交替進行。一、三章爲單音，二、四、五章爲重調。錯雜開來，抒發情懷，毫無滯礙。[9]在語言上既有雙聲疊韻的運用，又有散文式的句法，韻散結合。在韻位安排上，採用一、二、四句押韻法，成爲後代五、七言詩押韻的基本法則。

在日常生活中，有一個「度」的問題，天氣炎熱，到有空調的地方感到很舒服，如果空調溫度開得太低，便會凍得受不了；用不求人抓癢，用力太輕不管用，用力太重則會把皮膚抓破。在藝術上也有一個「度」的問題。藝術心理學稱之爲「快適度」。它把情感的藝術表現與情感的自然流露區別開來。正如美學家蘇珊‧朗格所說：「一個孩子嚎啕大哭時的表現，比一個藝術家歌唱的情感表現不知強烈多少倍，但又有誰願意花錢到劇院去欣賞一個孩子的嚎啕大哭呢？」（《藝術問題》）可喜的是〈關雎〉的藝術表現完全符合「快適度」的要求，寫相思之苦，只用「悠哉悠哉，輾轉反側」來形容；寫夢中的歡樂，只用「琴瑟友之」，「鐘鼓樂之」來描繪。不瘟不火，恰到好處。喬夢符〈蟾宮‧寄遠〉：「飯不沾匙，睡如翻餅」就過於俗氣，孔子用「樂而不淫，哀而不傷」來評論〈關雎〉，正是最中肯的評論。明瞭這一美學原則，對創作和欣賞都將受益無窮。在戲曲舞臺上，高明的演員表演痛哭只用水袖掩臉作抽泣狀，而瘸腳的演員則捶胸頓足，嚎啕大哭。希臘著名的雕塑「勞孔」表現勞孔被毒蛇纏捆時的痛苦表情是一種輕微的嘆息，具有希臘藝術所特有的恬靜與肅穆。[4]德國古典美學家萊辛（1729-1781）在著名的美學名著《勞孔》中總結出兩條法則：「他們在表現

痛苦時避免醜」，「避免描繪激情頂點的時刻」[10]這兩條被稱為美的法律與和諧美學是相通的。

那麼，怎樣使和諧美學在創作中實現呢？

首先要保持一定的心理距離，對審美對象進行冷靜的觀照。法國啟蒙時代的思想家狄德羅在《演員奇談》中說：

你是否在你的朋友或情人剛死的時候就作哀悼詩呢？不會的。誰在這個當兒去發揮詩才，誰就會倒楣！只有當劇烈的痛苦已經過去，感受的極端靈敏的程度有所下降，災禍已經遠離，只有這個時候，當事人才能夠回想起他失去的幸福，才能夠估量他蒙受的損失，記憶才和想像結合起來，去回味和放大過去的甜蜜時光。也只有這個時候才能控制自己，才能作出好的文章。

狄德羅是從創作心理立論的，認為只有與實現拉開一段距離之後，情感的力度得到控制的時候，才能創作出符合「美的原則」的作品來。英國詩人華滋華斯（Wordwovth）說：「詩起於經過在沉靜中回味來的情緒。」朱光潛解釋說：「這是一句至理名言。感受情趣而能在沉靜中回味，就是詩人的特殊本領。」所謂「沉靜中回味」即拉開一定的距離，使情感表達達到最佳的狀態。

其次，要注意情感的兩極的動態平衡。古羅馬文藝理論家郎加納斯指出：

那些巨大激烈情感，如果沒有理智的控制而任其為自己盲目的輕率的衝動所操縱，那就會像一艘沒有了壓艙石而漂流不定的船那樣陷入危險。它們每每需要鞭子，但也需要韁繩。5

這裡的鞭子比喻情感的抒發，韁繩比喻情感的控制。這種方法不僅

適用於詩歌創作，對其他藝術創作也適用。相傳法國小說家普魯斯曾在作品中描寫一個男子在他妻子死後，用這樣一句話來表達悲痛：「我有點想她。」簡短的話語比嚎啕大哭更具有感染力。著名畫家黃賓虹曾說：「落筆應無往而不復，無垂而不縮。」「縱遊山水間，既要有天馬騰空之勁，也要有老僧補衲之沉靜。」說明保持情感兩極的動態平靜，是一條重要的藝術規律，值得重視。

再其次就是把握好創作的時機，葉嘉瑩指出：

　　一位詩人對於他所欲敘寫的主題，自其意念之獲得，到其意念之表達，中間所經過的一段醞釀的時間，是極為重要的。其醞釀之時間有所不足者，當然對其所欲寫之主題，尚未能有完整深刻之體認，而其情緒之培養、亦尚表臻於成熟之境地，如此怕寫出來的作品，往往不免有膚淺與生澀之病，而其醞釀之時間已過者，則對其所欲寫主題，已失去一份新鮮刺激之感受，而其情緒之培養，亦已因過於成熟，而步入了衰老僵化之階段。如此所寫出來的作品，則往往會因感情之凝固定型已久，而失去了一份作品所應有的生長觸發的生命力。[11]

　　這是葉嘉瑩先生的經驗之談，也是前人創作實踐的科學總結。

## 注釋

1. 法國作家埃爾·勒韋爾說：「在詩人寫作過程中的詩彷彿是創作的底片，然而它的正片卻在讀者身上。只有在作品的一切素質在讀者的感情上得到反映的時候，它才可以認為是最後完成了，這如同攝像印在照片上一樣。」（《外國作家論文學》，生活·讀書·新知三聯書店，1984）這個比喻很抽象，說明作品的價值是透過讀者的不斷闡釋而不斷發展的。而讀者對作品的闡釋總是依據當時普遍的文化水準，並結合其

時代的需要進行詮釋。透過詮釋闡述自己的新觀點而使作品的價值增值，這是意識形態發展的一條重要規律。

2. 程俊英《詩經譯注》（上海古籍出版社，1985年，第4-5頁）。程先生把第3節的「悠哉悠哉，輾轉反側」翻譯成「相思情深無限長，翻來覆去難成眠」也可商榷。我們認為詩中的「悠悠」不是指情思之長而是指時間的漫長。是抒寫求之不得之後的痛苦心情，心理常識告訴我們，人在歡樂的時候會覺得時間過得快，所以有「快活」之說。《西遊記》裡小猴子對孫行者說：「天上一日，下界一年。」天堂裡的時間比人間快就是因為天堂使人快活，而人在痛苦時，總覺得時間長，所謂「愁人知夜長」也。張華《情詩》：「居歡惜夜促，在戚怨宵長。」王建《將歸故山留別杜侍卿》：「沉沉百憂中，一日如一生。」古希臘詩人云：「幸運者一生匆匆，厄運者一夜漫漫」，所謂「悠哉悠哉」即「一夜漫漫」也。

3. 明代戴君恩《讀風臆評》也認為〈關雎〉四、五章是虛寫。他說：「詩之妙，全在翻空見奇。此詩只『窈窕淑女』便盡了。欲翻出未得時一段，寫個牢騷憂受的光景。無非描寫『君子好逑』一句耳。若認作實境，便是夢中說夢。」

4. 勞孔是古希臘古代傳說裡特羅亞城一個祭師，他對他的人民警告了希臘人用木馬偷運兵進城的詭計，因而觸怒了袒護希臘人的阿波羅神。當他在海濱祭祀時，他和他的兩個兒子被兩條蛇咬著。環視兩個兒子正垂死掙扎，他的精神和肉體都陷入莫大的悲憤和痛苦之中。雕像就是根據這個傳說塑造而成。

5. 關於這個創作原則，英評論家羅金斯也說：「一個詩人是否偉大，首先要看它有沒有激情力量，當我們承認它有這種力量之後，還要看他控制它的力量如何？」

# 參考文獻

[1] 羅丹《羅丹藝術論》，北京：人民美術出版社，1987。

[2] 馬克思恩格斯選集（第4卷），北京：人民出版社，1975。

[3] 張濤《列女傳譯注》，濟南：山東大學出版社，1990。

[4] 劉大白《白屋說詩》，北京：中國書店，1983。

[5] 夏傳才《詩經語言藝術》，北京：語文出版社，1985。

[6] 杜書瀛《文藝創作美學綱要》，瀋陽：遼寧大學出版社，1985。

[7] 胡適《談談詩經》，古史辨（第3冊），北平：樸社，1925。

[8] 廖群《詩經與中國文化》，香港：東方紅書社，1997。

[9] 金啓華《詩經鑑賞辭典》，合肥：安徽文藝出版社，1990。

[10] 萊辛《勞孔》，北京：人民文學出版社，1986。

[11] 葉嘉瑩《迦陵論詩叢稿》，石家莊：河北教育出版社，1997。

附記：趙沛霖先生《現代學術文化思潮與詩經研究》一書中指出：「《詩經》作為中華民族的文化元典對華夏民族的精神重建和理想人格塑造方面有巨大意義。」又說：「在科學技術高度發展和人文教育，人文精神缺失成為世界性普遍性問題的今天，《詩經》，所展現的美好道德和人文精神愈來愈顯示其永恆的價值。」鑑於對《詩經》認識作用強調得多，對其美感作用，教育作用缺乏認識的實際，趙先生提出一個很重要的問題，本文可看作對趙先生的觀點的回應，今後將繼續做下去。

# 〈陳風‧月出〉對意境的開拓

月出皎兮，佼人僚兮。舒窈糾兮，勞心悄兮。
月出皓兮，佼人懰兮，舒憂受兮，勞心慅兮。
月出照兮，佼人燎兮。舒天紹兮，勞心慘兮。

這是一首描寫月下懷念美人的愛情詩，表現了青年男子對所愛慕的女性的崇高讚美和熱烈的追求，這種追求是對幸福生活的憧憬，情操是高尚的。

在藝術上，這首詩也有它的特色。鄭振鐸說：「〈陳風〉裡，情詩雖不多，卻都是很好的。像〈月出〉與〈東門之楊〉，其情調的幽雋可愛，大似在朦朧的黃昏光中，聽凡娥令的獨奏，又如在月光皎白的夏夜，聽長笛的曼奏」（《插圖本中國文學史》）。詩歌是語言藝術，這首形象極為單純的小詩為什麼能夠收到如此美妙的音樂效果呢？為什麼能夠給人這樣美的藝術享受呢？原因可能很多，但主要有兩點：

一、純真的愛情充滿著幻想和情趣，它跟美妙的音樂一樣令人陶醉，因此，人們常常把愛情和音樂聯繫起來，英國詩人湯姆遜在〈葡萄樹〉詩中唱道：「音樂就是愛情的酒漿，愛情的歡樂就是歌唱。」

二、這首抒情詩以它優美的旋律和幽深而闊大的意境，構成了詩的幽雋可愛的情調，有鑑賞能力的人是能從中體味出餘味無窮的愛情之音的。讓我們從研究其意境入手，去聆聽這支優美動人的「小夜曲」吧！

　　大自然的景物中，月亮是富有浪漫色彩而令人喜愛的。每當流霞西逝，月亮就冉冉升起，用它的柔和之光，給人們帶來良辰美景。它圓潤而晶瑩地高懸夜空，又是那麼令人神往，人們爲它編織出許許多多美麗的神話故事，詩人以他敏銳的審美知覺，捕捉了大自然這一美景，在詩的開頭，就給人們描繪出一個開闊而空靈的畫面：「月出皎兮，佼人僚兮。」（月兒出來亮皎皎，月下美人更俊俏）如果說，「月出皎兮」是個遠鏡頭的話，那麼「佼人僚兮」則是一個近鏡頭了。那麼，它們之間構成一個什麼關係呢？鄭玄箋云：「喻婦人有美色之白皙」，是的，用皎潔的明月比喻心愛的姑娘的膚色，不是活畫出一個「膚如凝脂」般的美人嗎？然而，我們不能單純地從「比」的角度去理解，還應該從意境的構成上去把握。詩人有意地把美人安排在月光下，月光和美人相互映襯，俊美的秀容融入清輝的月色之中，使美人增加一層神秘感，具有一種朦朧狀態的美。浙江有個民諺：「月光下看老婆，愈看愈漂亮；露水裡看莊稼，愈看愈喜歡。」說的就是這個道理。拜倫有一首詠威莫特·霍頓夫人的詩，叫〈她走在美的光影裡〉，也是把威莫特·霍頓夫人放在月光下加以讚美的。

　　　她走在美妙的光影裡，好像
　　　無雲的夜空，繁星閃爍；
　　　明與暗的最美的形相，
　　　交會於她的容顏和眼波，
　　　融成一片恬淡的清光一
　　　濃豔的白天得不到的恩澤。
　　　多一道陰影，少一縷光芒，
　　　都會損害那難言的優美；
　　　美在她綹綹黑髮上飄蕩，
　　　在她的腮頰上灑布柔輝；
　　　愉悅的思想在那兒頌揚，

這神聖寓所的純潔，高貴。

…… ……

拜倫這首詩可以作爲〈月出〉的最好注腳。

在《詩經》中寫女性美的詩篇較多，手法大致有三種，一種是採用工筆劃的手法，對美人加以細膩的描繪，〈衛風‧碩人〉中刻畫衛莊姜的美就是一個很好的代表，一種是女性全不露面，全用側面描寫的手法加以烘托，〈秦風‧蒹葭〉是最好的代表；第三種可用〈月出〉作代表，它把美人放在一個特定的環境之中，讓美人在明月清輝的襯托下，顯得更加美麗動人，這種構成立體的畫面，襯出一個意境的表現手法，可以說是最早的也是眞正的空間藝術。其作用是不可低估的。

藝術的生命，美的秘密，意象的形成，都在於用有限的具體形象去表現無限的豐富的生活內容。詩中作爲意象的明月，具有多邊性，它可以激發人們的豐富的聯想，從而得到美的享受。例如說：「高懸天際的明月是玲瓏透澈而澄清的，因而我們可以聯想到姑娘之所以值得愛慕與追求，不僅有如花似月的美貌，還在於有明月般純潔的心靈。」英國詩人彭斯在〈簡，倒不是妳那張漂亮的臉龐〉一詩中寫道：「儘管妳外貌令人喜悅，妳的心靈卻格外可愛。」他說的就是這個道理。

高懸天際的明月是那樣高不可攀，因而我們還可以作這樣的聯想，心愛的姑娘雖然那麼好，但卻像天上的明月一樣可望而不可即。詩中所表現出來的動人心魄的哀傷，其根本原因就在這裡。鄭玄在箋釋「勞心悄兮」時說：「思而不見則憂」正深刻地揭示出其內在的關聯。當然，詩中寫了美人可望而不可即，不光停留在用明月作比上，還在於採用了「幻想虛神著筆」（陳子展《詩經直解》語）描繪出美人仙姿搖曳，若隱若現的身影，它與朦朧的月色一起構成一個迷離縹緲的具有神秘色彩的境界。這種境界的形成與美人可望而不可即和詩人對月懷想從而產生的幻覺有關。這種寫法確實更富有詩情畫意，從而增加思念和愛慕之

情，詩中的結句所表現出來的痛苦和憂傷也有了感情上的著落。清人陳啓源說「夫悅之必求之，然惟可見而不可求，則慕悅益至。」（《毛詩稽古篇‧附錄》）正深刻持揭示出這首詩的奧秘。曹植《洛神賦》中寫洛神的出現，寫洛神「翩若驚鴻，婉若游龍」的體態，以及可望而不可即的行蹤，都是從這裡演化而來的。所以方玉潤《詩經原始》說：「且從男意虛想活現出一月下美人，並非實遇，蓋巫山、洛水之濫觴也。」指出了宋玉〈神女賦〉、曹植〈洛神賦〉與〈月出〉之間的淵源關係，是很有藝術見地的。以外，錢鍾書曾據〈月出〉：「佼人僚（好貌）兮，舒窈糾兮」，提出最早描寫美人曲線美的出自〈月出〉篇，後代「婉若游龍」（曹植〈洛神賦〉正由此而來。）（《錢鍾書論學文選》第381頁）

程大成《文學的哲學》一書中指出：「想像力的作為，它是將生理部分的印象能力的聽覺能力，或視覺能力對客觀界的現實性——形式錄印下來的物象，再反映於其範疇中建立意象為先驗職責。一旦想像力完成了意象的作為，也就是盡其職責，於是心靈也就賞賜一分報酬的情緒——美感情緒。」這就說明，愈能發揮讀者的想像力，讀者從作品中所獲得的報酬，即所得的美感也就愈多。過去人們大多注意作者想像力的探討，而忽視研究如何讓讀者也發樣想像力，〈月出〉篇不給我們提供了許多有益的啓示嗎？

本來，詩人在意境的構成上並沒有一定之規，妙在隨物宛轉，即景生情。但是在一般情況下，對於自然景物，人們往往會產生某種情志作為對應。蕭瑟的秋天之與悲愁，叢生的春草之與離情等等，都發生了一定的對應關係。高懸夜空的明月，可以千里同照；深夜清冷的月色，又容易比白天的景物更容易觸動情懷。詩人準確地把思念情人的情節放在一個月色朦朧的情景之中，借助明月這一形象性的特徵來喚起人們心中的思念之情，可以說，在中國詩歌史上，是〈月出〉的作者第一次揭示了望月和思念之間的對應關係的，這種對應關係的發現，說明詩人已具有一定的藝術自覺。可喜的是，詩人所揭示的對應關係已在人們審美的

經驗中得到歷史的繼承,爲後代詩人的構思提供了由此出發的藝術前提和繼續拓展的方向。《焦氏筆乘》說:「〈月出〉,見月懷人,能道意中事」。太白〈送祝八〉:「若見天涯思故人,浣溪石上窺明月」;子美〈夢李白〉:「落月滿屋樑,猶疑照顏色」;常建〈宿王昌齡隱處〉:「松際露微月,清光猶爲君」;王昌齡〈送馮六元二〉:「山月出華陰,開此河渚霧。清光比故人,豁然展心悟」,此類甚多,大抵出自〈陳風〉也。總而言之,〈月出〉是歷代望月思親或望月思鄉詩的鼻祖,在中國詩歌史上具有重要的地位。

〈月出〉在節奏和旋律方面也有獨特之處,詩篇採用民歌中重疊複遝的形式,一唱三嘆,情味無窮。通篇用韻很密,而且多用雙聲疊韻,增加了詩的音樂感。在節奏方面,每章中的一二四句,都是二字爲一個音步,而第三句則是第一個字爲一個音步,其餘的爲一個音步,宛轉起伏,頓挫有致,形成了一種樸素的格律。「後世作律詩,欲求精妙,全講此法。」(姚際恒《詩經通論》)。

《詩經》中的風詩大多屬於謠歌,以直吐心曲、古樸渾厚見長,像〈月出〉這樣意象、情趣和音律達到如此和諧統一的作品,實不多見。陸侃如《中國詩史》稱譽它爲「〈陳風〉中的傑作」,是受之無愧的。

附記：余冠英先生譯詩

月兒出來亮晶晶啊，照著美人兒多麼俊啊，安閒的步兒苗條的影啊。我的心兒不安寧啊。

月兒出來白皓皓啊，照著美人兒多麼俏啊，安閒的步兒靈活的腰啊。我的心兒突突地跳啊。

月兒高掛像燈盞啊，美人兒身上銀光滿啊，腰身柔軟腳步閒啊。我的心上浪濤翻啊。

# 關於〈王風‧君子于役〉

　　黑格爾《精神現象學》序言中說：「熟知的東西所以不是眞正知道了的東西，正因此它是熟知的。」流傳廣泛而又長久不衰的古典文學名篇，何嘗不是如此。「『夜來風雨聲，花落知多少』這首詩幾乎家喻戶曉，然而是否有一篇文章眞正把它的好處說出來了呢？好像沒有？」（金開誠《文藝心理學論稿》），被人們譽爲「秋思之祖」「純屬天籟」的馬致遠〈天淨沙‧秋思〉也同樣存在著這個問題。

　　王國維《人間詞話》說：「枯藤老樹昏鴉，小橋流水人家，古道西風瘦馬。夕陽西下，斷腸人在天涯。此元人馬東籬〈天淨沙〉小令也，深得唐人絕句妙境，有元一代詞家，皆不能辦此也。」王國維對這支散曲的評價是相當高的，然而，他並沒有深入分析它的妙境究竟在什麼地方。

　　先師馮沅君先生曾說，讀詩要抓住詩眼，找到詩眼，整首詩就活了。這個方法可以說是探索詩歌奧秘的一把金鑰匙。最近，吳調公先生在〈怎樣做李商隱詩的「解人」〉一文中也談到這個方法，他說：「李商隱的優秀詩篇往往是以『比興』爲主而兼用『賦』體的，如名篇〈錦瑟〉雖然運用了蝴蝶、杜鵑，滄海明珠、藍田暖玉等一系列空濛綽約的圖景作爲比托，很有點恍惚其辭。但如果我們抓住古人的所謂『詩眼』，掌握其家國和身世之傷，而尤其是抱負未展的悲慨，這一底蘊就昭然若揭了」。（《文史知識》1983年第4期）可見，所謂「詩眼」即是一首詩的眼目，即全詩立意之所在。抓住它，作者的立意就可領會

了。那麼，〈天淨沙‧秋思〉的詩眼又在何處呢？有人可能會說，詩眼在「古道西風瘦馬」中的「瘦馬」，不錯，從瘦馬中可引出抒情主角清瘦而又愁苦的形象，並構成整首詩的中心，具有重要意義，然而，中心或重要並不等於詩眼。其實，詩眼卻在不大為人注意的「夕陽西下」這四個字上。整支曲子都由「夕陽西下」這一特定時間而構思而立意的。它是整支曲子的支點。請看第一句：「枯藤、老樹、昏鴉」，這是由三個詞兒組成的一個畫面，畫面的中心是昏鴉。言外之意是，夕陽西下的時候，荒野上的昏鴉都有個歸宿，我這個天涯漂泊者連荒郊野外的烏鴉都不如啊，王國維說：「昔人論詩詞，有景語情語之別，不知一切景語皆情語也。」枯藤，老樹、昏鴉是景語，但我們從「夕陽西下」這一特定時間去領會，不是可以領略出這些景語的情意嗎？

再看第二句，「小橋、流水、人家」。詩人用優美的筆調描繪出幽靜而美麗的山村景象，畫面的中心是住在這幽美山村的「人家」，其言外之意是，在這「夕陽西下」的時候，山村的「人家」的一家老少正圍繞在飯桌前共進晚餐，或者坐在一起話家常，享盡天倫之樂。小橋，流水的美麗山村畫面正透露出作者的羨慕之情。也反襯出這個有家難歸的天涯漂泊者的悲悽之感，我們只有讀懂這一層，才能領會出散曲的標題——秋思和最後一句「斷腸人在天涯」的具體情思。所謂思，是思念故鄉的親人；所謂斷腸，是由於詩人在漂泊的旅途中深感人不如鳥，又不如人而引起的欲歸不得的悲傷。

正因為詩人抓住了黃昏與思念之間的邏輯聯想，才寫出這首傳誦千古的散曲來的。關於這一點，我們可把它與白樸〈天淨沙‧秋〉比較一下，就可以了然：

孤村落日殘霞，輕煙老樹寒鴉，一點飛鴻影下。
青山綠山，百草紅葉黃花。

該文也用同一個詞牌，也寫秋，也寫黃昏，而且也寫得很美。青、綠、紅、白、黃，寫出秋天絢麗多彩的色調，但因沒抓住黃昏與思念之間的邏輯聯繫，就使該散曲只停留在較低層次上，那麼，這個邏輯聯繫在中國詩歌史上，是誰首先揭示的呢？是《詩經・君子于役》的作者：

> 君子于役，不知其期。曷至哉？
> 雞棲于塒，日之夕矣，羊牛下來。
> 君子于役，如之何勿思！
>
> 君子于役，不日不月。曷其有佸？
> 雞棲於桀，日之夕矣，羊牛不括。
> 君子于役，苟無飢渴。

程俊英先生指出：「這是一位婦女思念她久役於外的丈夫的詩。這位農村婦女，在暮色蒼茫之中，看到牛羊等禽獸回來休息，而自己的丈夫歸家無期，就更覺寂寞、孤獨，不禁唱出了這首情景交融的動人詩篇。」（《詩經譯注》第124頁）方玉潤《詩經原始》也說：「傍晚懷人，真情真境，描寫如畫。晉，唐人田家諸詩，恐無此真實自然。」都指出該詩中黃昏與懷人的邏輯聯繫。許瑤光更用詩吟詠這種關係：

> 雞棲於桀下牛羊，飢渴縈懷對夕陽。
> 已啟唐人閨怨句，最難消遣是昏黃。
>
> （《雁門詩抄・再讀詩經四十二首》）

許瑤光指出其邏輯聯繫是對的，然而，說「已啟唐人閨怨句」則不夠確切。其實西漢時代的司馬相如就知道這種聯繫了。他為失寵的陳皇后寫〈長門賦〉中就有「日黃昏而望絕兮，悵獨托於空堂。」敘寫了陳皇后被漢武帝貶入長門宮的痛苦心情，以後應用此法的就逐漸多起來，

如西晉潘安仁〈寡婦賦〉：

> 時曖曖而向昏兮，日杳杳而西匿。
> 雀群飛而赴楹兮，雞登棲而斂翼。
> 歸空館而自憐兮，托衾裯以嘆息。

到了唐代，應用更多，李白〈菩薩蠻〉：「暝色入高樓，有人樓上愁。」白居易〈閨婦〉：「思纏綿而瞀亂兮，心摧傷而愴側」等均是好例。到了宋代，許多詞人更相學習，踵事增華。李清照〈聲聲慢〉：「梧桐更兼細雨，到黃昏點點滴滴。這次第，怎一個愁字了得。」辛棄疾〈滿江紅〉：「芳草不迷行客路，垂陽只礙離人淚。最苦是，立盡月黃昏，欄杆曲。」他們都是把借鑑和創造完美地結合起來，從而豐富了詩壇中的百花園。更有趣的是，這種寫法，外國也有。馬克思所收集的十九世紀無名詩人的詩歌中，有一首題為〈給愛人〉的短詩：

> 明亮的熱鬧的白晝剛剛靜息，黑夜的陰影又在大地上降臨。
> 黑夜的憂愁緊緊壓住我的心，我的愛人這時在做什麼？

也是寫黃昏時刻對情人的思念。

那麼，黃昏時刻為什麼容易引起思念的憂傷呢。

（一）白天人們忙於務事，到了黃昏一靜下來，思念之悲苦心情就會乘機衝擊人們的心房。

（二）從心理學的角度而言，聲音對人的心理有著一定的影響，如角聲容易引起人們的悲哀，「無端遇著傷心事，鳴軋江樓角一聲。」（元·李俊民《聞角集唐詩》），顏色也會影響人們的情緒，暖色容易引起興奮，冷色容易引起悲哀，「心之憂矣，視丹如綠。」（郭遐叔〈贈嵇康詩〉）「寒山一帶傷心碧」（李白〈菩薩蠻〉）「滿眼不堪

三月暮，舉頭已覺千山綠。」（辛棄疾〈滿江紅〉）都是明證。黃昏時候，暖色已盡，冷色降臨，自然容易勾起人們傷心的往事。

（三）「夕陽無限好，只是近黃昏。」夕陽西下意味著好景不長，青春易逝，末日無多，怎麼不叫人悲哀與惆悵呢？

作家所寫的作品不光是為了表達自己的感情，更重要的是為了讓讀者看，實現創作者與欣賞者之間的感情交流。馬致遠等作家在學習《詩經》的基礎之上寫出了〈天淨沙〉，從而撥動了千千萬萬人的心弦，這就告訴人們一個道理：心理學的研究在文學創作與欣賞中是多麼重要。勃蘭兌斯在〈十九世紀文學主流‧序〉中說到：「文學史，就其最深刻的意義來說，是一種心理學，研究人的靈魂，是靈魂的歷史」，這是千真萬確的真理。唐人皇甫冉有句詩「暝色起春愁」，王安石把「起」字改為「赴」（見《苕溪漁隱叢話》）是不懂心理學而產生的笑話，這是值得我們創作者與欣賞者引為戒鑑的。

# 〈陳風‧澤陂〉的主題

　　〈陳風‧澤陂〉是一首比較有影響的詩，但對其主題，歷來卻有不同的看法。《毛傳》認為是一首諷刺詩「澤陂，刺時也。言靈公君臣，淫於其國，男女相說，憂思感傷焉。」參照朱熹在《詩集傳》中所引《春秋傳》的材料，可以看出《毛傳》的意思是，夏姬是鄭穆公的女兒，嫁給陳國大夫夏御叔，陳靈公與大夫孔甯，儀行父共通夏姬，這種淫亂的行為，在國人中起了很壞的影響。詩人感到憂傷，便作此詩，對這種淫亂的醜行痛加鞭撻和諷刺。儘管《毛傳》講得頭頭是道，但純屬主觀臆測，因為人們很難在詩中找到任何「刺時」的依據。清代以後，特別是近代以來，一些研究者認為是一首情歌，這是對的，但絕大多數認為是女詩人讚美美男子的情詩。聞一多先生在《詩選與校箋》中持這種看法，余冠英先生在《詩經選譯》中也是這個觀點，他說，這是「女詩人在荷塘上遇見一個壯碩高大的美男子。默默地愛他，熱烈地歌頌他，哀傷地想念他。」我們認為，這是一個男子，在荷塘上遇見一個長得豐滿而又身材碩長的漂亮女郎後，寫的一首表示對她愛慕的詩。為了說明問題，我們把余冠英先生的譯文及所附的原文抄錄於下。

在那水塘邊兒上，〔彼澤之陂，〕

也有蒲草也有荷。〔有蒲與荷。〕

有個人兒真好看，〔有美人，〕

心裡想他沒奈何！〔陽（傷）如之何！〕

想他想得睡不著，〔寤寐無為，〕
想他想得淚成河。〔涕泗滂沱。〕

在那水塘邊兒上，〔彼澤之陂，〕
蓮花蒲草緊緊挨。〔有蒲與蓮。〕
有個人兒真好看。〔有美一人，〕
英雄氣概好身材。〔碩大且卷（拳）。〕
想他想得睡不著，〔寤寐無為，〕
心頭疙瘩解不開。〔中心悁悁。〕

在那水塘邊兒上，〔彼澤之陂，〕
挨著蒲草開荷花。〔有蒲菡萏。〕
有個人兒真好看，〔有美一人。〕
高高個兒雙下巴。〔碩大且儼（嚴）。〕
翻來覆去睡不著。〔寤寐無為，〕
枕兒壓在胸膛下，〔輾轉伏枕。〕

　　對詩中「彼澤之陂，有蒲與荷。」二句，余先生的翻譯是很好，但
似乎沒注意到詩人寫這兩句詩的用意。《毛傳》認為這是「興也」，所
謂「興」，按朱熹《詩集傳》的說法是「先言他物以引起所詠之詞。」
但《詩經》中的「興」，不僅是引起下文的歌唱，而且還有比喻的作
用。朱自清在《詩言志辯》中說：「《毛傳》興也的『興』，有兩個意
義，一是發端，一是譬喻；這兩個合在一起才是『興』。」這是非常正
確的。這首詩裡的「興」，是為了引起下文的「有美一人」的歌詠，
也含有比喻「有美一人」的美麗。那麼，比喻什麼呢？孔穎達《毛詩
正義》指出：「蒲之草甚柔弱，荷之莖極佼好，……云汝體之柔弱如
蒲然，顏色之美如荷然。」孔穎達對這首詩的理解與《毛傳》大同小
異，但對這兩句的理解卻更有合理的成分。荷花顏色粉紅鮮豔，正是女

人美貌的形象描繪。〈周南·桃夭〉的起句「桃之夭夭，灼灼其華」是「興」，也是用鮮紅的桃花比喻美人的，是「人面桃花」的寫法，清人姚際恒在《詩經通論》中曾說，這首詩是用桃花喻美人的鼻祖，我們也可以這樣說，〈陳風·澤陂〉是用荷花比喻美人的鼻祖了。孔穎達認為蒲草是比喻女體之柔弱，即用蒲草的柔弱形容美人體態之婀娜多姿，可備一說，但與下文的「碩大且卷」「碩大且儼」有矛盾，一個體態高大又肥胖的美人，怎麼可能體態柔弱如蒲草呢？我們認為柔弱的蒲草是暗喻女人溫柔的性情，「有蒲與荷」正是從性情和外貌兩個方面描繪值得為之傾倒的女性。

在《詩經》裡，出現「有美一人」這樣句式的，只有兩首，除此以外，就是〈鄭風·野有蔓草〉：

有美一人，邂逅相遇，清揚婉兮，適我願兮。

馬瑞辰在《毛詩傳箋通釋》中說：「蓋目以清明為美，揚也明也。《說文》：婉，順也。順與美同義。」所以「清揚婉兮」可以翻譯為「眼兒明亮又美麗」，可見《詩經》中所出現的「有美一人」，大都是用來形容美女的。

有美一人，陽（姎）如之何！

余先生把「陽」讀為「姎」，並注釋為「女性第一人稱代名詞」，這是值得商榷的。「陽如之何」的「陽」是《魯詩》的寫法。《毛詩》作「傷如之何」。不知為什麼，《毛詩》為底本的《選譯》本，偏在這裡採用《魯詩》的寫法。「傷如之何」的「傷」是哀傷的意思，由於過分的思念而又求之不得，從而產生了無可奈何的哀傷之情，這是可以理解的，下二句「寤寐無為，涕泗滂沱」正是「傷如之何」的具體描

繪。退一步說，《魯詩》的寫法對，我們也不能為了證明是女性而硬把
「陽」讀為「姎」。《爾雅・釋詁》「陽，予也。」郭璞注「今巴濮之
人自稱阿陽」。這就說明，「陽」是第一人稱代名詞，男人也可自稱為
「陽」的。

　　「有美一人，」碩大且卷（拳）。

　　余先生讀「卷」為「拳」。並注為：「勇壯也」。翻譯為「有個人
兒真好看，英雄氣概好身材」。這還是為了把思念的對象說成是男子而
作的文字上的努力。其實，「卷」是「美好」的意思，用現在的話說，
就是「漂亮」。《毛傳》「卷，好貌」。「卷」來源於「婘」，《經典
釋文》「卷本又作婘」，《廣韻》「婘，美好貌」，都可證明。朱熹認
為「卷，鬢髮之美也」，與《毛傳》說法略有不同，但都認為是讚美女
性之美也」，余先生為什麼偏把「卷」讀為「拳」呢？這可能是從「碩
大」一詞引起的誤解。「碩大」是身材高大的意思，不是指男子的形
象，清人錢天賜早就斷定，這是一首「女思男之辭」又是什麼根據呢？
他說「觀碩大且卷，碩大且儼可見」（轉見胡承珙《毛詩後箋》）可
見。「碩大」一詞是人們對本詩誤解的失足處。我們認為，我們不能用
今人的美學觀點去理解古人，車爾尼雪夫斯基曾說，一代人有一代人的
美。美不是絕對永恆的，不變的，它要隨著社會生活的變化而相應地發
生變化。古人認為留著長長的鬍子的男子才是美的，即所謂美髯公，漢
樂府中的〈陌上桑〉就是用「頗有鬚」來讚美自己的男人。而我們則不
認為「頗有鬚」就是美，今天的男子往往把鬍子刮得精光。今天的人
們，大多喜歡有苗條身段的女子，喜歡「楊柳細腰」。古人的審美觀和
我們不同，他們喜歡高大而又肌肉豐滿的女子。例如被後人稱譽為美人
賦的〈衛風・碩人〉，所讚美的衛莊公的夫人姜氏，就是一個「碩人其
頎」、「碩人敖敖」的女子。余冠英先生是用「那美人兒個高高」來翻
譯這些詩句的。再如〈小雅・車舝〉中的：

依彼平林，辰彼碩女，有集維鷮。令德來教。

也是用個兒高大來形容女子的美。因此，我們千萬不能因「碩大」一詞的出現而誤認為是讚美男子的，從而重蹈前人之覆轍。

有美一人，碩大且儼（嫣）。

《毛傳》和《詩集傳》都把「儼」解為「莊矜貌」。這種解釋並不準確。余先生讀為「嫣」，這是很大的進步，也是符合詩人的原意的。《說文解字》「儼」字條所引《詩經》例子，正作「碩大且嫣」《太平御覽‧人事部》引《韓詩》也作「碩大且嫣」。「嫣」「儼」，迭韻，故通。薛君《章句》說「嫣，重頤也，」即兩個下巴頦，這是臉部肌肉豐滿的特徵。「嬥」與「嫣」均從女，也是描寫女性美的證據。錢鍾書先生在《管錐編》裡說：「〈大招〉之狀美人曰：豐肉微骨，調以娛只；再曰：豐肉微骨，體便娟只；復曰：曾頰倚耳，玉逸注：曾，重也。唐宋畫仕女及唐宋墓中女俑皆曾頰重頤，豐碩如《詩》《騷》所云」（第127頁）。這是千真萬確的，它以有力的證據為我們證明了「碩大且儼」是讚美女性美的說法。

那麼，人們會問，春秋時代的美人為什麼往往是身材高大而又肌肉豐滿呢？關於這一點，我們可以從美的相對性和實用性中找到解釋。阿斯木斯在《古代思想家論藝術》一書的序言中指出「美不是事物的一種絕對屬性。美不能離開目的性，即不能離開事物在顯得有價值時它所處的關係，不能離開事物對實現人願望它要達到的目的的適宜性」。春秋時代，生產還落後，人們只有努力從事勞動，才能生存和發展。因而身材高大而又豐滿這種健康美，就成為「實現人願望」的一種必不可少的重要條件。他們是奉行「健康就是美」這一哲學的。童書業先生說：「至當時（按，指春秋時代—引者）美之標準，則似以健康為主，男子尤以有力能武為美（參照元年傳徐吾犯妹事，*《詩經》〈鄭風‧叔于

田〉、〈碩人〉、〈澤陂〉等篇,鄭國有名的美男子都即為一勇士)是亦時代較為原始之徵。」《春秋左傳研究》(第213頁)欣賞林黛玉式的弱不禁風,多愁善感的美人,那是封建時代末期,那些公子哥兒的事了。

總而言也,〈陳風‧澤陂〉是一首男詩人讚美女情人的詩,而不能是相反。

當然,我們不能一概而論,我們認為《詩經》時代,北方勞動《詩經》審美價值的探尋人民對女子的審美觀是以高大粗壯歸美,而南方的上層社會的審美觀則是以女子的苗條身段為美。〈周南‧關雎〉「窈窕淑女,君子好逑。」君子所追求的「淑女」是什麼身材呢?是「窈窕」的身材。過去有許多人把「窈窕」解釋為「美心為窈,美狀的窕」,認為「窈窕」一詞兼指內心和外貌兩方面是錯誤的,因為窈窕如果包括內心和外貌的話,豈不和「淑」字相重複嗎?而且「窈窕」是連綿詞,不能分開解釋,我們不能把「首鼠」解釋為「老鼠來回探頭」,把「狐疑」解成「狐性多疑」。其實「窈窕」即苗條,形容淑女身段之美。《晉書‧皇后傳》注:「窈窕一作苗條」可證。所謂「楚王愛細腰,宮中多餓人」,宋玉《登徒子好色賦》「肌若白雪,腰如束素」。也是例證。

## 注釋

* 　《左傳‧昭公元年》記載鄭國徐吾犯之妹擇婿,對精心打扮的美男子子皙不感興趣,最後選中了勇武有力的子南。

# 〈秦風・蒹葭〉審美談

　　歌德說：「優秀作品無論你怎樣去探測它，都是探不到底的。」
《詩經》中的〈秦風・蒹葭〉就屬於這樣的作品。近年出版的一些古代
作品選本和大學某些教材都選入了它，對它詳加注釋和分析；隨著電視
劇「在水一方」的播放，江南塞北的青年男女都哼起了由它改編的抒情
小曲，陶醉在那令人神往的境界之中。

　　蒹葭蒼蒼，白露為霜。所謂伊人，在水一方。
　　溯洄從之，道阻且長。溯游從之，宛在水中央。

　　這首每段三十三字的聯章小詩，何以有這樣巨大的藝術魅力，何以
能喚起這樣廣泛的共鳴呢？本文試圖從審美角度對該詩進行一些探測。

　　要審評〈蒹葭〉的美學價值，首先必須把握該詩的主題，而前人對
其主題卻有著不同的理解。〈詩序〉云：「〈蒹葭〉刺襄公也，未能用
周禮，將無以固其國焉。」〈詩序〉用美刺的框子去套這首詩，顯然
是格格不入的，正如清人王照圓所指出：「〈蒹葭〉一篇最好之詩，卻
解作襄公不用周禮等語，此前儒之陋，而〈小序〉誤之也。」（《詩
說》）當代學者大都認為是一首愛情詩，但對抒情主角的性別卻誰也不
去斷定。余冠英先生說：「這是一首情歌，男或女詞。」（《詩經選
譯》）高亨先生說：「這篇似是愛情詩，詩的主角是男是女，看不出
來。」（《詩經今注》）我們在談論〈蒹葭〉的美學價值之前，首先認

定它是一首男青年在河邊抒發對心愛姑娘的追求和愛慕的情詩，其理由如次：

一、《詩經》中的興，大多有比的作用，即所謂「興而比」。〈周南・桃夭〉用「桃之夭夭，灼灼其華」起興，同時也用鮮豔的桃花暗喻剛要出嫁的少女之美，所以有人譽該詩為「詠美人之祖」。〈蒹葭〉用「蒹葭蒼蒼，白露為霜」起興，既有交待環境和節令的作用，也暗喻詩人所追尋的對象似蒹葭那樣苗條，似霜露那樣晶瑩、潔白。

二、由於女性柔順似水，所以《詩經》中講到女性常常跟水聯結在一起，其詩境的構成也大抵如此。如〈周南・關雎〉、〈召南・漢廣〉、〈邶風・新臺〉、〈鄘風・桑中〉、〈衛風・碩人〉、〈鄭風・溱洧〉、〈陳風・澤陂〉、〈齊風・敝笱〉等。這種情景不獨《詩經》有，外國古詩亦然。錢鍾書先生說：「但丁《神曲》亦寓微旨於美人隔河而笑，相去三步，如阻滄海。」（《管錐編》第124頁）

三、詩經的時代已是男性為中心的時代，愛情的主動追求者絕大多數是男性，這不僅可以從男性作者的詩中看出，而且也可以從女性詩人的詩中反映出來，前者如〈周南・關雎〉、〈召南・漢廣〉、〈陳風・東門之池〉等；後者如〈召南・摽有梅〉、〈鄭風・褰裳〉；〈衛風・氓〉等。〈蒹葭〉中抒發的那種不畏險阻，上下追尋的急切心情，也正是一位男青年追尋他的心上人的生動寫照：「一個深秋的早晨，河灣裡的蘆葦罩上一層薄薄的霜露。有位青年男子隔著婉蜒的河水，遙望他心愛的姑娘。然而，她是那樣難以追求。他欲逆流而上，道路是那麼崎嶇遙遠，他欲順流而下，她又彷彿在水中的小島上，可望而不可即。於是，他焦急地徘徊，癡心地凝望，直到太陽升得老高老高……。」（蔣立甫《詩經選注》）

可以看出，這是一首健康而又優美的愛情詩。保加利亞社會心理學家瓦西列夫說：「愛情是作為男女關係上的一種特殊的審美感而發展起來的。愛情創造了美，使人對美的領悟能力敏銳起來，促進對世界藝術

化認識。」（《情愛論》第33頁）〈蒹葭〉在詩美的表現上有哪些創造呢？我們以為：

## （一）創造了一種可望不可即的境界，增加愛慕之情，增加詩的張力度

心理學常識告訴人們：愈是不容易得到的東西，人們便愈想得到它。詩人把詩中的「伊人」置於水之一方，可望而不可即，這就增加了抒情主角的思慕之情。清人陳啟源說：「夫悅之必求之，然惟可見而不可求，則慕悅益至。」（《毛詩稽古篇‧附錄》）這種愛慕之情還可用心理學上的阻塞原則來說明，西方美學家李普斯說：「當命運受到遏抑、障礙、隔斷時，人們的心理活動受到堵塞，從而對堵塞前的往事更加眷念。這種眷念有更大的強度和逼人性。」（《美學‧美的方式》）這種眷念之情不僅屬於抒情主角所專有，也很自然地影響著讀者。進入了詩境的讀者定會在不知不覺中也產生對帶有一定神秘感的女性的思念之情。

這種可望不可即的境界，又表現了美學上的間隔美。宗白華先生說：「美感的養成在於能空，對物象造成距離，使自己不沾不滯，物象得以孤立絕緣，自成境界：舞臺的簾幕，圖畫的框廓，雕像的石座，建築的臺階、欄杆，詩的節奏、韻腳，從窗戶看山水，黑夜籠罩下的燈火街市，明月下的幽淡小景，都是在距離化、間隔化條件下誕生的美景。」（《美學與意境》第223-229頁）為了說明間隔之美，宗先生還借用了古代女子郭六芳〈舟還長沙〉詩加以說明：

儂家家住兩湖東，十二珠簾夕照紅。
今日忽從江上望，始知家在畫圖中。

家鄉的畫圖之美是由於江的間隔形成的；同理，〈蒹葭〉中的伊人美以及全詩的境界之美，都與「在水一方」所造成的間隔密切相關。

這種詩境的建構，在後代詩歌中有著明顯的演進軌跡。如《古詩十九首》中的「盈盈一水間，脈脈不得語。」蘇軾的「但願人長久，千里共嬋娟。」以及賀鑄的〈橫塘路〉、曹植的〈洛神賦〉等。《西廂記》第二本第四折〈綿搭絮〉：「疏簾細雨，幽室燈清，都只是一層兒紅紙，幾幌兒疏櫺，兀的不是隔著雲山千萬重？」第二本第二折，〈混江龍〉：「繫春心情短柳絲長，隔花陰人遠天涯近」等，更有繼承又有發展，各臻其妙。值得指出的是，這種建構還影響著仙話的創造。據《史記·封禪書》載，秦代的方士們為了滿足秦始皇求仙的欲望，編造了所謂海上三神山：「未至，望之如雲；及到，三神山反居水下；臨之風輒引去，終莫能至雲。」這種虛無縹緲可望而不可即的仙境，極富誘惑力，難怪秦始皇寧可冒各種風險，決心到東海一睹為快了。

## （二）藏起「美人」，讓讀者發揮想像力，去完成美的再創造

俗語說：觀景不如聽景。這是因為想像中的事物往往比現實更美。在〈蒹葭〉一詩裡，作者不讓心愛的姑娘露面，把她的美留給讀者去想像、去創造，從而使讀者獲得更多的美感。為什麼發揮讀者的想像力能增加他們的美感呢？從接受美學的角度而言，無論什麼樣的作品，都要透過讀者的解釋、欣賞和再創造，它的美學價值才能成立。義大利唯心主義哲學家克羅齊說：「藝術家的全部技巧就是創造引起讀者審美再創造的刺激物。」（《精神哲學》）從藝術哲學的角度考察，陳大成說：「想像力的作為，它是將生理部分的印象能力的聽覺能力或視覺能力對客觀世界的現實性，以形式錄印下來的『物象』，再反映於其範疇中建立意象為其先驗職責，一旦想像力完成了意象的作為，也就是盡其職責，於是心靈也就賞賜一份報酬的情緒——美感情緒。」（《文學的哲學》）從格式塔心理學的角度講，滕守堯說：「當不完全的形（例如一個未畫出頂角的三角形（△），一個缺一邊的正方形或是有一大段缺口的圓）呈現於眼前時，會引起視覺中一種強烈追求完整，追求對稱、和諧和簡潔的傾向；換言之，會激起一股將它『補充』或恢復到應有的

完整狀態的衝動力，從而使知覺和興奮程度大大提高。……我們還以一個缺少頂角的三角形為例，它既可以在知覺中被恢復為一個梯形（△→△），可恢復為一個三角形（△—△）。一般說來，將其恢復到一個三角形似乎最簡單，最直接，因而可以使知覺的『完形需要』立即得到滿足。但是，對於那些知覺能力發達的人來說，他們可能將它恢復成更複雜的圖形，例如，可以將其底線一分為二，恢復成△△的式樣，還可以在原來圖形之上加一個與之成上下對稱的同樣圖形，從而使之變成一個⟡形。……一個三角形，只能激起一種單調的感受，而後面兩種圖形，卻更富於刺激力，因為有了起伏和變化。」結論是「在真正的藝術創造中，如何透過不完全的形，造成更大的形式意味或刺激力，是藝術家創造能力發展的一個重要表現。」（《審美心理描述》第112頁）由此可見，凡是藝術品，愈能發揮讀者的想像力，讀者所得的美感就愈多。〈蒹葭〉之美的奧秘就在這裡，《漢樂府‧陌上桑》中羅敷之美的奧秘也是在這裡，荷馬《伊里亞特》中海倫之美的奧秘還是在這裡。萊辛指出：荷馬故意避免對物體美作細節的描繪，從他的詩裡，我們只偶爾聽到說海倫的胳膊白、頭髮美之類的話。但是儘管如此，正是荷馬才會使我們對海倫的美獲得一種遠遠超過藝術所能引起的認識。試回憶一下他寫海倫走到特洛亞國元老們的會議場裡那段詩。這些尊貴的老人們看見的海倫，就彼此私語道：

沒有人會責備特洛亞人和希臘人，
說他們為了這個女人進行了長久的痛苦的戰爭，
她真像一位不朽的女神啊！

能叫冷心腸的老年人承認為她戰爭，流了許多血和淚，是值得的，有什麼比這段敘述還能引起更生動的美的意象呢？（《勞孔》人民文學出版社，第120頁）

有趣的是，《西廂記》第一本第四折寫鶯鶯的美也用此法，〈喬牌

兒）「大師年紀老，法座上也凝眺；舉名的班首（做道場的班頭）眞呆
僗（癡呆發愣），覷著法聰頭做金磬敲。」和尚是講色空的，老年和尚
更是忘情的人，但一看到崔鶯鶯竟然發呆，鶯鶯的美貌如何動人，也就
在不言之中了。

## （三）〈蒹葭〉之美還表現在具有深刻的象徵意蘊上

　　黑格爾在《美學》中曾引歌德的話說「古人的最高原則是意蘊，而
成功的藝術處理的最高成就就是美。」（《美學》第一卷24頁）並認
爲有了象徵意蘊，作品才能「顯現出一種內在的生氣，情感、靈魂、風
骨和精神」。所謂意蘊，即作品的內容所隱含的某種深刻的哲理內涵。
從作品的角度講，它是潛藏在作品的具體內容之中的某種人生精義或
人性，人性的最隱秘、最深刻的秘密。從作者的角度講，它是作者所表
現的深刻的社會人生觀念和感情範例，是一種具有高度概括性的人生感
受。可以看出，象徵意蘊是作品的內容的典型性和深刻性的體現，是能
否具有超越性的重要來源，是作品的最高審美價值。那麼，被王國維在
《人間詞話》中稱譽爲「最得風人深致」的〈蒹葭〉具有什麼象徵意蘊
呢？如果說，〈鄭風·將仲子〉的象徵意蘊是深刻地揭示了人類生活中
感情和理智的矛盾的話，那麼〈蒹葭〉的象徵意蘊則揭示了人類生活中
現實和理想的矛盾。詩中的「伊人」象徵著人類的美好理想，詩中的抒
情主角象徵著現實，詩中的可望而不可即的境界和愛情追求，象徵著人
類從現實出發而有著不斷的理想追求，以及人的精神對更廣闊的自由和
完善的不懈追求的心態。林興宅說得好：「人類的歷史是一部不盡的追
求和自我完善的歷史，人類世世代代繁衍無窮，他們的追求也是永無止
境的。哲學認識論中的眞理，科學中的規律，倫理學中的人格完善，美
學中的純美……，這些都是一種既可及又不可及的理想境界，人類每前
進一步都在接近這一境界，然而又是永遠無法達到它的極終的彼岸。人
類就是在這不斷的追求中經受著各種苦難和歡樂，在這種追求中提高自
己，完善自己，一步步地向眞、善、美靠近。」（《藝術魅力的探尋》

第174頁）〈蒹葭〉正是反映了人類不安於現狀，不斷進行追求，不斷
自我完善，不斷地向理想境界靠近的歷史。海明威的《老人與海》因具
這一深刻象徵意蘊而榮獲諾貝爾獎，而我們的無名氏詩人早在2000多
年前就揭示了這一生活矛盾及其心靈的奧秘而使之成爲傳誦千古的詩
章。

## （四）作為愛情詩，詩中縹渺空蕩的意境，揭示了愛情的奧妙

　　愛情是什麼？許多作家詩人都認爲是謎，莎士比亞說，愛情是個
謎，各人對它所做的答案都不盡相同。英國詩人布萊克在〈愛情的秘
密〉詩中說，愛情是永遠不能訴說的，用語言無法表達，正像那吹拂著
的微風，一點也不露形跡。〈蒹葭〉裡空蕩縹渺的意境，「伊人」的神
秘和不露形跡，不就是愛情的象徵嗎？

　　古希臘有個關於愛情的神話，說的是最初世界上住的是半男半女的
人，這些人因自身的完滿而驕傲自大，他們居然對衆神造起反來，這下
子激怒了宙斯，宙斯把他們一個個都劈成兩半，並把這些半邊人分散到
各地。從此，這些半邊人一直在尋找自己的另一半。而這種對完滿的渴
求，就是我們所說的愛情。〈蒹葭〉詩中的抒情主角一直在追尋著在水
一方的「伊人」，不也體現了對完滿的渴求嗎？用希臘神話來參照，還
可以再次證明，〈蒹葭〉是一首不可多得的愛情詩。蘇聯著名社會學
家、教育家蘇霍姆林斯基說：「愛侶未來的一生取決於男女婚前關係的
性質，取決於在這些關係中精神心理，道德美學因素占何等重要的位
置。取決於對道德理想的高尙氣質信念達到什麼程度。愛人者愈是把被
愛者當作人來尊重，對他（她）享有幸福的權利愈是珍惜，男女婚前自
覺承擔的道德義務就愈崇高。」（《關於愛的思考》第85-86頁）在以
男性爲中心，男子可以隨便納妾或者把妻子拋棄的時代，詩中抒情主角
表現了對女性的摯愛和尊重，體現了我們民族道德美學中的人性美，情
操美，所以舒蕪在評論〈蒹葭〉時說：「這些都是什麼聲音？顯然不是
女性的聲音，而是男性的聲音；不是輕薄調笑的聲音，而是眞摯嚴肅的

聲音；不是施以愛寵的聲音，而是祈求允諾的聲音；不是『任由我去享受她』的聲音，而是『惟恐她不理睬我』的聲音」（〈從秋水蒹葭到春蠶蠟炬〉，《光明日報》1983年1月11日）。

朱自清先生說：「中國缺乏情詩，有的只是『憶內』『寄內』或曲喻隱指之作；坦率告白戀愛者絕少，為愛情而歌唱的更沒有。」（《中國新文學大系詩集》序言）朱光潛先生說：「中國愛情詩大半寫於婚姻之後，所以最佳者往往是惜別悼亡。」（《中西詩在情趣上比較》）以上論斷不無道理，特別是秦統一中國之後更是如此。然而，這些論斷並不適合於《詩經》時代的愛情詩，《詩經》裡的〈周南·關雎〉〈召南·漢廣〉〈鄭風·將仲子〉〈鄭風·褰裳〉等等都是愛情詩的不朽傑作。保加利亞作家伊伐佐夫在〈我的丁香花〉盛開一詩中唱道：

啊！親愛的，我的心靈是七弦琴。它要放聲歌唱：只因為世上有了你，宇宙才如此神奇美麗。

我們也可以這樣說，只因為有了〈秦風·蒹葭〉這樣的詩，中國愛情詩的百花園才如此神奇美麗。

附記：近讀張後成〈明代詩經學〉一文，談到〈蒹葭〉意象的特徵：「鍾惺嘆賞此六句：『意象漂渺極矣！』」而戴君恩的批語是：『意中之人，意中之景』。『溯洄』四句，並非指詩人真的沿著河水上下求索，而是詩人徬徨苦悶的心靈一種藝術化的表述，亦即『意中之景』，以『意中之景』求索飄忽迷離的『意中之人』，故『意象漂渺極矣』」。這就解決了抒情主角上下求索而始終不能找到意中人的原因，對該詩的藝術特徵也有更深切的領悟。

# 說《小雅・采薇》

　　韋勒克和沃倫合著的《文學原理》說：「一件藝術品的全部意義，是不能僅僅以其作者和作者同時代人的看法來界定。它是一個累積過程的結果。」這就是說，文學作品的價值，並不是一個一經發現便不再變化的常數。優秀的文學作品是一座可以不斷開探，不斷有所發現的礦藏，外國有所謂「說不完的莎士比亞，說不完的托爾斯泰」，原因就在這裡。對〈小雅・采薇〉的閱讀和鑑賞也應作如是觀。

　　〈采薇〉是周宣王時代，一位參加反擊玁狁侵暴中原戰爭的普通戰士所寫的詩。詩中嚴正地控訴了玁狁給中原人民帶來的災難。

　　　靡室靡家，〔拋合親人離家園，〕
　　　玁狁之故。〔只因玁狁來侵犯。〕
　　　不遑啟居，〔跪不寧哪坐不安，〕
　　　玁狁之故。〔只因玁狁來侵犯。〕
　　　憂心烈烈，〔滿腔憂愁似火燒，〕
　　　載饑載渴。〔又饑又渴真難熬，〕
　　　我戍未定，〔我的防地還未定，〕
　　　靡使歸聘。〔家信託誰捎回家？〕

可以看出，詩人非常熱愛和平幸福生活，對家中的親人又非常思念。但他把戰爭帶來的痛苦，清楚地記在民族敵人的帳上，並用奪取勝利的豪

氣來沖淡思家的悲傷：

> 豈敢定居？〔哪敢安居歇歇腳？〕
> 一月三捷。〔一月頻傾傳捷報。〕
> 豈不日戒，〔哪敢日月不警惕？〕
> 玁狁孔棘。〔玁狁犯邊軍情急。〕

　　黃永武先生指出：「世界上已沒有一件藝術品是完全孤立的，因為每一首詩，每一張畫，無不以龐大的世族文化和時代精神為其心智的基礎。」[1]詩人是華夏族最普通的一員，在民族戰爭中如此深明大義，心甘情願地為正義戰爭奉獻一切。當時並無什麼政治工作，這種心理毫無外加因素，完全是從心田裡流露出來的。正是這種心理，形成了中華民族的集體無意識和民族精神。在世界上，中國是一個文明傳統未中斷的古國，是唯一形成穩定的統一趨勢的古國，這裡的原因很多，但這種熱愛自己的民族，為民族的生存和發展而獻身的精神，已成為中華民族得以延續3000多年而不被侵略者所吞併的強大精神支柱。南宋愛國詩人陸游，在臨終前巧下了絕筆的〈示兒〉詩：

> 死去元知萬事空，但悲不見九州同。王師北定中原日，家祭無忘告乃翁。

這首詩很多人做了講析，唯有被毛澤東稱頌的「一身重病，寧可餓死，不領美國救濟糧」的民族戰士和詩人朱自清先生領會最為深刻，他在〈愛國詩〉一文中說：

> 〈示兒〉是臨終之作，不說到別的，只說「北定中原」，正是他的專一處。只是對兒子說話不是什麼遺疏遺表的，用不著裝腔作勢，他盡

可以說些別的體己的話；可他只說這個，他正以為這是最體己的話；詩裡說：「元知萬事空」，萬事都擱得下；「但悲不見九州同」，只這一件擱不下；他雖說「死去」，雖然「不見九州同」，可是相信「王師」終有「北定中原日」，所以叮囑兒子「家祭無忘告乃翁」……。[2]

文中所指的「專一處」，「用不著裝腔作勢」、「最體己的話」不正是陸游真正的民族精神的自然流露嗎？李存葆在《高山下的花環》的題詞中寫道：「記不清哪朝哪代，哪位詩人，曾寫下這樣一句不朽的詩——位卑不敢忘憂國」。這句詩集中體現了為反擊侵略者而英勇獻身的戰士們的民族心理。它正是2000多年前，〈采薇〉所反映的民族心理在新時代的繼承和發展。俄國偉大的文藝批評家杜勃羅留波夫說：「衡量作家或者個別作品價值的尺度，我們認為是：他們究竟把某一時代，某一民族自然追求表現到什麼程度」。（〈黑暗王國的一線光明〉）從〈采薇〉到〈示兒〉再到〈高山下的花環〉，都是表現我們民族精神和民族心理的時代曲，都是撥動千百萬人心靈的琴弦，是我們民族文化的可寶貴的遺產。

最近，李劼在論述民族心理時，曾經這樣說過：「當文學發展到觀照民族歷史探索文化心理，就會使人們自然而然地發現：這民族缺乏個性，這歷史太過沉重，這文化古老得失去了活力，這心理麻木得好像一潭死水。歸結起來，這是一個幾乎看不到時間流動的封閉空間。在這封閉空間裡，看上去所有的一切似乎都在按部就班地運行，但實際上卻已經在一種長年累月的循環往復中無聲無息地凝固了，窒息了，僵化了。在這裡，雖然有著頑強的生存，但生存得非常悲哀。[3]

我們並不否認我們的民族文化及民族心裡和任何事物一樣，存在著兩面性，既有它積極進取的一面，也有它消極落後的一面。片面地誇大文化的優良傳統會鼓動盲目排外的自大狂；但是片面的誇大民族的消極面，既不符合於中國的實情，也會降低民族的自信心，還會不自覺地寬免了我們理應擔負的歷史重任。不可諱言，李劼的文章是存在這個毛病

的。請李劫讀讀〈采薇〉吧，它會給我們以有益的啓示。

當然，〈采薇〉的積極的民族精神是在家國之間矛盾中表現出來的，詩中並不迴避因戰爭而失去與家人團聚的歡樂，並由此帶來的痛苦，「曰歸曰歸，心亦憂止」「王事靡盬，不遑啓處，憂心孔疚，我行不來。」詩人的高人之處則在於正確地處理了兩者之間的關係，並且表現出以國家、以民族爲重的理性精神。黑格爾說：「生命的力量，尤其是心靈的威力就在於本身設立矛盾，忍受矛盾，克服矛盾。」⁴詩人正是忍受矛盾，克服矛盾的過程中顯示出強大的心靈威力的。從藝術表現的角度來看，正因爲詩人的崇高思想境界是在「忍受矛盾，克服矛盾」的動態中表現出來的，所以使人感到眞實可信，有血有肉，而無拔高、虛空之感。葉嘉瑩先生說：「詩歌是奇妙的東西，是個活的東西，詩歌是帶有生命的東西。我們不要用那些標準把它卡死了，把它扼殺了，不要這樣做，我們要認識詩歌本身所帶著生生不已的千百年仍然使我們感動的生命。」葉先生又說：「我以爲古典詩詞裡邊所充滿洋溢著的是我們中華民族的一種美好的精神，一種操守和修養。所以，我們一定要從這種精神感情來認識才是對的。」⁵我們只有眞正領會到〈采薇〉千百年來仍然使我們感動的生命所在，才算眞正讀懂它，理解了它。

《世說新語・文學》記載了這樣的故事：

謝公（謝安）因子弟集聚，問《毛詩》何句最佳？遏（謝玄，謝安的侄兒）稱曰：「昔我往矣，楊柳依依；今我來思，雨雪霏霏。」公曰：「訏謨定命，遠猷辰告」。謂此句偏有雅人濃致。

「訏謨定命」二句是〈大雅・抑〉第二章中的詩句，意思是說，有偉大的計畫定要號召，有遠大的政策就隨時宣告。這兩句詩雖然表現了政治家的風度，但藝術形象性較差。從藝術欣賞的角度看，謝玄的鑑賞是比謝安要高一籌的。所以王士禎說：「玄與之推（按：指顏之推，他

推賞〈小雅‧車攻〉：「蕭蕭馬鳴，悠悠旆旌」。《傳》：「言不喧嘩也。」顏之推在《顏氏家訓‧文章》中稱讚道：「吾每嘆此解有情致，籍詩生於此意耳」。）所言是矣，太傅所謂雅人深致，終不能喻其意。」[6]那麼，〈采薇〉中這四句詩好在哪裡呢？

首先是創造了以樂景寫哀情，以哀情寫樂境的美學境界。王夫之《薑齋詩話》說：「昔我往矣，楊柳依依；今我來思，雨雪霏霏。以樂景寫哀，以哀景寫樂，一倍增其哀樂。」是對的。然而，在中國文化史上有重大影響的還是用「楊柳依依」來描繪在送別情景這個問題上。

在《詩經》中，用柳入詩的共四首，其餘三首是：

1. 〈齊風‧東方未明〉：「折柳樊圃，狂夫瞿瞿。」

2. 《小雅‧小弁》：「菀彼柳斯，鳴蜩嘒嘒。」

3. 《小雅‧菀柳》：「有菀者柳，不尚息焉。」

這三首各有長處，但都不如「楊柳依依」好，所以劉勰道：「是以詩人感物，聯類無窮，流連萬象之際，沉吟視聽之區；寫氣圖貌，既隨物以宛轉，屬采附聲，亦與心而徘徊。故『灼灼』狀桃花之鮮，『依依』盡楊柳之貌，……以少總多，情貌無遺矣。雖復思經千載，將何易奪？」[7]然而，劉勰只從雙音詞的角度加以讚美，似乎還未能盡其妙。還須詳加演說。

(1)所謂「依依」是形容柳條柔長嫋嫋的狀態。[8]詩人描繪柳條的特徵與送行時依依不捨的情景相互交融，是很形象的。宋祁《宋景文筆記》卷中說：「《詩》曰：『蕭蕭馬鳴，悠悠旆旌』，見動而靜，顏之推愛之；『楊柳依依』，『雨雪霏霏』寫物態，慰人情也，謝玄愛之。」宋祁認為「楊柳依依」寫出行時的人情，情景交融是對的。李商隱〈贈柳〉：「堤遠意相隨」，李嘉祐〈自蘇臺至望亭驛悵然有作〉：「遠樹依依如送客」，正是從這裡演化而來的。然而，後人的效仿總不如〈采薇〉自然而又有韻致，袁枚《隨園詩話》卷一一讚美李商隱詩句

「真寫柳之魂魄。」錢鍾書先生則認為：「此語乃自《詩經》『楊柳依依』四字化出，添一『意』字，便覺著力，寫楊柳性態，無過《詩經》此四字者。」[9]

(2)「詩是作者心的投影」，然而，作者對事物的歌詠，無不以民族的歷史、傳統習俗、生活方式、心理特點等龐大民族文化為其背景。例如屈原〈九歌·東君〉：「操餘弧兮反淪降，援北斗兮酌桂漿。」這裡作為酒器的北斗是指天上的北斗七星，大熊星座七顆星，金開誠先生說：「北斗星在中國人心中被視為構成酒斗之形，所以稱為『北斗』；若在外國，它是被稱為熊星座，顯然沒法被視為飲酒的器具。」[10]詩歌的民族性在「楊柳依依」中也得到充分的體現。詩中的柳，漢語讀音與「留」相同，因此有暗含著挽留行人的意思。其次柳樹分布廣，又易栽，送別時講到柳，也有預祝行人像生命力很強的柳樹在他鄉具有很強的適應性。褚人獲說：「（柳）倒插枝栽，無不可活，絮入水亦化為萍；到處生理逐暢。送行折柳者，以人之去鄉，正如木之離土，望其如柳之隨處皆安耳。」[11]最後一點是中國人具有的喜聚不喜散的民族心理，因而特別看重象徵離別的楊柳。臺灣著名學者羅宗濤先生說：

　　有人說：「中國文學作品中最常見的樹木是楊柳」，似有道理。楊柳是別離的象徵，而中國人喜聚不喜散，最怕與親人或朋友分開，但在人生的旅途中，不管是死別，生離或別離又是經常發生的，於是在我國詩中別離成為重要的主題。詩人筆下，經常出現依依的柳條，飄舞的柳絮，以及笛聲嗚咽的折楊柳曲。[12]

由此，形成了折柳送別的民俗。《三輔黃圖》說：「灞橋在長安東，跨水作橋，漢人送客至此橋，折柳贈別」。魚玄機〈折楊柳〉：「朝朝送別泣花鈿，折盡春風楊柳煙。願得西山無樹木，免教人作淚懸懸。」正是根據這種民俗背景而寫的詩歌，後代詩人根據「楊柳依依」作為創作基因，寫出許許多多情意纏綿各具特色的詩詞作品，並由此形

成了柳文學：

　　劉禹錫〈楊柳枝〉詩：

　　城外春風吹酒旗，行人揮袂日西時。長安陌上無窮樹，唯有垂陽管別離。

　　李商隱〈離亭賦得折楊柳〉二首之一：

　　含煙惹霧每依依，萬緒千條拂落暉，為報行人休盡折，半留相送半迎歸。

　　至於梁簡文帝〈送別〉詩：「岸柳拂舟垂。」晏殊〈踏莎行〉：「垂楊只解惹春風，何曾繫得行人住。」《西廂記‧長亭送別》：「柳絲長玉驄難繫。」更是由此而作的神奇想像，從而創造出新的意境。

　　綜上所述，我們可以清楚地看出：〈采薇〉一詩在我們民族詩歌史上具有不可忽視的地位，也說明了這樣一個道理：新時代的詩人們應該研究中國具民族特色的詩歌的創作經驗，以利於創作出為中國人民所喜聞樂見的詩篇，也利於為世界文化寶庫提供應有的貢獻。

　　最後，談談〈采薇〉的時代問題。關於〈采薇〉的時代主要有以下二種說法：

　　一、周文王時代說。〈毛序〉：「遣戍役也。文王之時，西有昆夷之患，北有獫狁之難。以天子之命，命將率遣戍役、以守衛中國。故歌〈采薇〉以遣之，〈出車〉以勞還，〈杕杜〉以勤歸也。」這一說法後人不大相信，主要理由是周文王為周代草創之時，不可能有如此成熟如此完整的詩歌。朱熹說：「疑以未必文王之詩。」（《辨說》）程俊英先生說：「舊說是文王時遣送守邊兵士出征的樂歌，但從詩的語言藝術

和風格看來，很像〈國風〉中的民歌，不像周初的作品。」（《詩經譯注》〈采薇〉題解）。

二、周懿王時代說。〈魯說〉：「懿王之時，王室遂衰，詩人作刺。」〈齊說〉：「周懿王時，王室遂衰，戎狄交侵，暴虐中國，中國被其苦，詩人始作疾而歌之曰：「靡室靡家，獫允之故。豈不日戒，獫允孔棘。」今人程俊英先生和朱東潤先生同意此說。朱東潤先生說：「《漢書·匈奴傳》說：『（周）懿王時，王室遂衰，戎狄交侵，暴虐中國。中國被其苦，詩人始作，疾而歌之曰：「靡室靡家，獫允之故，豈不日戒，獫允孔棘。」其說當本於《齊詩》。……當以《漢書》之說爲是。」（《中國文學作品選》〈采薇〉題解）按：該說與詩意不符，因〈采薇〉根本不是諷刺詩，而且沒其他旁證材料，故也很難成立。

我們贊同魏源、王國維的說法，認爲是周宣王時代的作品，理由如下：

〈毛詩序〉認爲作於文王時代固不足信，但講到〈采薇〉〈出車〉和〈杕杜〉本是一組詩，則有一定的參考價值。特別是〈采薇〉和〈出車〉關係更爲密切，現列表比較於下：

| 項目<br>篇名 | 讚頌統帥 | 抒發家國<br>矛盾之情 | 共同敵人 | 語言相似 |
|---|---|---|---|---|
| 采薇 | 彼路斯何？<br>君子之車。<br>駕彼四牡，<br>四牡騤騤。<br>君子所依，<br>小人所腓。 | 靡室靡家，<br>獫狁之故。<br>不遑啓居，<br>獫狁之故。<br>憂心烈烈，<br>載饑載渴。<br>我戍未定，<br>靡使歸聘。 | 豈不日戒，<br>獫狁孔棘！ | 昔我往矣，<br>楊柳依依；<br>今我來思，<br>雨雪霏霏。<br>王室靡鹽，<br>不遑啓處。 |

| 項目 / 篇名 | 讚頌統帥 | 抒發家國矛盾之情 | 共同敵人 | 語言相似 |
|---|---|---|---|---|
| 出車 | 未見君子，憂心忡忡。既見君子，我心則降。赫赫南仲，玁狁於襄。 | 王事多難，維其棘矣，憂心悄悄，僕夫況瘁。王事多難，不遑啓居，豈不懷歸，畏此簡書。 | 赫赫南仲，玁狁於襄。 | 昔我往矣，黍稷方華；今我來思，雨雪載塗。王事多難，不遑啓居， |

透過比較，以上兩篇出自同一時代是不成問題，那麼，如果能夠確定〈出車〉的時代，並作為參照系，〈采薇〉時代就可由此而確定下來了。〈出車〉歌頌的是主帥南仲，那麼，南仲是何時人呢？《漢書古今人物表》中文王時代無南仲，周宣王時代則有南仲，也作南中，列於上之下。《魯說》：「南仲，宣王時將」。（王先謙《詩三家義集疏》第586頁，中華書局版）

《後漢書‧馬融傳》疏云：「玁狁侵周，周宣王立中興之功，是以赫赫南仲，載在周詩。」（《詩三家義集疏》第587頁）

王符《潛夫論‧敘錄》：「蠻夷猾夏，古今所患。宣王中興，南仲征還。」（同上第986頁）

王國維說：〈出車〉詠南仲伐玁狁之事，南仲亦見〈大雅‧常武〉篇，然《漢書古今人物表》⋯⋯《後漢書‧龐參傳》載馬融上書皆以南仲為宣王時人，融且以為〈出車〉之南仲即〈常武〉之南仲矣。今焦山所藏《鄩惠鼎》云：「司徒南仲入右鄩惠。」其器稱『九月既望甲戌』，有月日無年，無由知其何時之器，然文字不類周初，而與〈召伯虎敦〉相似，則南仲是宣王時人，〈出車〉亦宣王時詩也。征之古器，則凡紀玁狁事者，亦皆宣王時器，⋯⋯由是觀之，則周時用兵玁狁

事。」（《觀堂集林・鬼方昆夷獫狁考》）

綜上所述，〈采薇〉與〈出車〉一樣，是周宣王時代的作品是肯定無疑的。

最後，淡談對本詩結構的理解問題。〈采薇〉全詩六章，這六章的主要思想內容及其關係是怎樣的呢？《鄭箋》云「我來戌止，而謂始反時也。上三章言戌役，次二章言將率之行。故此章（按指第六章）重序其往反之時，極言其苦以說之。」這是根據《詩序》：「遣戌役也」而認爲前五章具體敘寫出戌之事而最後一章是念歸期之遠。是在出戌中的想像之詞。這樣理解未嘗不可，但扣不緊作品，我們認爲應以方玉潤的看法爲依據，他說：「〈小序〉、〈集傳〉皆以爲遣戌役而代其自言之作。惟姚氏謂戌役還歸詩也，蓋以詩中明言『曰歸曰歸』及『今我來思』等語，皆既歸詞，非方遣所能逆料者也。愚謂曰歸，歲暮可以預計，而柳往雪來，斷非逆睹，使當前好景亦可代言，則景必不眞；景不眞，詩亦何能動人乎？此詩之佳，全在末章，眞情實景，感時傷事，別有深情，非可言喻，故曰『莫知我哀』。不然，凱奏生還，樂矣，何哀之有耶？其前五章，不過是追述出戌之故與在之形而已，這是說，該詩是返鄉戰士在途中所唱。第六章是實寫，而前五章是在途中回憶出戌的往事，是倒敘，這是符合詩的實際的。這種寫法與〈衛風・氓〉差不多，都曲折而富有情致，均可看出《詩經》結構之妙。

## 注釋

1. 臺灣巨流公司《中國詩學・思想篇》自序。
2. 《朱自清選集》，〈愛國詩〉1952年，開明書店版。
3. 李劫〈劉索拉小説論〉，《文學評論》1986年第1期。
4. 黑格爾《美學》，第一卷第154頁。
5. 葉嘉瑩《唐宋詩詞十七講》第51頁，第37頁，嶽麓書社版。

6. 王士禎《古夫於亭雜錄》。

7. 劉勰《文心雕龍·物色》。

8. 柳在植物學上與楊同屬楊柳科，全國分布，有許多品種，但作為中國文學意象的指垂柳，屬落葉喬木，其特徵為小枝細長，下垂無毛，有光澤，葉矩圓形或條狀披針形。李漁説：「柳貴乎垂，不垂則可無柳。柳條貴長，不長則無嫋娜之致。」（《閒情偶記》）長長的柳條是依依惜別心情的外物化，又是送別時揮手致意的形象化。送別時心情是悲哀的，垂柳也是悲傷心情的外物化。[美]恩斯特、阿恩海姆説：「一棵垂柳之所以看上去是悲哀的，並不是因為它看上去像是一個悲哀的人，而是因為垂柳枝條的形狀，方向和柔軟性本身就傳達了一種被動下垂的表現性。」（《藝術與視知覺》第624頁）

9. 錢鍾書《談藝錄》第220頁，中華書局版。

10. 金開誠《藝術叢談》，第100-101頁。

11. 褚人獲《堅瓠續集》卷四。

12. 羅宗濤《中國詩歌研究》第334頁。「中華文化叢書」臺北中央文物供應社，民國74年版。

# 《詩經》心理審美化及其影響（上）

　　丹麥文學史家格奧爾格・勃蘭兌斯說過：「文學史就其最深刻的意義來說，是一種心理學，是研究人的靈魂，是靈魂的歷史。」這是文學和心理學關係的最簡要最直接的說明。這裡我們需要補充兩點，其一，藝術心理與普通心理有所不同。日常心理是個人心理，不帶普遍性，而藝術心理則帶有普遍性。日常心理採取直接渲洩的方式，而藝術心理則要求形式化，對象化。其二，常人和藝術家的心理有所不同，人們在日常生活中有著視而不見，聽而不聞的習慣，而藝術家則具有敏銳的知覺能力，能把握和表達日常生活中的詩意。

　　《詩經》作爲我國現實主義詩歌創作的泉源，詩人們以其敏銳知覺能力，傳達了先民各種情感和生活，並對後代產生深刻的影響。那麼，《詩經》是怎樣把先民們的心理和情感形式化和對象化，即審美化呢？本文試就這個問題作初步探討。

## 一、利用重章複遝法，表現心理活動的動態性

　　一般地說來，心理活動的動態性很難在短小的抒情詩中得到恰當的表現，而《詩經》採用重章複遝的形式，在不變中求變化，從而把心理活動的發展變化藝術地顯現出來。袁梅先生在分析〈陳風・澤陂〉時指出：

　　每章都運用比興手法和迭章迭句，維妙維肖地描寫一個青年對愛人相思的苦況層層遞進，步步加深。……主角先是哭泣，乃憂傷苦楚之狀。但是，由於思而不見，無可奈何，繼而轉為沉默的抑鬱，乃無聲的哭泣，這比失聲號啕更深沉，心理活動也更複雜，他在沉默中想得更多，更苦，更切。再進一步，又繼之以輾轉伏枕，這是被剪不斷，推不開的思緒糾纏著，折磨著，翻來覆去，以至伏在枕上徹底不眠了。他不但伏枕，而且輾轉，可以想見其哀苦怨曠，憂悶欲絕之情狀。詩中描寫人物心理活動，是多麼細緻，多麼微妙。」[1]

　　這種相思的痛苦逐步加深，是透過首章的「涕泗滂沱」，第二章的「中心悁悁」和第三章的「輾轉伏枕」而表現出來的。有人認為三章只是簡單的重複，是沒有從心理活動的角度去領會主角內心細緻變化的結果。有人認為《詩經》之所以採用重章複遝的形式是由於適應樂律的需要，顯然是只知其一而不知其二。

　　〈召南·摽有梅〉是一首女子希望趁她年輕趕快成婚的詩，首章寫的是，當樹上的梅子還留有七成時，女子的心情是「求我庶士，迨其吉兮」！意思是「追求我的小夥子，不要錯過好的時機」，這是從容等待的語氣。二章，當樹上的梅子只留下三成時，女子的心情是「迨其今兮」，意思是成婚的吉日良辰在今天」，《毛傳》：「今，急詞也，」說明隨著時間的推移，顯出焦急的心情了。三章，當落梅多得需要提筐來盛時，女子的心情是「迨其謂之」，意思是，只說句話就行了，其急不可耐的心情躍然紙上。可見，該詩的立意是，樹上的梅子愈來愈少，女子由此聯想到自己青春的消逝，從而盼望成婚的心情愈來愈急切，這種心理上的變化也是透過三章的複遝而表現出來的。《南北朝樂府·地驅樂歌》：「驅羊入谷，白羊在前。老女不嫁，蹋地喚天。」立意相同，卻缺少抒情主角的心路歷程的展示，其藝術感染力就遜色得多。

　　〈鄭風·將仲子〉是首抒寫在封建禮教壓迫下的心理矛盾和痛苦的詩。什麼矛盾呢？萬雲駿先生說：「這首詩反映姑娘內心的『懷』與

『畏』的矛盾，也就是以姑娘和『仲』為一方，以父母，諸兄、國人為另一方的矛盾。」[2]這種說法並不完全符合詩的實際，因為詩中的女子因害怕父母，諸兄和國人的閒言閒語，一再要求「仲」不要前來幽會。可見女子和「仲」並不一致，儘管女子深深地愛著「仲」。正確的說法是，女子處於以「仲」為一方，以父母、諸兄、國人為另一方的矛盾之中，處於內心矛盾的漩渦之中。從而展示心靈的辯證法，給人以心靈的震顫。[1]然而這首詩的威力還在於內心矛盾的動態顯現上。首章當「仲子」來「逾里」（古制二十五家為一里」，「逾里」指來到女子所住的村落）時，女子所畏的只是父母，二章當「仲子」逾牆（跨越院牆）時，所畏的擴大到諸兄，三章當仲子「逾園」（跨越園牆）時，所畏的則是鄰里之人了。《詩經備註》指出：「仲來逾近，所畏逾廣」，這就把內心矛盾的動態性揭示出來了。

## 二、選取典型的動作，表現微妙的心理活動

心理學家認為人的內心世界是「第二宇宙」，具有無比的豐富性。然而這個「宇宙」卻是無形的，要表現它必須外物化。《詩經》的作者，深深懂得「人的心理狀態總會自然地流露到表情和動作」上。因此，選取典型的動作表現其豐富、複雜的心理，成為《詩經》重要的藝術特徵。〈氓〉是首棄婦詩，詩中女子回憶與氓戀愛時寫道：

乘彼垝垣，以望復關。不見復關，泣涕漣漣；既見復關，載笑載言。

《傳》：「垝，毀也。復關，君子之所近也。」所謂「垝垣」就是將要坍塌的高牆。于省吾先生《澤螺居詩經新證》認為《毛傳》解釋是錯誤的：「若曰毀垣，垣既毀未可方乘，乘之亦未可望復關也。」其實

《毛傳》解釋是對的，那麼，為什麼好牆不登，而偏偏寫她登上快要倒塌的牆頭呢？不顧生命危險，登上既高又險的牆頭瞭望情人的到來，正是處於熱戀中特定的心理狀態的真切寫照，正是這個典型環境中的典型動作，才活畫出女子愛情的狂熱和急切等待情人的心情。1990年4月15日《文匯報》報導：「本市（上海）一對男女青年在鐵軌上談戀愛，對火車鳴笛竟然充耳不聞，結果雙雙被壓在車輪下，又死裡逃生」也可佐證，難怪有人稱處於熱戀的男女近似瘋子，不懂得這種愛情心理，是讀不懂這首詩的。

〈邶風·燕燕〉是首衛軍送妹妹出嫁的詩。在這首被王士禎譽為「萬古送別之祖」的詩中，只寫了一個「瞻望弗及，佇立以泣」的動作，好處是：（一）臨別時應該是千叮嚀萬囑咐，但詩中卻一句話也沒說，正反映著臨別時的無限悲苦之情。所以鍾惺說：「深情苦境說不得，苦說得，又不苦矣。」（二）「瞻望弗及」是寫以目力相送，直到看不見為止，就把依依惜別之情表達無遺了。宋人許顗說：「〈邶風·燕燕〉真可以泣鬼神矣！張子野長短句：『眼力不如人，遠上溪橋去』；東坡〈與子由詩〉云：『登高回首坡壟隔，惟見烏帽出復沒』，皆遠紹其意」（《彥周詩話》）說明這種寫法的影響是很深遠的。李白〈黃鶴樓送孟浩然之廣陵〉：「孤帆遠影碧空盡，唯見長江天際流」。張先〈南鄉子〉詞：「春日一篙殘照闊，遙遙，有個多情立畫橋。」等等，寫法與〈燕燕〉血脈相連。至於用「輾轉反側」（〈周南·關雎〉）寫因思慕心切而心緒不寧；用「搔首踟躕」（〈邶風·靜好〉）寫因看不見前來約會的情人而焦急不安，更是膾炙人口，廣為傳誦。

《詩經》後代運用這種寫法的有鮑照〈行路難〉：「對案不能食，拔劍擊柱長嘆息。」辛棄疾〈水龍吟〉：「把吳鈎看了，欄杆拍遍，無人會，登臨意」（〈登健康賞心亭〉）用否定性的動作寫心理也很成功。〈衛風·伯兮〉是一首有名的思婦詩：「自伯之東，首如飛蓬，豈無膏沐，誰適為容。」[3]「首如飛蓬」四字就把因思念丈夫而心煩意亂的情緒淋漓盡致地表達出來了。方玉潤指出：「宛然閨閣中語，

漢魏詩多襲此調。」³是的，徐幹〈室思〉：「自君之出矣，明鏡暗不治。」曹植〈七哀詩〉：「膏沐誰爲容，明鏡暗不治」。都是由此而來，但都不如〈伯兮〉眞摯自然。學習得更好的還是李清照〈鳳凰臺上憶吹簫〉詞：「香冷金猊，被翻紅浪，起來慵自梳頭。任寶奩塵滿，日上簾鉤。」〈周南·卷耳〉也是懷念外出的丈夫的詩：「采采卷耳，不盈頃筐，嗟我懷人，置彼周行。」〈小雅·采綠〉：「終朝采綠，不盈一掬」也把懷人的深情寫出來了。讓我們彷彿看到抒情主角那發呆的樣子。

## 三、心理空間與心理時間

從物理學的角度而言，時間的長短，空間的大小都具有一定的客觀性，不因人而異。然而由於人的感情的主觀性，同一空間或時間的主觀感覺並不一樣。愛因斯坦說：「如果你在一個漂亮的姑娘身旁坐一個小時，你只覺得坐了片刻。反之，你如果坐在一個熱火爐旁，片刻就像一小時。」同一個人，由於心情不同，對空間和時間的感覺也不同。唐詩人孟郊在失意時寫道：「出門即有礙，誰謂天地寬？」（〈送崔純亮〉）而在中舉之後則寫道：「春風得意馬蹄疾，一日看盡長安花。」因此借用心理空間和心理時間來表現特定的心理狀態，不失爲一種好的藝術方法，而這種藝術方法則是由《詩經》開創的。〈小雅·節南山〉是首充滿憂患意識的詩，詩中寫道：「駕彼四牡，四牡項領。我瞻四方，蹙蹙靡所騁。」天地本來是寬廣無邊，但在作者看來卻是侷促狹小，無處可以自由馳騁。〈小雅·正月〉：「謂天蓋高，不敢不局（局，捲曲著身子）；謂地蓋厚，不敢不蹐（用最小的腳步走）」意思是：「我們說這天是很高的，可我不敢不彎腰；我們說這地是很厚的，可我不敢不輕步行走。」這就形象地反映了詩人特定境遇下的痛苦之情，同時也把當時國家昏亂，民不聊生的狀況呈現出來。左思〈詠史〉詩第八首：「落落窮巷士，抱影守空廬。出門無通路，枳棘塞通途。」

李白〈行路難〉:「大道如青天,我獨不得出。」等正是從這裡演化而來的。值得一提的是這種寫法還影響到海外。萬葉時代著名詩人山上憶良(卒於733年)的〈貧窮問答歌〉:「雖云天地廣,何以我卻狹偏,雖云日月明?何以照我天無焰!」

〈鄭風・東門之墠〉:「東門之墠(土壇),茹藘(茜草)在阪。其室則邇,其人甚遠。」爲什麼情人住得很近而覺得很遠呢?朱熹《詩集傳》:「室近人遠者,思之而未得見之詞也。」說明詩人正是運用了心理空間的描寫,表現對情人的相思之情。元代雜劇作家王實甫也很懂得其中的奧妙。《西廂記》第二本第一折〈混江龍〉曲:「繫春心情短柳絲長,隔花陰人遠天涯近。」第二本第四折〈綿搭絮〉:「疏簾雨細,幽室燈清。那只是一層兒紅紙,幾槅兒疏櫺,兀的不是隔著雲山幾千重?」寫張生相思之苦,更爲具象。〈王風・采葛〉則是一首用心理時間寫相思之苦的好例。「一日不見,如隔三秋」,至今仍活在人們的口頭上。

綜上所述,我們可以得出以下兩個結論:其一,心理時間和心理空間的描寫,實質上是人主觀感受上的錯覺。作家正是憑藉這種主體感受客體而發生的情感錯覺寫出許多優秀的詩歌,傅玄〈雜詩三首〉之一:「志士惜日短,愁人知夜長。」張華〈情詩〉:「居歡惜夜短,在戚怨宵長。」陶淵明〈飲酒詩〉之五:「結廬在人境,而無車馬喧。問君何能爾,心遠地自偏。」也是利用這種藝術手法寫成的好詩。其二,以往我們把文學定義爲:「文學是客觀世界的如實反映。」看來是不全面的,因它忽視了心理世界與物理世界的區別,而犯了機械唯物論的錯誤。

## 四、比喻與襯托和阻塞原則

亞里士多德曾說,比喻是天才的標識。《詩經》中許多新穎具體的

比喻反映了先民們的智慧與創造力。〈周南・桃夭〉：「桃之夭夭，灼灼其華（花），之子于歸，宜其室家。」王宗石《詩經分類詮釋》是這樣題解的：「是一篇祝賀少女出嫁的詩。以桃花比喻少女的美，以果實、枝葉的繁茂喻其子孫家族的昌盛，爲自古有名的詩篇。」因此，有人把〈桃夭〉譽爲「千古詠美人之祖」。這首詩篇使我們想起一位哲人的名言：「第一個把美人比喻作花的人是天才，第二個人則是庸才，第三人簡直就是笨蛋。」《詩經》在心理世界審美化方面也廣泛地運用了比喻，〈小雅・小弁〉：「我心憂傷，惄焉（憂愁的樣子）如擣」。一個「擣」字描繪了悲痛欲絕的情狀，錢鍾書在《管錐編》中譽之爲：「可稱驚心動魄，一字千金。」[4]〈小雅・小弁〉：「戰戰兢兢，如臨深淵，如履薄冰」已成爲人們常用的俗語。《詩經》用反比也很成功。〈小雅・何草不黃〉：「匪兕匪虎，率（循著）彼曠野。哀我征夫，朝夕不暇。」寫征夫終年在外行投，其行蹤與棲息之地猶如野獸，其心情既有哀傷，還有不滿，是很具象眞切的。前人怦之爲「語愈危苦」也很恰當。

　　値得一提的是《詩經》開創了「博喻」的先河。所謂「博喻」是用三個以上的比喻對某一事物或心理狀態進行多側面多層次的描繪，從而顯示某一事物或心理狀態的立體感。〈小雅・斯干〉：「如跂斯翼，如矢斯棘，如鳥斯革，如翬斯飛」這四句是描繪周王宮室壯麗及其結構特徵的。袁愈荌《詩經全譯》譯爲：「如人企立足跟穩，如箭急射鏃有棱，如鳥翶翔展翅膀，如雉奮飛五彩新」。詩人用四個比喻描繪周王宮室飛動之美是很形象的，這種屋角反翹，甍宇翬（野雞）飛的形貌可以減弱屋頂所給予人的那種沉重的感覺，從而產生一種既穩重又飛動的美感。著名美學家宗白華就指出：「作爲中國藝術的重要美學特徵的飛動之美，正是從周宣王時代的〈斯干〉開始的。」[5]如果從心理藝術表現的角度講〈邶風・柏舟〉則是博喻的好例，該詩是首抒寫一位女子與意中人矢志相愛，卻遭到父母、兄弟干涉阻撓，難以實現其美好生活理想的情歌。詩中連用「我心匪（非）鑑（鏡子），不可以茹（容納，指

鏡子什麼人都可以照）也，我心匪石，不可轉也；我心匪席，不可卷
也。」連用鏡子、石頭、蓆子三個意象表達對愛情的專一，收到良好的
效果。《詩經》的博喻對後代文學創作有較大影響，諸子散文中為了加
強理論的說服力，多用博喻的方法。蘇軾《百步洪》詩寫洪波沖瀉一
段，四句裡連用七個比喻，各極其態，筆墨淋漓恣肆，蔚為壯觀。[2]

此外，《詩經》用襯托的手法描寫心理也很成功。〈檜風·隰有萇
楚〉是一首離亂之世的愁苦之音。詩人盡力描繪窪地上景物的美好，羊
桃樹青枝綠葉，搖曳多姿。然後筆鋒一轉，發出人生不如草木的浩嘆。
朱熹說：「政煩賦重，人不堪其苦，嘆其不如草木之無知無憂也。」這
種反襯法已為後代作家所借鑑，寫出許多情感濃郁的名句，唐詩人鮑溶
〈秋思〉：「我憂長於生，安得及草木？」《紅樓夢》第113回：紫鵑
道：「算來竟不如草木石頭，無知無覺，倒也心中乾淨。」襯托手法分
兩種，〈隰有萇楚〉屬反襯，即用兩種相反事物進行襯托，使其更加顯
明。而《詩經》的正襯也用得很出色。〈邶風·谷風〉是首著名的棄婦
詩，當抒情女主角被男人拋棄時，她悲憤地唱道：「誰謂荼苦，其甘如
薺。」荼，苦菜。薺，一種有甜味的蔬菜。意思是，說荼菜雖苦，但和
我內心之苦相比，它卻像薺菜那樣甜。賈島〈渡桑乾〉：「客舍並州已
十霜，歸心日夜憶咸陽。無端更渡桑乾水，卻望並州是故鄉。」思念並
州正是為了襯托對故鄉的思念之情。可見正襯藝術也是具有相當強的表
現力。

從心理美學的角度來說，抑止和反襯都屬於逆向強化（正襯屬順
向強化），都是強化情感的一個很有力的手段。抑止也稱為「阻塞原
則」。西方美學家李普斯在〈美學和美的方式〉中說：「當命運受到遏
抑、障礙、隔斷時，人們的心理活動受到堵塞，從而對堵塞前的往事更
加眷念。這種眷念有更大的強度和逼人性。」[3]阻塞原則之所以有強化
情感的心理力量，就好像把浩蕩的長江攔腰截斷，築起堤壩，水勢愈蓄
愈足，勢不可擋，甚至可以發電。《詩經》時代的詩人們是很聰明的，
深深懂得阻塞原則的妙用，〈秦風·蒹葭〉就是一個好例。詩人把心愛

的「伊人」置於在水一方，可望而不可即。正是這水的阻塞，增加了思
慕之情。清人陳啓源說：「夫悅之必求之，然惟可見而不可求，則慕悅
益至。」（《毛詩稽古篇·附錄》）一語道出了詩人的良苦創作用心。
後人應用這個法則的有歐陽修〈踏莎行〉詞：「樓高莫近危欄，平蕪盡
處是春山，行人更在春山外。」范仲淹〈蘇幕遮〉詞：「山映斜陽天接
水，芳草無情，更在斜陽外。」張潮〈江南行〉「茨孤葉爛別西灣，蓮
子花開猶未還。妾夢不離江上水，人傳郎在鳳凰山」等，都是借用山水
的阻隔而增加思念的力度。


# 五、移情與快適度

　　所謂「移情」說，認爲美感的產生由於在審美時，人們把自己的情
感投射到審美對象上去，或者是設身處地與審美對象融爲一體，達到物
我同一。移情說是由十九世紀德國美學家立普斯等人提出來的，但其應
用早在《詩經》時代就已出現了。〈邶風·靜女〉：「自牧歸（饋贈）
荑（茅草），洵美且異。匪女之爲美，美人之貽。」山地裡的茅草非常
普通，爲什麼抒情主角那麼喜歡它呢？朱熹《詩集傳》：「然非此荑之
爲美，特以美人之所贈，故其物亦美耳。」正是這種移情藝術，才把熱
戀的心理描繪得那麼眞切動人。〈召南·甘棠〉運用移情手法也很成
功。相傳召伯曾在甘棠樹下聽獄斷案，持正秉公。後人愛屋及烏，對那
棵甘棠樹有著一份愛惜之心；


　　蔽芾（枝葉茂盛的樣子）甘棠，勿剪勿伐，召伯所茇（居住）。


　　詩中的移情法的確能充分地表達出對召伯的懷念之情，所以吳闓生
《詩義會通》稱之爲「千古去思之祖」。杜甫〈古柏行〉寫對諸葛亮的
敬慕之情，辛棄疾〈浣溪紗〉詞中寫對友人的懷念也用此法。**4**

在日常生活中，有一個「度」的問題，天氣炎熱，到有空調的地方感到很舒服，如果空調溫度開得很低便感到凍得慌。用不求人抓癢，用力太輕不管用；用力太重會把皮抓破。在藝術表現上也有一個「度」的問題，藝術心理學稱之為「快適度」。這個問題很重要，它把情感的藝術表現與情感的自然表現區別開來。正如美國符號學美學家蘇珊‧朗格所說：「一個孩子嚎啕大哭時的表現比一個藝術家歌唱的情感表現不知強烈多少倍。但又有誰願意花錢到劇院去欣賞一個孩子的嚎啕呢？」[6]可喜的是，《詩經》已注意到這個問題，〈周南‧關雎〉是首青年男子思念情人的詩，寫思念之痛苦只用「輾轉反側」來形容；寫愛情的歡樂只用「鐘鼓樂之」「琴瑟友之」來描繪。不過火又不太瘟，恰到好處。難怪孔子評之為：「〈關雎〉樂而不淫，哀而不傷」，展現了中庸之美。

那麼，怎麼才能做好快適度呢？關鍵的是要注意情感兩極的動態平衡。古羅馬文藝理論家郎加納斯指出：「那些巨大激烈情感，如果沒有理智的控制而任其為自己盲目的輕率的衝動所操縱，那就會像一艘沒有了壓艙石而漂流不定的船那樣陷入危險。它們每每需要鞭子，但也需要韁繩。」[7]鞭子比喻情感的抒發，韁繩比喻情感的控制在「快適度」的範圍之內。這種方法不僅適用於詩歌創作，對其他藝術形式也同樣適用。著名畫家黃賓虹說：「落筆應無往不複，無垂不縮」，「縱遊山水間，既要有天馬騰空之勁，也要有老僧補衲之沉靜。」說明繪畫也要講究兩極的動態平衡。有一名畫家曾經把繪畫和書法的用筆比做是一輛從高坡上衝下來的載重板車。這時，推車的人不是把車推向前，而是向後拉，讓它一步一步放下來。這種運筆法講求在車的下衝力與推車人之拉力的對立統一中，達到動態平衡。[8]懂得這個奧秘，對我們的創作與欣賞都將有莫大的好處。

# 六、結論

（一）從人類心理發展的歷史看，人類早期只能表達簡單的感官感受，爾後才能表達複雜的心理經驗；只能表達簡單的心理活動，爾後才能表達微妙的感情。然而《詩經》的心理世界審美化卻達到了「使人驚奇的成熟地步」。它充分地說明我們中華民族是早熟的民族，對人類早期文明做過卓越的貢獻。《詩經》是值得我們引為自豪的。《詩經》的時代，是中國歷史大寫的「人」首次站立起來的偉大時代，詩作中所傳達的對人的尊嚴的維護，對愛情的自由追求，對親情、友情的鍾愛，都是這個時代的藝術折光。黑格爾在《歷史哲學》一書中說：「中國人從來都把自己看作最卑賤的，自信生下來是專給皇帝拉車的」，恰恰違反了中國歷史的實際，其荒謬是顯而易見的。

（二）《詩經》是我國文學史上第一部詩歌總集，是至今可見的我國詩歌創作的原始形態。然而在審美化的方式上卻具有高度的技巧和複雜繁多的表現形式，甚至是當代流行的意識流手法在《詩經》中的〈氓〉、〈采薇〉、〈東山〉等詩中早已運用，它們都採用了以思緒為核心的時序顛倒、時空倒錯的藝術手法。由此可見，《詩經》對我國審美心理世界的開拓是多方面的。然而我們對《詩經》的這一方面的研究仍然是個薄弱環節，人們光停留在現實主義和賦、比、興藝術手法的層面上是遠遠不夠的，需要我們鼓起勇氣，辛苦耕耘，開拓藝術研究的新局面、新空間。

（三）《詩經》研究已有2000多年的歷史，累積了極其豐富的資料和研究成果。時至今日，如何把研究引向深入，已成為學界共同關心的話題。不可諱言，我們過去的研究大多著重於外部研究（最近有一篇借助《詩經》看夏、商、周對我國西部的開發的論文就很典型）而忽視文本的內部研究，對《詩經》的心理及其審美化的研究更是少之又少。因此「向內轉」應該是今後《詩經》研究的主攻方向。相傳范文瀾有兩句詩「板凳要坐十年冷，文章不著一字空」。讓我們戒掉虛荒浮躁的習

氣，發揚坐冷板凳的精神，努力奮進吧！艱難的學術之旅如歌如詩，它定會給我們的學術及本身帶來幸福的補償。

## 注釋

1. 《詩經》許多詩篇採用展現自我意識的矛盾來展示抒情主角的內心圖景及情思是很成功的。〈將仲子〉是如此，〈小雅·采薇〉抒寫衛國和思親的矛盾也很真切動人。黑格爾說：「生命的力量，尤其是心靈的威力就在於本身設立矛盾，忍受矛盾，克服矛盾。」（《美學》第一卷第154頁）只有真切地展現心靈矛盾衝突，才能使人物的形象真實可信，有血有肉。所謂以「高、大、全」理論塑造的人物形象，只能給人以拔高的、虛空的感覺，不足為訓。

2. 百步洪在徐州東南二里，昔日懸流湍急，亂石激濤，最為壯觀。原詩是：「長洪斗（陡）落生跳波，輕舟南下如投梭。水師絕叫鳧雁起，亂石一張急蹉磨，有如兔走鷹隼落，駿馬下注千丈坡。斷弦離柱箭脫手，飛電過隙珠翻荷。」後四句是「博喻」，形容水波有如狡兔的疾走，鷹隼的猛落，又如駿馬奔下千丈的險坡，這輕舟如斷弦離柱，如飛箭脫手，如飛電之過隙，如荷葉上跳躍的水珠。四句七個比喻把百丈洪的迅猛的水勢以及船在波濤上動盪的情景，渲染得有聲有勢，十分傳神。

   在我們評述用比喻能使心理審美化的同時，我們還應提及《詩經》用賦法所取得的藝術效果。〈王風·兔爰〉是首抒寫小民們在現實壓迫下的痛苦呻吟詩：「我生之初尚無造（指勞役），我生之後逢此百憂，尚寐無覺。」詩人願意長眠不醒，這是對生活的絕望，對現實的控訴，純用賦法，卻「語直而情切」。這種寫法使我們想起米開朗基羅在他的著名雕塑「夜」的座子上刻的詩：「只要世上還有苦難和羞辱，睡眠是甜蜜的。要能成為頑石，那就更好。一無所見，一無所感，便是我的福氣。因此，別驚醒我。啊！說話輕些吧！」

3. 阻塞原則在美學上表現為間隔美。宗白華先生說：「美感的養成在於能空，對物象造成距離，使自己不沾不滯，物象得以孤立絕緣，自成境

界：舞臺的簾幕，圖畫的框廓，雕像的石座，建築的臺階，欄杆、詩的節奏、韻腳，從窗戶看山水，黑夜籠罩下的燈火街市，明月下的幽淡小景，都是在距離化，間隔化條件下誕生的美景。」（《美學與意境》第228-229頁）為了說明間隔之美，宗先生借用古代女子郭六芳〈舟還長沙〉詩加以說明：

儂家家住兩湖東，十二珠簾夕照紅。

今日忽從江上望，始知家在畫圖中。

家鄉的畫圖之美是由於江的間隔形成的。同理，〈蒹葭〉中「伊人」之美以及全詩境界之美，都與「在水一方」所造成的間隔相關。

4. 杜甫〈古柏行〉：「君臣已與時際會，樹木猶為人愛惜。」辛棄疾〈浣溪紗〉：「自笑好山如好色，只今懷樹更懷人。」


# 參考文獻

[1] 袁梅《詩經譯注》（國風部分），濟南：齊魯書社，1980。

[2] 萬雲駿《詩詞曲欣賞論稿》，北京：中國社會科學出版社會，1986。

[3] 方玉潤《詩經原始》，北京：中華書局。

[4] 錢鍾書《管錐編》，北京：中華書局，1978。

[5] 宗白華《美學與意境》，北京：人民文學出版社，1987。

[6] 滕守堯《審美心理描述》，北京：中國社會科學出版社會1987。

[7] 《西方文論選》（上冊），上海：上海譯文出版社，1979。

[8] 金開誠《藝文叢談》，北京：北京出版社，1985。

# 《詩經》心理審美化及其影響（下）

　　《詩經》作為我國現實主義創作的源頭，以其敏銳的藝術知覺，傳達了先民們的情感與生活，並對後代產生了深遠的影響。那麼《詩經》是怎樣把先民的情感藝術化即審美化呢？本文試就這個問題再作深入探討。

## 一、內心矛盾的藝術展現

　　辯證法認為，人的內心世界是充滿著矛盾運動的，每一個活生生的人，在他自身總要進行新與舊，正確與錯誤，感情與理智的鬥爭。任何作品，如果不去揭示人物精神世界的複雜性，藝術形象往往蒼白無力，不真實可信。所以蘇聯名作家托爾斯泰說：「只有當這種針鋒相對的矛盾在一個虛構的人物身上衝突起來的時候，才可以把悲劇的布幕揭開。」遠在2700多年前，《詩經》在心理審美化的過程中，就真實地再現了充滿矛盾的內心世界。〈小雅·采薇〉是周宣王時代，一位參加反擊玁狁（即後來的匈奴）侵暴中原的戰爭的普通士兵所寫的詩：

　　靡室靡家，玁狁之故，不遑啟居，玁狁之故。憂心烈烈，載饑載渴。我戍未定，靡使歸聘。……豈敢定居？一月三捷。豈不日戒，玁狁孔棘。

　　詩人非常熱愛和平幸福的生活，對家中親人也非常思念，但他把戰
爭所帶來的痛苦清楚地記在民族敵人的帳上，並用奪取勝利的豪氣來沖
淡思念所帶來的悲傷。詩歌正是在家與國、個人與社會的矛盾鬥爭中，
展現心靈深處的搏鬥，並在鬥爭中完成了愛國精神的昇華。〈鄭風・將
仲子〉在展現人物內心矛盾鬥爭方面，更顯複雜和深刻，全詩三章，只
錄一章：

　　將仲子兮，無逾我里，無折我樹杞。豈敢愛之，畏我父母，仲可懷
也，父母之言亦可畏也。

　　該詩是春秋時期流行於鄭國（今河南新鄭縣一帶）的民間情歌。抒
寫了在封建禮教氛圍中，一位女子矛盾的複雜愛情心理。什麼矛盾呢？
萬雲駿先生說：「這首詩反映了姑娘內心『懷』與『畏』的矛盾，也
就是以姑娘的『仲』為一方，以父母、諸兄、國人為另一方的矛盾。」
[1]這種說法並不完全符合詩的實際，因為詩中的女子因害怕父母、諸
兄和國人的責罵和流言，一再要求「仲」不要貿然前來約會，可見「女
子」和「仲」的心理並不一致。正確的說法應該是女子處於以「仲」為
一方，以父母、諸兄和國人為一方的矛盾之中，矛盾的中介則是：杞、
桑、檀。示圖如下：

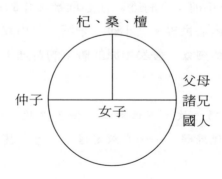

其心路歷程，正如林興宅所說：

首先，她站在仲子的對立面，保護杞、桑、檀；繼而她又否定了對杞、桑、檀的愛護，而表露她對父母、諸兄、鄰人的畏恐；最後又以對仲子的愛戀對抗對父母、諸兄、鄰人的畏恐。這樣，她的感情經歷了「之」字形的波折之後，就陷入了無法掙脫的激烈衝突的漩渦。**1**

這是一幕表現內心衝突的心靈劇作，表現了內在感性動力與外在社會理性規範的衝突，具有動人心魄的震撼力，是那種公式化、概念化的作品難以望其項背的。

可喜的是，這種藝術傳統在後代得到了發揚光大。〈離騷〉中「余固知謇謇之為患兮，忍而不能捨也」就是深刻揭示屈原忠言直諫的思想鬥爭過程。**2**在惡劣的政治形勢下，詩人「長太息以掩涕兮，哀民生之多艱」，堅決表示「亦余心之所善兮，雖九死其猶未悔」，這種崇高的悲劇個性，使我們聯想起西方悲劇之父埃斯庫羅斯〈普羅米修士被縛〉中的詩句：

我不會用自己的痛苦，去換取奴隸的服役。我寧願被縛住在崖石上，也不願作宙斯的奴隸。

人們讀白居易的〈賣炭翁〉，對賣炭翁的遭遇給予深切的同情。詩中「可憐身上衣正單，心憂炭賤怨天寒」成為千古名句，正是真切地描寫了賣炭翁身上穿著單薄的衣裳卻希望天氣寒冷的悖論。宋之問〈渡漢口〉：「近鄉情更怯，不敢問來人。」抒寫由思切引起情怯的複雜心理狀態也很真切動人。黑格爾說：「生命的力量，尤其是心靈的威力，就在於本身設立矛盾，忍受矛盾和克服矛盾。」[2]這就說明了這樣一條重要的藝術規律：在藝術作品中，唯有努力表現人物內心世界的矛盾，

才能生氣勃勃，具有感人的力量。內心世界審美化的過程，就是藝術地再現充滿矛盾的人的內在自然過程。

## 二、黃昏與思念

〈王風‧君子于役〉是一首一位婦女思念久役在外的丈夫的詩。全詩二章，只錄一章：

君子于役，不知其期。曷至哉？雞棲於塒，日之夕矣，羊牛下來。君子于役，如之何勿思。

這首名詩前人對其評論很多，賀貽孫《詩筏》評論道：「『苟無饑渴』，淺而有味。閨閣中人不能深知櫛風沐雨之勞，所念饑渴而已。此句不言思而思已切矣。」（按「苟無饑渴」是第二章的詩句）說明該詩在生存之最根本處抒寫思念，確實深切動人。今人揚之水《詩經別裁》評論道：「《詩》常在風中雨中寫思。〈君子于役〉卻不是，甚至通常以「興」和「比」也都沒有，它只是用了不著色澤的，極簡極淨的文字，在一片安寧中寫思。」[3]也很有道理。然而，我們認為該詩的最大特色是選擇了黃昏時刻寫思念這一獨特視角上。方玉潤《詩經原始》評論道：「傍晚懷人，真情實境，描寫如畫。晉、唐田家諸詩，恐無此真實自然。」[4]許瑤光在《雁門詩抄‧再讀詩經二十四首》中更是用詩的形式揭示其黃昏與思念的關係：

雞棲於桀下牛羊，饑渴縈懷對夕陽。已啟唐人閨怨句，最難消遣是昏黃。

許瑤光指出詩中黃昏與思念的邏輯聯繫是對的，但他說「已啟唐人

閨怨句」並不準確。西漢司馬相如爲失寵的陳皇后寫的〈長門賦〉就有「日黃昏而望絕兮，悵獨托於空堂」的描寫。西晉潘安仁〈寡婦賦〉：

> 時曖曖而向昏兮，日杳杳而西匿。雀群飛而赴楹兮，雞登棲而斂翼。歸空館而自憐兮，撫衾裯以嘆息。

到了唐宋，學習的更多，李白〈菩薩蠻〉：「瞑色入高樓，有人樓上愁。」李清照〈聲聲慢〉：「梧桐更兼細雨，到黃昏點點滴滴，這次第，怎一個愁字了得。」辛棄疾〈滿江紅〉：「芳草不迷行客路，垂楊只礙離人淚。最苦是，立盡月黃昏，欄杆曲。」《紅樓夢‧紅豆曲》：「滴不盡相思血淚拋紅豆，開不完春柳春花滿畫樓，睡不穩紗窗風雨黃昏後，忘不了新愁與舊愁。」他們都是把借鑑和創造結合起來，從而豐富了詩壇中的百花園。有趣的是，這種藝術視角，外國也有。馬克思所收集的十九世紀無名詩人的詩歌中，有首〈給愛人〉的短詩：

> 明亮的熱鬧的白晝剛剛靜息，黑夜的陰影又在大地上降臨。黑夜的憂愁緊緊壓住我的心，我愛人這時在做什麼？

需要提及的是，我們明瞭黃昏和思念的邏輯關係，對我們理解詩歌的內在構思有著重要的幫助。被人們譽爲「秋思之祖」「純屬天籟」的〈天淨沙‧秋思〉廣爲傳誦，但人們並不知道馬致遠在小曲中的構思之妙。如果我們懂得黃昏與思念的關係，讀這首曲子將會有更深切的領悟。請看首句「枯藤、老樹、昏鴉」，由三個詞組合的畫面，「昏鴉」是畫面的中心點，其用意是說：夕陽西下的時候，荒野上的烏鴉有歸宿，而我這個漂泊者連烏鴉都不如。第二句「小橋、流水、人家」，詩人用優美的筆調描繪出幽靜而美麗的山村景象，畫面的中心是「人家」。意思是說，在這黃昏的時候，山村的「人家」正在吃晚餐，享盡天倫之樂，而我這個遊子卻有家難歸啊！我們只有懂得這一層意思，才

懂得「斷腸人在天涯」的具體情思。<sup>3</sup>

## 三、月亮與懷念

　　〈陳風‧月出〉是首描寫月下懷念美人的愛情詩，全詩三章，只選一章：

　　　　月出皎兮，佼人僚兮，舒窈糾兮。勞心悄兮！

　　鄭振鐸《插圖‧中國文學史》指出：「〈陳風〉裡，情詩雖不多，卻都是很好的，像〈月出〉與〈東門之楊〉，其情調的幽雋可愛，大似在朦朧的黃昏之光中，聽凡娥令的獨奏，又如在月光皎白的夏夜，聽長笛的曼奏。」那麼，這首形象極其單純的小詩為什麼能夠收到如此美妙的藝術效果呢？

　　（一）純真的愛情充滿著幻想和情趣，它跟美妙的音樂一樣，令人陶醉，正如英國詩人湯姆遜在〈葡萄樹〉一詩中所唱：「音樂就是愛情的酒漿，愛情的歡樂就是歌唱。」

　　（二）大自然的景物中，月亮是富有浪漫色彩而令人喜愛的。每當晚霞西逝，月亮就冉冉升起，用它的柔和之光，給人們帶來了良辰美景。它圓潤而晶瑩地高懸夜空，又是那麼令人神往。詩人以他的敏銳的審美知覺捕捉了大自然這一美景。在詩的開頭，就給人們描繪出一個開闊而空靈的畫面。詩人有意地把美人安排在月光下，月光與美人相互映襯，俊美的秀容融入清輝的月色之中，使美人增加一層神秘感，具有一種朦朧狀態的美。浙江民諺「月光下看老婆，愈看愈漂亮；露水裡看莊稼，愈看愈喜歡」說的就是這個道理。拜倫有一首詠威莫特‧霍頓夫人的詩，叫〈她走在美的光影裡〉：

　　她走在美妙的光影裡，好像無雲的夜空，繁星閃爍；明與暗的最美的形象，交會於她的容顏和眼波，融成一片恬淡的清光，濃豔的白日得不到的恩澤。多一道陰影，少一縷光芒，都會損害那難言的優美；美在她絡絡黑髮上飄蕩，在她的腮頰上灑布柔輝；愉悅的思想在那兒頌揚，這神聖的寓所純潔，高貴。

　　拜倫這首詩也是把美人放在月光之下加以描繪的，可作爲〈月出〉的最好注腳，宋代詞人晏幾道〈臨江仙〉：「當時明月夜，曾照彩雲歸。」也是把心愛的彩雲放在月光的背景下，傳達出依依的惜別之情。李煜〈玉樓春〉：「歸時休放燭光紅，待踏馬蹄清夜月」，也是使用同樣的手法。

　　著名美學家宗白華曾經讚美「月亮是大藝術家」，並用明人張大復在他《梅花草堂筆談》中一段話加以印證：

　　　邵茂齊有言，天上月色能夠移世界，果然！故夫山石泉澗，梵剎園亭，屋廬竹樹，種種常見之物，月照之則深，蒙之則淨，金碧之彩，披之則醇，慘悴之容，承之則奇，淺深濃淡之色，按之望之，則屢易而不可了。以至河山大地，邈若皇古，犬吠松濤，遠於岩谷，草生木長，聞如坐臥，人在月下，亦嘗忘我之爲我也。今夜嚴叔向，置酒破山僧舍，起步庭中，幽華可愛，旦視之，醬盎紛然，瓦石布地而已。[4]

　　該文記述得清楚，有了月色，世界眞美；否則，「瓦石布地而已」。從這個意義講，〈月出〉的作者是我國文學史上發現「月亮是大藝術家」的第一人。

　　從以上分析，我們可以得出這樣的一條創作美學：利用光影的若明若暗，可以產生或增加藝術對象的美。錢鍾書先生曾經指出：

古羅馬詩人馬提雅爾嘗觀賞「葡萄在玻璃帡幪（罩）中，有蔽障而不為所隱匿，猶紗縠內婦體掩映，澄水下石子歷歷可數」。十七世紀英國詩人赫克里〈水晶中蓮花〉一首發揮此意尤酣暢，歷舉方孔紗下玫瑰，玻璃杯內葡萄，清泉底琥珀，紈素中婦體，而歸宿於「光影若明若昧」之足以添媚增姿。[5]

從《詩經》中學習活鮮生動的美學，正是我們所期待的。保加利亞學者瓦西列夫說：「愛情是作為男女關係上一種特殊審美感而發展起來的。愛情創造了美，使人對美的領悟能力敏銳起來，促進了對世界的藝術化的認識。」[6]〈陳風·月出〉的成功，再次印證了這一真理。

## 四、關於「詠美人之祖」

〈衛風·碩人〉是首衛人讚美衛莊公夫人莊姜的詩，第二章對莊姜的儀容之美作了精彩的描繪：

手如柔荑，膚如凝脂，領如蝤蠐，齒如瓠犀，螓首蛾眉，巧笑倩兮，美目盼兮。

這一章被後人譽為「詠美人之祖」，在美學上具有重要的價值：

（一）春秋以前，由於勞動和繁殖人口的需要，對女子人體美的要求是高大粗壯，這種審美觀春秋時代中原地區仍然存在，但從讚美「手如柔荑」和「膚如凝脂」看，人們的審美觀已由欣賞女性的高大粗壯轉向欣賞女性的柔性之美，勞動的實用價值讓位於純審美價值。

（二）黑格爾說：「眼睛是最能充分流露靈魂的器官，是內心生活和情感主動性的集中點。」詩中的前五句純屬形體美的描寫，正因為有「巧笑倩兮，美目盼兮。」的描寫，才把莊姜寫活了。宗白華說：

前五句堆滿了形象，非常「實」，是「錯采縷金，雕繪滿眼」的工筆畫，後二句是白描，是不可捉摸的笑，是空靈，是「虛」。這兩句不用比喻的白描，使前面五句具象活躍起來了，沒有這兩句，前面五句可以使人感到是一個廟裡的觀音菩薩，有了這二句，就完成了一個如「初發芙蓉，自然可愛」的美人形象了。**5**

（三）莊姜為什麼能夠讓人覺得活靈活現呢？關鍵在「化美為媚」。萊辛《勞孔》中說：

詩想在描繪物體美時能和藝術爭勝，還可用另一種方法，那就是化美為媚。媚就是在動態中的美。……阿爾契娜（按，奧維德《情詩集》中主角）的形象到現在還能令人欣喜和感動，就全在她的媚。她那雙眼睛所留下的印象不在黑和熱烈，而在它們嫻雅地左顧右盼，秋波流轉。[7]

白居易〈長恨歌〉「回眸一笑百媚生，六宮粉黛無顏色」，正是從「巧笑倩兮，美目盼兮」而來的。

（四）揚之水《詩經別裁》說：「〈碩人〉是《詩》中寫女子寫得最美的一篇，卻又是最無情思的一篇。」這種看法是值得商榷的。明人鍾惺說：「『巧笑』二句畫美人，不在形體，要得其性情。此章前五句猶狀其形體之妙，後二句並其性情外寫出笑。」寫出性情，即寫出情思。試想一下衛莊姜在衛人面前笑容可掬，不就表現出作為國君夫人的平易近人，和藹可親嗎？衛人用最美的筆活畫出莊姜的美，不就表現出衛人對這位國君夫人的好感嗎？**6**

## 五、貧賤相依，富貴見棄的問題

《詩經》中有三首棄婦詩，分別是〈衛風・氓〉、〈邶風・谷

風〉、〈小雅・谷風〉。令人驚異的是，三位棄婦都是經歷著貧賤相
依、富貴被棄的辛酸歷程。孫以昭說：

> 〈氓〉中女主角「心力交瘁，未老色衰」，因此色衰愛弛。但這並
> 不是主要原因，主要原因則是：「氓」逐漸富有了。「氓」是兼營商業
> 的，再加上女主角勤儉操持家務，「靡室勞矣」，也可能兼織布，因而
> 「氓」不斷外出經商，才較快富裕起來了。所謂「貴易友，富易妻」，
> 於是「氓」就喜新厭舊，拋棄女主角了。[8]

〈邶風・谷風〉程俊英《詩經譯注》題解：

> 這是一首棄婦訴苦的詩。她的丈夫原也是一個貧窮的農民，由於兩
> 口子努力勞動，生活慢慢地好起來，男的就變心了。

再看〈小雅・谷風〉第一章：

> 習習谷風，維風及雨。將恐將懼，維予與女；將安將樂，女轉棄
> 予！

「將安將樂，女轉棄予」不就是「生活好起來，男的卻變心」嗎？
三首棄婦詩，問題竟然相同，說明這種現象在當時比較普遍。《韓非
子・內儲說下》：「衛人有夫妻禱者而祝曰：『使我無故，得百束
布。』其夫曰：『何少也？』對曰：『益是，子將以買妾。』」衛人的
妻子之所以不願有更多的財富，就是害怕丈夫富了會變心。時至今日，
這種現象更加嚴重，「男人有錢就變壞，女人變壞就有錢」這則民諺就
反映了這個問題，可見這個「問題」值得今天的藝術家們大大留意。

在心理描寫方面，棄婦詩也很有特色：

（一）藉故以觀姿心理。〈氓〉：「氓之蚩蚩，抱布貿絲。匪來貿絲，來即我謀。」「氓」以「貿絲」為藉口，以親近女方，希望得到心愛女子的愛情。這種心理在後代藝術作品中也有所表現。劉義慶《幽明錄》中的〈買粉兒〉，記述一個富家子弟看見一個賣粉的女子非常漂亮，就常去買粉，時間長了，那位女子就問他：「買粉是女人的事，你買這麼多粉做什麼用？」他回答說：「我喜歡妳，但又不好意思說出口，就借買粉欣賞妳的美（原文是「藉故以觀姿」）。」《聊齋志異》中〈阿繡〉也有類似的情節，劉子固看見雜貨舖中的阿繡很漂亮，便借買扇子和她親近，幾經波折，終於和阿繡完婚。「愛美之心，人皆有之」，為了觀賞女方的姿容，找個藉口親近對方在日常生活中是常有的事。但用藝術的形式把它表現出來，則要數〈氓〉詩最早。

（二）慌急心理。〈氓〉第三章在抒寫女主角被拋棄後回娘家途中寫道：「淇水湯湯，漸車帷裳」意思是「滔滔的淇水，沾濕了車兩旁的簾子。」為什麼要寫淇水沾濕了車簾子呢？牛運震說：「淇水漸車，與前淇水車來，關照有情，此歸途所經也，寫得景物蕭條，正傷心獨至處。」陳繼揆曰：「淇水猶是，悲歡有別。」兩人的意思是主角前次渡淇水完婚是喜事；這次渡淇水返鄉，用蕭條的景色抒寫心中的悲傷。但從詩中看不出蕭條景象的描寫。其實，這兩句詩是寫心情的，被棄回家不免慌張狼狽，車簾子被淇水打濕也顧不得了。不從慌急心理去理解是講不通的。

## 六、無理而妙

在文學中，無理和有情常常是一對可以統一的矛盾。所謂「無理」，指違反一般的生活常識以及思維邏輯而言；所謂「妙」，則是指透過似乎無理的描寫，反而更深刻地表現了在特定情況下的感情。〈衛風·伯兮〉是一位女子思念遠征丈夫的詩。詩中「自伯之東，首如飛

蓬,豈無膏沐,誰適為容」已廣為傳誦。但還應該重視第三章的藝術價值:

> 其雨其雨,杲杲日出。願言思伯,甘心首疾。

蔣立甫先生《風詩含蓄美》中說:

> 此為無理而妙。依常理,「首疾」是痛苦,誰也不願意此病,而她卻偏說心甘情願,無理之極!然而從她對丈夫無時不在的刻骨思念說,這以苦為樂的祈求,又是可以理解的。是她無法承受長期精神折磨而唯求得到心理暫時平衡的傻話。詩趣也由此而生出。[7]

人的生命只有一次,然而〈秦風・黃鳥〉卻喊出:「如可贖兮,人百其身。」意思是,如果能贖回為秦穆公陪葬的「三良」,死一百回也心甘情願。這跟〈離騷〉中「亦余心之所善兮,雖九死其猶未悔」一樣,都是「違情悖理之語,」卻真切地表達出詩人特定情況下的情感。它說明理性是對現實的認同,而情感卻是對外在現實的超越。

可喜的是,這種藝術手法在後代詩詞中得到發揚光大。相傳歐陽修喜歡張先〈一叢花令〉(傷高懷遠幾時窮)中的「沉思細恨,不如桃杏,猶解嫁東風」的名句。張先因此也博得「桃杏嫁東風郎」的雅號。其原因也得力於「無理而妙」的應用。《皺水軒詞筌》評論道:

> 唐李益詩曰:「嫁得瞿塘賈,朝朝誤妾期,早知潮有信,嫁與弄潮兒。」子野(按,張先的字)〈一叢花令〉末句「沉思細恨,不如桃杏,猶解嫁東風。」此皆無理而妙。

桃杏是無情之物,是不僅得出嫁的,但正是這種無理之言,才能表

達出在形影相弔中消盡青春的痛苦。蘇軾〈水調歌頭〉（明月幾時有）中的「轉朱閣，低綺戶，照無眠。不應有恨，何事長向別時圓。」詞人埋怨天上的圓月也是怨得無理，但正是這種無理之怨，才傳達出離人在明月之夜的痛苦之情。晏殊〈蝶戀花〉（檻菊愁煙蘭泣露）中的「明月不諳離別苦，斜光到曉穿朱戶」也是無理而妙，但不如蘇軾用得情景交融，因而不如蘇軾名句流傳得廣。


## 七、錯覺藝術

錯覺是文學作品中常見的藝術手法，《笑林》中有一則笑話：

丈夫為妻子從市場上買回一面鏡子，妻子照後生氣，對自己的母親說：「他又帶回一個女人！」她母親也照了照鏡子說：「他又領回來一個親家母。」

這是誤我為人的錯覺。佛教著作《大莊嚴論經》卷十五有則故事說：

一個婦女因被婆婆責罵，獨自走進樹林，躲在一棵樹上，樹下有個池塘，水中映出這位婦女的影子，這時，她的婢女來到池邊擔水，見到水中的影子，竟以為是自己，便叫道：「我多美啊！為什麼要替人擔水？」氣得把擔水的甕打碎了。

這是誤人為我的錯覺。《詩經》應用錯覺藝術也很精彩，〈齊風·雞鳴〉就是一例：

雞既鳴矣，朝既盈矣。

匪雞則鳴，蒼蠅之聲。東方明矣，朝既昌矣。匪東方則明，月出之光。

該詩在藝術上的特色是開「都用問答聯句體」的先河。其次則是錯覺藝術的應用。方玉潤《詩經原始》評論道：「警其夫，欲令早起，故終夜關心，乍寐乍覺，誤以蠅聲為雞聲，以月光為東方明，真情實境，寫來活現。」這種錯覺描寫，確能傳達其妻「終夜關心，乍寐乍覺」的精神狀態。

後代詩歌中也有類似的描寫，〈子夜歌〉：「長夜不得眠，明月何灼灼。想聞郎喚聲，虛應空中諾。」明代民歌《認錯》：

月兒高，望不見乖親（按，即情郎）到，猛望見窗兒外，花枝影亂搖。低聲似指我名兒叫。雙手推窗看，原來是狂風搖花樹。喜變做羞來，羞變做惱。[8]

李白〈靜夜思〉：「床前明月光，疑是地上霜。舉頭望明月，低頭思故鄉。」也是應用錯覺藝術的好例。詩人為什麼要描寫把月光錯認是「地上霜」呢？其用意在於透露出今晚天上的月亮是圓（月牙兒不可能產生這種錯覺），而我卻不圓（不能和家人在故鄉團圓），從而自然地產生返回家鄉和家人團圓的思鄉之情，遺憾的是，許多有關鑑賞文章，並沒有把這層意思講清楚。[9]

## 八、餘論

卡爾·馬克思《政治經濟學批判·導言》中說：「困難不在於理解希臘藝術和史詩與一定社會發展形式結合在一起。困難的是，它們何以仍然給我們以藝術享受，而且就某方面說，還是一種規範和高不可及

的範本。」對《詩經》的研究也存在著同樣的困難。在《詩經》研究史上，貶低《詩經》的藝術成就是一種普遍的現象。「五四」時期，有位讀者覺得《詩經》枯燥無味，藝術性差而寫信向聞一多先生請教，聞一多先生以〈周南・芣苢〉為例，加以說明：

　　現在請你再把詩讀一遍，抓緊那節奏，然後合上眼睛，揣摩那是一個夏天，芣苢都結子了，滿山谷是採芣苢的婦女，滿山谷響著歌聲。這邊人群中有一個新嫁的少婦，正燃著希望的璣珠出神，羞澀忽然潮上她的靨輔，一個巧笑，急忙地把它揣在懷裡了。然後她的手只是機械似的替她摘，替她往懷裡裝。她的歌喉只隨著大家的歌聲囀著歌聲……一片不知名的欣慰，沒遮攔的狂歡。（按，芣苢即車前子，舊說能幫助懷孕）不過，那邊山坳裡，你瞧，還有一個傴僂的背影。她許是一個中年女性。她在尋求一粒真實的新生的種子，一個禎祥，她在給她的命運尋求救星，因為她急於要取得為母的資格以鞏固她的妻的地位。在那每一掇一捋之間，她用盡了全副的腕力和精誠。她的歌聲也便在那「掇」「捋」兩字上，用力的回應著兩個頓挫，彷彿這樣便可以幫助她摘來一顆真正靈驗的種子。[10]

　　聞一多先生精妙的解讀說明，《詩經》不是缺乏藝術性，而是在於詮釋。如果說，一般的讀者對《詩經》藝術缺乏瞭解，情有可原的話，那麼，一些《詩經》研究者對《詩經》藝術評價不高則令人遺憾。俞平伯先生說：

　　《詩三百篇》非必全是文藝，但能以文藝的眼光讀詩方有是處。不但不得當經典讀，且亦不得當高等的詩歌讀，直當作好的歌謠讀可耳。[11]

　　俞平伯先生主張讀《詩》應該跳出「以經解經」的窠臼是對的，但

認爲《詩經》不是「高等詩歌」則欠妥當了。一切高等藝術都具象徵品格，〈鄭風·將仲子〉象徵人類情感和理智的矛盾，〈秦風·蒹葭〉象徵著人類現實與理想的矛盾。林興宅在《象徵論文藝學導論》中的〈引言〉裡讚頌〈秦風·蒹葭〉說：

> 面對這首2000多年前的抒情詩，我們不能不爲它所通達的境界感到驚嘆：它竟然那樣準確地概括了人類亙古存在的生存狀態──自由與必然的衝突；竟然喊出了人類永恆體驗的痛苦──理想和現實的阻隔；竟然表達出了人類不滅的精神──對美的執著追求。……抒情主角那不畏艱難曲折，執著地追求自己所愛的歷程，不正是整個人類永恆地追求真、善、美境界的生動寫照嗎？那些優秀的文藝作品似乎都能洞見人類靈魂的隱密，都能傳達出歷史深層的悸動，它們就是人類歷史魂魄的深層模式。[12]

　　難道可以說傳達「人類歷史魂魄」的作品不是「高等的詩歌」嗎？如果我們能夠跳出「賦、比、興」的舊框框，從心理審美化的視角進行深入地研究，是不可能作出低估其藝術價值的結論的。《詩經》是先民藝術才華和智慧的展現。我們不反對《詩經》的經學、歷史學等學科的研究，但如果不重視藝術與美學研究，將是丟了西瓜而撿了芝麻，是很可惜的。[10]《詩經》是民族精神家園中一朵奇葩，它的藝術研究對加強民族自信心和凝集力，也將發揮很大的作用，我們千萬不可等閒視之。黑格爾說：每一個有教養的歐洲人，提到古希臘，都有一種回家的感覺。我們研究好《詩經》也定有「一種回家的感覺」。

## 注釋

1. 　林興宅《藝術魅力的探尋》，四川人民出版，1985年版。林興宅說「最

後又以對仲子的愛戀對抗對父母、諸兄、鄰人的畏恐」並不準確，「仲可懷也，父母之言亦可畏也」，女子對「仲子」的愛與對父母的恐懼是並列的，從而陷入無所適從的矛盾之中，而不是以對仲子愛來對抗父母的責難。

2. 這句話的意思是，「我很清楚地知道，繼續向楚王忠言直諫，將面臨著滅頂之災，然而為了楚國的利益，我將堅持操守，決不退縮。」彭德懷在廬山上萬言書時，肯定也經歷著屈原一樣的思想鬥爭過程。

3. 馬致遠〈天淨沙·秋思〉全文是：「枯藤老樹昏鴉，小橋流水人家，古道西風瘦馬。夕陽西下，斷腸人在天涯。」「夕陽」是點明時間，又是全曲的基本點。古道西風瘦馬三者的中心是「瘦馬」，言外之意是，在外奔波久了，以致於馬都瘦了，那麼騎在馬上的人一定非常消瘦、憔悴？白樸也有一首〈天淨沙·秋〉：「孤村落日殘霞，輕煙老樹寒鴉，一點飛鴻影下。青山綠水，百草紅葉黃花。」該文也用同一詞牌，也寫秋，也寫黃昏，而且也寫得很美。青、綠、紅、白、黃，寫出秋天絢麗多彩的色調，但因沒抓住黃昏寫思念的邏輯關係，就使該散曲停留在較低層次上。

4. 宗白華《美學散步》，上海人民出版社1981年出版，第20頁。所謂「移世界」，指改變客觀世界的形象，使它成為美的對象。

5. 見宗白華《美學散步》第42頁，宗白華還說：「古代詩人隨手捻來的這兩句詩，卻使孔子以前的中國美人如同在我們眼前。達文西用了四年工夫畫出蒙娜麗莎的美目巧笑，在該畫初完成時，當也能給予同樣新鮮生動的感受。現在我卻覺得我們古人這兩句詩仍然是千古如新，而油畫受了時間的侵蝕，後人的修補，已只能令人在想像裡追尋舊影了。我曾經坐在原油畫默默領略了一小時，口裡念著我們古人的詩句，覺得詩啟發了畫中的意象，畫給予詩以具體形象。詩畫交輝，意境豐滿，各不相下，各有千秋。」

6. 〈魯頌·泮水〉是首讚美魯僖公戰勝淮夷之後，在泮宮慶功的詩。詩中用「載色載笑，非怒伊教」（意為魯僖公性情溫和臉帶笑，從不發怒善教導）來讚美魯僖公的，既表現了魯僖公的性情，又表達了魯人對自己君主的愛戴之情。

7. 奧・茨威格〈一個陌生女人的來信〉也有近似的描寫：「我終日憂傷，也願意那樣憂傷；凡是能夠加重我的無可慰藉的痛苦──由於看不到你的每一點哀傷；我都心甘情願，並使我為之陶醉。」（《中外著名中篇小説選》第2卷第247頁）

8. 蘭陵笑笑生《金瓶梅詞話》第38回寫潘金蓮想念西門慶而產生錯覺：「等到二三更，使春梅連瞧數次，不見動靜，正是『銀箏夜久殷勤弄，寂寞空房不忍彈。』取過琵琶，橫在膝上，低彈了個〈二犯江兒水〉，唱道：悶把帷屏靠，和衣強睡倒。猛聽得房檐上鐵馬兒一片聲響，只道是西門慶來到，敲得門環兒響。連忙使春梅去瞧。春梅回道：『娘錯了，是外面風起，落雪了。』」

9. 李白〈朝發白帝城〉也是寫錯覺的好例。詩中「兩岸猿聲啼不住」的「啼不住」不是「猿聲不住地啼」而是指猿聲猶在耳」；從而寫出船行之快以及詩人遇赦後無比歡快和急於返鄉的心情。而詩人到達江陵時是不可能有猿聲的，所以是錯覺描寫。王維〈山中〉：「山路元無雨，空翠濕人衣。」透過錯覺描寫、把蒼翠欲滴的綠色具象地表達出來了。

10. 從西周到春秋中葉，為什麼能夠產生出達到很高水準的《詩經》藝術，有人用「軸心時代說」加以闡釋，供參考。德國存在主義哲學家、歷史學家雅斯貝爾斯（Karljaspers，1883-1969）在其《歷史的起源與目的》一書中認為，人類以西元前500年為中心，西元前800年到前200年之間，世界上同時出現了幾個高度發展的文明，中國的老子、孔子、莊子、孟子，印度的佛陀，伊朗的祆教，希臘的荷馬、赫拉克利特、伯拉圖、阿基米德等，都出現在這一時期。「人類的精神基礎同時或獨立地在中國、印度、巴勒斯坦和希臘開始奠定。而且直到今天，人類仍然附著在這種基礎上。」（田汝康、金重遠：《現代西方史學流源文選》，上海人民出版社，1982年第35-4頁）雅斯貝爾斯所說的「軸心時代」，具體展現在中國的西周和春秋戰國時代。與《詩經》產生的年代相符。所以聞一多先生在〈文學的歷史動向〉中說：「人類在進化的途程中蹣跚了多少萬年，忽然這對近世文明影響最大最深的四個古老民族──中國、印度、以色列、希臘──都在差不多同時猛抬頭，邁開大步。約當紀元前1000年左右，在這個國度裡，人們都唱起歌來，並將他們的歌記

錄在文字裡，給流傳到後代。在中國，《三百篇》裡最古部分——〈商頌〉和〈大雅〉，印度《黎俱吠陀》，《舊約》裡最早的《希伯來詩篇》，希臘的《伊利亞特》和《奧德賽》——都約略同時產生。再過幾百年，在四處思想都覺醒了，跟著是比較可靠的歷史記載的出現。」美國華裔學者陳其驤提出《詩經》在世界文學史上可跟希臘史詩、莎士比亞戲劇鼎足媲美的觀點。可見其價值之高。

# 參考文獻

[1] 萬雲駿《詩詞曲欣賞論稿》，北京：中國社會科學出版社，1968。

[2] 黑格爾《美學》，北京：商務印書館，1989。

[3] 揚之水《詩經別裁》，南昌：江西教育出版社，2000。

[4] 方玉潤《詩經原始》，北京：中華書局，1986。

[5] 錢鍾書《錢鍾書論學術選》（第3卷），廣州：花城出版社，1990。

[6] 瓦西列夫《情愛論》，北京：三聯書店，1997。

[7] 萊辛《勞孔》，北京：人民文學出版社，1989。

[8] 金啓華，朱一清，程自信《詩經鑑賞辭典》，合肥：安徽文學出版社，1990。

[9] 錢鍾書《管錐編》，北京：中華書局，1979。

[10] 聞一多《詩經研究》，成都：巴蜀書社，2002。

[11] 俞平伯《葺芷繚蘅室讀《詩》札記》，北平：樸社，1931。

[12] 林興宅《象徵論文藝學導論》，北京：人民文學出版社，1993。

# 《詩經》的藝術範例

林興宅先生在談到《詩經》在文學史上的地位時說：

《詩經》是中國文學史上第一部詩歌總集，是至今可見的文學創作的原始形態，它孕育並繁衍中國歷代文學傳統。其重要性恰似古希臘的戲劇和史詩之於歐洲文學的傳統。因此要瞭解中國文學，就不能不讀《詩經》，而從文學欣賞的角度看，透過《詩經》的藝術世界，人們可以發現宇宙人生的奧秘和人類心靈的奇幻。人類的基本情感活動幾乎都在《詩經》中得到某種形式的表現。它為歷代詩人提供了表現各種情感的範例。抒情詩在《詩經》時代就達到使人驚奇的地步，這是令人深思的。[1]

這段精彩的論述，既講清了《詩經》的價值，又指出其重要影響表現在「為歷代詩人提供了表現各種情感的範例」這一方面，可謂獨具慧眼。遺憾的是林先生並沒有對《詩經》的藝術範例作深入的探討，我們認為「人類的基本情感活動幾乎都在《詩經》中得到某種形式的表現。」而這恰恰表現在《詩經》所提供的藝術範例上。歷史向前一步的進展，要求伴隨著向後的探本溯源。在《詩經》學告別二十世紀，而走上二十一世紀的今天，對《詩經》的藝術範例進行探討是必要的。

所謂「藝術範例」，它是藝術手法的基本。是一種超越時空，具有情境的心理結構形式。自它誕生之日起，就具有生生不息的生命。例

如，淚是人情的流露，雨是天上水氣的降臨，而詩人把它們構成一個範例，以抒發連綿不絕的悲傷之情。〈北夢瑣言〉記載徐月英詩「枕前淚與階前雨，隔個窗兒滴到明」，並成為「雨與淚共滴」的藝術範例的祖構。後代劉媛〈長門怨〉：「雨滴梧桐秋夜長，愁心如雨斷昭陽；淚痕不學君恩斷，拭卻千行更萬行」。以抒寫妃子被打入冷宮的辛酸。曾揆〈謁金門〉：「伴我枕頭雙淚濕，梧桐秋雨滴」。一個「伴」字把雨寫活了，使該範例更有情趣。白仁甫〈梧桐雨〉第四折寫唐明皇思念楊貴妃：「斟酌來這一宵雨和人緊廝煞，伴銅壺，點點敲；雨更多，淚不少。雨濕寒梢，淚染龍袍，不肯相饒，共隔著一樹梧桐直滴到曉」。把這個範例鋪寫得更加具體生動。它說明藝術範例能喚回人對生活的更深切的感受，是體驗人的情感的創造性的形式。那麼，《詩經》的藝術範例有哪些？並給後代以影響呢？


# 一、關於抒寫思念的範例

## （一）「思極而通夢」型

〈周南·關雎〉是一首著名的愛情詩，全詩五章，後二章「窈窕淑女，琴瑟友之」、「窈窕淑女，鐘鼓樂之」，當代學者認為是實寫，〈關雎〉是首結婚歌。這個看法是錯的，因為第三章的「求之不得」是關鍵詞，哪來的結婚典禮？因此，最後二章是主角在床上所作的美夢。夢見和淑女過著「夫妻好合，如鼓琴瑟」（〈小雅·棠棣〉）和諧美滿的生活。心理學家認為，幸福的人很少幻想，夢是人生願望的改裝，是有心理依據的。後代相關的詩有《古詩十九首》：「獨宿累長夜，夢想見容輝。即來不須臾，又不處重闈」。鮑照〈夢歸鄉〉：「寐中長路近，覺後大江邊。驚起空嘆息，恍惚神魂飛」。李白〈白頭吟〉：「且留琥珀枕，或有夢來時」。賀鑄〈菩薩蠻〉：「良宵誰與共，賴有窗間夢；可奈夢回時，一番新別離」。都說明夢是心境的延續。〈小雅·斯

干〉是一首祝頌周王公室落成的詩，而頌禱是透過主人的美夢和占卜來
完成的。夢見熊羆是好兆頭；夢見蛇是交好運。也反映了詩人心底的期
盼。

## （二）「誰適為容」型

〈衛風·伯兮〉：「自伯之東，首如飛蓬。豈無膏沐，誰適為
容？」其意是「女為悅己者容」，而今「悅己者」遠離而去，哪有心
思梳妝打扮呢？真切地寫出正值愛美年華的女主角，愛人不在的空虛
寂寞的心境和百無聊奈的情懷。〈周南·卷耳〉：「采采卷耳，不盈傾
筐，嗟我懷人，寘彼周行。」和〈小雅·采綠〉：「終朝采綠，不盈一
菊」都是這種心境的流露。心理學認為，表現是指內心的情緒狀態，透
過外部動作或表情呈現出來，比如喜怒哀樂都會有不同的動作和表情。
「誰適為容」型正是具象而生動地表現了因思念而無心做事的心緒。後
代有徐干〈室思〉：「自君之出矣，明鏡暗不治」，曹植〈七哀詩〉：
「膏沐誰為容，明鏡暗不治。」杜甫〈新婚別〉：「羅襦不復施，對君
洗紅妝。」等，而寫得更好的是李清照〈鳳凰臺上憶吹簫〉：「香冷金
猊（獅子型的香爐），被翻紅浪，起來慵自梳頭，任寶奩（梳妝匣）塵
滿，日上簾鉤」。「慵」是該詞的詞眼，香爐的香懶得點，被懶得鋪，
頭懶得梳。梳妝匣懶得拂拭，更無心去用裡面的膏沐了，都是離情別苦
的真切而生動寫照。

## （三）「在水一方」型

〈秦風·蒹葭〉是一首著名的愛情詩，詩的意境的構成是，求愛的
對象在水一方，抒情主角從上游從下游去尋找，始終沒找著，從而產生
不盡的思念。心理學告訴人們：愈是不容易得到的，人們便愈想得到
它。詩中的「伊人」被置於在水一方，可望而不可即，從而增加思念之
情，增加詩的張力。西方美學家李普斯說：「當命運受到遏抑、障礙、
隔斷時，人們的心理活動受到堵塞，從而對堵塞前的往事更加眷念。這

種眷念有更大的強度和逼人性。」（《美學・美的方式》）這種「在水一方」的眷戀之情，不僅屬於抒情主角，也使讀者產生對帶有神秘感的「伊人」的思慕。這種詩境的建構後代有《古詩十九首》的〈迢迢牽牛星〉：「盈盈一水間，脈脈不得語。」這是水的阻隔；歐陽修〈踏莎行〉：「樓高莫近危欄，平蕪盡處是春山，行人更在春山外。」這是山的阻隔。這種建構也用於方士對三神山的描述上，《史記・封禪書》記載，方士描述東海三神山：「未至，望之如雲，及至三神山反居水下，臨之，風輒引去。」這種可見而不可及的神山有很大的吸引力，難怪秦始皇非到東海尋找不可了。

## （四）「月下懷人」型

〈陳風・月出〉是首月下思念美人的詩，首章翻譯是：月亮出來亮晶晶，照著美人多麼俊；步態安閒苗條的影，我的心兒怎安寧？

這首被研究者稱為「傑出的詩」，最大的特色是，詩的開頭描繪出一個開闊而空靈的境界，並有意地把美人安排在月光下，讓美人具有一種朦朧的美，使思念之情更加濃郁。浙江民諺：「月光下看老婆，愈看愈喜歡；露水地裡看莊稼，愈看愈喜歡。」說的也是這個道理。晏幾道〈臨江仙〉：「記得小蘋初見，兩重心字羅衣。琵琶絃上說相思。當時明月夜，曾照彩雲歸。」也是把美人放到月光下，傳達出依依惜別之情。張九齡〈望月懷遠〉：「海上生明月，天涯共此時。」蘇軾〈水調歌頭〉：「但願人長久，千里共嬋娟。」意境更加廣大，感情更加濃郁。是該範例的拓展。

著名美學家宗白華曾經讚美「月亮是個大藝術家」，並用明人張大復《梅花草堂筆談》中的一段話加以印證，文中說，月亮能夠移世界，山寺有了月色真美，幽華可愛，白天一看，「瓦石布地而已」。[2]從這個意義上說，〈月出〉的作者是我國文學史上發現「月亮是個大藝術家」的第一人。

從以上的分析，可以得出這樣一條創作美學：利用光影的若明若暗，能夠增加藝術對象的美。拜倫有一首詠威莫特・霍頓夫人的詩，叫〈她走在美的光影裡〉，正是利用光影的明與暗，而使霍頓夫人的形象更美。十七世紀英國詩人赫克里〈水晶中的蓮花〉也說，方孔下的玫瑰、玻璃杯內的葡萄，清泉底的琥珀，紈素中的婦體等，都因光影的若明若暗而添媚增姿。從《詩經》中學習活鮮的美學，正是我們所期待的。

此外，〈王風・君子于役〉是一首「黃昏思念」型的詩，抒寫一位婦女在黃昏時候，看到牛羊從山上回來，雞棲息於雞窩，觸景生情，思念久役在外的丈夫。後代採用這種範例的詩詞是很多的。例如辛棄疾〈滿江紅〉：「芳草不迷行客路，垂楊只礙離人淚。最苦是，立盡月黃昏，欄杆曲。」還有被譽為「秋思之祖」的馬致遠的〈天淨沙・秋思〉等。〈鄭風・東門之墠〉也是一首愛情詩，屬於「室近人遠」型。為什麼心愛的人很近，反而覺得很遠？陳子展《詩經直解》：「意味咫尺天涯，莫能相近，極言相思之甚也。」說明這種心理空間的抒寫很能表達相思之情，後代有《西廂記》第二本第一折〈混江龍〉：「繫春心情短柳絲長，隔花陰人遠天涯近」等。


## 二、抒寫人生痛苦的範例

### （一）「落花傷感」型

〈小雅・苕之華〉：「苕之華，芸其黃矣。心之憂矣，維其傷矣。」《毛傳》：「苕，陵苕（凌霄花），將落則黃。」詩人見到凌霄花的凋零，聯想到青春將逝，好景不長，從而發出深深地嘆息。〈離騷〉：「惟草木之零落兮，恐美人之遲暮。」劉希夷〈代悲白頭翁〉：「洛陽女兒好顏色，坐看落花長嘆息。今年花落顏色改，明年花開復誰在？」李煜〈浪淘沙令〉：「流水落花春去也，天上人間。」李清照

〈一剪梅〉：「花自飄零水自流，一種相思，兩種閒愁。」林黛玉〈葬花吟〉：「花謝花落飛滿天，紅消香斷有誰憐，儂今葬花人笑癡，他年葬儂知是誰？」等。《文心雕龍·明詩》：「人稟七情，應物斯感。感物吟志，莫非自然。」在大自然中，足以觸景生情的事物很多，而花是其中最常見的一種。鮮豔美麗的花，從開放到凋零是如此明顯而迅速，容易引起生命的共感，從而產生美（年華、美貌、理想等）的失去後的惆悵和悲傷。「歲華盡搖落，芳意竟何成？」（陳子昂〈感遇〉）的傷感就很有代表性。孟浩然〈春曉〉是孺幼皆知的名篇，有的學者認爲該詩是表現詩人「喜愛春天的感情」（《唐詩鑑賞辭典》），值得商榷，應該從「落花」型的視角去理解一生不得志的孟浩然的惜春之情。而龔自珍《己亥雜詩》：「落紅不是無情物，化作春泥更護花。」則是與古爲新，別開生面。

## （二）「局天蹐地」型

〈小雅·正月〉是一首周大夫憂國憂民，憤世嫉俗的詩，詩中寫道：「謂天蓋高，不敢不局（跼）；謂地蓋厚，不敢不蹐。」其意：人說老天高遠，可我不敢不彎腰；人說大地厚重，可我不得不小步走。詩人用反襯法，寫在國家混亂，民不聊生狀態下的窘態及痛苦的心情。〈小雅·節南山〉：「駕彼四牡，四牡項領，我瞻四方，蹙蹙靡所騁。」寫法也一樣。左思〈詠史〉八：「落落窮巷士，抱影守窮廬。出門無通路，枳棘塞通途。」李白〈行路難〉：「大道如青天，我獨不得出。」日本萬葉時代著名詩人山上憶良〈貧窮問答歌〉：「雖云天地廣，何以載我卻偏狹？雖云日月明，何以照我天無焰？」等，都是從〈正月〉的範例演化而來的。

從物理學的角度講，時間的長短，空間的大小，都有一定的客觀性，不因人而異。但由於人的主觀性，同一空間或時間的主觀感覺並不一樣，文學心理學稱之爲心理空間和心理時間，同一個人，由於心情不同，對於空間與時間的感受也不同。孟郊在失意時寫道：「出門即有

礙，誰云天地寬？」（〈送崔純亮〉）；而在中舉之後，則寫道：「春風得意馬蹄疾，一日看盡長安花。」說明「局天蹐地」型是一種痛苦心理的眞實抒寫。而〈王風·采葛〉：「一日不見，如三秋兮」則屬於心理時間的描寫了。何汶《竹莊詩話》記載有首〈長夜吟〉：「南鄰火下冷，三起愁夜永；北鄰歌未終，已驚初日紅。不知晝夜誰主管？一種春宵有長短。」「一種春宵有長短」正是心理時間的反映。我們以往把文學定義爲「文學是客觀世界的如實反映」，看來並不全面。

## （三）關於厭世的範例

1. 〈檜風·隰有萇楚〉：「隰有萇楚，猗儺其枝。夭之沃沃，樂子之無知。」人類是萬物之靈，竟然羨慕起無情草木的無知，無家室來，其痛苦、厭世可想而知。這個「羨慕草木」型的範例，後代有鮑溶〈秋思〉：「我憂長於生，安得及草木？」姜夔〈長亭怨慢〉：「閱人多矣，誰得似長亭樹，樹若有情時，不會得青青如許。」《紅樓夢》第113回，紫鵑道：「這活著眞苦惱傷心，無休無了。算來竟不如草木石頭，無知無覺，倒也心中乾淨。」

2. 「尙寐無覺」的範例：〈王風·兔爰〉二章：「我生之初，尙無造（指繁重勞役），我生之初，逢此百憂，尙寐無覺。」詩人在遭受苦難之後，希望長眠不醒，是對生活的絕望。由於生命的不可重複性，求生欲望便成爲人類的最基本訴求。然而〈小雅·苕之華〉卻喊出「知我如此，不如無生。」其悲怨與痛苦之情與〈兔爰〉是相通的。後代有戴望舒〈生涯〉：「人間伴我惟孤苦，白晝給我是寂寞；只有甜甜的夢兒，慰我在深宵。我希望長睡沉沉，長在夢裡溫存。」劉德華演唱〈忘情水〉：「給我一杯忘情水，換我一生不傷悲」等。而米開朗基羅在著名雕塑「夜」的座上所刻的詩：「只要世上還有苦難和羞辱，睡眠是甜蜜的，要能成爲頑石，那就更好，一無所見，一無所感，便是我的福氣。因此，別驚醒我，啊！說話輕些吧！」一個在古代的東方，一個在近代的西方，所寫的範例如此一致，是值得深思的。林先生所說「人類

的基本情感活動幾乎都在《詩經》中得到某種形式的表現」，可在這個範例中得到印證，同時也說明《詩經》的範例具有一定的普世價值。此外，〈小雅·六月〉：「秋日淒淒，百卉具腓，亂離瘼矣，奚其適歸」是最早的「悲秋型」的詩，後代相關的的詩詞不勝枚舉。而劉禹錫〈秋詞〉之一：「自古逢秋悲寂寥，我言秋日勝春朝。晴空一鶴排雲上，便引詩情到九霄。」一反悲秋的傳統，唱出了讓人精神一振的高歌。〈豳風·七月〉：「春日遲遲，采蘩祁祁，女心傷悲，殆及王子同歸。」則是「傷春」型。王昌齡〈閨怨〉：「忽見陌頭楊柳色，悔教夫婿覓封侯。」是因傷春而後悔的，而張仲素〈春閨思〉：「嫋嫋邊城柳，青青陌上桑，提籠忘采葉，昨夜夢漁陽。」則是因傷春而忘採桑，各具特色。〈衛風·氓〉的〈小序〉：「花落色衰，復相棄背」，說明〈氓〉詩屬於「色衰愛弛」的範例。與這個範例相反的是《鄭風·出其東門》的「愛情專注」型，其詩是說儘管美女如雲，但我只愛那個裝飾簡樸的女人。後代有〈上邪〉等。

## 三、分別情景的範例

（一）〈邶風·燕燕〉是一首衛君送妹出嫁的詩，屬於「瞻望不及」型。在這首被譽為「萬古送別之祖」的詩中，只寫了一個「瞻望弗及，佇立以泣」的守望情景，其好處是：1.「瞻望弗及」，寫了用目力相送，直到看不見還在那裡瞻望，就把惜別之情表達出來了；2.詩中沒有寫分別的話語，鍾惺說：「深情苦境，說不得，苦說得，又不苦矣。」。後代有屈原〈哀郢〉：「望長楸而太息，涕淫淫其若霰。」李白〈黃鶴樓送孟浩然之廣陵〉：「孤帆遠影碧空盡，唯見長江天際流。」蘇軾〈與子由詩〉：「登高回首坡壠隔，惟見烏帽出復沒。」等，而左緯〈送許右丞至白沙為舟人所誤以詩寄之〉：「水邊人獨立，沙上月黃昏。」可謂後來居上。

　　（二）〈小雅・采薇〉：「昔我往矣，楊柳依依。」可謂「楊柳依依」型，該詩是回鄉戰士回憶當年奔赴戰場時與親人依依惜別的情景。所謂「依依」是形容柳條柔長飄拂的狀態，與送行時依依不捨、揮手告別的情景相互交融。後代有李商隱〈離亭賦得折楊柳〉其一：「含煙惹霧每依依，萬緒千條拂落暉。為報行人休盡折，半留相送半迎歸。」而李嘉祐的「遠樹依依如送客」（〈自蘇臺至望亭驛悵然有作〉），李商隱的「堤遠意相隨」都是該範例的名句。詩是作者心的投影，對於事物的歌詠，無不以民族的歷史、傳統習俗、生活方式和心理特點等民族文化為背景。漢語中的「柳」諧音「留」，暗含著挽留的意思；垂柳向著地，象徵期盼回歸故鄉；楊柳分布廣，又易栽，預祝行人在他鄉隨遇而安。中國人喜聚不喜散，但在人生旅途中別離又是常有的事，因此，楊柳成為古代詩詞中常見的離別的象徵，該範例更具普泛性。另外，〈大雅・嵩高〉是周卿士尹吉甫送申伯的詩，這篇贈別之詩，嚴粲《詩輯》評之：「每事申言之，寓丁寧鄭重之意，自是一體。」感情綿綿不盡，形之語言必是回環反復，這種寫法正是分別之時情感的真實流露，有人批評其重複囉嗦，是不得要領的認識。

# 四、藝術手法的範例

## （一）「畫眼睛」型

　　〈衛風・碩人〉是一首讚美衛莊公夫人莊姜的詩。第二章對莊姜的儀容作了精彩的描繪：

　　手如柔荑，膚如凝脂，領如蝤蠐，齒如瓠犀，螓首蛾眉。巧笑倩兮，美目盼兮。

　　這一章被後人譽為「詠美人之祖」，在美學上具有重要價值，古代

文論強調要寫出人的靈魂，最好的方法「畫眼睛」，因爲眼睛是臉上最能表達情性的感官，是心靈的窗戶。詩中的前五句是形體美的描寫，如果沒有後二句，只能像廟裡的觀音菩薩；有了後二句，才把莊姜寫活了。〈碩人〉是我國詩歌中最早「畫眼睛」的藝術範例。白居易〈長恨歌〉：「回眸一笑百媚生，六宮粉黛無顏色」正是從〈碩人〉演化而來的。《楚辭‧大招》「嫮目宜笑，蛾眉曼只」，陶淵明〈閒情賦〉「瞬美目而流眄，含言笑而不分。」李白〈越女詞〉：「賣眼擲春心」等。眼睛不僅會笑，會說話，還會挑逗，都是在〈碩人〉原型基礎上的踵事增華。

## （二）「取影法」型

　　所謂「取影法」，意謂只要有光，物體總是有影。靜物寫生、攝影都要顧及物體又取其影子，以構成完整的畫面。「取影法」是王夫之在〈薑齋詩話‧詩繹〉中，評論〈小雅‧出車〉和王昌齡〈青樓曲〉時提出來的。〈小雅‧出車〉是一首征人抒寫隨主帥南仲征伐獫狁凱旋歸來的詩。最後一章表達征人凱旋而歸的喜悅之情，卻想像其妻在家中聽到丈夫將歸的期盼與欣喜。借妻子的喜悅寫征人的喜悅，以虛襯實，收到由此及彼，意在言外的藝術效果。〈魏風‧陟岵〉是一首征人思念家中親人的詩，而展現在主畫面的卻是家中父母、兄弟思念征人。好像電影的迭鏡頭，一幅銀幕四個畫面，擴大了詩的境界和感情空間。「他人有心，予忖度之」（〈小雅‧巧言〉），這種寫法是有心理依據的。後代有王建〈行見月〉：「家中見月望我歸，正是道上思家時。」白居易〈邯鄲冬至夜思親〉：「想得家中夜深坐，還應說著遠遊人。」柳永〈八聲甘州〉：「想佳人，妝樓顒望，誤幾回，天際識歸舟？」等。杜甫寫〈月夜〉，當時他在長安，而詩中出現的卻是家中的妻子思念他的情景，杜甫是深的取影法的旨趣。如果說，以上寫法是同一時間的此地──彼地──此地的往復的話；那麼，李商隱〈夜雨寄北〉一詩，不僅有此地（巴山）──彼地（西窗）──此地（巴山）的往復；而且還

有空間的今宵——他日——今宵的往復,對該範例作了新的拓展。

## (三)「錯覺藝術」型

　　該範例是文學作品中常見的藝術手法,其特點是把真的當成假,把假當成真。從心理學的角度講,它是個體強烈願望無法滿足,處於嚴重缺失狀態時所產生的。而最早運用這種手法的是〈齊風‧雞鳴〉,方玉潤《詩經原始》說:「警其夫,欲令早起,故終夜關心,乍寐乍覺,誤以蠅聲為雞聲,以月光為東方明,真情實境,寫來活現。」[3]這種描寫,確能傳達其妻「終夜關心,乍寐乍覺」的精神狀態。有學者認為「蒼蠅之聲」應該是「青蛙之聲」之誤,這是不懂錯覺藝術所致。後代有〈子夜歌〉「長夜不得眠,明月何灼灼。想聞歡喚聲,虛應空中諾。」明代民歌〈認錯〉:「月兒高,望不見乖親到,猛望見窗兒外,花枝影亂搖。低聲似指我名兒叫。雙手推窗看,原來是狂風搖花梢,喜變做羞來,羞變做惱」等。李白〈靜夜思〉正是運用錯覺藝術而成為名篇的。

## (四)「無理而妙」型

　　在文學中,有情與無理常常是一對可以統一的矛盾。所謂「無理」,指違反一般生活常識或思維邏輯而言;所謂「妙」,則是指透過似乎無理的描寫,更深刻地表達了特定的情感。〈衛風‧伯兮〉:是一首思念遠征丈夫的詩,詩中「願言思伯,甘心首疾」,「首疾」是痛苦的,哪有甘心痛苦的?這就是無理,但卻表現出希望丈夫早日回到身邊的強烈願望。人的生命只有一次,但〈秦風‧黃鳥〉為了挽救為秦穆公陪葬的「三良」而喊出「如可贖兮,人百其身。」,這跟〈離騷〉:「亦余心之所善兮,雖九死其猶未悔」一樣,都是「違情悖理」的話,但卻真切的表達了特定下的願望。它說明理性是對現實的認同,而情感可對外在現實的超越。蘇軾〈水調歌頭〉:「不應有恨,何事長向別時圓?」埋怨天上的圓月也是無理,但卻傳達出詞人在明月之夜不能與親

人團圓的痛苦之情。

此外，還有〈小雅・車攻〉：「蕭蕭馬鳴，悠悠旆旌」《毛傳》：「言不喧嘩也」，說明〈車攻〉是「以動襯靜」型。後代有王籍〈入若耶溪〉：「蟬噪林逾靜，鳥鳴山更幽」，王維〈鳥鳴澗〉等，是心理學「同時反襯現象」在藝術上的表現。


## 五、結語

《詩經》藝術範例的研究使我們認識到，在抒情詩歌中，有一個相對穩定的藝術符號系統，它存在於藝術與人生的契合點上，是生活經驗和思想感情與審美經驗的結晶，它是先民在充滿矛盾的人生中開放出來的心靈之花。是心靈世界的自覺表達，它承載著民族的情感、精神、氣質、心理等內在的東西。同時，也使我們體會到先民有很強的情感體驗的形象傳達力，並對後代產生深遠的影響。我們過去常講《詩經》是我國現實主義創作的源頭，瞭解《詩經》的範例，對這個問題將有更深的體會。對許多詩詞的藝術手法和內部結構，也將有新的認識。從欣賞的角度看，既見森林又見樹木，對提高鑑賞力、審美力也有助益。相傳郭沫若從小讀《詩經》，絲毫也沒有覺得《詩經》的美感，後來讀了美國詩人朗費羅的詩後，才感受到《詩經》同樣的美妙，同樣清新。我們單獨讀《詩經》，也往往不能感受到它的美，但連結了後代的藝術範例，即可瞭解民族心靈發展史，又能感受到《詩經》的美感效應那麼強烈，那麼深入人心。

縱觀《詩經》範例史，只有個別人的毫無生氣地沿襲祖構，而大多數的作者都是在借鑑中力求創新。〈檜風・素冠〉：「庶見素鞸（皮製的蔽膝）兮，我心蘊結兮。」首倡用絲的纏繞抒寫心中的鬱悶與痛苦。後代有《楚辭・悲回風》：「糾思心以為纕（佩帶），編愁苦以為膺（胸前的飾物）」，施肩吾〈古別離〉：「三更風作切夢刀，萬轉愁成

繫腸線」。張籍〈古別離〉：「離愛如長線，千里繫我心。」李煜《烏夜啼》：「剪不斷，理還亂，別是一番滋味在心頭。」姜夔〈長亭怨慢〉：「算空有並刀，難剪離愁千縷」，德得瑪演唱的《藍色蒙古草原》：「輕輕牽起記憶長線，漂泊的白雲喚起我的眷戀，夢裡常出現故鄉的容顏。」等。都沿用「線」的意象，表達方式卻千變萬化。說明《詩經》的藝術範例之所以富有生命，與後來者與時俱進，推陳出新分不開。我們在肯定《詩經》的貢獻的同時，對後繼者的拓展也應給予正面的評價。一葉而知秋，我們從《詩經》範例史中能夠揭示中國詩歌史的發展規律：即中國詩歌的歷史是連續不斷地繼承中創造發展的歷史。一味模擬復古和一味否定傳統，都失之偏頗，都是陳腐之論。章學誠《文史通義·詩話》：「《詩品》則深從六藝溯流別也。論詩論文而知流別，則可以探經籍而進窺天地之純，古人之大體矣。」說明了探索學術的源頭和流變，是文學研究和評論的重要方法，這也可從本文中得到啟示。

在十九世紀德國植物學家施萊登和施旺提出細胞學說之前，人類對生物界的認識，只停留在不同個體的單純描述階段。細胞學說的提出，才使人類認識到，自然界的動物、植物之間存在一種共同的基本結構，它是一切生物存在和發展的基本，從而對生物結構的觀察和研究進入一個新階段。它同時說明現代學術已經走上了一個新階段：即力圖把握研究對象內部結構的大趨勢，對《詩經》藝術範例的研究是符合現代學術的大趨勢。

魯迅先生在《漢文學史綱》中談到《楚辭》對後代的影響時說：「其影響於後來之文章，乃或在三百篇以上。」這句話經常被文學史家所引用，反映魯迅對《楚辭》的偏愛，但有失於片面。從題材上看，《楚辭》只侷限於政治層面，大多抒發愛國無門的悲憤，而《詩經》反映的生活面廣，戰爭、愛情、農業、征役、狩獵、政治感懷等；從創作成員看，《楚辭》只侷限於士大夫，而《詩經》有天子、公卿、大夫、士、農夫、士卒等；從抒發的情感看，《詩經》中，既有宗教情懷又有

世俗的喜怒哀樂，遍及內心世界的每一角落。《詩經》是先民時代的百科全書。影響到後代的文學、詩話。甚至連皇帝的旨喻、大臣的奏章，科舉的作文也廣泛運用《詩經》的思想、典故和詞句。《世說新語·文學》中記載：

　　鄭玄家奴婢皆讀書，嘗使一婢，不誠旨，將撻之，方自陳說，玄怒，使人曳著泥中。須臾，復有一婢來，問曰：「胡為乎泥中？」（〈式微〉中的詩句）：「薄言往愬，逢彼之怒」（〈柏舟〉詩句）

　　在舊時代，連生活在最底層的奴婢，都能用《詩經》的詞句於生活中，可見《詩經》影響之廣。

## 參考文獻

[1] 林興宅《藝術魅力的探尋》，成都：四川人民出版社，1985年第177頁。
[2] 宗白華《美學散步》，上海人民出版社，1981年第20頁。
[3] 方玉潤《詩經原始》，北京：中華書局，1986年第229頁。

# 《詩經》的虛實美學

　　虛實美學是我國古典美學的核心理論之一，早在2、3000年前的《詩經》裡就廣泛運用，然而由於長期被人們當詩歌的修辭看待，加上西方各種美學理論的衝擊，導致對該重要學術資源的冷漠。歷史向前一步的進展，要求伴隨著向後的探本溯源。本文試就這一課題作初步探討。

## 一、虛實美學在《詩經》結構形態中的體現

　　德國學者恩斯特・凱西爾在名著《人論》中指出，文學藝術的創造，並不是一種「非自願的本能反應」，而是一種「有目的性的」「構形」過程。所以「在每一種言論行為和每一種藝術創造中，我們都能發現一個明確的目的論結構。」（著重號筆者所加）[1]美國著名學者韋勒克・沃淪也認為，文學藝術作品的「本質」和「存在」方式，正在於它的「結構」，「一件藝術品如果保存下來，從它誕生的時刻起，就獲得了某種基本的本質結構」，「這種結構的本質經歷著許多世紀仍舊不變；而且它也是討論作品價值的基礎。因為價值是附著在結構之上的」[2]。基於此，我們要研究《詩經》的虛實美學，也應從其構形入手。

### （一）先實後虛型

　　所謂虛與實，是一組相對的美學概念。從感官判定事物存在關係上

看，能直接作用於感官的為實，不能作用於感官的為虛，花草樹木為實，夢境和誇飾之物為虛；從作品的主客關係上看，景物為實，情與理為虛；從作品和讀者的關係看，作品所提供的形象為實，讀者從形象中領悟的象外之象，味外之味，言外之意為虛。而所謂先實後虛結構，是指一篇作品分為兩個層次，前一層次屬於實寫，後一層次則是虛寫，虛實相生，形成一個富於跌盪反差的情感世界。

〈鄭風・風雨〉是首妻子思念丈夫的詩。其第三章最為典型：

風雨如晦，雞鳴不已。既見君子，云胡不喜！

朱熹《詩集傳》：「淫奔之女言當此時，見到所期之人而心悅也。」

王宗石《詩經分類詮釋》：「風雨之夕，午夜雞啼，一女子正感到苦悶，其情人於此時來和她相聚，其高興之情，自難以形容。」

如果按照以上的詮釋，〈風雨〉一詩就是採用實寫的方式了。還是夏傳才先生體會更深：

傳統的解釋都以為這篇詩是寫「相見樂」，我以為是寫「相思苦」。每章前二句都以風雨雞鳴起興，風雨交加，天色昏暗，群雞啼鳴，抒情主角顯然是在風雨之夜相思通宵而坐聽雞鳴的。對每章的後二句不能理解為所盼的人來到了，而是說如果我盼的人歸來，那麼我相思的痛苦和積成的病痛也就會好了。這樣理解，起興和下文氣氛和情調渾然一體，既渲染了氣氛，又深化了抒情主角的相思之苦。[3]

這就說明，該詩後半部分是女子在淒風苦雨的夜晚思念丈夫而產生的幻覺，「既見」的歡愉反襯獨處的悲傷，南朝〈子夜歌〉：「長夜不得眠，明明何灼灼。想聞郎喚聲，虛應空中諾」，思極而產生幻覺，是

符合心理規律的。

〈小雅‧采綠〉也是一首思婦詩，全詩四章，一、二兩章抒寫了女主角思念外出的丈夫而無心採綠（草名，可以染黃），這是寫實，三、四章想像她丈夫一旦回家，她要跟隨他去釣魚、打獵，過著夫唱婦隨、身影不離的生活。陳子展《詩經直解》說得好：「三、四兩章從歸後想像，極寫倡隨之樂，愈見別離之苦，示欲無往而不與之俱。意中事，詩中景也。」這樣分析是符合詩意的，而姚際恒批評道：「此婦人思其夫不至，既而敘其室家之樂，不知何取也。」[4]姚際恒正因為不知虛實美學，才有如此的妄說。若作實境看，便會喪失無窮的詩味。[1]

先實後虛在《詩經》最為常見，它不僅表現在整篇上，有時也出現在一章之中。〈衛風‧碩人〉第二章：

> 手如柔荑，膚如凝脂。領如蝤蠐，齒如瓠犀。螓首蛾眉。巧笑倩兮，美目盼兮。

這段描繪衛莊姜的美非常精彩，被後人譽為美人賦之祖。宗白華先生是這樣評論的：

> 前五句堆滿了形象，非常「實」，是「錯彩鏤金，雕繪滿眼」的工筆畫。後二句是白描，是不可捉摸的笑，是空靈，是「虛」。這二句不用比喻的白描，使前面五句具象活躍起來了。沒有這二句，前面五句可以使人感到廟裡的觀音菩薩，有了這二句，就完成了一個如「初發笑蓉，自然可愛」的美人形象。[5]

從廟裡的觀音菩薩到一個完美的美人形象，說明虛實相生的重要價值，是藝術創造過程中不可或缺的。

## （二）先虛後實型

先虛後實型從寫作方法看，屬於追敘法，也稱倒敘法。〈小雅‧采薇〉是一位守邊戰士返家途中所唱的歌。全詩六章，前五章全是戰士的回憶，敘述與獫狁作戰的情形。最後一章才點明前五章全是回家途中的浮想聯翩。符合這種結構形式還有〈邶風‧匏有苦葉〉、〈邶風‧泉水〉等，其中〈周南‧葛覃〉更為典型。這是一首描寫一位女子準備回娘家探親的詩，首章有一段很美的寫景文字：

葛之覃兮，施于中谷；維葉萋萋。黃鳥于飛，集於灌木；其鳴喈喈。

蔣立甫先生是這樣分析的：

這是一幅相當美的圖畫，你看：那滿山遍野的葛藤，綠葉密密層層，蔓生的藤條不斷生長，直延伸到山谷。一群黃雀兒飛呀飛呀，突然落在灌木叢中，嘰嘰喳喳叫個不停……構成了一幅動態的畫卷，充滿著生命律動。詩人是一位既嫁婦女，當她要歸寧父母時，家鄉最有特色的那覆蓋原野的葛藤，不覺又重現在眼前，是那樣親切有趣。詩中有畫，畫中傳情。回娘家時的喜悅與生意盎然的景色融合為一，達到情景交融的境界。

這段被人稱為風詩中獨一無二的景物描寫，從表面上看是實寫，其實是女子將要回娘家時的想像之詞。表現了回故鄉的急切及喜悅之情。李政道有句名言：「作家藝術的感覺愈是普遍，就會愈持久。」從遠古直到今天和未來，思鄉之情永遠是人類的普遍感覺，這就是表達思鄉之情的〈豳風‧東山〉、〈周南‧葛覃〉、〈衛風‧河廣〉等詩具有永久魅力的重要緣由。從寫作的層面看，先虛後實的構形，後代仿作也不

少，李白〈越中覽古〉：

越王勾踐破吳歸，戰士還家盡錦衣。宮女如花滿宮殿，只今唯有鷓鴣飛。

前三句重筆虛寫，渲染當年越國繁榮興盛，最後一句才猛一轉，把讀者目光拉回到現實之中，從而發出令人震撼的歷史興亡的慨嘆！宋代晏幾道〈鷓鴣天〉：

彩袖殷勤捧玉鍾，當年拼卻醉顏紅。
舞低楊柳樓心月，歌盡桃花扇底風。
從別後，憶相逢，幾回夢魂與君同。
今宵剩把銀釭照，猶恐相逢是夢中。

上半闋運用彩色的字面，描摹當年與歌女歡聚的情景，直是豪情歡暢，逸興遄飛，宛如電影畫面，當前一現，倏歸烏有，似實卻虛；下半闋敘寫久別重逢的驚喜之情，似夢卻真。

## （三）實虛實型
〈周南·漢廣〉是實虛實型的好例。該詩是一首抒寫了一位男子愛慕一位女子而不能如願的情歌。全詩三章寫追求不得的感嘆，第二章寫他失望中忽發奇想：有朝一日女子將嫁給自己，他要餵足馬兒去迎親，用幻想撫慰受傷的心靈[2]，最後一章又返回現實，再次發出追求不到的哀怨之情。這種結構方式，後代運用的也很多。南朝樂府民歌〈西洲曲〉開頭一段抒寫對「單衫杏子紅，雙鬢鴉雛色」的女子的思念。中間部分想像女子在採蓮和樓上無時無刻不在想念自己。最後又重新返回到現實，用「海水夢悠悠，君愁我亦愁。南風知我意，吹夢到西洲」抒發

對意中人的無限思念之情。柳永〈八聲甘州〉也是一個好例，從：「瀟瀟暮雨灑江天」到「嘆年來蹤跡，何事苦淹留」，抒寫對故鄉和親人的思念。從「想佳人妝樓顒望」到「誤幾回天際識歸舟」想像家中妻子在妝樓上思念自己。最後「爭知我，倚闌杆處，正恁凝愁。」又返回現實，再次抒發思念之情。至於〈豳風‧東山〉採用主歌與副歌的有機結合，現實、想像與回憶不斷交錯的形式，已開中國意識流創作的先河。所謂意識流，是由美國心理學家威廉‧詹姆斯在《論內省心理學所忽略的幾個問題》（1884）中提出來的。後來被評論家用來泛指一種不受理性控制的意識流動狀態的文學創作方法。而這種創作方法在《詩經》中早已運用，不能不說中國先民具有高超的藝術創造力。

## （四）「全為實景」型

所謂「全爲實景」型是指純爲景物描寫，以景寓情，意在言外，其藝術形象一方面要有艾略特所說的「如畫性」（bildchkeit），是一種生動的直觀；另一方面，這種形象又是感情的載體，是「一個心理事件與感覺的奇特結合」。〈陳風‧東門之楊〉是這種範例的代表，其首章是：

　　東門之楊，其葉牂牂。昏以為期，明星煌煌。

這是一首約好情人黃昏時候於東門外楊樹下幽會而久等不至的詩，詩人藏情於景，一切透過生動的畫面來表達，雖不言情卻情意深濃。對此，張啓成先生作了很好的詮釋：

　　這首詩之所以感人，主要有兩點：其一，充分顯露了詩人對所愛者的專一與至誠，那種約言不渝的至誠精神，很自然地會使人聯想起莊子寓言中人物尾生。那位尾生與女子相約在橋下，結果洪水突然來臨，他

竟抱住橋下的石柱而淹死。詩人在夜深人靜，明星閃爍的時刻，還在沙沙作響的白楊樹下等候，正是這種至愛至誠的尾生式的心意，使詩歌有一種感人的力量。其二，這首詩作者執著的等候，深沉的情意，焦急、徬徨、惆悵、迷惘的心理活動，都是透過風吹楊葉的沙沙聲，明星閃爍的微光，間接地透露出來的。作者以景寓情，借物抒情，因而顯得蘊藉含蓄，耐人尋味而富於情韻。唐人李商隱有詩曰：「昨夜星辰昨夜風，畫樓西畔桂堂東。」其意其境，當淵源於此。[3]

龐德說：「中國詩人從不直接談出他的看法，而是透過意象表現一切，」這句話說得過了頭，我國古典詩並不全是如此。但〈東門之楊〉是符合這個標準的。因它已達到「情景互藏其宅」（王夫之語）而進入「寓情於景而情愈深」（劉熙載語）的藝術境界。

〈小雅·鶴鳴〉也是一首全為實景的好詩：

鶴鳴於九皋，聲聞於野。魚潛於淵，或在於渚，樂彼之園，爰有樹檀，其下維穀，它山之石，可以攻玉。

〈鶴鳴〉全詩二章，這是第二章，王夫之對該詩評價很高：「〈鶴鳴〉之詩，全用此體，不道破一句，三百篇創調也。」（《薑齋詩話》下）然而正因為「不道破一句」，對其虛的部分，即言外之意的詮釋才出現了眾說紛紜、莫衷一是的現象。朱熹《詩集傳》認為：「此詩之作，不知其所由，然必陳善納誨之詞也。」由於朱熹以理學說詩，遭到許多人的批評。陳子展先生《詩經直解》認為是篇小園賦，「山水田園詩之祖。」我們同意該詩是「表現了對賢才的仰慕與挽留，實與曹操〈短歌行〉主題相同」（趙逵夫說）的看法，因從「它山之石，可以攻玉」中透露出個中消息。需要指出的是，這種寫法更難，正如范晞文〈對床夜語〉引〈四虛序〉云：「不以虛為虛，以實為虛，化景物為情思，自然行雲流水，此其難也。」（《卷二》），惟其難寫，後世從中

借鑑才具有價值。如李白〈玉階怨〉，盧綸〈塞下曲〉（月黑雁飛高）等。秦觀〈浣溪沙〉詞也很突出：

淡淡輕寒上小樓，曉陰無賴似窮秋。淡煙流水畫屏幽。自在飛花輕似夢，無邊絲雨細如愁。寶簾閒掛小銀鉤。

詞中出現的是輕寒、曉陰、畫屏、飛花、細雨，銀鉤等具體的意象，但從中我們卻可以感受到春天裡一種輕輕的寂寞和哀愁。按常規比喻大多是用具體比喻抽象，有形的比喻無形的，而這首詞裡卻用無形的「愁」和「夢」比喻「細雨」和「飛花」，難怪梁啓超稱之為「奇語」（梁令嫻《藝蘅館詞選》）。小銀鉤閒掛說明放下簾子，抒情主角無心欣賞樓外的風景，百無聊賴的心情自在不言中。[4]

## （五）雙實型

所謂雙實型，是指一首詩中分兩個各自獨立的層次，平分秋色，形成雙實結構。〈周南‧卷耳〉是這種構形的代表。然而，傳統的詮釋並不是這樣的，最有影響是先實後虛說，方玉潤說：

此詩當是婦人念夫行役而憫其勞苦之作。「一」章因采卷耳動懷人念，故未盈筐而「置彼周行」，已有一往情深之慨。「二、三、四」下三章皆從對面著筆，歷想其勞苦之狀，強自寬而不能寬，末乃極意摹寫，有急管繁弦之意，後世杜甫「今夜鄜州月」一首脫胎於此。[6]

蔣立甫說得更清楚：

全詩四章，只有第一章是寫實……。後三章便由此從實寫轉為虛擬，因為她張望得出神，眼前出現了幻景，彷彿看到丈夫在歸途中匆忙

趕路，爬山過崗，人馬困頓，借酒澆愁。她想得如此真切，正是自己對行人殷切思念的反映。[7]

先實後虛的詮釋自有其合理的一面，但有個矛盾始終未能解決，即第一章的「我」卻和後面的「我」沒法統一。前「我」代表其妻，後面的「我」卻成「征人」，顯然是不合情理的，因此應是「雙實結構」，即兩部分各自獨立，屬於「同時情事詩」。例如歐陽修〈踏莎行〉：

候館梅殘，溪橋柳細。草薰風暖搖征轡，離愁漸遠漸無窮，迢迢不盡如春水。
寸寸柔腸，盈盈粉淚，樓高莫近危欄倚。平蕪盡處是春山，行人更在春山外。

這首詞是抒寫離愁別恨的名作。上下兩闋分別從男女雙方著筆，構成兩幅並列的畫面，一是丈夫在征途，一是妻子在閣樓，描寫的空間不同，卻都發生在同一時間內。上闋的「春水」和下片的「春山」，作為意脈連接前後，使兩幅平行的畫面疊印在一塊兒，構成一幅意味深長的相思圖。

## 二、《詩經》虛實藝術的美學價值

在討論我國虛實美學的思想根源時，大多認為是受老莊思想的影響。胡立新、沈嘉達在〈虛實範疇在傳統文藝學中的表義系統辯析〉一文中說：

老莊哲學特別注重宇宙間虛和無的功能，因為常人只看到實和有的功用，忽視了虛和無的功用，故老莊將虛和無的一面突出強調，讓人辯證的

看待宇宙萬物有無相生，虛實相成的存在關係。這種哲學思想正契合了文藝上追求虛實相成的特性。[8]

文中論及虛實相生與文藝創作的關係是透徹的，但說文藝創作中的虛實美學是受老莊思想的影響，則值得商榷。因為文藝創造來源於實踐，而且《詩經》中大多數作品產生於老莊哲學思想產生之前。因此我們要對其進行探源，應該從中國人詩化的宇宙觀去尋找。宗白華指出：

中國人撫愛萬物，與萬物同其節奏：靜而以陰同德，動而以陽同波。（莊子語）我們宇宙既是一陰一陽，一虛一實的生命節奏，所以它根本上是虛靈的時空合一體，是流蕩著生動的氣韻。哲人、詩人、畫家，對於這世界是「體盡無窮，而遊無朕」（莊子語）。「體盡無窮」是已經證入生命的無窮節奏，畫面上表現出一片無盡的行動，如空中的樂奏。[9]

宗先生從中國人詩化宇宙觀入手，剖析了我們民族的審美心理結構。正是「一陰一陽。一虛一實」、「與萬物同其節奏」的審美心理才形成《詩經》等藝術創作的心理根源。中國畫重視空白，馬遠因為常常只畫一個角落而得名「馬一角」，書法家講究「計白當黑」，戲曲舞臺注重虛空5，園林建築強調空間處理，都說明虛實美學已經成為中國美學的重要組成部分，各種藝術共同遵循的法則。

那麼《詩經》虛實美學的價值何在呢？

## （一）有助於詩歌意境的形成

文學意境是抒情性文學追求的至高形態，我國特有的最高審美範疇。那麼意境的內涵是什麼呢？童慶炳主編《文學概論》說：「意境是指抒情作品中呈現的那種情景交融，虛實相生，活躍著生命律動的韻味

無窮的詩意空間。」[6]可見虛實相生正是構成意境的不可或缺的要素。〈檜風‧隰有萇楚〉是一首觸景生情的小詩,詩人看到窪地上的羊桃樹青枝綠葉,搖曳多姿,產生了「樂子之無知」的慨嘆。人是萬物之靈卻羨慕草木的無情,這是詩中應有之象,但也留下許多想像的空間,原來詩人是借羨慕草木而表達一種厭世之嘆的。我們只有從詩中的實象中讀出其「政煩賦重,人不堪其苦」(朱熹語)的厭世之嘆,才能真正讀懂這首有意境的詩。〈秦風‧蒹葭〉、〈陳風‧月出〉之所以廣為傳誦,也得力於此。

## (二)讓詩具有含蓄美

歐陽修〈六一詩話〉說:

> 聖俞(即梅堯臣)語予曰:詩家雖主意,而造語亦難。若意新語工,得前人所未道者,斯為善也。必能狀難寫之景如在目前,含不盡之意於言外,然後為至矣。

「狀難寫之景」是實,「含不盡之意」是虛,展現含蓄美的特質:形象生動而又含蓄蘊藉,餘味無窮。方玉潤對〈召南‧草蟲〉這首著名思婦詩是這樣評論的:

> 始因秋蟲以寄恨,繼歷春景而憂思。既未能見,則更設為既見情形以自慰其幽思無己之心。此善言情作也,然皆虛想,非真實覯。……使讀者自得意於言外,則情以愈曲而愈深。詞以益隱而益顯。

情曲詞隱,意於言外,正是含蓄美的展現,前人研究古代詩詞的含蓄美,只著眼於漢代以後的作品,而把《詩經》放在一邊,顯然是個盲點。

## （三）給讀者留下再創造的審美空間

按照接受美學的觀點，作品只有經過讀者的閱讀與接受，作品才有生命。由此「藝術家的全部技巧就是創造引起讀者審美再創造的刺激物。」（克羅齊語）而虛實相生正符合這一審美要求。宗白華先生說：

《考工記・梓人為筍虞》一節已經啟發了虛和實的問題。鐘和磬的聲音本來已經可以引起美感，但這位古代的工匠在製作筍虞時卻不是簡單地做一個架子就算了，他要把整個器具作為一個統一的形象來進行藝術設計，在鼓的下面放著虎豹等猛獸，使人聽到鼓聲，同時看見虎豹的形狀，兩方面在腦中虛實結合，就好像是虎豹在吼叫一樣。這樣一方面木雕的虎豹顯得有生氣，而鼓聲也形象化了。格外有情味，整個藝術品的感動力量就增加了一倍[9]。

在鼓的下面安放著木雕的虎豹，聽到鼓聲就好像聽到虎豹的吼叫，這件很有創意的藝術品是要依據接受者的想像才能完成的。〈秦風・蒹葭〉詩裡，作者不讓心愛的姑娘露面，把她的美留給讀者在想像中完成，從而獲得更多的美感。《漢樂府・陌上桑》寫羅敷的美，荷馬史詩《伊里亞特》寫海倫的美也是如此。陳大成《文學哲學》：「一旦想像力完成了意象的作為，也就是盡其職責，於是心靈也就賞賜一份報酬的情緒——美感情緒。」《詩經》的作者是懂得把美感情緒留給讀者的。

## 注釋

1. 〈小雅・出車〉是首著名的戰爭詩，抒寫了周宣王命令南仲為主帥北伐獫狁，取得勝利的過程。最後一章從對面著筆，想像其妻子迎接其凱旋歸來的喜悅心情。王夫之曾作了精闢的分析：「春日遲遲，卉木萋萋；倉庚喈喈。采蘩祁祁。執訊獲醜（訊，醜，均指俘虜），薄言還歸，

赫赫南仲,玁狁於夷。」(該詩第六章)其妙正在此,訓詁家不能領悟,謂婦方採蘩而見歸師,旨趣索然矣。建旌旗,舉矛戟,車馬喧闐,凱樂競奏之下,倉庚何能不驚飛,而尚聞其喈喈?六師在道,雖曰勿擾,採蘩之婦,亦何事暴面於三軍之側耶?征人歸矣,度其婦方採蘩,而聞歸師之凱旋,故遲遲之日,萋萋之草,鳥鳴之和,皆為助喜。而南仲之功,震於閨閣,室家之欣幸,遙想其然,而征人之意得可知矣。」(〈薑齋詩話〉卷上・五)指出這一章詩是「遙想其然」,而不是「實有其事」,透過征人的想像以寫凱旋時的歡樂心情,比正面描寫效果要好得多。

2. 這段虛寫很重要,是男主角愛情觀的昇華。連結到今天有人在追求不得之後,進行惡性報復,這種尊重女性的愛情觀仍有其價值。

3. 張啟成〈詩經風雅頌研究論稿〉,學苑出版社2003年版,第270頁。張先生還認為歐陽修〈生查子〉:「月上柳梢頭,人約黃昏後」意境與〈東門之楊〉相似。揚之水《詩經別裁》說,周邦彥〈過秦樓〉:「但明河影下,還有稀星數點。」「造境與此略似」。

4. 杜甫〈漫興〉絕句也是一個好例;「糝徑楊花鋪白毯,點溪荷葉疊青錢。筍根稚子無人見,沙上鳧雛傍母眠。」該絕句全是寫景,景物中透露出一股融融春意,以及詩人熱愛春天的閒適自得的心情。

5. 川劇《秋江》裡,船翁一枝槳和陳妙常搖曳的舞姿,會讓觀眾看到擺渡的情景。舞臺上演員作「趟馬」這個動作,可以使人看出一匹馬在跑,同時又能叫人覺得是人騎在馬上。

6. 《文學概論》又說:「意境以它情景交融的形象特徵;虛實相生的結構特徵;韻味無窮的美感特徵;和呈現生命律動的本質特徵,集中展現了華夏民族審美理想,成為抒情文學形象的高級形態,成為許多詩人作家的藝術至境追求」。

# 參考文獻

[1] 凱西爾《人論》,上海:上海譯文出版社,1958。

[2] 韋勒克‧沃倫《文學原理》，上海：三聯書店，1984。

[3] 夏傳才《詩經語言藝術》，北京：語文出版社，1985。

[4] 姚際恒《詩經通論》，臺北：中國文哲研究所，1994。

[5] 宗白華《美學散步》，上海：上海人民出版社，1981。

[6] 方玉潤《詩經原始》，北京：中國書局，1986。

[7] 潘嘯龍、蔣立甫《詩騷詩學與藝術》，上海：上海古籍出版社，2004。

[8] 胡立新、沈嘉達《虛實範疇在傳統文藝學中的表義系統辯析》，中南民族大學學報，2003，第9頁。

[9] 宗白華《美學與意境》，北京：人民出版社，1987，第376頁。

附記：認識詩歌中的虛實很重要。有學者對岳飛〈滿江紅〉：「壯志饑餐胡虜肉，笑談渴飲匈奴血。」提出批評，認為太殘酷。岳飛這兩句只是表示對敵人的仇恨之情，是不能落實的，因它是虛寫，正如《詩經》中描寫美人用「螓首蛾眉」，如果落實，豈不認為臉上長滿昆蟲了嗎？十七世紀德國有一首歌詠殺敵的名詩，詩中說：「德國人以敵人的皮為紙，使刀作筆，蘸血作書於其上。」寫法與岳飛相同。有位歷史學家根據唐詩「斗酒十千」和「斗酒三百」考訂唐代的酒價和酒的質量，也犯了同樣的錯誤，因「斗酒十千」是為了誇富，「斗酒三百」只是為了示貧。請謹記，理性是對現實的認同，而感情則是對現實的超越。

# 《詩經》中的愛情美學

　　詩經中的愛情詩在《詩經》中占很大比重（有人統計大約占〈國風〉中1/4強），它們歷來爲廣大讀者所珍愛，也一直是研究者的重要研究對象。但過去對這些愛情詩的研究多從社會學的角度出發，而從美學的角度去考察的則屬少見。李澤厚說：「情欲（動物性、原始本能）與觀念（社會性、理性意識）的交錯滲透，其複雜的性質、功能和形態，是美學應該深入研究的課題。而從已經物態化、物件化了的藝術世界中去尋找它們，倒是一條寬廣而又可望大有收穫的道路。」[1]看得出，對《詩經》愛情美學的研究，對先秦以至於中國美學思想的研究是有一定意義的。這裡，我們根據自己的理解，對《詩經》中的愛情所具有的多方面的審美價值，作一粗淺的歸納和論析。

## 一、人性美和情操美

　　別林斯基在評價普希金的愛情詩時說：「普希金的詩，特別是他的抒情詩，總的色調是內在美和撫慰心靈的人情味。」「在普希金的任何感情中，永遠有一種特別高貴的、溫和的、柔情的、馥郁的、優雅的東西，就這一點說，閱讀他的作品是培養人性的最好方法，特別有益於青年男女。」[2]這一評價同樣適合於《詩經》的愛情詩，在《詩經》的愛情詩裡蘊含著人類之美，蘊含著精神文明的魅力。如果把《詩經》中愛情詩比作一幅美妙的圖畫，那麼，它的傳神之筆便是閃耀其間的情操美

和人性美。

〈衛風·伯兮〉是位女子思念她遠征丈夫的愛情詩。詩中唱道：

伯兮朅兮，邦之桀兮。伯也執殳，為王前驅。自伯之東，首如飛蓬。豈無膏沐，誰適為容！

可以看出，她之所以深切地思念自己的丈夫，不僅因為丈夫武藝高強，身體魁梧（朅：偈的假借字，威武健壯的樣子）更重要的是由於丈夫到前線去參加一場維護家邦利益的戰爭。

培根說：「人的天性在私生活裡是沒有虛飾的。」[3]在〈伯兮〉中，女主角把愛丈夫和愛家邦的感情完整地結合起來，自然地流露出來。正是這種發自心底的感情，才顯示出崇高的情操美的強大生命力。

〈周南·關雎〉是《詩經》的第一篇，是首影響深廣的愛情詩。五章詩的第一、二章描述男子對美貌而又賢慧善良的女子的追求；第三章描寫追求不到的痛苦思念；第四、五章描寫男子在痛苦思念中幻想一旦能夠得到她，將千方百計地讓她高興和快樂。這後二章看起來很逼真，其實是詩中主角的想像。劉大白說得好：「凡是一個男子愛上了一個女子的時候，不論是互戀或單戀，他總是在那裡預先想像，將來結合以後，怎樣怎樣地供養她，和她過怎樣怎樣的快樂生活。所以〈關雎〉第四、第五兩章的『琴瑟友之』、『鐘鼓樂之』都是那位單相思的詩人在『寤寐思服』，『輾轉反側』的時候，預先準備著，將來和這位意中人的『窈窕淑女』要過這樣這樣的快樂生活，並非已經合了⋯⋯此詩的頂點在第三章。因為『求之不得』，所以要『痛寐思服』，所以覺得『悠哉悠哉』而『輾轉反側』，睡也睡不著了。這正是情感最迫切處；所以想像中發生出第四、第五章的幻象來了。只消注意到『求之不得』，一句，就不會誤解作結婚歌了。[4]

為了論證這個問題，我們還可用〈周南·漢廣〉作旁證。該詩也是

一首抒寫一位男子愛慕女子不能如願的民間情歌。詩中反復詠唱「漢之遊女，不可求思」之後，寫道：

翹翹錯薪，言刈其楚。之子于歸，言秣其馬。

這後兩句也是在「求之不得」之後的一種願望，作者希望有朝一日，這位女子出嫁時，他能爲她把出嫁時用的馬餵得飽飽的。陳鐵濱先生說：「這個男子追求遊女的心懷是非常純樸和誠摯的，當他在雜木叢生的林間割取荊條和蔞草的時候，浮想聯翩，煙雲變幻，想到遊女的出嫁，還表白出良好的心願，要餵好她的馬和駒，並沒有流露忌妒、恨怨等狹隘自私的心意。他的思想境界是高尚的。（《詩經解說》第178頁）「琴瑟友之」、「鐘鼓樂之」和「言秣其馬」都是在「求之不得」後的幸福憧憬。正是這種憧憬表現了對女性的尊重、平等的道德情操美。〈秦風‧蒹葭〉也表現了同樣的情操。舒蕪在評論〈蒹葭〉時寫道：「這些都是什麼聲音？顯然，不是女性的聲音；不是輕薄調笑的聲音，而是眞摯嚴肅的聲音；不是施以愛寵的聲音，而是祈求允諾的聲音；不是『任我去享受她』的聲音，而是『唯恐她不理睬我』的聲音。[5]這種聲音不是比尼采的「是去找女人嗎？別忘了帶上你的鞭子」的名言高尚幾百倍嗎？從〈關雎〉、〈漢廣〉到〈蒹葭〉都表現了這種崇高的道德美學，在男尊女卑的社會裡，這種對女性的關心和尊重是很可貴的，它已積澱於我們民族的道德心理之中，成爲我們民族寶貴的文化遺產。連結到當今有人在「追求不得」的情況下，用硫酸讓女方毀容，或用刀砍死對方來看，這種品德不是更爲可貴嗎？

當然，這三首詩的審美價值不僅僅停留於此，從藝術的象徵意蘊看，〈關雎〉中的「淑女」、〈漢廣〉中的「遊女」、〈蒹葭〉中的「伊人」，在愛而不可得，望而不可及的悲涼的意境中，都是人的精神對更廣闊，更完善境界不懈追求，展現了人類的歷史是一部不斷追求和不斷完善的歷史。但由於現實和理想的矛盾，人類的追求是無止境的，

他們只能在不斷追求和不斷完善中得到昇華。因此，象徵著眞、善、美最高境界的「淑女」、「遊女」和「伊人」有著無窮誘感力，它們引導著人類世世代代永不止息追求的同時，賦予這些詩以永久的藝術生命。

〈鄭風·出其東門〉是人性美的另一種類型：

> 出其東門，有女如雲。雖則如雲，匪我思存。縞衣綦巾，聊樂我員。

余冠英先生說：「本篇也是寫愛情的詩。大意說：東門遊女雖則『如雲』、『如荼』，都不是我所屬意的，我的心裡只有那一位縞衣綦巾裝飾樸陋的人兒罷了。」[6]這首詩表達了愛情的專注美，它展現了古代人民群衆坦蕩貞純的情操。它比起那種「豈其食魚，必河之魴；豈其娶妻，必齊之姜？」（〈陳風·衡門〉）以及「歡樂吧，年輕人，趁著尚未結婚，欣賞每一個女孩吧，不要只盯住一個，也不要只愛一個。愛情可不是什麼好事，愛情會致人於死。火焰燃燒又會熄滅，愛情卻燃燒不已。」（瓦西列夫《情愛論》引詩）愛情觀，可謂天南地北，相差萬里。

雪萊說：「彷彿要把愛情建立在人類心靈中當作紀念碑，以至戰勝肉欲與暴力爲最輝煌的勝利。」[7]〈出其東門〉在中華民族心靈的歷程中也具有紀念碑的性質，其後的〈陌上桑〉、〈孔雀東南飛〉、〈上邪〉、《牡丹亭》、《紅樓夢》等，都是在其基礎之上的踵事增華。錢中文在《發展論》中指出：「這時的愛情的歌唱，已不是一種原始的野性的呼喊，一種性感的赤裸裸的表達。這時的愛情描寫與詠唱，成了一種美好的理想，生活追求的象徵，性的要求被掩蓋了，昇華爲一種人所寶貴的感情。」這段論述完全符合《詩經》愛情詩的實際。

## 二、野性美

野性美是愛情諸美中一種獨特的美，它帶有某種原始深厚的力度，帶有粗獷熾熱的氣質。如果說，愛情的野性美是開在山岩縫隙之間少見的野花，那麼，在《詩經》的沃土上則隨處可見這樣的花卉。〈鄭風・褰裳〉就是具有野性美的一首詩：

子惠思我，褰裳涉溱。子不我思，豈無他人。狂童之狂也且！

近代學者早已令人信服地推倒了《詩序》對這首詩主旨的牽強附會的解釋，正確地認定它是一首情詩，是寫一位女子熱烈而又急切地要求對方前來追求自己。鄭振鐸先生更指出：「〈鄭風〉裡的情歌都寫得很倩巧婉秀，別饒一種媚態，一種美趣……〈褰裳〉似是〈鄭風〉中所特殊的一種風調，這種心理，沒有一個詩人敢於將她寫出來。」[8]這裡所說的「特殊的一種風調」就是對溫柔敦厚的民族心理的超越，所謂「沒有一個詩人敢於將她寫出來」正是其野性美的可貴處。「子不我思，豈無他人」表現了舊時代一位女子的自信心和獨立意識，表現了不依附於男子的自主精神。這種發自女性的心聲，在秦以後的漫長的封建社會裡是很難聽到的。

〈鄘風・柏舟〉也是一首影響較大，且充溢著野性美的情詩：

汎彼柏舟，在彼中河。髧彼兩髦，實維我儀。之死矢靡它！母也天只，不諒人只。

遠在2000多年前，一個女子能如此坦率熱烈地表露自己內心誠摯的感情，不僅反映了古代婦女對理想愛情和家庭幸福的渴望，而且也是向舊的婚姻制度挑戰。

　　爲了愛情竟然抱怨起父母和老天，這種叛逆行爲不是很野嗎？它使我們想起英國詩人彭斯的名詩〈一朵紅紅的玫瑰〉：

　　一直到四海枯竭，親愛的到太陽把岩石燒化；我會一直愛你，親愛的，只要生命之流不絕。

　　還有德國詩人海涅類似的名詩〈抒情小曲〉：

　　我愛過你，而今還愛你，即使世界化爲灰塵，從它的瓦礫之中，還有我的愛火上升。

　　繆塞說：「在一夫一妻制的歷史條件下，婦女求愛情權利的獻身精神，常常比男子爲了愛情而自我犧牲更富於人性的審美價值，更具有一種高貴純眞而優美的藝術魅力。」[9]用這一種觀點來評價中國古代民歌〈鄘風·柏舟〉也是完全恰當的。

　　我們再看〈鄭風·狡童〉：

　　彼狡童兮，不與我食兮。維子之故，使我不能餐兮。

　　根據聞一多先生的研究，詩經中的「食」字多是性欲的代詞。一位少女竟然公開的唱出難以啓齒的性要求，在道家看來顯然是傷風敗俗的事，我們則以爲它反映了人的自然天性，具有坦率天眞的野性美，而這種美正是《詩經》時代之後形成的封建禮教所深惡痛絕的。荀子說：「性者，天之就也；情者，性之質也；欲者，情之應也。」[10]這種要求不正是天經地義，性情所歸的嗎？從藝術手法角度看，這種欲求的表現採用了黯鬱的形式，把性欲望藝術化，確實能收到含蓄又深刻的效果。薄伽丘說：「如果把一個不成體統的故事，用恰如其分的語言寫出來，

那它一定會使任何人都認爲得體」[11]〈鄭風‧狡童〉正是一篇帶有野性卻又表現得十分得體的詩章。它反映了婦女的正當要求和由於愛情挫折造成的苦痛心理。此外〈齊風‧東方之日〉是抒寫野性美的重要詩篇。揚之水《詩經名物新證》說：「詩寫男女間相慕、相戀，情事分明，歷歷如畫，而一段浪漫與風流正在室中。」（第171頁）

像〈褰裳〉一樣，〈召南‧摽有梅〉也是一首女子呼喚愛情，熱切希望青年男子趁她青春年華的時候早點來求婚的詩。陳啓源曾批評說：「閨中處女何其厚顏乃爾也？」道學家的責難正從反面反映出該詩具有反傳統的美學價值。黑格爾說：「愛情在女子身上特別顯得最美，因爲女子把全部精神生活都集中在愛情中，她只有在愛情裡才找得到生命的支持力。」[12]可見，這種對愛情渴求的藝術是一種純美，「厚顏」的指斥只不過是封建大夫的偏見罷了。

朱自清先生說：「中國缺少情詩，有的只是『憶內』、『寄內』，或曲喻隱指之作，坦率的告白戀愛者絕少，爲愛情而歌頌愛情的更是沒有。」[13]實際上，這種斷言是不符合《詩經》愛情詩的實際，這也從一個側面反映出這些以坦率告白爲特徵的愛情詩，確爲中國愛情詩中不可多得的珍品。

# 三、憂傷美

宋永毅、劉緒源在《文學中的愛情問題》一書中指出：「一夫一妻制是同文明時代一同到來的，愛情的產生是和婦女在家庭中被奴役的地位一同出現的。所以，過去的愛情史，其實也是婦女的一部血淚史。愛情問題總是和婦女問題，和整個社會的不平等狀態糾纏在一起。」[14]這部婦女的血淚史在感情的表達上就是痛苦和憂傷。當然這種婦女的痛苦和憂傷是隨著封建制度的發展而愈演愈烈，但《詩經》的愛情詩已經開其先例。它們表現爲以下四種類型；1.愛而不得所愛；2.傷別；3.棄

婦；4.悼亡。

第一種類型可以〈鄭風・將仲子〉爲代表：

將仲子兮，無逾我里，無折我樹杞。豈敢愛之！畏我父母。仲可懷
也，父母之言，亦可畏也！

有人認爲這首詩是寫少女叫「仲子」不要來。這是不對的，因詩中
一再提到「仲可懷也」、「父母之言（諸兄之言、人之多言）亦可畏
也。」準確地說，這首詩反映了少女內心「懷」與「畏」的矛盾，即少
女與「仲子」爲一方、與家庭和社會輿論爲一方的矛盾。林興宅先生對
這種矛盾心態進行了仔細的分析：「在抒情主角（我）的心靈世界裡，
仲子是愛的對象，父母、諸兄、鄰人是恐的對象，而杞、桑、檀則是連
結這兩種情感的中介物。她的感情就在這個三角形結構中徘徊，形成情
感發展的否定三段論式……她的感情經歷了『之』字型的波折之後，就
陷入了無法掙脫的激烈衝突的漩渦。」[15]這種分析雖則細緻而中肯，但
它似乎還停留在單一的層面上。該詩三章，表面上是重複，其實是層
層深入，仲子由「里」而「牆」而「園」，行動的距離愈來愈近；由父
母，再兄弟，最後到鄰人，畏懼的範圍愈來愈廣，眞切的反映出少女內
心矛盾愈來愈劇烈，內心的苦楚愈來愈深重的過程。這種動態立體的藝
術境界，生動的揭示了舊禮教是少女不得所愛的根本原因。這幕心靈悲
劇的揭示，成就了這首詩的較高的審美價值。

〈王風・君子于役〉可以看作傷別詩或懷人詩的出色代表：

君子于役，不知其期。曷至哉！雞棲於塒（雞窩），日之夕矣，羊
牛下來。君子于役，如之何勿思！

這首詩曾被譽爲「閨怨詩之祖」，它的藝術特色前人多所評論，我

們則認為其美學價值主要表現在開創了選取黃昏時刻來寫懷人這個角度上，方玉潤說：「傍晚懷人，真情真境。描寫如畫。晉、唐人田家詩恐無此真實自然。」（《詩經原始》）。王照圓說：「寫鄉村晚景，睹物懷人如畫。」（《詩說》）許瑤光詩云：「雞棲於桀下牛羊，饑渴縈懷對夕陽。已啟唐人閨怨句，最難消遣是昏黃。」[16] 上列詩文都是從這個角度評論這篇詩的。至於詩人為什麼要選取黃昏這個特定的時刻來寫思念中的愁緒，似可歸納出這樣的理由：

（一）從寫法上看是反襯，黃昏的時候，鳥歸巢、雞上窩、牛羊入廐，而外出的親人卻未歸，這是容易使人觸動情懷的。

（二）白天人們往往忙於做事，黃昏一到，消閒下來，悲苦的心緒就難免乘虛而入。

（三）從心理學的角度來說，聲音對人的心理有一定的影響，如鼓聲使人振奮，角聲引人悲哀。同樣，顏色也會影響人們的情緒，如暖色使人覺得寬慰，冷色容易發人悲愁。「心之憂矣，視丹如綠」（郭遐叔〈贈嵇康詩〉）；「寒山一帶傷心碧」（李白〈菩薩蠻〉）；「滿眼不堪三月暮，舉頭已覺千山綠」（辛棄疾〈滿江紅〉）等等對此都有深切的體會。黃昏時候，暖色已盡，冷色降臨，「愁因薄暮起」就是很自然的事了。

（四）「夕陽無限好，只是近黃昏」，夕陽西下意味著好景不長，青春和美貌很快就消失，客觀物象與自我形成「同構」，這對閨中少婦來說，怎能不觸景傷情，引起遲暮之感呢？

愛情不自由給婦女帶來的痛苦遠比帶給男人的多。這種痛苦既表現在選擇情人的問題上，也更多地表現在男子將婦女輕易拋棄的問題上。《詩經》中的棄婦詩首先唱出這不自由的痛苦。〈衛風‧氓〉、〈邶風‧谷風〉已廣為傳誦，而〈邶風‧柏舟〉一篇還未引起人們的注意。關於該詩的主題向來有不同的說法，有君子在朝失意說，有寡婦守志不嫁說等等。我們則以為它是一篇充滿血淚的棄婦詩，其理由如下

（一）古代婦女被遺棄之後有許多痛苦，其中之一是得不到兄弟的同情。〈氓〉中棄婦被休回家時「兄弟不知，咥其笑矣。」〈孔雀東南飛〉中的劉蘭芝被休之後唱道：「我有親父兄，性行暴如雷。恐不任我意，逆以煎我懷。」（按：根據詩的下文，其父已亡故，此指親兄）〈將仲子〉雖然不是棄婦詩，但詩中「諸兄之言，亦可畏也。」也可說明婚姻不自由常與親兄長連結在一起。而〈邶風・柏舟〉中也寫到「亦有兄弟，不可以據。薄言往訴，逢彼之怒。」（按：這裡的「兄弟」是偏義複詞，實是指兄，古有「父親不在，長兄為父」的說法）與〈氓〉和〈孔雀東南飛〉的情節非常相似。

（二）詩中有「憂心悄悄，慍於群小」的詩句，許多研究者就以此為根據，將該詩斷為政治失意詩。朱熹則把「群小」解釋為「眾妾」。我們以為「群小」是指棄婦被棄之後，鄰里間那些善於播弄是非說人壞話的小人。這可從〈將仲子〉中「人之多言，亦可畏也」得到印證。

（三）詩中的「日」字往往是丈夫的隱指。霍旭東先生指出：「在古代，『日』往往是情人或丈夫的隱指，單在《詩經》裡就出現很多很多。」[17]〈柏舟〉中的「日居月諸，胡迭而微」中的「日」暗指拋棄她的丈夫是肯定無疑的。

從美學的角度講，〈氓〉和〈谷風〉具有更多的陰柔之美，而〈邶風・柏舟〉雖然也寫憂傷，卻表現出某些陽剛之美，「我心匪鑑，不可以茹」、「我心匪石，不可轉也；我心匪席（蓆），不可卷也，威儀棣棣，不可選也。」（選，巽。屈撓退讓義。）主角雖是弱女子，但在命運面前，表現了凜然不可侵犯的氣概，這種不願作男子附屬物，追求獨立的人格的尊嚴和價值，是十分感人的。

〈陳風・月出〉是首寫月下懷念美人的愛情詩。該詩重要的美學價值在於開創了以月襯托美人的意境構成上：

月出皎兮，佼人僚兮。舒窈糾兮，勞心悄兮。

深深地思念，思念之中不免引起心中的憂傷。詩人有意地把美人安排在月光之下，讓月光和美人相互輝映，使美人罩上一層朦朧美，實際上這是一種立體的空間藝術。這種藝術表現手法對後代詩人影響極大，例如宋代晏幾道的〈臨江仙〉詞寫道：「記得小蘋初見，兩重心字羅衣。琵琶弦上說相思。當時明月在，曾照彩雲歸。」

沈祖棻認爲「當時明月在，曾照彩雲歸。」[18]二句是「回想她宴罷踏著月色歸去的情景。」詞人也把明月和美人構成一個立體畫面，既寫出美人之美，又寫出見月思人的一派深情。

保加利亞學者瓦西利夫說：「愛情是作爲男女關係上的一種特殊審美感而發展起來的。愛情創造了美，使人對美的領悟能力敏銳起來，促進了對世界的藝術化的認識。」（《情愛論》）在愛情基礎上創造的《詩經》愛情詩，確實能給我們豐富的美的享受，它的情操至今仍能滋潤我們的心靈。


## 四、詩經時代的審美觀

美是愛情親和力的重要因素，是愛情持久的高級動力。因此，外貌美和心靈美就成爲愛情中的重要標準。然而，審美趣味既有歷史的延續性，又有它的變異性。那麼，詩經時代，人們擇偶標準和審美觀念又有什麼特點呢？


### （一）評價男女大多以身材高大為美

袁梅《詩經譯注》在注釋〈邶風・簡兮〉「碩人俣俣」句時說：「碩人，美人。美男子。碩：大，美。形容男女皆可。」這種評價男女均以高大爲美的審美觀，在詩經中例證舉不勝舉，寫男人的如：「考槃在澗，碩人之寬」（〈衛風・考槃〉），「猗嗟昌兮，頎而長兮」（〈齊風・猗嗟〉），「嘯歌傷懷，念彼碩人」（〈小雅・白華〉）；

寫女人的如:「有美一人,碩大且儼」(〈陳風‧澤陂〉),「碩人其
頎,衣錦褧衣(〈衛風‧碩人〉)「彼其之子,碩大無朋」(〈唐風‧
椒聊〉)等。這種審美傾向,在古代的東西方都如此,那象徵愛與美
的女神維納斯塑像,也是一個身材高大的「碩人」。普列漢諾夫說:
「不論在這裡或那裡,審美趣味的狀況可以成為生產力狀況的準確標
誌。」[19]在當時的生產條件下,必須高大健壯,才能承擔其沉重的體力
勞動。這種審美觀,正是生產要求在愛情審美觀上的反映。當然這種原
因在愛情觀中是屬於表面層次的,從更深的層次講,男子身體高大才顯
得更有男子氣度,而且與性感也有相關。在女子方面除性感外,還與生
育有關。所以瓦西利夫提到:「人們對女性這一生物職能,對她的傳宗
接代、繁衍子孫的任務具有直接的敏感。因此人們審美的主要標準往往
在極大程度上與生理效益標準相關。」(《情愛論》)

## (二)對面貌美的要求

　　瓦西列夫說:「愛情所具有的審美化集中面孔的豐富表現,人的
生動形象,把男女面孔的精神面貌置身於身體結構的其他生理完善之
上。」(《情愛論》)可見在愛情中的擇偶上,面貌是非常重要的。
但在詩經裡反映的對面貌美的要求,多集中於女性,對男性的要求則
集中於「顏如渥丹(渥:塗,丹:赤石製成的紅顏料)」(〈秦風‧
終南〉)「赫如渥赭(紅土)」(〈邶風‧簡兮〉)上。對女性面容的
要求,下層人民更喜歡面色紅潤。民歌〈周南‧桃夭〉寫道:「桃之夭
夭,灼灼其華」姚際恒說:「桃花最豔,故以取喻女子,開千古詞賦詠
美人之祖。」《詩經通論》〈鄭風‧有女同車〉唱道:「有女同車,顏
如舜華。」舜華即木槿花,多為紅色和淡紫色。

　　在膚色的要求上,則多以白為美。〈衛風‧碩人〉描繪莊姜之美
道:「手如柔荑,膚如凝脂。」〈召南‧野有死〉:「有女如玉」。
〈小雅‧白駒〉:「其人如玉。」等都以白為美,當時的人們不僅要求
貌美,還欣賞精神美,要求眉目傳情,具有媚態。〈碩人〉:「巧笑倩

兮，美目盼兮」就是媚態美最好的例子。萊辛說：「詩想在描繪物體美時能和藝術爭勝，這可用另一種方法，那就是化美爲媚，媚是動態中的美。」[20]可見，東西方對女性媚態的欣賞也是一致的。而對男子則以勇壯爲美，「羔羊之飾，孔武有力」（〈鄭風・羔裘〉）「有力如虎，執轡如組」（〈邶風・簡兮〉）。

在顏面要求上，女子以廣額爲美。〈衛風・碩人〉：「螓首蛾眉（《毛傳》：「螓首，顙（額）廣而方。」）」〈鄘風・君子偕老〉：「揚且之晰也。」（《毛傳》：「揚，眉上廣。」）這是女子廣額爲美的例證。在頭髮上，女子以髮而黑爲美。（〈鄘風・君子偕老〉）：「鬒髮如雲」。《毛傳》：「鬒，黑髮也，如雲，言美長也。」而在修飾打扮上，則崇尚天然麗質。〈鄘風・君子偕老〉「鬒髮如雲，不屑髢（假髮）也。」揚之水《詩經名物新證》：「夫人天生麗質，秀髮天然，卻無須續編他人之髮以爲美，所以格外惹人驚羨。」當今有人不懂這種審美觀，過分深朱抹粉，以至有人諷刺說：「上帝給她一張臉，自己卻也造一張臉。」[21]

## （三）對品德美的讚許

詩經時代在選偶標準方面不僅要求外貌美，而且還注重品德美。〈鄭風・叔于田〉：「洵美且仁」，〈齊風・盧令〉：「其人美且仁。」仁就是對品德美的高度評價。契柯夫說：「面貌的美麗固然是愛情的一個重要因素，但心靈與思想的美麗才是崇高愛情的牢固基礎。」[22]可見，詩經時代的人們審美觀和愛情觀已相當成熟。這種審美要求，再次證明了中國美學的一條重要規律：美善統一，要求審美意識具有純潔高尙的道德感。這種美善統一的意識表現在愛情觀上是外在美和倫理道德的統一。李澤厚、劉綱紀等指出：「中華民族是最重視道德的作用的民族之一。這一點，深刻地影響了中國哲學和中國藝術，同時也深刻地影響了中國美學。」[23]

## 注釋

1. 李澤厚〈藝術雜談〉載《文藝理論研究》，1983年第3期。

2. 《別林斯基論文學》，第59頁。

3. 《文藝復興到十九世紀資產階級哲學思想家有關人道主義人性論言論選輯》，第196頁。

4. 劉大白《白屋說詩》，第22、23頁，中國書店版。

5. 舒蕪〈從秋水蒹葭到春蠶蠟炬〉，載《光明日報》1983年1月1日。揚之水《詩經名物新證》在談到〈小雅‧車舝〉的思想價值時說：「這位『思』者不專以美貌為求，不專以財富為求，只求能夠與一位有教養，有德行的女子，過一種和樂而高尚的生活。這個意思很難得，較『三百篇』中的許多男女思慕之情的詩篇，風調迴異，後世，則尤少見。」（452頁）說明《詩經》愛情觀有助於今天的精神文明建設。

6. 余冠英《詩經選》第94頁。辛棄疾〈青玉案〉（元夕）：「蛾兒雪柳黃金縷，笑語盈盈暗香去。眾裡尋他千百度，驀然回首，那人卻在燈火闌珊處。」其詩思正是從〈出其東門〉而來。

7. 《十九世紀英國詩人論詩》，第94頁。

8. 鄭振鐸插圖本《中國文學史》。

9. 繆塞《一個世紀兒的懺悔》。

10. 荀子《正名》，第322頁，中華書局版。

11. 轉引瓦西利夫《情愛論》，第16頁。

12. 黑格爾《美學》第二卷，第327頁。

13. 朱自清《中國新文學大系》序言。

14. 宋永毅、劉緒源《文學中的愛情問題》，第11頁。

15. 林興宅《藝術魅力之探尋》，第172頁。

16. 許瑤光《雁門詩抄‧再許詩經四十二首第十四首》。

17. 《詩經鑑賞集》，第51頁，人民文學出版社。

18. 沈祖棻《宋詞賞析》，第58頁。

19. 普列漢諾夫《藝術論》，第728頁。當然，對《詩經》中女性的高大粗壯為美也不能一概而論〈陳風‧月出〉：「佼人僚兮，舒窈糾兮」程俊

英譯為：「月下美人更俊俏，體態苗條姍姍來。」則是以身段苗條為美。〈洛神賦〉中「翩若驚鴻，婉若遊龍」正由此而來。

20. 萊辛《勞孔》，第121頁。

21. 筆者閱讀孫小梅《美麗心情》得知曾十二次榮獲維納斯化妝師獎的大師蒂芬‧馬雷把「設計師大獎」授予孫小梅，其理由是：「我的工作對象是一張張美麗的面孔，但是我永不忘記我試圖尊重並表現她們的自然天成之美。」可見《詩經》中所追求的「自然天成之美」今天仍有其光輝。

22. 轉引《世界名人論愛情》，第376頁。

23. 李澤厚、劉納紀主編《中國美學史》，第23頁。

# 《詩經》的辯證藝術

史學家翦伯贊曾經說過，史料像是撒在地上的銅錢，需要一條紅線把它貫穿起來，這條紅線就是辯證唯物主義。用辯證的觀點去研究《詩經》，前人做過，但還不夠，特別是對它的藝術方面的探討更少，這裡試就《詩經》中的辯證藝術談點粗淺的看法。

## 一、詩從對面著筆

遊子思鄉，征人思親，這是古往今來最為常見的主題之一。一般寫法是寫遊子或征人如何在他鄉肝腸寸斷，思念家中的親人或故鄉。然而，〈魏風・陟岵〉篇卻以獨特的藝術構思出現在人們面前：

陟彼岵兮，〔登上那草木青青的山上啊，〕
瞻望父兮。〔登高要把爹來望。〕
父曰：嗟！〔爹說：咳！〕
予子行役，〔我兒當差出門遠行，〕
夙夜無已。〔早沾露水晚披星。〕
上（尚）慎旃哉！〔多保重啊，多保重！〕
猶來無止！〔葉兒歸根記在心！〕**1**

全詩三章，重章疊唱，直接描寫征人思親的只有每章開頭兩句：

「陟彼岵兮，瞻望父兮。」「陟彼屺兮，瞻望母兮」和「陟彼岡兮，瞻望兄兮」。在這重複出現的兩句中，透過對征人登高遠望的描寫，一下子就把思親之情強烈地表現出來了。「悲歌可以當泣，遠望可以當歸」開門見山，痛快淋漓。然而，它不僅寫自己如何思念家中的親人，而且透過想像，把筆鋒一轉，寫起家中的父母和兄長如何思念自己，祝福自己，這種別開生面的寫法有這樣的好處：

（一）人們在思念親人的時候，往往想到親人也想念自己。詩人抓住思維的共同性，具體展開了父、母、兄在家裡思念征人的場面，這就好像電影中的迭鏡頭，一幅銀幕中同時出現了四個畫面，把不易為別人所把握的思緒具體化了，給讀者以真切的感受。

（二）詩不僅講究意境，而且還要講究意境是否闊大。李白《子夜吳歌‧秋歌》中的「長安一片月，萬戶搗衣聲。」境界相當闊大，「秋風吹不盡，總是玉關情」把長安與玉關構成同一畫面，其境界更加闊大，感情充溢於其間，真是情滿於山，情溢於海了。〈陟岵〉中既寫了征人登高望鄉的場面，又出現了家中親人們活動的場面，就把千里之遙的他鄉和故鄉連結在一個空間之中，大大地擴大了詩的境界。王國維在《人間詞話》中講意境有造境和寫境之分。〈陟岵〉中的場景並非現實所有，純屬浪漫主義的造境。然而正是這種造境，豐富了讀者的想像，收到「咫尺應該論千里」的效果。這裡需要指出的是，有人反對這種理解，說：「漢唐注家都認為〈陟岵〉中，『父曰』、『母曰』、『兄曰』為臨行教戒之辭，而想像之說不過出於宋人的揣測」，並且認為《詩經》時代不可能出現這樣具有豐富想像的作品。[2] 我們認為這種看法是值得商榷的。

1. 詩從對面著筆的表現手法不是〈陟岵〉所擅有，《詩經》中有幾篇也採用類似的寫法。〈豳風‧東山〉裡那位戍卒在還鄉途中想像自己離家三年，家中的田園一定很荒涼了，屋簷下纏滿了瓜藤，門上沾滿了蛛網；原來的耕地，成了野鹿踐踏的場所；鬼火到處閃耀。他又想

像自己的妻子已經三年不見，一定在家裡哀傷嘆息，焦急地等待著自己的來臨：「鸛鳴於垤，婦嘆於室。洒掃穹窒，我征聿至。」是他想念自己的妻子，卻幻現出妻子在想他的情景。〈周南・卷耳〉也是好例，清方玉潤《詩經原始》說：「『一章』因采卷耳而動懷人念，故未盈筐而『置彼周行』，已有一往深情之概，『二、三、四章』下三章皆從對面著筆，歷想其勞苦之狀、強自寬而愈不能寬，末乃極意摹寫，有急管繁弦之意。」[3]。而王夫之則稱之爲「取影法」。用影子反映其事物本身的情狀，往往可收由此及法，意在言外的藝術效果。〈小雅・出車〉最後一章也用此法。所以王夫之曾就此法指出：「唐人〈少年行〉（按：應爲王昌齡〈青樓曲〉）云：『白馬金鞍從武皇，旌旗十萬獵長楊。樓頭少婦鳴箏坐，遙見飛塵入建章。』想知少婦遙望之情，以自矜得意，此善於取影者也。[4]『春日遲遲，卉木萋萋；倉庚喈喈，采蘩祁祁。執訊獲醜，薄言還歸？赫赫南仲，玁狁於夷。』其妙正在此。訓詁家不能領悟，謂婦方採蘩而見歸師，旨趣索然矣。建旌旗，舉矛戟，車馬喧闐，凱樂競奏之下，倉庚何爲不驚飛，而尙聞其喈喈？六師在道，雖曰勿擾，採蘩之婦亦何事暴面於三軍之側邪？征人歸矣，度其婦方採蘩，而聞歸師之凱旋。故遲遲之日，萋萋之草，鳥鳴之和，皆爲助喜。」[5]

王夫之認爲〈小雅・出車〉的最後一章不是實寫，而是征人凱旋回家途中，想像其妻子高興地迎接他來臨的情狀是對的。〈小雅・巧言〉：「他人有心，予忖度之」。可見在充滿辯證法的《詩經》時人，人們是懂得用他思寫己思的道理。「共看明月應垂淚，一夜分心五處同」，詩人盼歸，家人望歸，這是詩人和家人的共同點，是詩人展開自由想像的支柱。因此，在「詩人感物，聯類不窮」的時候，寫想家卻從家人的角度落筆是有它的現實根據的。

2. 如果按漢人、唐人注〈陟岵〉的談法，此詩爲父、母、兄對作者臨行告誡之辭，那麼，詩的行文應該是「嗟汝行役」，而不能寫成「予子行役」，「予季行役」，「予弟行役」。朱熹說得好：「孝子行役，不忘其親，故登山以望其父之所在」。而想像其父念之言曰，嗟乎

我之子行役，夙夜勤勞，不得止息。又祝之曰，庶幾慎之哉，猶可以來歸，無止於彼而不來也。」[6]段玉裁在《毛詩故訓傳》中的斷句與一般斷句不同，他的斷法是「父曰：嗟予子，行役夙夜無已。上慎旃哉，猶來無止。」子、已、止三字押韻，其餘類推。這種讀法更可說明「父曰」、「母曰」、「兄曰」以下純屬遊子想像之辭。

3. 〈陟岵〉這種藝術手法已為後人所繼承。錢鍾書先生指出：「古樂府〈西洲曲〉寫男『下西洲』，擬想女在『江北』之念想己：『單衫杏子黃』、『垂手明如玉』者，男心目中女之容飾，『君愁我亦愁』、『吹夢到西洲』者，男意計中女之情思。據實構虛，以想像與懷憶融合而造詩境，無異乎〈陟岵〉焉。」[7]這論斷是很有見地的。徐陵〈關山月〉：「關山三五月，客子憶秦川。思婦高樓上，當窗應未眠。」王建〈行見月〉：「家中見月望我歸，正是道上思家時。」白居易〈邯鄲冬至夜思親〉：「想得家中夜深坐，還應說著遠遊人。」鄭會〈題邸間壁〉：「酴醾香夢怯春寒，翠掩重門燕子閒。敲斷玉釵紅燭冷，計程應說到常山。」柳永〈八聲甘州〉詞：「想佳人，妝樓顒望，誤幾回，天際識歸舟。」等正是這種手法的具體運用。然而，學得最好的要算杜甫在長安寫的〈月夜〉一詩，它的起句是「今夜鄜州月，閨中只獨看。」並具體展現妻子深夜閨中思念的情景。「別裁偽體親風雅」的杜甫是深得〈陟岵〉旨趣的。

當然，後代詩人學習〈陟岵〉不僅在於同一時間中的不同空間的描寫上，還在於同一空間的想像和構思上。錢鍾書先生指出：「詞章中寫心行之往而返，遠而復者，或在此地想異地之思此地，若〈陟岵〉諸篇：或是在今日想他日之憶今日，如溫庭筠〈題懷貞池舊遊〉：『誰能不逐當年樂，還恐添為異日愁』，朱服〈漁家傲〉：『拚一醉，而今樂事他年淚。』呂本中〈減字木蘭花〉：『來歲花前，又是今年憶昔年』。一施於空間，一施於時間，機杼不二也。[8]」而唐代著名詩人李商隱的〈夜雨寄北〉則把空間和時間的往復集於一爐，更臻其妙。霍松林先生說：「姚培謙在《李義山詩集》中評〈夜雨寄北〉說：『料

得閨中夜深坐，多應說著遠行人』。白居易〈邯鄲冬至雪夜思家〉中的句子是魂飛家裡去。此詩則又預飛到歸家後也，奇絕，這看法是不錯的，但只說了一半。實際上是：那『魂』『預飛到歸家後』，又飛回歸家前的羈旅之地，打了個來回。而這個來回，既包含空間的往復對照，又展現時間的回環對比。桂馥在《札樸》卷六裡說：『眼前景反作後日懷想，此意更深』這著重空間方面而言，指的是此地、彼地，此地的往復對照。徐德泓在《李義山詩疏》裡說：『翻從他日而話今宵，則此時羈情，不寫而自深矣。』這是著重時間方面而言，指的是今宵，他日、今宵的回環對比。在前人的詩作中，寫身在此地而想彼地之思此地者，不乏其例；寫時當今日而想他日之憶今日者，爲數更多。但把兩者統一起來，虛實相生，情景交融，構成如此完美的意境，卻不能不歸功於李商隱既善於借鑑前人的藝術經驗，又勇於進行新的探索，發揮獨創精神。」[9]

李商隱學習《詩經》的精神和態度是值得我們借鑑的。


## 二、以樂景寫哀情

「詩緣情而綺靡」，寫詩總需要情，然而只有情與景統一時，才算好詩。一般說來，情與景的統一有兩種情況：

### （一）以樂景寫樂情，以悲景寫悲情

例如〈小雅·出車〉：「春日遲遲，卉木萋萋。倉庚喈喈，采蘩祁祁。執訊獲醜，薄言還歸。赫赫南仲，玁狁於夷。」用明媚的春光和黃鶯悅耳的歌唱描繪想像中凱旋而歸的熱烈場面和喜悅的心情。歐陽修《詩本義》中評論這首詩指出：「述其歸時，春日喧妍，草木榮茂而禽鳥和鳴，於此之時，執訊（按，訊指女俘虜）獲醜（按，醜指男俘虜）而歸，豈不樂哉！」[10]

## （二）用樂景寫哀情，用哀景寫樂情

　　這也屬於相反相成的辯證統一。關於這一點，王夫之早就提出過，他在《薑齋詩話》中說：「『昔我往矣，楊柳依依；今我來思，雨雪霏霏。』以樂景寫哀，以哀景寫樂，一倍增其哀樂。」王夫之的引詩出自〈小雅·采薇〉第六章。這裡，我們作進一步的闡述和補充。〈豳風·七月〉是一首西周時代豳地農奴們的作品，敘述他們在一年中的勞動過程和生活狀況。「無衣無褐，何以卒歲」，字字血，聲聲淚[11]，然而在詩中往往採用樂景作反白襯：

　　春日載陽，有鳴倉庚，女執懿筐，遵彼微行，爰求柔桑。春日遲遲，采蘩祁祁。女心傷悲，殆及公子同歸。

　　女奴隸們上山採桑，隨時都有被奴隸主搶婚的危險。因此，上山時，心情是愁苦而又是提心吊膽的。然而詩中出現的竟是幾乎同〈小雅·出車〉一樣的景象。這種樂景更為強烈地反襯出明媚的春光不是屬於她們的，她們的生活也沒有在枝頭上盡情歌唱的黃鶯那樣自由自在，經過這樣的反襯，確能收到「以樂景寫哀，倍增其哀」的效果。

　　〈檜風·隰有萇楚〉也是用樂景寫哀情的好例。全詩三章，只錄一章：

　　隰有萇楚，　〔低地裡生長羊桃，〕
　　猗儺其枝。　〔桃枝兒隨風蕩搖。〕
　　夭之沃沃，　〔你多麼壯啊，多麼美好，〕
　　樂子之無知。〔可喜你無知無覺。〕

　　這首詩的主題向來有爭論。高亨先生認為是一首女子對男子表示愛情的短歌。他根據《爾雅·釋詁》：「匹，知也」的解釋，把「無知」

解釋為「沒有匹偶」，「樂子之無知」的意思是男子沒有妻子，正好任她追求。（見《詩經今注》）如果這樣解釋成立的話，那就屬於樂景寫樂情了。然而，這樣解釋要拐彎，而且詩意太淺。我們認為這是一首亂離之世的愁苦之音，詩的每章前部分，詩人都盡力描繪窪地上景物的美好，一片繁茂的羊桃青枝綠葉，妍紅的花朵迎風開放，搖曳多姿。然而筆鋒一轉，在原野上徬徨憂思的詩人看到眼前的美景，觸動了自己悲慘身世，覺得人生在世，還不如野地裡的草木可以自由自在地生長，因而悲傷地寫下這首詩。此詩深刻地表現了古代下層人民對現實的強烈不滿和無限怨忿之情。它的寫法比直接訴說人生如何愁苦更為深切動人。朱熹說：「政煩賦重，人不堪其苦，嘆其不如草木之無知而無憂也。」[12]錢鍾書先生說：「萇楚無心之物，遂能夭沃茂盛，而人則有身為患，有待為煩，形役神勞，唯憂用老，不能長保朱顏青鬢，故睹草木而生羨也。」[13]這些意見，都是對此詩立意的確解。後代許多文學家學習這種手法寫出動人的詩詞和名句。例如姜夔〈長亭怨慢〉：「樹若有情時，不會得青青如許。」鮑溶〈秋思〉之三：「我憂長於生，安得及草木。」元結〈系樂府・壽翁興〉：「借問多壽翁，何方自修育？唯云『順所然，忘情學草木』」《紅樓夢》第113回：「紫鵑：算來竟不如草木石區頭，無知無覺，倒也心中乾淨。」也可以作〈隰有萇楚〉巧妙立意的注腳。

此外，《詩經》用樂景寫哀情還表現在，詩中充滿快樂而骨子裡面卻是十分痛苦，詩中的快樂正是內心痛苦的反射。朱東潤先生就深刻地指出：「〈蟋蟀〉（按，指〈唐風・蟋蟀〉篇）之言：『今我不樂，日月其除』。〈山有樞〉之言：『宛其死矣，他人是愉』。其言樂者正如病入膏肓，猶談歌舞，歡愉無幾，頓成異物，此亦生人之至慘矣。」[14]這種寫法正是辯證藝術更為深刻的體現。

## 三、以動襯靜

　　晉人葛洪《抱朴子‧廣譬》說：「不睹瓊琨之熠爍，則不覺瓦礫之可賤；不睹虎豹之或蔚，則不知犬羊之質漫；聆〈白雪〉之九成，然後悟〈巴人〉之極鄙。」這是說明把兩件相反或相異的事物連在一起加以對比觀察，往往能夠加深對事物性質的認識和印象。把這種互相反對的事物來相映襯運用到文學創作中，就稱之爲「映襯」。而映襯又有兩種，一曰正襯，一曰反襯。所謂以樂景寫哀情，其實是一種反襯，而本節中所謂的以動襯靜也是反襯。〈小雅‧車攻〉是首記述周宣王東巡田獵，會同諸侯的詩，全詩八章，其第七章：

> 蕭蕭馬鳴，〔聲蕭蕭馬兒嘶喚，〕
> 悠悠旆旌。〔輕悠悠旌旗招展，〕
> 徒御不警？〔車上車下誰不警戒？〕
> 大庖不盈？〔大廚房裡怎不充滿？〕

　　這一章是寫獵畢而歸時，軍容整肅的場面，其中的「蕭蕭馬鳴，悠悠旆旌」寫的是什麼呢？《毛傳》云：「言不喧嘩也。」是相當準確的，千軍萬馬，只聽到馬鳴蕭蕭，只見旌旗迎風招展，整肅而安靜的場面不就表現出來了嗎？馬鳴是動，整肅是靜。相反而相成。陸象山認爲：「『蕭蕭馬鳴』，靜中有動，『悠悠旆旌』，動中有靜」。[15]也看出詩中的辯證關係。然而，「悠悠」是描繪旗幟輕輕飄動的狀態，迎風飄動的旗幟也是有聲音的，所以總的說來，這兩句是從聽覺寫視覺的，從心理學角度講是「同時反襯現象」在詩歌中的運用。錢鍾書先生指出：

> 眼耳諸識，莫不有是；詩人體物，早具會心。寂靜之幽深者，每以得聲音襯托而愈覺其深；虛空之遼闊者，每以有事物點綴而愈見其廣。

〈車攻〉及王、杜篇實是言前者。後者如鮑照〈蕪城賦〉之「直視千里外，唯見起黃埃」或王維〈使至塞上〉之「大漠孤煙直」；景色有埃飛煙起而愈形曠蕩荒涼。」[16]

這裡，錢先生把以動襯靜的原理及其影響講得十分明白了。這裡所謂的「王」是指梁朝著名詩人王籍，他在〈入若耶溪〉詩中寫道：「蟬噪林逾靜，鳥鳴山更幽。」用蟬噪鳥鳴來寫若耶溪（在今浙江紹興西南若耶山下）環境的幽靜，是相當成功的。被顏之推譽為「文外獨絕」，「簡文（蕭綱）吟詠，不能忘之；孝元（蕭繹）諷味，以為不可復得。」[17]而這種獨絕，則是繼承和發展〈車攻〉的結果。顏之推在論及《毛傳》「言不喧嘩也」時就指出：「吾每嘆解有情致，籍詩生於此意耳。」[18]錢先生所謂「杜」是指杜甫，他在〈後出塞五首〉之二中有「落日照大旗，馬鳴風蕭蕭」的名句，顯然是從〈車攻〉脫化而來的，但所加的「落日」已點明行軍的時間，又擴大了行軍的氣象和境界。二句的「風」字也妙，一字之加「覺全局都動，颯然有關塞之氣。」連邊地風光也交代出來了，真是踵事增華，更臻其妙了。

在後代學習〈車攻〉等優秀作品中，王維〈鳥鳴澗〉還是值得一提的：

人閒桂花落，夜靜春山空。月出驚山鳥，時鳴春澗中。

春山之夜，萬籟都陶醉在那種夜的色調、夜的寧靜裡了。月亮的悄悄升起，使飛慣於寧靜的山鳥，竟然被驚動而發出幾聲鳴叫。山澗被花落，月出和鳥鳴，這些動的景物襯托得更加靜謐了。藝術的辯證法在這裡又得到更為生動的體現。

## 四、以少總多

　　劉勰在談到《詩經》語言特點時指出：「詩人感物，聯類不窮；流連萬象之際，沉吟視聽之區。寫氣圖貌，既隨物以宛轉；屬采附聲，亦與心而徘徊。故『灼灼』狀桃花之鮮，『依依』盡楊柳之貌，『杲杲』為出日之容，『瀌瀌』擬雨雪之狀，『喈喈』逐黃鳥之聲，『喓喓』學草蟲之韻；『皎日』『嘒星』，一言窮理；『參差』『沃若』，兩字「窮」形，並以少總多，情貌無遺矣。雖復思經千載，將何易奪？」[19]這裡指出了《詩經》在語言上的特色是非常準確的。其語言形式十分簡單，而其思想內容卻又十分豐富。「辭約而旨豐，事近而喻遠」（《文心雕龍·宗經》）表現出詩人特出的語言表現力。例如〈鄭風·風雨〉：「風雨如晦，雞鳴不已，既見君子，云胡不喜。」「既見」一詞非常普通，但在語言環境中卻有豐富的內容。本來在「雞鳴不已」之後，按常理是寫她如何思念自己的心上人，隨後再寫到心上人時的喜悅心情。但作者沒採用這種通常的寫法，而用「既見」一詞，直接描寫相見之後的高興心情，而未見時的心情就在不言之中了。嚴羽〈滄浪詩話〉：「語忌直，意忌淺，脈忌露，味忌短，音韻忌散緩，亦忌迫促」。（《詩法》）這裡的「語忌直」指寫詩要含蓄；「意忌淺」指含意要深遠不盡；「脈忌露」指應有跳躍性；「味忌短」指要有味外味。而〈風雨〉中只因用了「既見」兩字，這「四忌」就全避免而又內容豐富，意味無窮了。

　　由此可見，《詩經》語言上的以少總多，不像是劉勰所舉例的那樣只停留在形容詞的運用上，而是包括在立意和布局謀篇等方面上。這裡，我們可用〈衛風·伯兮〉和與之相似的李清照〈鳳凰臺上憶吹簫〉作一比較：

| 內容＼篇名 | 伯兮 | 鳳凰臺上憶吹簫 | 附注 |
|---|---|---|---|
| 思念之情 | 願言思伯，使我心。 | 生怕離懷別苦，多少事欲說還休。新來瘦，非干病酒，不是悲秋。 | 一為率直，一為委婉。 |
| 具體描寫思念之痛苦 | 自伯之東，首如飛蓬。豈無膏沐，誰適為容。 | 香冷金猊，被翻紅浪，起來慵自梳頭。任寶奩塵滿，日上簾鉤。 | 一為概括，一為層層鋪敍。 |

# 五、其他

《詩經》的辯證藝術中，還有以下三種手法：

## （一）以麗詞寫醜行

〈鄘風‧君子偕老〉是首公認的衛國人民諷刺衛宣姜的詩，但詩中極力渲染她的服飾、尊嚴和美麗：

> 君子偕老，〔貴族老婆真顯赫，〕
> 副笄六珈。〔玉簪步搖珠顆顆。〕
> 委委佗佗，〔體態從容又自得，〕
> 如山如河，〔靜像高山動像河，〕
> 象服是宜。〔穿上畫袍很適合。〕
> 子之不淑，〔可是行為太醜惡，〕
> 云如之何？〔對她還能說什麼？〕

詩中用了許多讚美之詞正是諷刺她「地位和醜陋行為很不相稱，這是用麗辭寫醜行的藝術手法。」（程俊英《詩經譯注‧題解》）所以清王照圓說：「〈君子偕老〉詩，筆法絕佳。通篇止子之不淑明露諷刺，

餘均嘆美之詞，含蓄不露。如副笄六珈，象服是宜，是說服飾之盛；委委佗佗，如山如河，是說儀容之美，通篇俱不出此二意。」這個評價是相當中肯的。

## （二）室近人遠型

〈鄭風·東門之墠〉：

東門之墠（廣場），茹藘在阪（土坡）。其室則邇，其人甚遠。

用實際空間的近反襯心理空間的遠，「邇」和「遠」形成了強烈的對比，從而收到更好的效果。自此以後，這處藝術手法經常被後人所運用。韋莊〈浣溪沙〉詞：「咫尺畫堂深似海，憶來唯把舊書看，幾時攜手入長安？」《西廂記》第二本第四折〈綿搭絮〉：「疏簾風細，幽室燈清，都只是一層兒紅紙，幾幌兒疏櫺，兀的不是隔著雲山幾萬重？」第二本第一折：〈混江龍〉曲「繫春心情短柳絲長，隔花陰人遠天涯近。」葉嘉瑩〈夢中聯句〉：「室邇人遐，楊柳多情偏怨別，雨餘春暮，海棠憔悴不成嬌。」以近襯遠，餘味無窮，令人百讀不厭。

## 注釋

1.　譯文借用余冠英先生《詩經選擇》。
2.　劉永翔《訓詁與讀詩》、《華東師大學報》，1981年第3期。
3.　方玉潤《詩經原始》上冊第78頁、第99頁，中華書局版。
4.　〈青樓曲〉只寫樓頭少婦所見所為，卻能想像她「遙望之情，以自矜得意」。這位少婦為什麼「自矜得意」呢？按照王夫之的理解是，那「白馬金鞍從武皇」（漢武帝，這裡指唐代的皇帝）的隊伍裡，一定有少婦的丈夫在裡面。
5.　王夫之《薑齋詩話·詩鐸》。

6.  朱熹《詩集傳》第65頁，上海古籍出版社。

7.  錢鍾書《管錐編》第114、第116頁，中華書局版。

8.  錢鍾書《管錐編》第114頁，第116頁，人民文學出版社。

9.  霍松林《唐宋詩文鑑賞舉隅》，第219頁，人民文學出版社。

10.  轉見朱東潤《詩三百篇探故》，第106頁。

11.  有學者認為〈七月〉一詩只是「回味中有一點感嘆，有一點憂傷，但更多的，卻是和厚、寬宏、樂天知命的憨厚。」筆者不敢苟同。西漢晁錯〈論貴粟疏〉中對農夫痛苦生活的申訴真切感人。陳戍國《詩經當議》：「難為他對農夫有如此體諒，想必知道。姬周先民早已勤苦如此」。（第245頁）

12.  朱熹《詩集傳》第86頁，上海古籍出版社。

13.  《管錐編》，第128頁。

14.  朱東潤《詩三百篇探故》，第122頁，上海古籍出版社。

15.  陸象山《陸象山全集》卷四〈語錄〉。

16.  見錢鍾書《管錐編》，第138頁、第128頁。

17.  顏之推《顏氏家訓·文章》。按，王籍〈入若耶溪〉詩曾受到王夫之的批評，他説：「蟬噪林逾靜，鳥鳴山更幽」，論者以為獨絕，非也……「逾」「更」二字斧齒露盡，未免拙工之巧，擬知於禪，非、比二量語所攝，非現量也。（《古詩選評》卷六第四頁，王籍〈入若耶溪〉評）。

     其實宋人蔡居厚《寬夫詩話》早就説過：「晉宋間詩人，造語雖秀拔，然大抵上下句多出一意，如『魚戲新荷動，鳥散餘花落』、『蟬噪林逾靜，鳥鳴山更絲』，之類非不工矣，終不免此病」（見〈苕溪漁隱從話〉前一引）他們的批評是從對偶的要求著眼，但齊梁間對偶要求並不如後來那樣嚴格。而且與反襯手法無關。

18.  見周振甫《文心雕龍選擇》，第181頁。

19.  轉引陳子展《詩經直譯》，第146頁。譯詩借用程俊英《詩經譯注》。揚之水《詩經名物新證》認為〈君子偕老〉是首讚美詩，可備一説。

# 《詩經》的修辭藝術及其影響

　　《詩經》是我國詩歌的源頭，也是我國修辭的重要源頭，展現了先民的智慧和藝術創造力。本文採用了修辭和藝術結合的視角，從「賦的修辭藝術」等八個方面進行論析，以見《詩經》修辭的成熟程度及對後代的影響。本文還認為我國修辭研究不應停留在古代文獻這一層面上，以本文為例，說明應加強生動活潑的文學作品的修辭研究，並適當引進外國的修辭成果，只有這樣，才能讓修辭研究得到更好的發展。

　　「修辭」一詞出自《易經・文言》：「君子進德修業，忠信所以進修也。修辭立其誠，所以居業也。」這裡的「修辭」，主要是指修整文教及個人修養，與現代意義的修辭不同。現代意義的修辭，主要是研究如何運用各種語文材料和表現手法，使語言表現得更加準確、鮮明、生動。從藝術的角度來說，修辭是藝術經驗的總結和深化。

　　比較文化學的研究者認為，西元前800年前後，人類經歷了一次精神上的覺醒，為古代文明奠定了基礎。產生於這個所謂的軸心時代裡的《詩經》，是我國第一部詩歌選集，它展現了先民的智慧和藝術創造力。其修辭方式不但豐富多彩，而且其成熟程度令人驚嘆，並對後代產生了深遠影響。達文西有句名言，凡是能夠到源頭去取泉水的人，絕不喝壺中的水。讓我們到中國詩歌的源頭去體會修辭藝術的風采，並以此培養我們文化藝術的心靈。

## 一、關於「賦」的修辭藝術

賦、比、興是《詩經》最早也最常用的修辭藝術，相對於比、興的研究，賦的研究是薄弱環節。所謂「賦」，朱熹說：「賦者，鋪陳其事而直言之者也。」說明賦的特點是不用比、興，而採用直接敘述或描寫。從修辭藝術的角度說，《詩經》最有特色的賦，主要有兩種：

### （一）採用白描的手法進行鋪敘

所謂白描，原為中國繪畫技法名，只單用線條勾繪形象而不施色彩。在創作中指運用樸素的淺顯語言抒發情感，描繪形象，〈王風‧君子于役〉就很典型：

> 君子于役，〔丈夫當兵去遠方，〕
> 不知其期，〔誰知還有幾年當。〕
> 曷至哉？〔哪天哪月回家鄉？〕
> 雞棲於塒，〔雞兒上窩，〕
> 日之夕矣，〔西山落太陽，〕
> 牛羊下來。〔羊兒牛兒下山岡。〕
> 君子于役，〔丈夫當兵去遠方，〕
> 如之何勿思！〔要不想，怎能不想！〕

這首詩寫一位婦女思念在外丈夫，被譽為「閨思之祖」。全詩兩章，這是其中的一章。詩意是，傍晚時候，牛羊下山，雞兒進窩，觸景生情，引起對在外丈夫的思念。情節簡單，語言通俗，不用比興，純用賦法，但耐人尋味，富有特色：

1. 《詩經》抒寫思念，多在風中、雨中，如〈鄭風‧風雨〉，而該詩選擇在黃昏，因為這個時候最容易引發傷感之情。鄭慧娘《好事近》：「何處最堪斷腸，是黃昏時節。」因此方玉潤評論說：「傍晚懷

人，眞情實境，描寫如畫，晉、唐田家諸詩，恐無此眞實自然」。[1]
正是該詩對意境的開拓，形成了一個傍晚懷人的藝術範例，李白〈菩薩
蠻〉：「暝色入高樓，有人樓上愁。」李清照〈聲聲慢〉：「梧桐更兼
細雨，到黃昏點點滴滴，這次第，怎一個愁字了得？」辛棄疾〈滿江
紅〉：「芳草不迷行客路，垂楊只礙離人路，最苦是，立盡月黃昏，欄
杆曲」。《紅樓夢·紅豆曲》「滴不盡相思血淚拋紅豆，開不完春柳春
花滿畫樓，睡不穩紗窗風雨黃昏後，忘不了新愁與舊愁。」

2. 詩二章的結尾是「苟無饑渴？」妻子最擔心的是在外的親人吃
不飽睡不暖，這是在生存的最根本的地方寫思念之情，最眞切也最容易
引起共鳴，是詩中生命哲學。賀貽孫〈詩筏〉評論道：「淺而有味，閨
閣中人不能深知櫛風沐雨之勞，所念者饑渴而已，此句不言思而思已切
矣。」[2]有人說，好的詩歌是人生的自然展現，親切自然是中國詩歌
最高旨趣，也是中國詩歌最具眞精神之所在，而這種旨趣和眞精神是由
《詩經》奠定的。

〈王風·兔爰〉是一首苦於勞役的詩，全詩三章，第二章唱道：

我生之初，〔我還沒有出世的時光，〕
尚無造，　〔沒那深重的勞役奔忙，〕
我生之後，〔到我出世之後，〕
逢此百憂，〔卻遭到諸多的災殃，〕
尚寐無覺。〔但願長眠像死一樣。〕

生命最爲寶貴，而且沒有返程票，而詩人卻寧願長眠不醒。這種對
生活的絕望是對現實的控訴，純用賦法，卻「語直而情切」。戴望舒
〈生涯〉：

人間伴我惟孤苦，白晝給我是寂寞；只有甜甜的夢兒，慰我在深

宵；我希望長睡沉沉，長在那夢裡溫存。

　　米開朗基羅在他的著名雕塑「夜」的座子上刻的詩：「只要世上還有苦難和羞辱，睡眠是甜蜜的，要能成為頑石，那就更好，一無所見，一無所感，便是我的福氣。因此，別驚醒我，啊！說話輕些吧！」都有大致相同的思緒。文學藝術說到底是心理藝術，生命誠可貴，追求長命百歲是人的強烈的願望，〈大雅·天保〉就有「如南山之壽」的祈福語。而詩人卻寧願長眠不醒。這是用變態心理訴說黑暗現實對他們的壓迫，具有強大的震撼力。

## （二）選取典型的動作描繪藝術形象或表現心理活動

　　心理學家認為人的內心世界是「第二宇宙」，具有無比的豐富性。然而心理活動卻是無形的，要準確而有形象的表現，可借助典型的動作。〈周南·關雎〉用「悠哉悠哉，輾轉反側」抒寫失戀的痛苦。〈邶風·靜女〉用「愛而不見，搔首踟躕」寫男子看不到來約會情人，急得抓耳撓腮，不知所措的情景，十分傳神。

　　〈齊風·東方未明〉：「東方未明，顛倒衣裳；顛之倒之，自公召之。」描寫小官吏接到公府的召令時的慌亂情形，活靈活現。〈小雅·谷風〉：「將恐將懼，置予於懷；將安將樂，棄予如遺（遺棄的垃圾）」「置予於懷」四字寫丈夫的恩愛，並與「棄予如遺」形成強烈對比。〈邶風·柏舟〉「靜言思之，寤辟有摽」用雙手捶胸寫痛苦也很具象。〈邶風·擊鼓〉：「執子之手，與子偕老」寫從軍時與妻子告別的情景，時至今日，人們還用它作為結婚的誓言。柳永〈雨霖鈴〉「執手相看淚眼，竟無語凝噎。」是〈擊鼓〉的踵事增華。〈邶風·燕燕〉用「瞻望弗及，佇立以泣」寫送別之情，其意境已為後代詩人所仿效。〈小雅·抑〉：「匪（彼）面命之，言提其耳」寫對後輩的教誨，「耳提面命」已經成為常用的成語。而〈小雅·蓼莪〉：

母兮鞠我，〔娘呀，是你哺養我，〕

拊我畜我，〔撫摸我愛護我，〕

長我育我，〔養我長大教育我，〕

顧我復我，〔照顧我掛念我，〕

出入腹我，〔進進出出抱著我，〕

欲報之德，〔爹娘辛苦養育我，〕

昊天罔極。〔恩如天大無法說。〕

　　母愛是人間最崇高而又溫馨的愛，有詩人唱道：「如果說，愛如花的甜美，母親就是那朵甜美的花。」〈蓼莪〉是我國詩歌史上第一首歌頌母愛的詩篇，寫得那麼真切動人，並感動了後代許許多多讀者。[1]〈邶風・燕燕〉是一首衛君送妹妹出嫁的詩，被王士禎稱為「萬古送別之祖」。詩的開頭用了：「瞻望弗及，佇立以泣」這一動作，寫出送別人用目力相送，直到看不見還不肯離去情景，以表達依依惜別之情，也具有典型性，李白〈黃鶴樓送孟浩然之廣陵〉：「孤帆遠影碧空盡，唯見長江天際流」，蘇軾〈與子由詩〉：「登高回首坡壟隔，惟見烏帽出復沒」，等有著〈燕燕〉的影響。以上事例說明，在平鋪直敘的賦中採用適當的動作描寫，可以增進氣韻生動，極妙傳神的藝術效果。[2]由此，後人常用這種賦法，陶淵明〈歸園田居〉：「晨興理荒穢，帶月荷鋤歸」，把勞動歸來的場景寫得富有詩意。鮑照〈行路難〉：「對案不能食，拔劍擊柱長嘆息。」李白〈行路難〉：「停杯投箸不能食，拔劍四顧心茫然」，辛棄疾〈水龍吟〉：「把吳鉤看了，欄杆拍遍，無人會，登臨意。」等寫報國無門的憤懣和焦慮之情，具有崇高感；李煜〈一斛珠〉：「爛嚼紅茸，笑向檀郎唾。」，和〈玉樓春〉「臨風誰更飄香屑，醉拍欄杆情味切。」則是透過動作寫愛情與癡迷之情，也很成功。李清照〈點絳唇〉：「見客人來，襪剗金釵溜。和羞走，倚門回首，卻把青梅嗅。」把一位少女驚訝、慌忙、害羞、好奇的心理狀態，栩栩如生地表現出來。

## 二、博喻

所謂「博喻」，也稱連比。指用幾個喻體從不同角度反覆設喻去說明一個本體，從而使本體的多面性得到鮮明生動的表現。〈邶風‧柏舟〉是一位婦女自傷不得於夫，見侮於眾妾的詩（用程俊英說），其中第二章用了博喻：

我心匪鑑，〔我心不是青銅鏡，〕
不可以茹，〔不能任誰都來照，〕
我心匪石，〔我心不像石頭塊，〕
不可轉也。〔不可隨人去轉移。〕
我心匪席，〔我心不是蓆一條，〕
不可卷也。〔不能打開又捲起。〕

連用三個比喻，語句凝重，剛直不阿，明確的表明自己堅定的態度，顯示了人格尊嚴。〈小雅‧斯干〉第三章寫周王宮殿之美：

如跂斯翼，〔端正有如人企立，〕
如矢斯棘，〔整齊有如利箭急，〕
如鳥斯革，〔又像鳥兒展雙翅，〕
如翬斯飛，〔華麗賽過錦毛雞，〕
君子所躋，〔周王登堂心歡喜。〕

詩中連用四個比喻描繪了宮殿之美，也展現我國最早的建築樣式。屋角反翹，像野雞展翅飛翔，這種樣式可以減輕屋頂的沉重感，從而產生既穩重又飛動之美，著名美學家宗白華說：「作為中國藝術的重要美學特徵的飛動之美，正是從周宣王時代的〈斯干〉開始的。」[3]

〈大雅‧常武〉是一首歌頌周宣王親征徐戎的戰爭詩，其中第五章

寫道：

王旅嘽嘽，〔王師軍威世無雙，〕
如飛如翰，〔行動神速如鳥翔，〕
如江如漢，〔好比長江漢水長，〕
如山之苞，〔好比大山難搖恍，〕
如川之流，〔好比洪流不可擋，〕
綿綿翼翼，〔連綿不斷聲勢壯，〕
不測不克，〔神出鬼沒難估量，〕
濯征徐國。〔大征徐國定南方。〕

連用四個比喻一氣注下，把王師勢如破竹的銳氣和神威寫得淋漓盡致，前人評為有「天地褰開，風雲變色之象」，說明先民的藝術思維已經達到很高的水準。〈衛風‧碩人〉是一首讚美衛莊姜的詩，第二章寫莊姜儀容的美：

手如柔荑，〔手指纖纖像白白的幼茅，〕
膚如凝脂。〔皮膚像潔白的油膏。〕
領如蝤蠐，〔頸項像白而修長的蝤蠐，〕
齒如瓠犀，〔牙齒像葫蘆籽那樣潔白整齊，〕
螓首蛾眉。〔蟬兒般的方額，蠶娥般的眉毛。〕
巧笑倩兮，〔嘴邊的酒窩笑得多乖巧，〕
美目盼兮。〔美目傳情多媚妙。〕

這裡用了蝤蠐（天牛的幼蟲，色白身長）等五個比喻展現了莊姜的美，被譽為「詠美人之祖」。有重要的美學價值：

（一）有學者認為，《詩經》時代為適應勞動需要，女性是以高大

粗壯爲美,並不完全正確,從「手如柔荑」和「膚如凝脂」看,人們審美觀已由欣賞女性粗壯紅潤,開始向柔性之美過渡,〈關雎〉中的「窈窕淑女」的「窈窕」就是苗條,也可證明。

　　(二)眼睛是靈魂之窗,是內心情感的集中點。該詩在運用了博喻之後,描繪了美人眼睛的靈動和巧笑,如果沒有這個層次的描寫,只能是廟裡的觀音菩薩,沒有靈性。從藝術的角度講,「動」是宇宙的眞相,唯有「動象」才能體現生命,體現人的精神,白居易〈長恨歌〉:「回眸一笑百媚生,六宮粉黛無顏色」成爲名句,正得力於〈碩人〉的眞傳。而宋玉〈登徒子好色賦〉寫東家女子之美:「眉如翠羽,肌如白雪,腰如束素,齒如含貝。嫣然一笑,惑陽城,迷下蔡。」也有著〈碩人〉博喻的影響。西方《聖經》中有一首情詩,也寫女人之美:

　　我的戀人,妳多美麗,妳的眼睛在面紗後面閃亮,如一對溫柔的小鴿子。妳的秀髮如一群山羊,從迦勒山頂傾瀉而下。妳的牙齒像一群剛修剪過羊毛的白羊,它們在清亮的河水中沐浴後歸來。它們整齊排列著,像一對對孿生兄弟。妳的雙唇嫣紅滋潤,抿合成一條腥紅色的綬帶。妳長長的脖頸,昂揚挺秀,如高高的大衛神塔。在它的上面,懸掛著千面勇士的盾牌。妳的雙乳像兩隻初生的小鹿,一對可愛的雙胞胎,它們正在百合花下靜靜地吃草。[4]

　　該詩也採用博喻的修辭方式,也很精彩,更爲鋪張,與中國含而不露的美學原則有所不同。


## 三、層遞

　　所謂「層遞」,指在詩詞創作中,詩意的排列從淺到深,從低到高,從小到大,從緩到急,從先到後,從下到上的順序組織語言,表現

時間、空間、程度。節奏、數量等的循序漸進，層層深入的修辭方式。也有反向用法的，叫倒層遞。它是《詩經》中常用的修辭方式之一。

〈王風‧采葛〉：「彼采葛兮，一日不見，如三月兮，彼采蕭兮，一日不見，如三秋兮，彼采艾兮，一日不見，如三歲兮。」

這是一首純樸真摯的戀人之歌，抒寫思念之情。採用層遞的修辭方式，表示思念之情隨著時間的推移，愈來愈深。寥寥數語，將離人的心曲抒發得真切動人，難怪「一日不見，如隔三秋」仍然活在我們的口語之中。

〈召南‧摽有梅〉是一首女子抒寫待嫁心情的詩歌，全詩三章，隨著樹上的梅子愈來愈少，感到青春歲月的消逝，待嫁的心情愈來愈迫切，層遞的修辭把少女焦慮心理明確地表現出來。北朝民歌〈折楊柳枝詞〉：「門前一株棗，歲歲不知老，阿婆不嫁女，焉得孫兒抱。」〈地驅樂歌〉：「驅羊入谷，白羊在前，老女不嫁，蹋地呼天。」抒寫的心情與〈摽有梅〉是一樣的，但是沒有運用層遞修辭，詩味就遜色得多。而這種修辭的運用是建立在生命體驗的基礎之上的。它說明一部成功的作品，都是詩人生命體驗並採用恰當形式加以表達的結果。〈鄘風‧干旄〉：姚際恒《詩經通論》評論道：「郊、都、城，由遠而近也？四、五、六，由少而多也。詩人章法自是如此也。」這裡的「章法」就是層遞修辭方式。〈召南‧草蟲〉是首表現思婦情懷的詩，余培林《詩經正詁》：「寫憂則忡忡，掇掇，悲傷，一層深一層；寫樂乃則降，則說（悅），則夷，一節緊一節。」是一種由淺到深的層遞。〈周南‧芣苢〉是一首一群勞動婦女所唱明快的勞動歌，詩以「采」、「有」、「掇」、「捋」、「袺」、「襭」、等六個動作，生動的描繪了採摘芣苢動作逐漸加快和勞動成果逐漸增多的過程，表現了熱烈歡快的勞動場景。

由於層遞修辭善於表現心理活動，後代詩人也多所運用，例如白居易〈後宮詞〉：「淚濕羅巾夢不成，夜深前殿按歌聲。紅顏未老恩先

斷，斜倚熏籠坐到明」。

　　這是一首宮怨詩，抒寫一位宮女得不到君王的寵幸的痛苦與悲傷。其心理過程是：1.盼望君王當晚到來卻落空，只好淚濕羅巾，以淚洗臉；2.現實的希望落空，只好希望用美夢來解脫，但「夢不成」又一次受挫；3.既然「夢不成」，索性起身再等一等，說不定君王回來呢？然而聽到前殿歌聲，君王還在尋歡作樂，希望再一次化爲泡影；4.如果人老珠黃情有可原，而自己正是青春年少，於心不甘，還是等一等吧；5.「斜倚熏籠」等待的是天亮了，希望徹底破滅。隨著層遞修辭的運用，宮女的心路歷程得到曲折的展現，給人以深思，給人以美感。

　　如果說〈後宮詞〉的層遞修辭是從整首詩展現出來的，那麼歐陽修〈蝶戀花〉結尾則是採用層遞修辭的：

　　庭院深深深幾許？楊柳堆煙，簾幕無重數。玉勒雕鞍野游處，樓高不見章臺路。

　　雨橫風狂三月暮，無計留春住。淚眼問花花不語，亂紅飛過秋千去。

　　這是一首閨怨詩，上闋寫閨中女子凝神遠望，盼望丈夫歸來；下闋寫女子的痛苦思念之情。最後兩句有好幾層意思：1.「淚眼問花」說明無人傾訴衷腸，只好問花，2.「花不語」，說明得不到花的同情；3.「亂紅飛」，說明花自己也凋謝了，同病相憐，無法寬慰；4.「秋千去」，花被風吹到秋千近旁，秋千是她舊日和丈夫嬉遊之處，人去物在，觸動愁腸，不堪回首。我們只有從層遞修辭去領會該詞，才能更好的體認作者的創作用心和詩味。同時也說明：文學是人學，詩學是感情學，只有寫出人的心靈的脈動，寫出人的心理層次，才能更感動人，更具藝術魅力。

## 四、示現

所謂示現，就是想像或追憶，其特點是把並不發生在眼前的事當做現實來敘述，把實際上不見不聞的事物說得如見如聞。

遊子思鄉，征人思親，這是古往今來最為常見的主題之一，一般的寫法是寫遊子征人如何在他鄉思念故鄉或家中的親人。而〈魏風·陟岵〉則採用了示現修辭而別具一格：

陟彼岵兮，〔登上草木青青的山啊，〕
瞻望父兮，〔要把爹來望啊，〕
父曰：嗟！〔爹說：咳！〕
予子行役，〔我兒當差出遠門，〕
夙夜無已，〔早沾露水夜披星，〕
上（尚）慎旃哉！〔多保重、多保重！〕
猶來無止。〔落葉歸根記在心。〕

全詩三章，重章疊唱，直接抒寫征人思親的只有每章開頭的兩句，寫征人站在高山瞻望家裡的父母和兄弟，其餘則是想像家中的父母、長兄思念自己。

該詩是典型的示現修辭。有學者不同意這種看法，認為：「漢、唐注家都認為〈陟岵〉中『父曰』、『母曰』、『兄曰』為臨行教戒之詞，而想像之說不過出於宋人的揣測」，又說：「《詩經》時代不可能出現這樣具有豐富想像的作品。」[5]該說並不符合〈陟岵〉的實際。

（一）〈小雅·巧言〉早就說過：「他人有心，予忖度之」，人們在遠方思念親人時，往往會想像親人也想念自己。王建〈行見月〉：「家中見月望我歸，正是道上思家時。」白居易〈邯鄲冬至夜思親〉：「想得家中夜深坐，還應說著遠遊人。」，還有當代著名軍旅歌曲

〈十五的月亮〉：「十五的月亮，照在家鄉照在邊關，寧靜的夜晚你也思念，我也思念。」等思緒都是一樣的，都有共同的心理基礎。順便提及，熟悉我國古代詩詞，對創作當代的歌曲極有好處。

（二）詩是想像的產物，而先民的想像力比現代人豐富，以為文學史所證明。《詩經·大東》就是一首想像力非常豐富的詩篇，被吳闓生《詩義會通》評為「極似〈離騷〉，實三代上之奇文也。」而採用示現修辭的不是〈陟岵〉所獨有。〈豳風·東山〉是一首久戍士卒還鄉途中想家的詩，第三章寫了那位戍卒途中想像家中田園的荒涼，詩中「鸛鳴於垤，婦嘆於室，灑掃穹窒，我征聿至。」是他想念妻子，卻幻想家中妻子思念他，並盼望他回來的情景，是典型的示現修辭；〈小雅·出車〉是一首一位武士自敘跟隨統帥南仲出征及凱旋歸來的詩歌。最後一章也採用示現修辭方式，書寫武士凱旋回家途中，想像其妻子高興地迎接他來臨的情景。「共看明月應垂淚，一夜分心五處同」。《詩經》中的示現修辭是有心理依據的。

（三）〈陟岵〉所採用的示現修辭猶如電影中的蒙太奇，一幅銀幕中同時出現兩個以上的鏡頭，既擴大了詩的意境，能收到「登山則情滿於山」的藝術效果，而且把思緒具體化，給讀者以真切感受。後代採用這種修辭方式的有徐陵〈關山月〉：「關山三五月，客子憶秦州。思婦高樓上，當窗應未眠。」鄭會〈題邸間壁〉：「酴醿香夢祛春寒，翠掩重門燕子閒。敲斷玉釵紅燭冷，計程應說到常山。」柳永〈八聲甘州〉下闋：「想佳人妝樓顒望，誤幾回，天際識歸舟。」等，而學得更好的是杜甫在長安寫的〈月夜〉，該詩抒寫杜甫在長安思念鄜州的家人，卻展現妻子深夜閨中思念杜甫的情景。情真意切，「別裁偽體親風雅」的杜甫，是深得〈陟岵〉示現藝術的。

## 五、比擬

比擬修辭，是將一個事物當做另外一個事物來描述、說明。由於比擬是主觀設想，便於表現作者的情感色彩，有較強的傾向性；就讀者來說，不願聽老生常談，有喜歡新鮮生動的心理。因此，比擬在文學中得到廣泛運用。比擬修辭主要有兩種，1.擬人，把物擬成人；2.擬物，把人擬成物。而《詩經》運用較多的是擬人，它是美感經驗的要素，靜物的情感化，宇宙的生命化。

關於〈豳風・鴟鴞〉的作者，毛亨、鄭玄都認為是西周初年周公旦所作，其主要根據是《尚書・金縢》篇的記載，但從詩的內容看，與周公諷成王無關，而且《詩經》篇名相同的比較常見，如〈揚之水〉就有三篇。因此，〈鴟鴞〉應該是一篇採用擬人修辭寫的寓言詩：

鴟鴞，鴟鴞！　　〔貓頭鷹，貓頭鷹！〕
既取我子，　　〔你已經抓了我的小鳥，〕
無毀我室，　　〔不能再毀我的巢，〕
恩斯勤斯，　　〔我辛苦忙碌，〕
鬻子之閔斯。〔為撫養孩子而病倒。〕

作者運用擬人修辭，假託一隻母鳥述說遭受鴟鴞的迫害所帶來的痛苦，曲折的表達了下層人民所受的苦難。鳥兒能說人話，既有動物的特徵，又有人類的感情，既曲折生動，又寓意豐富，可謂先秦寓言的第一篇。這種修辭方式在漢代樂府民歌中逐步多起來，如《鼓吹曲辭・漢饒歌》中的〈雉子班〉；《漢相和歌・古辭》中的〈烏生〉、《豔歌何嘗行・雜曲》中的〈枯魚過河泣〉等，到了魏晉南北朝，由「禽言詩」發展為「禽言賦」，如禰衡〈鸚鵡賦〉、曹植〈蝙蝠賦〉等，對唐代李白的〈大鵬賦〉也有一定的影響。後代詩詞中運用擬人修辭的可謂不勝枚舉，李白〈渡荊門送客〉：「仍憐故鄉水，萬里送行舟。」一個「送」

字，把故鄉水擬人化，寫出詩人思念故鄉的深情。張先〈天仙子〉：「沙上並禽池上暝，雲破月來花弄影。」一個「弄」字把「花」擬人化，似有靈性，並使該句成為有意境的名句。姜夔〈點絳唇〉：「數峰清苦，商略黃昏雨。」「商略」一詞本有商量、醞釀的意思，擬人化後，既寫出江南煙雨的景象，又寫出詩人清苦而又無可奈何的心情。周邦彥〈六醜〉「薔薇謝後作」，下闋：「東園岑寂，漸蒙籠暗碧。靜繞珍叢底，成嘆息。長條故惹行客，似牽衣待話，別情無極。」這裡寫詞人靜繞薔薇叢下的情景，薔薇莖長而有刺的柔條牽住詞人的衣服，似有無限的離別之情要向他傾訴。這一擬人修辭把薔薇寫活了，也寫出詞人惜花戀花的情感。而香港女詩人夢如的〈樹〉：「自從呱呱落地，就學會，如何站成，頂天立地的漢子，任憑雀鳥聒噪去吧，看我獨臂撐起。一座天空。」把樹擬人，有氣魄，有新意。美國女詩人有一首詩則把小草擬人化：「短草馱著露珠，黃昏像生人那樣站立。手裡拿著帽子，恭敬時又怯生，彷彿欲留還去。」把黃昏擬人則是這位女詩人的創造。鮑照〈登大雷岸與妹書〉：「南則積山萬狀，負氣爭高」，郭璞〈江賦〉：「乃鼓怒而作濤」，山能「負氣」，水能「鼓怒」，也有創造性。維科說：「詩的最崇高的工作，就是賦予感覺和情欲於本無感覺的事物。」[6]既說明了擬人修辭的重要性，又把藝術世界與概念世界區別開來。

## 六、襯托

　　指敘述相關兩件事，或者幾件事，其一為主，其餘作為陪襯，它建立在對比與映襯的基礎之上。其形式為兩種，1.反襯，用相反的事物或情事做陪襯；2.正襯，用相近的事物或情事做陪襯。

　　〈小雅‧車攻〉是一首描寫周宣王會同諸侯舉行田獵的詩，其中第七章寫田獵前的氣氛和收穫；

蕭蕭馬鳴，〔耳聽馬鳴聲蕭蕭，〕
悠悠旆旌，〔旌旗迎風悠悠飄，〕
徒御不驚，〔御手機敏又嚴肅，〕
大庖不盈。〔野味滿櫥好佳餚。〕

《毛傳》注前兩句：「言不喧嘩也。」其意思是用馬的嘶鳴聲和旗幟的飄動聲反襯隊伍的寂靜和整肅，是一種以動襯靜的修辭方式。後代王籍〈入若耶溪〉：「蟬噪林逾靜，鳥鳴山更幽。」王維〈鳥鳴澗〉：「月出驚山鳥，時鳴春澗中。」等是這種修辭方式的發展，深夜裡，人們聽到客廳的鐘聲，有格外安靜的感覺，就可體會到這種修辭方式之妙。而杜甫的〈後出塞〉：「落日照大旗，馬鳴風蕭蕭」則是從〈車攻〉發展而來的。

〈陳風·月出〉是一首抒寫懷念情人的愛情詩：

月出皎兮，〔月兒出來亮晶晶，〕
佼人僚兮。〔美人顯得多麼俊。〕
舒窈糾兮，〔安閒步子苗條的影，〕
勞心悄兮？〔我的心兒怎安寧？〕

詩人有意地把美人安排在月光下，月光和美人相互映襯，讓美人具有一種朦朧的美，即所謂「月光下看老婆，愈看愈漂亮；露水地裡看莊稼，愈看愈喜歡。」（浙江民諺）拜倫有一首詠威莫特·霍頓夫人的詩，叫〈她走在美的光影裡〉，也是把威莫特·霍頓夫人放在月光下加以讚美的[3]。宋代詞人晏幾道〈臨江仙〉：「當時明月夜，曾照彩雲歸。」也是借助月光襯托彩雲之美並傳達依依惜別之情。由此可以得出這樣一條修辭理論：即利用光影的襯托，可以增加審美對象的美。十七世紀英國詩人赫克里在〈水晶中蓮花〉一詩中談到白紗中的婦人的身體、清泉底下的琥珀、方孔紗下的玫瑰、玻璃杯裡的葡萄等之所以更

美，都是由於光影的或明或暗的襯托而「添媚增姿」。

由於襯托修辭具有較高的藝術表現力，後代運用該修辭的作品比較多。白居易《憶江南》：「日出江花紅勝火，春來江水綠如藍」，之所以成爲描繪江南風景的名句，其主要原因就在於採用襯托的修辭，用紅日襯托紅花，使紅花更紅，是正襯；用江岸的紅花襯托江水使江水更綠，是反襯。唐人陳陶流傳下來的詩作只有〈隴西行〉一首，卻成爲千古絕唱：

　　誓掃匈奴不顧身，五千貂錦喪胡塵。可憐無定河邊骨，猶是春閨夢裡人。

首前兩句敘述唐朝將士勇敢戰鬥和傷亡慘重，下兩句筆鋒一轉，抒寫災難和不幸已經降臨家中，其妻子不但毫無覺察，反而做著與丈夫團圓的美夢。形成了眞正的人間悲劇。從襯托的角度看，用團圓的樂景襯托失去丈夫的哀情而使哀情更哀，正是這種藝術辯證法使該詩產生震撼心靈的悲劇力量。俄羅斯著名畫家列賓有一幅名畫叫「女乞丐」，畫家沒有用陰冷的筆調烘托其生活的困頓和饑寒，卻讓她穿著破爛的衣裳站在鮮花盛開的草原上，頭上是燦爛的陽光。這種用樂景襯哀情的反襯，可收到「一倍增其哀樂」的藝術效果。

〈邶風‧谷風〉是一首著名的棄婦詩，當女主角被拋棄時唱道：「誰謂荼苦，其甘如薺」，是說誰說荼菜很苦，對我來說，它甜得像甜菜一般。表示她的心境比苦菜苦得多。這是一種正襯，後代如吳文英〈風入松〉下闋：「西園日日掃林亭，依舊賞新晴。黃蜂頻撲秋千索，有當時，纖手香凝。惆悵雙鴛不到，幽階一夜苔生」。

「黃蜂頻撲秋千索」三句是該詞的名句，1.庭中的鞦韆是往日與情人遊戲之所，情人雖然不在，但用有黃蜂頻撲鞦韆索的情景以襯托情人手上的香氣仍留在鞦韆索上；2.然後用鞦韆索上的餘香襯托對盪鞦韆的

情人的久久不能忘懷的思念之情。詞人正是運用了襯托的修辭方式而收到意在言外，令人回味無窮的藝術效果。「牡丹雖好，綠葉扶持」，說明襯托的重要。柯勒太（Colltet）說：「人面之美，在於眼睛，如果滿臉都是眼睛，就成為魔怪相了」。

# 七、誇張

舊稱誇飾。其特點是「言過其實」，又不至於誤會成真，用於表現事物的精神實質。賦予詩以形象性、生動性，從而具有生命力。王充《論衡·藝增》中說：「譽人不增其美，則聞者不快其意；毀人不溢其惡，則聽者不愜於心」，說明誇飾符合人們的審美要求。

關於《詩經》的誇飾，《文心雕龍·誇飾》中說：

文詞所被，誇飾恆有。以言峻則嵩高極天，記狹則河不容舠，說多則子孫千億，稱少則民靡孑遺。……詞雖已甚，其意無害。「言峻」句出自〈大雅·嵩高〉：「嵩高維岳，峻極於天。」是高度的誇張；「記狹」句出自〈衛風·河廣〉：「誰謂河廣，曾不容刀（舠）」是黃河狹小的誇張。「說多」句出自〈大雅·假樂〉：「千祿百福，子孫千億」是人數多的誇張；「稱少」句出自〈大雅·雲漢〉：「周余黎民，靡有孑遺。」是人數少的誇張。

劉勰的評論說明《詩經》中的誇張是運用較多的修辭方式；而「詞雖已甚，其意無害」，說明誇張修辭具有合理性，有一定的審美功能，正如高爾基所說：「真正的藝術，具有誇張的權利。」因此後代的藝術作品中運用得比較多，就不足為怪。必須指出的是：1.誇張的運用不是無條件的，言辭可以誇張，但要有情感或現實的基礎，李白〈秋浦歌〉：「白髮三千丈，緣愁似個長」。因為有難於排遣的憂愁，又年深

日久，才有「白髮三千丈」的誇張；李益〈宮怨〉：「似將海水添宮漏，共滴長門一夜長，」是失寵宮女愁思失眠的心理反映。魯迅說得好，說燕山雪花大如席，是誇張，但燕山究竟有雪花。如果說廣州雪花大如席，那就成笑話了。2.誇張是超現實的想像，不能落實。在唐詩中，為了誇富，說「斗酒十千」；為了示貧，說「斗酒十百」。有一個著名的歷史學家以此考訂唐代酒價的漲落，就失去了可靠的現實依據。岳飛〈滿江紅〉：「壯志饑餐胡虜肉，笑談渴飲匈奴血，」一位教授認為寫得太殘酷，並以此斷定〈滿江紅〉不是岳飛所作，其失誤是不懂誇張修辭所致。岳飛只是用它表達對入侵者的國仇家恨及必勝信念，「饑餐」和「渴飲」只是消解仇恨的誇張語言，是不用落實的。十七世紀德國詩人有一首歌詠殺敵的名詩，詩中說：「德國人以敵人的皮為紙，使刀作筆，蘸血作書於其上。」按照這位教授的邏輯，詩中的德國人不也太殘酷嗎？

## 八、警策

也稱精警，指語言簡練而涵義精切動人的修辭方式。他好像蜜蜂形體短小，有蜜有刺。文中的警策好像人的明眸，格外動人又能傳達出人物的神情。我們還可以這樣說，一個好的警策就是一種德行，富有哲理，深刻地揭示了事物的本質。《詩經》中有大量的警策，它們是先民智慧的結晶，許多警策至今仍被人們所引用：

（一）關於愛情的警策：1.窈窕淑女，君子好逑。（〈周南·關雎〉）2.實為我特，之死矢靡它。（〈鄘風·柏舟〉）3.豈無膏沐，誰適為容？（〈衛風·伯兮〉）4.一日不見，如三秋兮。（〈王風·采葛〉）5.穀則異室，死則同穴。（〈王風·大車〉）6.執子之手，與子偕老。（〈邶風·擊鼓〉）7.言念君子，溫其如玉。（〈秦風·小戎〉）8.所謂伊人，在水一方，（〈秦風·蒹葭〉）9.君子好合，如鼓

琴瑟。（〈小雅・棠棣〉）等。

（二）親情與友情：1.凡民有喪，匍匐救之。（〈邶風・谷風〉）2.投我以木瓜，報之以瓊瑤。（〈衛風・木瓜〉）3.善戲謔兮，不爲虐兮，4.雖將西歸，懷之好音。（〈檜風・匪風〉）5.豈曰無衣，與子同袍。（〈秦風・無衣〉）6.人之好我，示我周行。（〈小雅・鹿鳴〉）7.嚶其鳴矣，求其友聲。（〈小雅・伐木〉）8.如月之恆，如日之升，如南山之壽。（〈小雅・天保〉）9.高山仰止，景行行止。（〈小雅・車舝〉）10.中心藏之，何日忘之？（〈小雅・隰桑〉）。

（三）工作、學習與修養：1.如切如磋，如琢如磨。（〈衛風・淇奧〉）2.不忮不求，何用不臧？（〈邶風・雄雉〉）3.人而無儀，不死何爲？（〈鄘風・相鼠〉）4.無已大康，職思其居。（〈唐風・蟋蟀〉）6.它山之石，可以攻玉。（〈小雅・鶴鳴〉）7.先民有言：「詢於芻蕘」。（〈大雅・板〉）8.戰戰兢兢，如臨深淵，如履薄冰。（〈小雅・小旻〉）9.靡不有初，鮮克有終。（〈大雅・蕩〉）10.殷鑑不遠，在夏後之世。（〈大雅・蕩〉）11.周雖舊邦，其命維新。（〈大雅・文王〉）12.訏謨定命，遠猶辰告。（〈大雅・抑〉）13.匪面命之，言提其耳。（〈大雅・抑〉）14.夙夜匪懈，虔共爾位。（〈大雅・韓奕〉）15.日就月將，學有緝熙於光明。（〈周頌・敬之〉）等。

有一位哲人說過：「一個偉大的靈魂，會強化思想和生命。」我們也可以說，一個好的警策，會強化詩詞的思想和生命，並對人們的思想和生活以積極的影響。因此，《詩經》及後代優秀的詩詞都因有其特有的警策而傳頌千古。例如屈原〈離騷〉：「路漫漫其修遠兮，我將上下而求索」。曹操〈龜雖壽〉：「老驥伏櫪，志在千里。」王勃〈送杜少府之任蜀川〉：「海內存知己，天涯若比鄰。」王之煥〈登鸛雀樓〉：「欲窮千里目，更上一層樓。」顧夐〈訴衷情〉：「換我心，爲你心，始知相憶心。」秦觀〈鵲橋仙〉：「兩情若是久長時，又豈在朝朝暮

暮。」龔自珍〈己亥雜詩〉：「落紅不是無情物，化作春泥更護花。」
等等。這裡我們要討論的是陶淵明〈飲酒〉其一中的：「採菊東籬下，
悠然見南山。」有人根據這一警策把陶淵明說成一位隱逸詩人；也有人
認為是陶淵明抒寫閒情逸致的心情。我們認為該警策是陶淵明獨立人格
的寫照，並在悠然中得到自我慰藉和確認。因為該詩寫於不為五斗米折
腰而歸園田之後，他在〈歸園田居〉中曾表白：「少無適俗韻，性本愛
丘山。」在傳統文化中，山和菊花都是人格獨立和崇高的象徵；「菊殘
猶有傲霜枝」（蘇軾〈贈劉景文〉詩句）凌寒傲霜的菊花，堅強屹立的
南山，不就是陶淵明的崇高獨立人格的象徵嗎？為此正是陶淵明值得後
人尊敬的地方。


## 九、通感

原為心理學的名詞，也叫聯覺。指一種感官受到刺激時，同時產生
了兩種以上的感官反應。把這種心理現象，應用於藝術創作中，能使事
物陌生化，新鮮感，從而使審美意象具有詩情畫意。例如「一陣響亮的
香味迎著你父親的鼻子叫喚。」（約翰・唐）；香味能夠叫喚，是嗅覺
於聽覺的通感；「碧空裡一簇星星嘖嘖喳喳，像小雞似的走動，」（巴
斯古拉）星星有聲音，是聽覺於視覺的通感，「像知了坐在森林中一棵
樹上，傾瀉下百合花似的聲音，」（荷馬史詩中的名句）聲音像百合
花，是視覺於聽覺的通感；而美國詩人〈幸福〉詩中寫印度安小馬的眼
睛：「黑漆漆地充滿著柔意」則是從視覺意象轉向觸覺意象的通感。在
中國修辭史上，最早的通感與《詩經》有關，《詩經・關雎序》：「情
發於聲，聲成文，為之音。」《毛詩正義》解釋最後兩句：「使五聲為
曲，似五色成文。」意思是五種樂音交錯成美妙的音樂，就像五種色
彩織成的花紋』」《左傳・襄公二十九年》季札論樂：「為之歌〈大
雅〉曰：曲而有直體。」杜預注：「論其聲」都是由聽覺向視覺轉移的
通感。宋代宋祁〈玉蘭花〉名句：「紅杏枝頭春意鬧」受到李漁的批

評：「『鬧』字可用，則『吵』字、『鬥』字、『打』字皆可用矣。」（《窺詞管見》），說明李漁對通感這一修辭格不瞭解。其實用「鬧」字在詩詞中常見，晏幾道〈臨江仙〉：「風吹梅蕊鬧，雨紅杏花香」，陳與義〈舟抵華容縣夜賦〉：「三更螢火鬧，萬里天河橫」，陸游〈遊家圃有賦〉：「百草吹香蝴蝶鬧，一溪漲綠鸊鷉閒」等，雖然鬧的意象不同，但都寫出意象繁盛的狀態。在當代，朱自清〈荷塘月色〉：「微風過處，送來縷縷清香，彷彿遠處高樓上渺茫的歌聲似的」，給人以真切的感受。通感的運用使該句增色不少。

此外，〈邶風・擊鼓〉所用的「逆起得勢法」對王維〈觀獵〉和杜甫〈畫鷹〉的起頭寫作有一定的影響；王安石〈晚春〉中的「春殘葉密花枝少，睡起茶多酒盞疏」所用的丫叉句法與〈小雅・卷阿〉中的「鳳凰鳴矣，於彼高岡；梧桐出矣，於彼朝陽」也有一定的關聯。[4]所謂丫叉句法，是指句子中應承次序與呼應次序正好相反，其作用讓文字錯綜流動，具有結構的圓美。後代應用這種句法的還有謝靈運〈登池上樓〉：「潛虯媚幽姿，飛鴻響遠音；薄霄愧雲浮，棲川慚淵沉。」杜甫〈大曆三年春自白帝城放船出瞿塘峽〉：「神女峰娟妙，昭君宅有無；曲留明妃惜，夢盡失歡娛。」

## 十、結論

（一）從上所述只是《詩經》修辭方式的一小部分，可以看出，《詩經》修辭方式繁富多彩，大抵現代修辭學上的主要修辭格幾乎一應盡有，除了個別修辭格還處於萌芽狀態外，絕大部分修辭格已經十分成熟，並很好地為藝術表現服務，它反映了先民的生命體驗和藝術創造力。此外，《詩經》中還有許多修辭理論，如〈大雅・抑〉：「白圭之玷，尚可磨也；斯言之玷，不可為也。」〈小雅・巧言〉：「巧言如簧，顏之厚矣。」等等，尚有我們加以精心探討的必要。

（二）古羅馬有守門的兩面神（Janus）一面注視著過去，一面注視著未來。

當我們注視著過去中國修辭研究時，深深感到成績是大的，而且出了幾部分有分量的修辭學史。其不足是研究視角侷限於古代的文獻，而不重視藝術作品的研究。其實藝術作品是源，修辭理論是流。經驗告訴我們：修辭研究必須以中國的文學作品和文學經驗為最基本的認知材料，作為整個體系的架構，並進行現代闡釋和重讀，只有這樣，中國的修辭學才能夠得到更健康地發展。

（三）借鑑西方的相關藝術理論，以豐富中國的修辭學。中國原本沒有專門的修辭學，它是清代末年從西方引進的。楊樹達《中國修辭學》中的雙關、曲折、誇張、代用等就來源於西方修辭理論。我們認為「移情」就可以加入修辭格的新行列。《詩經》中的移情方式就很多，〈靜女〉中的「匪女（汝）之為美，美人之貽」〈甘棠〉中抒寫對那株甘棠的愛惜之情，〈泮水〉最後一章寫連貓頭鷹的叫聲都覺得動聽，都是移情方式的運用。在這方面，錢鍾書先生是我們的榜樣，「通感」就是錢先生最早引進的，又如，〈鄭風·有女同車〉：「有女同車，顏如舜華。」有人認為「舜華」是黑色的，用它形容女子面部之美不合適，錢先生認為用黑色或紫色形容女子之美是古今詩文慣常用法，他第一次引進西方語言學家埃爾德曼（K. O. Erdman）使用的「情感價值」與「觀感價值」這兩個概念，認為「紫色」、「黑色」或「螓首蛾眉」等形容詞只有「情感價值」而無「觀感價值」，如果只用「觀感價值」觀賞「螓首蛾眉」，豈不臉上爬滿蟲子，讓人噁心了嗎？

## 注釋

1. 1920年3月14日，毛澤東給周世釗的信：「像吾等長日在外，未能略盡奉養之力的人，尤其發生『欲報之德，昊天罔極』之痛。」

2.　〈衛風‧氓〉是一首棄婦詩，詩中女子回憶與氓戀愛時的情形：「乘彼詭垣，以望複關。不見複關，泣涕漣漣；既見複關，載笑載言。」《毛傳》：「詭，毀也。複關，君子之所近也」有學者認為《毛傳》的解釋是錯的，倒塌的牆頭怎麼登？其實《毛傳》的解釋是對的，不顧危險，登上既高又要倒塌的牆頭，以瞭望和等待情人到來，正是這一動作，才活畫出女子愛情的狂熱和急切等待情人的心情。

3.　拜倫〈她走在美妙的光影裡〉：「她走在美妙的光影裡，好像無雲的夜空，繁星閃爍；明與暗的最美的形象，交會於她的容顏和眼波／融成一片恬淡的清光──濃豔的白天的不到的恩澤。／美在她綹綹黑髮上飄蕩，在她的腮頰上灑布柔輝；愉悅的思想在那兒頌揚，這神聖寓所的純潔、高貴。」

## 參考文獻

[1] 方玉潤《詩經原始》，北京：中華書局1986年版，第193頁。
[2] 揚之水《詩經別裁》，南昌：江西教育出版社2000年版，第73頁。
[3] 宗白華《美學與意境》，北京：人民文學出版社1987年，第404頁。
[4] 轉見肖鷹《美學與藝術欣賞》，北京：高教出版社2004年，第41頁。
[5] 劉永翔《訓詁與讀書》，華東師大學報1981年第3期。
[6] 維科《新科學》，北京：人民出版社1986年版，第198頁。揚雄採用擬人修辭寫了〈逐貧賦〉，被錢鍾書讚為「我必以斯為巨擘焉」。

# 《詩經》意境淺說

## 一、什麼是意境？

　　什麼是意境？到目前爲止，還沒有統一的定義。有人說，是作家主觀創作與客觀形象的統一。有的說，指文學作品透過形象描寫所表現出來藝術情調和境界。以上說法不夠準確，因爲王國維《人間詞話》開宗明義就說：

　　詞以境界爲最上，有境界則自成高格，自有名句。五代北宋之詞所以獨絕者在此。[1]

　　這裡的「境界」一詞，相當於「意境」。說明意境不是一般的藝術形象，也不是一般的意象組合，而是抒情性文學追求的最高審美形態。例如張籍〈送梧州使君〉：

　　楚江亭上秋風起，看發蒼梧太守船。千里同行從此別，相逢又隔幾多年。

　　該詩採用直敘的手法，沒有比興，缺乏意蘊，也沒有給讀者留下想像的空間。雖然有景有情，卻談不上是首有意境的詩。我們再看王維

〈送沈子福歸江東〉：

楊柳渡頭行客稀，罟師蕩槳向臨圻。惟有相思如春色，江南江北送春歸。

同是七言絕句，同是送別題材。「相思如春色」，使人聯想到送別的時間是在春天。東歸路上綿綿不盡的春色，無不寄託著對友人的思念之情，「春色」人化了，「相思」具象化了，情致纏綿，有令人回味不盡的意境，給人以美的享受。[2]所以我們同意這樣的看法，所謂意境，抒情作品中，那種以整體形象出現的文學高級形態，「那種情景交融而又活躍著生命律動的詩意空間。」[3]

意境說是中國古典文藝學的重要範疇。從文藝學的角度講，其源頭可追溯到劉勰的《文心雕龍》，該書的〈隱秀篇〉最早用「境玄思淡」來評價詩作，並提出「文外之重旨」，「餘味曲包」等意境的重要理論命題。到了唐代王昌齡《詩格》中，最早出現了「意境」這個概念：

詩有三境：一曰物鏡。欲為山水詩，則張泉石雲峰之境，極麗絕秀者，神之於心，處身於境，視境於心，瑩然掌中，然後用思，了然境象，故得形似。二曰情境。娛樂愁怨，皆張於意而處於身，然後馳思，深得其情。三曰意境。亦張於意而思之於心，則得真。

王昌齡所謂的物境，指以描寫客觀的物象所構成的意境；所謂的情境指抒寫感情狀態所構成的意境；而所謂意境與我們所說的意境略有不同，可用真境置換之，即由哲理和生命真諦構成的意境。

王昌齡雖然提出了「意境」這個概念，但對意境的內涵未作清晰的揭示，而真正從實質上揭示其內涵的是皎然、劉禹錫和司空圖。詩僧皎然在《詩式》中提出「緣境不盡曰情」「文外之旨」等重要命題，劉禹

錫在《董氏武陵集記》說：

> 片言可以會百意，坐馳可以役萬景。工於詩者能之。……詩者其文章之蘊耶？義得而言喪，故微而難能。境生於象外，故精而寡和。

這裡的「境生於象外」很重要，說明意境的完成不在象內而是在象外，只有創造出一個生於象外的意境，才能收到言有盡而意無窮的審美效應。後來，晚唐的司空圖在《與極浦書》中作進一步的發揮，他說：

> 戴容州云：「詩家之景，如藍田日暖，良玉生煙，可望而不可置於眉睫之前。」象外之象，景外之景，豈容易可談哉！

「詩家之境」就是詩歌的意境。第一個「象」和「景」是指抒情作品中具體描繪的實的部分；第二個「象」和「景」指由第一個「象」和「景」透過比喻、象徵和聯想而呈現的虛景，是在象之外存在與想像中廣闊而深邃的無形境界。例如溫庭筠《商山早行》中的「雞鳴茅店月，人跡板橋霜」，雞聲、茅店、月光，人跡、板橋、寒霜。都是第一個物象，但借助這些物象，使我們眼前浮想出一幅旅人在荒村的茅店裡，聽見雞聲，在清冷的月光照耀下，趕緊收拾行裝，沿著霜凍的板橋趕路的真切場景，而且還能體會到其「道路辛苦，羈旅愁思」的內心世界。

到了宋代，嚴羽在《滄浪詩話》中以「興趣」為核心的理論。他認為詩歌所追求的美學效應是「玲瓏透徹，不可湊泊」的意境，達到為「空中之音，相中之色，鏡中之像」「言有盡而意無窮」的美學特質。而後，明人陸時雍重點研究了意境的韻味問題，清代王夫之探討了情與景的問題。而王國維《人間詞話》則是在前人基礎上，完整地揭示中國傳統意境論的美學意義，從而成為意境說的集大成之作。

《詩經》有高級形態的意境之作嗎？學界有人表示懷疑。我們認為

不光有，而且有一定的數量。其理由是，文學理論是實踐的總結，任何理論的產生都在文學藝術的實踐之後，這是有文學藝術發展史所證明的。意境理論產生於《詩經》、《楚辭》、《古詩十九首》之後，不足為怪。劉勰《文心雕龍·物色》中談及「以少總多」這一意境理論問題時，就舉《詩經》：「灼灼狀桃花之鮮，依依盡楊柳之貌，杲杲為日出之容」等有生動豐富意境的詩例。清人潘德輿《養一齋詩話》說：「《三百篇》之體制，音節、不必學，不能學；《三百篇》之神理，意境不可不學也。」不但肯定了《詩經》意境的存在，而且在《詩經》中占有重要的地位。王國維的《人間詞話》中心內容是談意境問題，他稱：為「境界」多次引用《詩經》例子。而在《文學小言》中直接稱讚〈黃鳥〉、〈蒹葭〉等「體物之妙，侔於造化。」可見《詩經》有意境詩是沒問題的。最近王洲明先生在談及二十一世紀《詩經》研究時說：「《詩經》中的詩有意境，學術界認識並不一致，在我看來，《詩經》已經開創了我國詩歌藝術中意境的創造，有不少詩是有意境的詩。」宗白華先生有句名言：「溫故而知新，卻是藝術創造與藝術批評的應有態度，歷史向前進一步的發展，往往是向後一步的探本溯源。」讓我們從《詩經》入手，作一次意境的「探本溯源」吧！

## 二、《詩經》意境構成的三個層面

童慶炳主編《文學概論》中說：「意境是以整體形象出現的文學高級形態。」既然是「整體形象」，其層面就不是單一的而是多層面的，主要有以下三種情況。

### （一）《詩經》意境構成的三種形態

意境是由意與境這兩個單體概念組合而成的，意與境如何融合才能產生美感效應，產生意境的詩意空間，這是意境理論必須回答的問題，

樊志厚在《在人間詞乙稿序》中說：「文學之事，其內足以攄己，而外足以感人者，意與境二者而已。上焉者意與境渾，其次或以境勝，或以意勝，苟缺其一，不足以言文學。」

這裡區分意境三種形態是有見地的，但有等級的差別則不準確。

## 1.意與境渾

詩歌藝術形象一方面具有艾略特所說的「如畫性」（Bildlichkeit），是一種生動的直觀（境），另一方面又是一種情感的載體（意），兩者如能渾融就構成意境的基本素質，這種情況在《詩經》中較爲常見。〈邶風‧燕燕〉是首衛君送妹妹出嫁的詩歌，在這首被王士禛譽爲「萬古送別之祖」的詩中，寫了「瞻望弗及，佇立以泣」這一情景，其一，臨別時應該是千叮嚀萬囑咐，但詩中卻一句話都沒說，正反映臨別時無限悲苦之情。所以鍾惺評說：「深情苦境談不得，若說得，又不苦矣。」「瞻望弗及」是寫以目力相送，直到看不見爲止，就把依依惜別之情表達無遺了。宋人許顗說：「〈邶風‧燕燕〉眞可以泣鬼神矣！張子野長短句：『眼力不如人，遠上溪橋去；東坡《與子由詩》云：『登高回首坡壠隔，惟見烏帽出復沒』，皆遠紹其意。」（《彥周詩話》）說明這種意境深遠，對後代詩歌創作有影響，李白〈黃鶴樓送孟浩然之廣陵〉：「孤帆遠影碧山盡，惟見長江天際流」，張先〈南鄉子〉詞：「春水一篙殘照闊，遙遙，有個多情立畫橋。」賀鑄〈青玉案〉詞：「凌波不過橫唐路，但目送，芳塵去」等也都是「遠紹其意」的佳作。

〈陳風‧月出〉是首抒寫月下懷念美人的愛情詩。詩人有意地把美人安排在月光之下，構成月下懷人的意境。月光和美人相互映襯，俊美的秀容融入清輝的月色之中，使美人具有一種朦朧狀態的美。浙江有個民謠：「月光下看老婆，愈看愈漂亮；露水裡看莊稼，愈看愈喜歡。」說的就是這個道理。拜倫有一首詠威莫特‧霍頓夫人的詩，〈她走在美的光影裡〉也是把美人放在光影之下加以讚美的。宋代晏幾道〈臨江

仙〉詞：「當時明月夜，曾照彩雲歸。」李煜〈玉樓春〉詞：「歸時休放燭光紅，待踏馬蹄清夜月。」朱自清〈荷塘月色〉：「塘中的月色並不均勻，但光與影有著和諧的旋律，如夢婀玲上奏的名曲。」都是借助月亮的光影構成空靈和深邃的境界。宗白華先生曾讚美「月亮是大藝術家」[4]我們也可以說，〈陳風‧月出〉的作者是發現「月亮是大藝術家」的第一人。

## 2.以情勝

這種意境的創造方式，往往不寫景，直抒胸臆，用《詩經》詩學的術語來說是全用賦法。不給讀者提供有感的畫面，而是表現詩人感情的運動軌跡。《人間詞話》六：「境非獨謂景物也，喜怒哀樂亦人心中的境界，故能寫真景物，真感情者，謂之有境界，否則，謂之無境界。」〈秦風‧無衣〉就是這方面的代表。它是〈秦風〉中影響大的具有愛國主義思想的詩篇。該詩三章，重複中寓遞進之意，從內到外，從上到下，一層深一層地表現戰士間的親密關係，一層緊一層地烘托戰爭氣氛，書寫共同赴敵的昂揚戰鬥精神。有學者認為這是我國歷史上第一支軍歌。

移情說是十九世紀德國美學家立普斯等人提出來的，但《詩經》早就運用。〈邶風‧靜女〉：「自牧歸（饋贈）荑（茅草），洵美且異。匪女（汝，代指荑）之為美，美人之貽。」朱熹《故詩集傳》：「然非此荑之為美。特以美人之所贈，故其物亦美耳。」山地的野茅草因為是情人所饋贈，抒情主角把對情人的感情投射於茅草中，茅草才顯得格外美。這裡把熱戀的心理表現得那麼真切，一個憨厚癡情的男子形象展現在我們的面前。相傳周宣王的大臣召伯曾在甘棠樹下聽獄斷案，秉公持正。後人愛屋及烏，對那棵甘棠樹有一份賞愛之情，於是寫下〈召南‧甘棠〉這首詩篇。被後人稱之「千古去思之祖」，用移情手法表達對召伯懷念之情，確實很成功。

### 3. 以境勝

在這類意境創造中，詩人藏情於景，一切透過生動的畫面來表現。

〈陳風·東門之楊〉就是這種範例的代表，這是一首約好情人黃昏時候於東門外楊樹下幽會，而久等不至的好詩，只展現生動的畫面，它充分地展現了對所愛的人的專一與眞誠。詩人焦急、徬徨、惆悵的心理活動，都是透過風吹楊樹的沙沙聲、明星閃爍的微光間接地透露出來，耐人尋味。歐陽修〈生查子〉：「月上柳梢頭，人約黃昏後」。周邦彥〈過秦樓〉：「但明河影下，還有稀星數點」意境與之相似。

〈鶴鳴〉全詩兩章，王夫之評價很高：「〈鶴鳴〉之詩，全用比體，不道破一句，三百篇創調也。」（《薑齋詩話》下）對該詩的主旨有不同的看法。陳子展認為是篇小園賦，山水田園詩之祖。我們同意該詩表現了對賢才的仰慕與挽留，實與曹操〈短歌行〉主題相同。正如范晞文《對床夜話》引〈四虛序〉云：「不以虛為虛，以實為虛，化景物為情思，自然行雲流水，此其難也。」（《卷二》），惟其難寫，後古人從中借鑑才有價值。

## （二）虛實相生——意境形成的重要藝術手法

所謂虛與實，是一組相對的美學概念。從感官判定事物存在的關係上看，能作用於感官的為實，不能作用於感官的為虛，花草、樹木、魚蟲等為實，夢境和誇飾為虛。從作品的主客關係上看，景物為實，情與理為虛。從作品與讀者的關係看，作品所提供的形象為實，讀者從形象中領悟的象外之象，味外之味，言外之意為虛。意境是一種「境生於象外」的藝術空間，它必然要以虛實相生為其主要的藝術表現手法。

遊子思鄉，征人思親，這是詩歌中常見的主題，一般的寫法是寫遊子或征人如何在他鄉思念親人或故鄉。然而〈魏風·陟岵〉卻以獨特的構思出現在人們面前。

全章三章，重章迭唱。直接描寫征人思念家中親人的只有每章開頭

兩句。後面借助想像，筆鋒一轉，寫起家中的父母和兄長如何思念自己，虛實相生，構成意境。

其一，人們在思念親人的時候，往往想到親人也在思念自己。詩人抓住這個思維的特徵，具體展開了父、母、兄在家裡思念征人的場面，這就好像電影中蒙太奇的疊鏡頭，銀幕上先後出現了四個畫面，把不易被別人掌握的思緒具體化了，給讀者以真切的感受。

其二，王國維《人間詞話》講意境有造境與寫境之分。〈陟岵〉純屬浪漫主義的造境，正是這種造境，豐富了讀者的想像空間。

其三，這種虛實相生的藝術手法不是〈陟岵〉所專有，〈豳風‧東山〉裡那位戌卒回家途中想像他的妻子思念他的情景，而〈周南‧卷耳〉二、三、四章皆從對面著筆，想像丈夫在外勞苦的抒寫，〈小雅‧出車〉最後一章也不是實寫，而是征人凱旋途中想像妻子高興地迎接他的情景。〈小雅‧巧言〉：「他人有心，予忖度之。」可見《詩經》時代這種用他思寫己思的藝術手法是有思維根據的。

其四，〈陟岵〉藝術已為後人所繼承，學得最好的杜甫的〈月夜〉，而李商隱〈夜雨寄北〉一詩，既有時間的往返，又有空間的往返，更見其繼承中創造的功力。

## （三）意境的呈現還要靠作者與欣賞者的共同創造

接受美學認為，任何一種藝術品都是由作者與欣賞者共同創造的，正如睡美人等待王子將其喚醒。海德格爾（德人）解讀梵谷的〈農鞋〉，發出許多社會人生和命運的意義，毛澤東把愚公移山的寓言讀成一篇動員人民推翻三座大山的檄文，就是好例。《詩經》意境的呈現也是如此。〈周南‧卷耳〉原是一首很短的詩，方玉潤《詩經原始》中揭示其「風和日麗群歌互答」的意境，聞一多讀出我嫁少婦正燃著希望的珠璣，一個中年女性尋求一粒真實的我生種子。正是這種讀者的創造，才使〈卷耳〉具有不朽的生命。

## 三、《詩經》意境詩的美學品格

### （一）真實自然的意境

王國維《人間詞話》中指出：「大家之作，其言情也必沁人心脾；其寫景也，必豁人耳目。其辭脫口而出，無矯揉妝束之態。以其所見者真，所知者深也。詩詞皆然，持此以衡古今之作，可無大誤矣。

《詩經》意境詩是符合王國維的標準。〈桃夭〉是首祝賀出嫁的詩。「桃之夭夭，灼灼其華」，既點明婚嫁的時節，又烘托喜慶的歡樂氣氛，「人面桃花」借喻新嫁娘的美麗，可謂一石三鳥。難怪被評為「詠美人之祖」。〈邶風·擊鼓〉寫征人與妻子告別情景，「執子之手，與子偕老」，多麼真切自然。〈伯兮〉寫閨女婦人思念丈夫「首如飛蓬」，「誰適為容」又多麼宛然在目。〈小雅·采綠〉：「終朝采綠，不盈一掬」，寫出懷人的深情，讓我們彷彿看到抒情主角發呆的樣子。方玉潤評〈王風·君子于役〉：「傍晚懷人，真情實境，晉唐人，田家諸詩，恐無此真實自然。」（《詩經原始》）

### （二）韻味無窮的審美特徵

所謂「韻味」，是指意境中蘊含的那種餘味不盡的美感。在劉勰「餘味曲包」說，鍾嶸「滋味說」的基礎上，晚唐司空圖提出了「韻味說」，他認為意境的審美效應有一種綿綿不盡的韻味。有「味外之味」「韻味之致」。明人陸時雍更認為韻是意境的生命，「有韻則生，無韻則死」。說明韻味無窮是意境的魅力所在。

〈小雅·采薇〉中「楊柳依依」的描寫就富有韻味。「依依」形容楊柳柔長嫋嫋的柳條，與送行人揮手告別，依依不捨的情景相融洽，李商隱〈贈柳〉「堤遠意相隨」，李嘉佑〈自蘇臺至望亭驛悵然有作〉：「遠樹依依如送客」正是從〈采薇〉中演化而來的。詩中「柳」諧音「留」，含有挽留行人之意，柳樹分布極廣，又容易存活，有預祝行人在他鄉幸福安康之意。柳條下垂向地，又象徵祝願行人落地歸根。短短

四字，言有盡而意無窮。

### （三）展現生命意蘊的藝術世界

　　所謂意蘊，就是潛在於作品中的人生精義和生命律動，一種高度概括的人生感受。具有深刻性和超越性。中國詩化哲學認爲，宇宙是天地和合的一大生命而人則是由大生命行而傳之的小生命。宇宙境界與人生境界合而爲一。〈大雅・旱麓〉中「鳶飛戾天，魚躍於淵」，既傳達了宇宙的生命律動，又是人類生氣勃勃的飛動之趣的藝術展現。如果說〈鄭風・將仲子〉的意蘊是人類情感與理智的矛盾的話，那麼〈秦風・蒹葭〉則是人類現實與理想矛盾的象徵。林興宅先生是這樣稱讚〈蒹葭〉的深層意蘊的：

　　面對這首2000多年前的抒情詩，我們不能不爲它所通達的境界感到驚嘆：它竟然那樣準確地概括了人類亙古存在的生存狀態——自由和必然的衝突；竟然喊出了人類永恆體驗的痛苦、理想和現實的阻隔；竟然表達出人類不變的精神，對美的執著追求。……抒情主角那不畏艱難曲折，執著地追求自己所愛的歷程，不正是整個人類永恆地追求眞、善、美境界的生動寫照嗎？那些優秀的文藝作品似乎都能洞察人類靈魂的神秘，都能傳達歷史深層的悸動，它們就是人類歷史魂魄的深層模式。

## 參考文獻

[1] 姚柯夫編《人間詞話》及《評論江編》，北京：書目文獻出版社，1983年。

[2] 張少康《古典文藝美學論稿》，北京中國社會科學出版社，1988年。

[3] 童慶炳主編《文學概論》，武漢：武漢大學出版社，2000年。

[4] 宗白華《美學散步》，上海：上海人民出版社，1981年。

[5] 林興宅《象徵論文藝學導論》，北京：人民文學出版社，1993年。

# 《詩經》的審美價值

　　講座要有一個開場白，我的開場白是講一個義大利的民間故事，說一個鄉下人到城裡去辦事，路上遇著下雨，他就把一塊布和一根棍子當做擋雨的用具，到了城裡，竟然沒淋得像落湯雞。他想我這個發明應造福別人，就趕忙到專利局申請專利。專利局的人拿出一把雨傘給他看，這個鄉下人一看沒說什麼就走了。這個故事我們可從三個方面進行解讀：第一，故事的主題是諷刺這位鄉下人的無知；第二，這個鄉下人為什麼會鬧出這樣的笑話呢？就在他沒掌握最新的資訊。系裡這回開辦講座，介紹新學術動態及研究成果，很有意義。例如《詩經》的價值，我們過去定位於它是我國現實主義創作的源頭。這種看法顯然過時了。有學者提出，我國有十部在歷史上有重大影響的書，《詩經》是其中一部；這是從中國文化史的角度講的；美籍人陳世驤提出，《詩經》可以跟荷馬史詩，莎士比亞戲劇鼎足而立，是世界文化的瑰寶的新觀點，這是從世界文化史的角度講的。趙沛霖先生指出，以一部典籍為對象的專學，並形成特有的傳統，在我國古代典籍中是罕見的，《詩經》就是其中一種」（《現代學術文化思潮與詩經研究》）認識《詩經》的價值，有助於增強民族自信心。第三，我本人多年不教課，不是一把新雨傘，只是一塊塑膠布，但在下雨而沒帶傘的情況下，這塊塑膠布還是勉強派上用場的。所以今天談談學習「《詩經》審美價值」的粗淺體會：

## 一、一個值得開拓的研究課題

　　相傳古希臘的亞歷山大帝在當太子的時候，每當父王在外國打勝仗的時候就發愁。打勝仗應該高興才對，怎麼發愁呢？原來他害怕全世界都給他老爸占領了，他就英雄無用武之地。《詩經》研究已有2000多年歷史，相關著作可謂汗牛充棟。一些學者以爲《詩經》研究領地早已被別人占領了，也是英雄無用武之地。這種看法是錯誤的，馮友蘭先生說，一切科學研究都是主觀對客觀。文學研究也是如此，作品一旦問世，就成爲客觀存在，而作品的研究又是主觀的。所以有一千個讀者就有一千個哈姆雷特。有說不完的莎士比亞，說不盡的《紅樓夢》，今天該輪到說不完的《詩經》了。我們過去的研究，大多停留在經學，歷史等層次上，文學研究也多在賦、比、興問題上糾纏，用美學的角度進行研究更少之又少，我們今天要講的「《詩經》的審美價值」就是一個值得拓展的領域。例如〈王風·君子于役〉是一首著名的女子思念在外服役的丈夫的詩，被人稱之爲「閨怨詩之祖。」它的藝術特色前人多所評論。我們則認爲其美學價值主要表現在開創了選取黃昏時刻來寫懷人這個角度上。方玉潤說：「傍晚懷人，眞情眞景。描寫如畫。晉，唐田家詩恐無此眞實自然。」（《詩經原始》）王照圓說：「寫鄉村晚景，睹物懷人如畫。」（《詩說》）許瑤光詩云：「雞棲於桀下牛羊，饑渴縈懷對夕陽。已啓唐人閨怨句，最難消遣是昏黃。」（《雁門詩抄，再讀詩經》），都是從這個美學角度進行評論的。詩人爲什麼要選取黃昏這一特定時刻來寫思念呢？

　　（一）黃昏時刻容易觸景生情，鳥歸巢，雞上窩，牛羊入廄，而外出的親人卻未歸，自然觸動思親的情懷。

　　（二）「夕陽無限好，只是近黃昏」，夕陽西下意味著好景不長。青春與美貌是容易消失的，這對閨中少婦來說，有著「無花空折枝」的恐懼感與「時不我待」的緊迫感。

　　正是因爲黃昏與思念有著如此的關聯，所以後代的詩人在〈君子

于役〉所開創的新道路上踵事增華,寫出不少的好作品。李清照〈聲聲慢〉:「梧桐更兼細雨,到黃昏點點滴滴,這次第,怎一個愁字了得。」辛棄疾〈滿江紅〉:「最苦是,立盡月黃昏,欄杆曲。」有趣的是,這種寫法外國也有。馬克思收集十九世紀無名詩人的詩歌中,有首題爲〈給愛人〉:

明亮的熱鬧的白晝剛剛靜息,黑夜的陰影又在大地上降臨。黑夜的憂愁緊緊壓住我的心,我的愛人這時在做什麼?

值得我們強調的是,如果懂得黃昏與思念的關聯,可使我們對一些優秀的詩作創作用心有更深切的領悟。馬致遠〈天淨沙‧秋思〉是首廣爲傳誦的小令。其關鍵詞就在「夕陽西下」。首句「枯藤、老樹、昏鴉」。由三個詞組合的畫面,「昏鴉」是畫面的中心,其意思是說,夕陽西下的時候,荒野上的烏鴉有歸宿。而我這個漂泊者,連烏鴉都不如,是「我不如鳥。」;第二句「小橋、流水、人家」詩人用優美的筆調描繪出幽靜而秀美的山村景象,畫面的中心是「人家」,意思是說,在這黃昏的時候,山村的「人家」正在吃晚飯,享受天倫之樂,而我這個天涯遊子卻有家難回呀。寫的是「我不如人」。第三句:「古道、西風、瘦馬」,畫面的中心是「瘦馬」,寫馬是爲了寫人,經過長期旅途勞頓的主人形容憔悴瘦骨伶仃可想而知,這句寫「今不如昔」我們只有領會這層意思,才能懂得「斷腸人在天涯」的具體情思——思念故鄉的親人。

我們過去的藝術分析存在著一傾向,可以稱之爲藝術分析的八股:形象鮮明,想像豐富,情景交融,語言生動等術語套在每篇作品上都適用,但說了等於沒有說。如果我們專注於審美價值的探究,這個問題是可以有較好的解決。

## 二、令人驚奇的審美智慧

　　《詩經》美不美，美到什麼程度，向來存有不同看法。俞平伯先生說：「《詩經》不能當高等詩歌看，只能當歌謠讀。」「五四」時期，「有人覺得《詩經》枯燥無味而寫信向聞一多先生請教。然而林興宅先生在〈藝術魅力的探尋〉一書中談到《詩經》的價值時指出：

　　《詩經》是中國文學史上第一部詩歌總集，是至今可見的文學創作的完整的原始形態。它孕育並繁衍中國歷代文學的傳統，其重要性恰似古希臘的戲劇和史詩之於歐洲文學的傳統。因此，要瞭解中國文學，就不能不讀《詩經》。而從文學欣賞的角度看，透過《詩經》的藝術世界，人們可以發現宇宙人生的奧秘和人類的奇幻。《詩經》中的〈國風〉和〈小雅〉的多數篇章都是靈魂痛苦的呼喊，人類的基本情感活動幾乎都在《詩經》中得到某種形式的表現，它為歷代詩人提供了表現各種，情感的範例，抒情詩在《詩經》時代就達到使人驚奇的成熟地步，這是令人深思的。

　　我們同意林興宅先生的評價，在一部詩歌集裡，能使「人類基本感情活動都得到某種形式的表現」這是多麼令人驚奇的審美智慧！它是我們民族審美觀念早熟的一個證明。2000多年來，她實際上充當了一部十分寶貴的美學教材，潛移默化地影響著中華民族的審美意識，審美情趣。

　　〈陳風·月出〉是首描寫月下懷念美人的愛情詩，被認為是《詩經》中傑出的抒情詩之一。程俊英先生的譯詩：

　　月兒山來亮皎皎，月下美人更俊俏。體態苗條姍姍來，惹人相思我心焦。

　　大自然的景物中，月亮是富有浪漫色彩而令人喜愛的。用它的柔和之光，給人們帶來了良辰美景，它圓而晶瑩的高懸夜空，又是那麼令人神往。詩人以他敏銳的審美知覺，在詩的開頭，有意的把美人安排在月亮下，讓月光和美人相互映襯，俊美的秀容融如清輝的月色之中，使美人具有一種朦朧狀態的美。浙江民諺：「月光下看老婆，愈看愈漂亮；露水地裡看莊稼，愈看愈喜歡」說的就是這個道理。

　　著名美學家宗白華曾在《美學散步》一書中曾經讚美「月亮是大藝術家」，並用明人張大復在他的《梅花草堂筆談》中一段話加以印證：

　　邵茂齊有言，天上月亮能夠移世界，果然！故夫山石泉澗，梵剎；園亭，屋後竹樹，種種常見之物，月照之則深，蒙之則淨，金碧之彩，披之則醇，慘悴之容，承之則奇，淺深濃淡之色，按之望之，則屢易而不可了。以至河山大地，邈若皇古，犬吠松濤，遠於岩谷，草生木長，閒如坐臥。人在月下，亦嘗忘我之為我也。今夜嚴叔向，置酒破山僧舍，起步庭中，幽華可愛，旦視之，醫盎紛然，瓦石布地而已。

　　該文記述得很清楚，有了月色，世界充滿詩情畫意；否則「瓦石布地而已」。從這個意義上講，〈月出〉的作者是我國文學史上發現「月亮是大藝術家」的第一人。並對後代產生很大的影響。晏幾道的詞〈臨江仙〉寫道：「記得小蘋初見，兩重心字羅衣。琵琶弦上說相思。當時明月在，曾照彩雲歸。」彩雲是晏幾道的情人，最後兩句是「回想宴罷踏著月色歸去的情景。」詞人把明月和美人構成一個立體畫面，既寫出美人之美，又寫出見月思人的一派深情。

　　保加利亞學者瓦西列夫說：「愛情是作為男女關係上一種特殊審美感而發展起來的。愛情創造了美，使人對美的領悟能力敏銳起來，促進了對世界的藝術化的認識。」（《情愛論》）在愛情基礎上創造出來的《詩經》愛情詩，對美的領悟能力使人驚奇，所創造的美是永恆的，正

如天上的月亮是永恆的一樣。

從以上分析，我們還可以得出一條重要的創作美學：利用光影的若明若暗，可以增加藝術對象的美。錢鍾書先生曾指出：

古羅馬詩人馬提雅爾觀賞：「葡萄在玻璃（罩）中，有蔽障而不為所隱匿，猶紗縠內婦體掩映，澄水下石子歷歷可數。」十七世紀英詩人赫克里〈水晶中蓮花〉一首發揮此意猶酣暢，歷舉方孔紗下玫瑰，玻璃杯內葡萄酒，清泉底下琥珀，紈素中的婦體，而歸宿於「光影若明若昧」之足以添姿增媚。（《錢鍾書論學文選》第三卷第31頁）

宋代詞人張先雅號叫張三影，以描繪光影而著稱。「雲破月來花弄影」已成爲描述光影的名句。拜倫一首詠威莫特·霍頓夫人的詩，〈她走在美的光影裡〉：

她走在美妙的光影裡，像無雲的夜空，繁星閃爍；明與暗的最美的形象，交匯於她的容顏和眼波，融成一片恬淡的清光，濃豔的白日得不到恩澤。多一道陰影，少一縷光芒，都會損害那難言的優美；美在她綹綹黑髮上飄蕩，在她的腮頰上灑布柔輝；愉悅的思想在那兒頌揚，這神聖的寓所純潔、高貴。

拜倫這首詩正是把威莫特·霍頓夫人放在光影若明若暗的情景加以描繪的。可作爲〈月出〉詩的注腳，又是利用光影的若明若暗以使藝術對象增姿添媚的成功典範。

# 三、美善統一是《詩經》重要的審美特徵

中華民族是最重視倫理道德作用的民族之一。這一點，深刻地影響了中國的哲學和藝術。講求盡善盡美，美善統一就成為《詩經》美學的主要特徵。〈周南・關雎〉窈窕淑女，君子好逑。」「窈窕」即苗條，指身段之美；「淑」，善也，指品德之美。〈鄭風・叔于田〉：「洵美且仁」，〈齊風・盧令〉：「其人美且仁」。「仁」也是指品德這美。契訶夫說：「面貌的美麗固然是愛情的一個重要因素，但心靈與思想的美麗才是崇高愛情的牢固基礎。」（轉引自《世界名人論愛情》第376頁）可見，《詩經》時代的審美觀和愛情觀是相當成熟的。我們再以〈關雎〉為例，深入探討這個問題。關於〈關雎〉的主題，當代學者大多認為是一首結婚詩，全詩五章，一、二、三章是寫對「淑女」的追求；四、五兩個層次都是實寫，寫結婚儀式，這種看法是值得商榷的。其一，詩中的關鍵是「求之不得」，哪來的結婚？其二，佛洛伊德說：我們可以斷言，一個幸福的人絕不會幻想，幻想的動力是未得滿足的願望。（《作家與白日夢》）說明四、五章是男主角在床上「輾轉反側」之後所作的「白日夢」，夢見有一天，他把心愛的姑娘娶過來，他要用最美的音樂親近她，使她幸福快樂。只有理解這一點，才能真正領會其思想與藝術價值。

## （一）思想價值

詩中的「君子」明知「淑女」追求不到，卻仍不忘懷，夢想總有一天得到她，要親近她，讓她幸福快樂，真是一片癡情，一往情深。按照佛洛伊德的觀點，夢是一種潛意識，而人的本性就存在於潛意識中，正是詩中的夢，把主角那種尊重女性，誠摯、善良的品格，得到最好的展示。廖群說：「這裡的愛情不是單純的性愛欲求，表現的是一種精神依戀，一種希望對方幸福快樂的美好感情，顯示出一種愛的昇華。（《詩經》與中國文化）

這種「愛的昇華」不是比尼采所講的「是去找女人嗎？別忘了帶鞭子」強一百倍嗎？連結到今天有的人由於「求之不得」，而用刀砍傷對方，或用硫酸讓女方毀容，這種「愛的昇華」不是很有價值嗎？

別林斯基在評價普希金的詩歌時說：「普希金的詩，特別是他的抒情詩，總體的色調是內在的美和撫慰心靈的人情味。」「在普希金的任何感情中，永遠有一種特別高貴的、溫和的、柔情的、馥郁的、優雅的東西，就這一點說，閱讀他們的作品是培養人性的最好方法，特別有益於青年男女。」（《別林斯基論文》第59頁）這一評價同樣適合於《詩經》的愛情詩，在這些詩裡蘊含著人性之美，蘊含著精神文明的魅力。艾・吉亞娜斯在《今日美學》一書中說：「今日美學的目標，應當是為了改善人類的生存品質作出積極的貢獻。」我們也可以說，應當把《詩經》作好美育的教材，為提高我們的生存品質作出貢獻。此外，戰爭詩中的愛國精神，大小雅中憂患意識，〈周頌〉中的敬德保民思想等，也都是值得研究和發揚的價值。

## （二）藝術價值

### 1.虛實相生，增加感情抒情的力度

虛實相生是中國藝術的主要範疇，在中國古典文學中，這種傳統的藝術手法，是由《詩經》開創的。並對後代有積極的影響。王宗石先生在《詩經分類詮釋》中主張把後兩章砍去，是不懂得後兩章的虛寫的作用所致。詩中用夢境的喜反襯現實的悲，能夠增強感情的力度。所謂「以樂景寫哀，以哀景寫樂，一倍增加哀樂。」正是這個意思。試以〈子夜歌〉「長夜不得眠」為例，該詩寫一女子因思念情人而一夜未眠，隨後因痛苦的思念而產生幻覺：「想聞郎喚聲，虛應空中諾」，只因為用心靈的喜劇寫生活中的悲劇，才格外真切動人。《古詩十九首》中的〈凜凜歲雲暮〉也是一首思婦詩，詩中抒寫思婦在夢中與丈夫相會以及結婚時夫妻恩愛的情景，夢醒之後陷入更加痛苦的思念之中。

需要提及的是，許多人對虛寫認識不足，以致於產生不必要的誤解。有人批評岳飛〈滿江紅〉：「壯志饑餐胡虜肉，笑談渴飲匈奴血」寫得不好，太殘酷，違反對待俘虜的政策。其實這兩句是虛寫，表達一種對敵人的仇恨之情，是不能落實的。黃河發源於青海的巴顏喀拉山脈，難道我們可以責備李白「黃河之水天上來」是違反事實嗎？不這樣寫，是寫不出黃河奔騰而來的氣勢。王勃〈騰王閣序〉：「落霞與孤鶩齊飛，秋水共長天一色。」落霞只能變幻色彩，不能飛翔，「與孤鶩齊飛」更是出於詩人的想像。但正是這種虛實相生，才寫出了一派秋高氣爽，絢麗多姿的美景。歌德說：「藝術家對自然有兩種關係，他既是自然的主宰，又是自然的奴隸。」王勃的名句可做歌德理論的最好說明。

## 2.藝術快適度，在〈關雎〉中的展現

在日常生活中，有一個「度」的問題，天氣炎熱到有空調的地方感到很舒服，如果空調開得太冷，便會凍得受不了；用不求人抓癢，用力太輕不管用，用力太重則會把皮膚抓破。在藝術表現上也有一個「度」的問題，稱之爲藝術表現的快適度。它把情感的藝術表現與情感流露區分開來。正如美學家蘇珊‧朗格所說：「一個孩子嚎啕大哭的表現比一個藝術家歌唱的情感表現不知強烈多少倍，但又有誰願意花錢到劇院欣賞孩子的嚎啕大哭呢？」（《藝術問題》）可喜的是，〈關雎〉的藝術表現完全符合「快適度」的要求，寫相思之苦，只用「琴瑟友之，鐘鼓樂之」來描繪。不很瘟也不過火，恰到好處。喬夢符〈蟾宮曲‧寄遠〉：「飯不沾匙，睡如翻餅」就過於俗氣。孔子用「樂而不淫，哀而不傷」來評論〈關雎〉，正是最中肯的評論。明瞭這一點，對創作和欣賞都將受益無窮。在戲曲舞臺上，高明的演員表聲痛哭只用水袖掩臉作抽泣狀，而蹩腳的演員則捶胸頓足、嚎啕大哭。希臘著名的雕塑「勞孔」表現勞孔被毒蛇纏捆時的痛苦表情是一種輕微的嘆息，具有希臘藝術所特有的恬靜與肅穆。德國古典美學家萊辛在著名美學的法律：「他們在表現痛苦時避免醜」，「造形藝術中，避免描繪激情的頂點時刻」（即所謂「包孕性」）這兩條，藝術家的法律和快適度的精神是相通

的。

那麼在藝術創作中，如何才能達到快適度的要求呢？前人的經驗是
保持感情兩極的動態平衡。古羅馬理論家郎加納斯指出：「那些巨大的
激烈情感，如果沒有理智的控制而任其為自己盲目的輕率的衝動所操
縱，那就會像一艘沒有壓艙石而漂流不定的船那樣陷入危險。它們每需
要鞭子，但也需要韁繩。」鞭子比喻情感的抒發，韁繩比喻情感的控
制。所以有位美學家也指出，看詩人寫詩，首先看他有沒有激情，還要
看他對情感的控制如何？寫書法的豎筆，有人比喻其用力要像拉地排車
下坡，一方面要往下推，另一方又要往上頂。敲鑼打鼓的用力也如此。

## 四、關於學習方法的三點建議

我求學時，老師告訴我們，你們將來教學生不要光講結論，還要講
解得出結論的方法。這使我想起呂洞賓點石成金的故事，呂洞賓有一次
趕路住在一個山村的農民家裡，主人盛情款待，臨走時為了答謝主人，
拴一塊石頭用手一點，這塊石頭變成金子。送給主人，主人不要，呂洞
賓以為嫌金子太小，就點了一塊大的送給他，主人還是不要。呂洞賓就
問你到底要什麼？答：要你的手指。」從倫理的角度講，這位主人是貪
婪的，從方法論的角度講，這位主人卻很聰明，因為有了手指（方法）
就可受用無窮。

## （一）不要在熟知的門前止步，無窮的樂趣在於不斷探索之中

黑格爾有句名言：「熟知並非真知」。（〈精神現象學序言〉）
我們的古人也說過：「百性日用而不知」意思差不多。孟浩然的〈春
曉〉、杜牧〈秋夕〉，連三歲小孩都會背誦，但又有誰把這兩首詩的意
境和言外之意講清楚呢？（附記）科學發展史告訴我們，許多創造發明
往往從熟知的領域突破的，瓦特發明蒸汽機，牛頓發現萬有引力都是如

此。所以有位前人告誡人們：「學習的最大障礙不在未知的部分，而在已知的領域。」處處留心皆學問，不要在熟知的門前止步，無窮的樂趣正在於不斷的探索之中。

## （二）提高理論素質

羅丹說：「所謂大師，就是這樣的人。他們用自己的眼睛去看別人看過的東西，在司空見慣的東西上，能夠發現出美來。而拙劣的藝術家永遠戴別人的眼鏡。」那麼怎麼使自己心明眼亮呢？關鍵在於學習理論。哲學、文藝理論、美學、心理學等都要學習。古希臘「理論」一詞的原意就是「看」，只有學好理論才能看得清，發現別人沒發現的美來。例如〈衛風・氓〉中「乘彼垝垣，以望複關。不見複關，泣涕漣漣；既見複關，載笑載言。」把處於熱戀中女子的心態描繪得活靈活現。其中「垝垣」應作何解釋？《毛傳》：「垝，毀也。」「垝垣」意思是將要倒塌的高牆。于省吾認爲《毛傳》說法不對，要倒塌的高牆，誰還敢登呢？其實《毛傳》的解釋是對的，因爲只有這樣的描寫，才能把熱戀中女子的心態具象地表現出來。上海《文匯報》曾登載一則消息：「本市一對青年男女在鐵軌上談戀愛，對火車鳴笛充耳不聞，結果被壓在車輪下，雙雙逃生。」難怪有人稱處於熱戀中的青年男女近似瘋子。有人作實驗，熱戀中男女頭腦中會分泌出一種類似荷爾蒙的物質，令人興奮。不懂得心理學，是讀不懂這段文字的。我過去讀〈齊人有一妻一妾〉，孟子在最後交代寫這篇寓言是諷刺用不正當手段求得富貴利達的人。而「求富貴利達」的古代主要在官場。那麼，齊人形象和官場的哪個方面有關聯呢？起始不得其解。後來受結構主義的「二元對立」的啓發，發現齊人形象存在著卑微（乞討）與驕傲（驕其妻妾）的二元對立，表現在官場上則是對待上級像老鼠，對待下級和老百姓則像老虎。這種惡劣的現象，古今中外的官場中都普遍存在，馬克思指出：現代英國的一批傑出的小說家，他們在自己卓越的描寫生動的書籍中，向全世界揭示的政治和社會眞理，比一切職業的政客、政治家和道德家加

在一起所揭示的還要多。這首詩就是上司跟前奴性活現；對待下級，暴君一般。」（《馬克思‧恩格斯論文學與藝術》第154頁）馬克思的論述說明孟子這篇著名寓言具有深刻的思想與藝術價值。同時也印證了這樣一個道理：只有深刻思想的藝術作品才能成為傳世之作，具有永恆的生命。

## （三）專心致志，刻苦學習

我在上大學時，老師教導我們要專心致志，心不旁鶩。舉例來說，一隻螞蟻吃蘋果有兩種辦法，一種是在蘋果皮上瞎轉，結果什麼也吃不到。另一種是死叮住一個地方鍥而不捨，在穿透蘋果皮之後就吃到香甜的蘋果汁了。陳省身教授曾論，我一生只做一件事——研究數學。《詩經‧周頌‧敬之》：「日就月將，學有緝熙於光明。」意思是，抓住一點，日積月累，就能豁然開朗，達到光明的境界。在具有眾多誘惑，學風浮躁的今天，〈周頌‧敬之〉的名言，對我們是有益的。

附記：古代詩歌講究含蓄，要有言外之意，味外之味。我看了許多關於李
　　　白〈靜夜思〉和杜牧〈秋夕〉的賞析文章，並沒有把這首詩的言外
　　　之意講清楚。我的粗淺體會是，〈靜夜思〉中為什麼「舉頭望明
　　　月」之後，自然引起對故鄉和故鄉的親人的思念之情呢？
　　　關鍵在於那晚看到的月亮意象是圓圓的，詩人的內心獨白是：天上
　　　的月亮是圓的，而我卻不圓。因而自然產生了回家鄉和親人團圓的
　　　願望，這是「舉頭望明月，低頭思故鄉」的內在依據。那麼怎麼知
　　　道那天晚上的月亮是圓的呢？詩人在詩的開頭作了暗示。「床前明
　　　月光，疑是地上霜」，只有圓圓的明月才能讓詩人產生把床前的月
　　　亮當作「地上霜」的錯覺。月牙兒的月光，不可能有這樣的效果。
　　　杜牧〈秋夕〉是一首根據「七夕」民俗而寫成的宮怨詩。「七夕」
　　　是古代的情人節，這一夜晚，牛郎織女透過鵲橋相會。怎麼理解詩
　　　的結尾：「天階夜色涼如水，坐看牽牛織女星」呢？一切景語皆情
　　　語，詩中的宮女表達了怎樣的怨恨呢？我的理解是，宮女在夜已
　　　深，等待君王無望的情況下，坐在天階上看牛郎織女相會時，產生
　　　了一種既嫉妒又羨慕的複雜情感。其內心獨白是：天上的牛郎織女
　　　啊，你們雖然一年相會一次，可我連這種機會都沒有。其內心愁苦
　　　怨恨盡在不言中。牛郎織女一年只能相會一次已夠可憐的了。這種
　　　可憐的相會竟然還有人羨慕，這位宮女不是更為可憐而更令人同情
　　　嗎？不能深切體味詩中的言外之意，是不能真正讀懂詩的。

# 《詩經》中的愛國精神

　　世界歷史的發展，是統一性和多樣性的辯證結合，因而反映社會經濟形態的社會思潮也往往有規律可尋。西元前五世紀前後，是世界愛國思潮大高漲的時期，產生於這個時期的「希臘悲劇興盛於民主制戰勝獨裁和希臘人戰勝波斯侵略的時代。它的基本主題是寫古代的民主鬥爭，悲劇中貫穿了反對獨裁、侵略和壓迫的精神，歌頌為自由和正義而鬥爭的英雄行為和愛國思想。」（楊周翰等編《歐洲文學史》第32頁）這一時代精神，在我國第一部詩歌總集──《詩經》中也同樣地得到充分的反映。然而，過去對《詩經》的研究，大多注意諷刺詩和愛情詩，對其中具有愛國精神的詩篇卻不夠重視，這是有礙於對這一寶貴的民族遺產的繼承。

## 一

　　《詩經》中的愛國精神首先表現在歌頌抵抗外族的入侵與壓迫，維護華夏民族的統一上。當時，中原處於四夷的包圍之中，他們都曾不斷地進犯中原地區，其中以玁狁的破壞性最大、侵擾的時間最長。《漢書·匈奴傳》說：「戎狄交侵，暴虐中國，中國被其苦」，周厲王時「戎狄寇掠，乃入犬丘，殺秦仲之族」[1]（《後漢書·西羌傳》）說「宣王時，西夷並侵，玁狁最強。」為此，周宣王曾發動多次的自衛反擊戰爭，並取得某些戰役的勝利。《資治通鑑》：「宣王元年，以尹吉

甫爲將，北伐玁狁，至於太原。」〈小雅‧六月〉就是記述尹吉甫奉周
宣王之命，北伐玁狁，取得勝利的事蹟。

　　　玁狁孔熾，我是用急。王于出征，以匡王國。

　　這幾句詩的意思，朱熹在《詩集傳》中作了闡釋，「《司馬法》：
『冬夏不興師，今乃六月而出師者，以玁狁甚熾，其事危急，故不得已
而王命於是出征，以正王國也』。」可見，這次北伐完全是爲了自衛。

　　　玁狁匪茹（柔弱），整居焦獲。侵鎬及方，至於涇陽。

　　涇陽在涇水的北面，在豐、鎬（同爲西周國都，故址在今陝西西安
市西），說明玁狁已經侵入到周朝的腹地了。〈六月〉是一首讚美抵抗
外族侵擾的正義戰爭的頌歌。

　　〈小雅‧出車〉是一首歌頌周宣王的大臣南仲率師征伐玁狁的詩，
詩中充滿著英雄氣慨和戰鬥豪情。蔣伯潛說：「〈小雅‧出車〉亦從征
之詩，但不以從征爲苦，而以衛國禦侮美將帥耳。此詩爲美周宣王時之
南仲而作，顯而易見。南仲城朔方，夷玁狁，伐西戎，於役之區，不可
謂不廣。第五章言稷方華時出征，雨雪載途時歸來，末章又謂凱旋時已
春日遲遲，於役之期，不可謂不久，而通篇無怨尤之辭。」（《十三經
概論‧毛詩概論》）這種「衛國禦侮」、自我犧牲的精神是很感人的。
歐陽修《詩本義》說：「述其歸時，春日喧妍，草木榮茂而禽鳥和鳴，
於此時，執訊（女俘虜）獲醜（男俘虜）而歸，豈不樂哉。」這些評論
都是正確的，在這首詩裡洋溢著爲正義而戰的愛國豪情。

　　〈小雅‧采薇〉是著名詩篇之一，詩中不僅揭露了玁狁侵擾給中原
人民帶來的無窮災難：「靡室靡家，玁狁之故」；更重要的是揭示了
在反侵略的愛國戰爭中，戰士們的高度責任感：「豈敢定居，一月三

捷」，「豈不日戒，玁狁孔棘。」這種責任感和犧牲精神是反侵略戰爭
的精神支柱和取得勝利的力量源泉。

這裡需要指出的是，有人對第五章中「駕彼四牡，四牡騤騤。君子
所依，小人所腓」作了曲解，說：「第四、五章中，描寫了軍中的階級
差別，『君子』和『小人』的不同生活，『小人』是『載饑載渴』『不
遑啓居』，君子則『四牡騤騤』，『象弭魚服』，顯然，詩人作這樣的
對照描寫不會是無意的，這表現了被壓迫階級對統治者的憤懣。「（楊
公驥《中國文學》第162頁）肖箑甫等編的《中國哲學史》還把它跟
〈魏風·伐檀〉一起作爲「揭露西周末年社會上新舊勢力的矛盾」的材
料。我們認爲這樣的認識，掩蓋了詩中的主要矛盾——玁狁。因爲「小
人」之所以「載饑載渴」「不遑啓居」是由於「玁狁之故」，而詩人充
滿情感地描寫「四牡騤騤」「象弭魚服」則是豪邁而自信地描繪自己軍
隊的聲威，並不是發洩對指揮官的不滿。而要正確理解這二章，必須從
整首詩著眼而不能斷章取義。所謂「君子所依，小人所腓」只是指我軍
高大的戰車，統帥靠它乘載，士兵靠它掩護，去攻擊敵人。在這裡，請
細心讀讀第四章吧：

> 彼爾維何，〔那盛開的花是什麼？〕
> 維常（棠）之華。〔是棠棣之花。〕
> 彼路斯何，〔那高大的車是誰的？〕
> 君子之車。〔是將帥之車。〕

這裡爲什麼要用棠棣之花起興呢？王安石說得好：「常（棠）之
華，上承下覆，甚相親比，猶之路車，將帥乘之，以庇其下，師徒恃
之，以載其上。上載下庇，甚相親比。」（《詩義鉤沉》第132頁），
這裡「上載下庇」的描寫，並不是揭露階級對立，而是對將帥和士兵利
用戰車配合作戰的生動反映。

　　在〈秦風〉中反映與西戎鬥爭的詩歌有〈小戎〉和〈無衣〉，它們都是秦襄公時的作品。〈毛序〉：「小戎，美襄公也，備其兵甲，以討西戎。西戎方強，而征戰不休，國人則矜其車甲，婦人能閔其君子焉。」這就說明，這是一位女子思念在外與西戎戰鬥的征人，並讚美秦襄公武力大盛的詩。詩人對秦國軍隊的讚美，反映了人民對戰爭的支持。詩歌在這樣的高潮中結束：

　　言念君子，載寢載興。厭厭良人，秩秩德音。

　　什麼叫德音呢？《禮記・樂記》「天下大定，然後正六律，和五聲，弦歌詩頌，此之謂德音。」詩人希望愛人在前方多打勝仗，頻傳捷報，早日天下大定，返回家園過和平幸福的生活。與李白的「何日平胡虜，良人罷遠征」的意思相近。這首詩把愛丈夫和愛國統一起來，是不可多得的作品。

　　在〈秦風〉中影響最大的具有愛國思想的詩要算是〈無衣〉了。金開誠說：「當時秦地僻處於祖國的西陲，常有外族入侵的憂患，所以在秦國出現這樣一首歌謠就不是偶然的。它表現了秦國勞動人民堅決保衛國家的慷慨意志。」這樣領會是正確的。該詩的斷年，有秦莊公、秦襄公、秦康公、秦哀公諸說，我們認為秦襄公時最為可信，因為秦襄公是秦國建國的第一個國君，林劍鳴《秦史稿》說：「秦國雖然建立，但首先面臨著能不能存在下去的問題。周平王雖賜給秦以『岐以西之地』，讓它在這裡建國，但在這一帶幾乎佈滿了戎人和狄人……使秦國無駐足之地。這些戎狄部落大部分尚處於『遊牧生活向定居的農牧生活轉化』階段，社會經濟較為落後，他們長期以來就是以富庶的關中地區為目標，或掠奪，或騷擾，使居於這裡的，以農業生產的經濟生活為主要內容的人民，在生產上和生活上都受到了極大的影響。」秦國這種形勢和背景我們可以從〈無衣〉中找到內證。「豈曰無衣，與子同袍」，正是祖國處於生死存亡的關頭，軍需品異常缺乏的情況下，人們奮起保衛祖

國的眞情流露。

這裡有個問題，即詩中的「王於興師」的王應該指誰？翟相君在〈北門臆斷〉（《山東師大學報》1984年第1期）中認爲：「《詩經》雅詩中的『王』字，也沒有指諸侯者，難道風詩中的『王』字能指諸侯嗎？考察一下全部國風，共有七篇詩用了十四個『王』字，我們認爲都是指周王……〈秦風・無衣〉的三句『王於興師』，應是秦襄公以周平王之命伐戎」。我們認爲這個結論武斷些，詩裡的「王」應指秦襄公而不是指周平王，因爲先秦時期諸侯也可稱王的。王國維《觀堂集林別集・古諸侯稱王說》：「古時天澤之分未嚴，諸侯在其國自有稱王之俗，世疑之周王受命稱王，不知古諸侯於境內稱王與稱君無異，則無怪乎文王受命稱王而仍服事殷矣」（《王國維遺書》第四冊16-17頁）。郭沫若《中國古代社會研究・矢令簋考釋》說：「王、公、侯、伯、子，乃古國君之通稱。」都是明證。

除了上述詩篇以外，〈小雅・采芑〉記敘了周宣王時期，方叔率領軍隊南討「蠻荊」的戰爭，〈大雅・江漢〉記敘了周宣王命令召伯虎平定淮夷的戰爭，〈大雅・常武〉記敘了周宣王親率軍旅討伐徐國的戰爭，這些戰爭對反抗異族的侵犯，以及對中國的統一都有著重要的作用。

自古以來，發生了無數次戰爭，它們有正義與非正義的區別。以上的具有愛國精神的詩，大多控訴了外族侵擾給中原各國和人民帶來的深重災難，揭示了衛國戰爭的正義性，具有進步的意義。自古以來，反映戰爭的詩也有兩大類，即肯定戰爭與否定戰爭兩大類。在我國詩歌史上，否定戰爭的詩屢見不鮮，像《詩經》中這樣理直氣壯地描寫和歌頌正義戰爭的詩並不多見，從這一點講，更覺得這些詩歌的可貴。

其次，這些詩在歌頌了人民所支持的正義戰爭的同時，突出地頌揚了衛國戰爭中的民族英雄，如周宣王、南仲、方叔、召伯虎、尹吉甫等，他們在民族戰爭中站在最前哨，起著動員、組織和指揮的作用，理

應受到歷史的頌揚。程俊英《詩經漫話》中說：「如〈小雅〉中的〈采
芑〉，〈大雅〉中的〈江漢〉、〈常武〉等等，這些詩篇歌頌了種族戰
爭的勝利，並把勝利歸功於天子，歸功於將帥，誇大個人的作用，抹殺
了士兵的力量。」這種批評是缺乏說服力的，因為馬克思主義一點也不
否認卓越人物在歷史上的作用，列寧說：「歷史必然性的思想也絲毫不
損害個人在歷史上的作用，因為全部歷史正是由那些無疑是活動家的個
人的行動構成的。」（〈什麼是「人民之友」以及他們如何攻擊社會主
義者？〉）當然，他們與從戚繼光抗倭開始，直到近代史和現代革命史
上反抗外國侵略者的鬥爭中出現的民族英雄有著一定程度的不同。但沒
有西周時期的民族英雄，則不可能出現鄭成功、戚繼光、林則徐等人
物，那是肯定無疑，因為歷史不能割斷，我們民族的愛國主義精神是有
繼承和發展的。


二

　　文學史上大量具有不朽美學價值的好詩，大多是以詩人的內心對於
一切美麗、善良、神聖而又崇高的事物的嚮往作為基礎的。對祖國的
愛，對故鄉的愛，無疑也是一種崇高的感情。「千古英雄，愛國同懷赤
子之心。」春秋時期的許穆夫人用她崇高的感情寫下〈鄘風·載馳〉這
首詩。〈詩序〉在解釋這首詩時說：「〈載馳〉，許穆夫人作也，閔其
宗國顛覆，自傷不能救也，衛懿公為狄人所滅，國人分散，露於漕邑。
許穆夫人閔衛之亡，傷許之小，力不能救，思歸唁其兄，又義不得，故
賦是詩。」揭示了這首詩的愛國主義性質。《列女傳·仁智篇》說：
「初，許求之，齊亦求之。懿公將與許，女因其傅母而言曰：『……今
者許小而遠，齊大而近；若今之世，強者為雄，如使邊境有寇戎之事，
維是四方之故，赴告大國，妾在，不猶愈乎？今捨近而就遠，離大而附
小，一旦有車馳之難，孰可與慮社稷』衛侯不聽，而嫁之於許。」這則
材料被許多人用來說明許穆夫人在年輕時就有愛國思想，但這則材料是

靠不住的，因爲許穆夫人並不是衛懿公的女兒，而是衛宣公兒子公子頑
和宣姜私通所生的，顯然是一則民間傳說，但正是這則傳說充分地說明
了許穆夫人和〈載馳〉在當時民眾中具有深刻的影響。陸侃如先生《中
國詩史》說：「〈載馳〉在當時一定很傳誦；對她祖國恢復的助力一定
很大。」這個分析是合乎事實的。

〈載馳〉詩深刻地揭示了愛國思想與禮俗的矛盾。當時禮俗，出嫁
爲諸侯夫人的婦女，如果父母已亡，就不許再回娘家，有事也只有讓大
夫們去辦，這就是許國貴族反對許穆夫人「歸唁衛侯」的理由。許穆夫
人受愛國思想的支配，敢於反抗這種禮俗。爲此，她曾贏得了孟子的讚
揚。《韓詩外傳》記載孟子對這件事的評論說：

「夫道二，常謂之經，變謂之權。懷其常道而挾其變權，乃得謂
賢。夫衛女行中孝，慮中聖，權如之何。」它說明了這樣一個道理，愛
國主義是一種崇高的信念，每當國家危難之際，它可以衝破一切觀念的
束縛，而具有強大的感召力和號召力。

家鄉是人們世世代代生長、生活和勞動的地方，熱愛家鄉是「民族
群體內聚力的強固心理動因。」熱愛家鄉是熱愛祖國的組成部分。〈衛
風·河廣〉可算是這種詩的代表。袁梅《詩經譯注》說：「這是流浪在
衛國的宋人所唱的鄉歌。」恰當地點明了該詩的主題。這裡需要探討的
是，在《詩經》的評論中，過去往往把〈鄭風〉、〈衛風〉中的情詩稱
之爲淫詩，或靡靡之音，關於這一點，陸侃如先生《中國詩史》已作了
深刻的辯證。我們要補充的是，〈衛風〉中的愛情詩大部分是健康的，
而且具有愛國思想的詩占了很大比重。邶、鄘、衛三風共二十九篇，具
有愛國思想的詩就占五分之一，在各風中首屈一指，而且各具特色。例
如〈衛風·伯兮〉一篇，表面上看起來是一首常見的思婦詩，「豈無膏
沐，誰適爲容」「願言思伯，甘心首疾」已成千古佳句，但更重要的
是，該詩表現了一個普通衛國婦女對待衛國戰爭的態度，她爲有一位站

在衛國前線的丈夫而感到自豪，並深深思念他。它深刻地揭示了我國古代婦女的美德及其具有民族特徵的審美思想：即在倫理道德上更重視理性的自覺，這對研究我國古代民族的審美觀具有重要的價值。

三

　　中國各族人民創造了光輝燦爛的古代文明，使我們祖國成爲世界上文化發達的國家之一，對東方以及世界的文明產生了深刻的影響。因此《詩經》中一些歌頌了在我國歷史上披荊斬棘，征服自然，創造燦爛的古代文明有貢獻的代表人物及其業績的詩篇也是具有愛國精神的詩篇的重要組成部分。如被稱爲周族英雄史詩的〈生民〉、〈公劉〉〈緜〉〈皇矣〉〈大明〉等以及歌頌衛文公在衛國被狄攻破之後，整軍經武，重建衛國的〈鄘風‧定之方中〉等，都是重要的代表作。

　　《生民》歌頌的是周始族祖后稷光輝業績的詩篇，他是父系時代周族第一個祖先，從小就有播種百穀的天才，他教導百姓種莊稼，領導周族在邰（約今陝西省武功縣）成家立業。由於他是農業生產的創始人，所以被後世尊稱爲穀神。由於他在農業生產上對中華民族的貢獻，得到了後代人們的頌揚。《孟子‧滕文公》：「后稷教民稼穡，樹藝五穀，五穀熟而育人民。」孫中山先生也曾說：「中國的后稷教民耕田，法國柏斯多發明微生物對於動植物的利害，都是功德無量的大事。」（中山書店《孫中山全書》第3冊第174頁）〈公劉〉是周人歌頌公劉的詩篇，他是后稷的曾孫，夏代末期周族的酋長，當他們居住在邰地時，由於戎狄的侵擾，公劉便帶領周族人民遷在豳地，並在豳地建國立業，發展農業生產。《史記‧周本紀》：「公劉雖在戎狄，復修后稷之業，務耕種，行地宜。自漆沮渡渭，取材用，行者有資，居者有蓄積。民賴其慶，百姓懷之，多徙而保歸焉。周道之興自此始，故詩人歌樂思其德。」說明公劉是一個使周族由弱變強的帶關鍵性的人物。〈緜〉歌頌

了文王祖父古公亶父由豳遷岐，艱苦創業的歷史。〈大雅·皇矣〉讚美了太王、王季、文王在岐周的經營，著重記敘了文王開疆拓土的業績。〈大明〉讚美了武王伐殷，歌頌了正義的戰爭。胡念貽在評論這些史詩時說：「讀了這些詩，在我們的眼前立即展開了一幅這樣的圖畫，在遙遠的古代，在西北黃土高原上，來了一群開拓者，他們一遷再遷，在愉快的緊張的勞動中，把一片荒涼的山川，交錯的丘陵和原野，改變成了獲得豐稔收成的美麗國土，他們在那裡營建城郭宮室，建立了強大的國家。」（《先秦文學論集》第31頁）

可以看出，我們中華民族之所以能夠發展到今天這個樣子，是跟這些歷史的開拓者艱苦奮鬥、創造發明分不開的。


四

法國著名雕塑家羅丹說：「藝術家和思想家好比十分精美、響亮的琴──每個時代的情境在琴上發出顫動的聲音，擴展到所有其他的人。」（《羅丹藝術論》第121頁），我們同樣可以說，《詩經》中具有愛國思想的詩也好像一把精美、響亮的琴，它彈奏出西周到春秋時期的時代精神，中華民族的最強音。這個琴音鳴響於整個封建社會，直至今天還撥動著我們的心弦。〈離騷〉是我國古代第一位偉大的愛國主義詩人屈原的代表作。漢劉安〈離騷序〉中讚道：「〈國風〉好色而不淫，〈小雅〉怨悱而不亂，若〈離騷〉者可謂兼之矣。」明確地指出它和《詩經》的繼承關係。劉熙載在《藝概·賦概》中說：「屈子之〈騷〉，不沾沾求似〈風〉〈雅〉，故得〈風〉〈雅〉之精，」這個「精」，我們認為應該是指對愛國思想的繼承和發展。例如〈離騷〉中所反映的熱愛祖國，熱戀故土，尊賢任能，改革弊政等。到了建安時代，曹操寫出了〈觀滄海〉等歌頌統一的壯麗詩篇，到了唐代，慨嘆「大雅久不作」的李白寫出了「願斬單于首，長驅靜鐵關」等愛國詩。

「別裁偽體親風雅」的杜甫寫出了，〈聞官軍收河南河北〉〈恨別〉等著名詩篇。宋代以至清末，《詩經》中反抗異族侵犯，主張祖國統一的詩對陸游、辛棄疾、顧炎武、黃遵憲等愛國者更有深刻的影響。

上述詩的藝術風格是豐富多彩的，但總體傾向是屬於雄偉、崇高的陽剛之美。清人姚鼐在論陽剛之美時說：「其得於陽與剛之美者，則其文如霆，如電，如長風之出谷，如崇山峻崖，如決大川，如奔騏驥；其光也，如杲日，如火，如金鏐鐵，其於人也，如馮高視遠，如君而朝萬眾，如鼓萬勇士而戰之。」（〈復魯絜非書〉），這個比喻用來形容愛國詩的藝術風格再恰當不過了，例如〈大雅·常武〉第五章：

王旅嘽嘽，如飛如翰。如江如漢，如山之苞，如川之流，綿綿翼翼，不測不克，濯征徐國。

這是最早應用博喻的典型用例，作者應用了一系列比喻，形容南征軍隊的勇猛，嚴整迅疾，形象鮮明，剛健有力。姜南《學圃餘力》在闡釋這章時說：「如飛，疾也；如江，眾也；如山，不可動也；如川，不可禦也；綿綿，不可絕也；翼翼，不可亂也；不測，不可知也；不克，不可勝也。《孫子》曰：『其疾如風，其徐如林，侵略如火，不動如山，難知如陰陽，動如雷霆。』《尉繚子》曰：『重者如山如林，輕者如炮如燔。』二子言兵勢，皆不外乎《詩》之意也。」可以說是一語破的。〈大雅·大明〉篇描寫武王伐殷的牧野之戰，也具有同樣的氣勢。

韓愈《荊潭唱和詩序》中說過：「歡愉之辭難工，愁苦之言易巧」是有一定道理的，流傳千古的名詩詞，大多是愁苦之音，寫好頌歌則更是難上加難。只要我們讀〈周頌〉〈魯頌〉〈商頌〉及漢代的大賦就可明白，然而〈詩經〉中的具有愛國精神的詩，雖然絕大多數是讚頌詩，但都寫得很成功，研究這類讚頌詩對寫好社會主義時代的詩歌將有一定的借鑑作用。

　　過去我們對古代文學作品往往重視諷刺和暴露的，而對讚頌一類的作品往往以歌頌統治階級、粉飾昇平爲由而加以否定。茅盾在《夜讀偶記》中認爲《詩經》中的讚頌詩：「它們或者是奴隸主頌揚自己祖宗的『盛德』和『武功』，或者是誇耀奴隸主的『政績』如何好，奴隸們如何感恩戴德，或者是敘述生產成績，那也無非是誇耀、歌頌奴隸主的聖明，……大部分詩篇實在是反現實主義的，而且成爲後代的反現實主義文學的始祖。」（《夜讀偶記》第5、7頁）[2]這種一筆抹煞的評論並不符合於《詩經》的實際，特別是對那些表現愛國思想的讚頌詩更是失之偏頗。

## 注釋

1. 獫狁，戎狄皆一個國家不同時期的異名。王國維《觀堂集林‧鬼方昆夷獫狁考》：「其見於商周者鬼方曰混夷曰獯鬻，其在宗周之季則曰獫狁，入春秋則始謂之戎，繼號曰狄。戰國以降，又稱之曰胡曰匈奴。」

2. 日本著名學者白川靜說：「把詩篇當作經書賦予特殊的解釋，這種古典化發端甚早，然就詩篇本身而言，此傾向並不必然會發生。古代文學兼具活潑的民族精神，是民族精神的胚胎，權威化的形式之後，反而成為豐富生命力的障礙，詩失落在猜謎式解釋學的歧途上，古代文學的正確瞭解之道也斷絕了」（見《詩經研究》第293頁）這個反思與批判是相當深刻的。（‧號為筆者所認著重處）

# 《詩經》戰爭詩的審美價值

　　在中國，戰爭最早時期可推溯到傳說中的黃帝時代，黃帝曾與炎帝大戰於阪泉之野。自此之後，戰爭從未停止過。《詩經》戰爭詩只有七篇（〈小雅〉中的〈采薇〉、〈出車〉、〈六月〉、〈采芑〉；〈大雅〉中的〈江漢〉、〈常武〉；〈秦風〉的〈小戎〉和〈無衣〉，是我國最早以戰爭為題材的文學作品，其思想與藝術都需要我們進行探討。

　　列寧指出：「愛國主義是由於千百年來各自的祖國彼此隔離而形成的一種極其深厚的感情。」[1]這種美好的感情在戰爭詩中得到鮮明生動的體現。西周時期，中原處於四夷的包圍之中，四夷不斷地進犯中原地區，其中以玁狁的侵擾時間最長，破壞性最大。獫狁是散布於陝西西部、北部、山西、河北廣大地區的遊牧民族，實行「無君長，無語言文字」的軍事民主制，這種特點決定其以掠奪為生的侵略性。正如恩格斯所指出的：「在這些民族那裡，獲取財富已成為最重要的生活目的之一。他們是野蠻人，進行掠奪在他們看來是比進行創造的勞動更容易甚至更榮譽的事情。」[2]為此，周宣王曾進行多次的自衛反擊戰爭。〈小雅·六月〉就是記述尹吉甫奉周宣王之命，北伐獫狁取得勝利的事蹟。

　　六月棲棲，戎車既飭。四牡騤騤，載是常服。玁狁孔熾，我是用急，王於出征，以匡王國。

　　朱熹《詩集傳》說：「《司馬法》，冬夏不興師，今乃六月而出

師者，以獫狁孔熾，其事危急，故不得已而王命於是出征，以正王國也。」可見，這次北伐完全是爲了自衛。〈小雅‧采薇〉是首著名的戰爭詩。詩中傾訴了戰爭給人民帶來的痛苦，清醒地認識到，痛苦的根源在於獫狁的入侵，並積極地投身到反侵擾的戰爭中去。「豈不日戒，獫狁孔棘」，這是多麼自覺的民族責任感。

在《詩經》中反映民眾對戰爭態度的還有〈秦風‧無衣〉。朱東潤先生認爲：「言及戰事而無難色者獨有〈無衣〉一篇」，但又認爲：「以無衣無裳之士而迫於君上，執戈矛以致死，徒令後之讀者憐其身世之蹇，固不遑論其作詩之時。」[3]這就把詩中噴發出來的團結一致抵抗外侮的精神一筆抹煞了。詩中「無衣」「無裳」均爲文學語言，不能太坐實。詩人用它表達解衣推食，同仇敵愾的精神，後人把「同袍」「同裳」作爲精誠團結的代名詞，正是從這裡來的。

〈秦風‧小戎〉是秦襄公時代一位秦國普通婦女所唱的歌。她非常想念與西戎作戰的丈夫，但她更以能有一位爲國出力的丈夫而自豪，並時刻盼望著從前線傳來勝利的捷報。這種把國家利益和個人利益統一起來的感情，這種把民族整體利益看作每個社會成員必須遵奉的最高意志的自覺意識是多麼眞實而又令人欽仰！

綜上所述，可以得出如下結論：

一、戰爭詩的作者都是華夏族的一員，他（她）們的愛國感情完全是從心底裡流露出來的，特別是生活於社會最底層的民眾更是如此。詩人們在民族戰爭中深明大義，爲正義戰爭奉獻一切的心理，展現了時代精神，具有典範性的作用。在世界史上，中國是一個文明傳統未曾中斷的古國，是唯一形成穩定的統一趨勢的古國。這裡面原因很多，但這種熱愛自己祖國，爲民族生存與發展而獻身的精神成爲中華民族得以延續3000多年的精神支柱，是築構於民族心底的萬里長城。

二、《詩經》中的戰爭詩是我國民族精神的最初紀錄，也是民族意識覺醒的里程碑，並對後代以深遠而積極的影響。唐代邊塞詩人岑參寫

道：「萬里奉王事，一身無所求。也知塞垣苦，豈爲豎子謀」（〈初過隴山途中呈宇文判官〉）王昌齡唱道：「青海長雲暗雪山，孤城遙望玉門關。黃沙百戰穿金甲，不破樓蘭終不還。」（〈從軍行〉）何等昂揚慷慨，壯懷激烈！

　　三、《詩經》戰爭詩不僅表現了愛國精神，而且生動地展現了民族戰爭中的英雄形象。《詩經》戰爭詩是否表現了這一崇高的精神範疇，學術界存在著不同的看法。陳鐵鑌先生說：「〈采薇〉詩中抒寫了出征士兵保家衛國懷念親人和鄉土的情思，表達了抗敵精神和階級意識的交織，從而有血有肉地塑造了愛國英雄的形象。」[4]趙沛霖先生反對這種提法，他說：「『英雄形象』是一個十分高的美學評價，它必須體現時代和歷史發展的動向，爲國家和民族建立卓越的功勳，同時具有博大的精神和崇高壯麗的美。而《詩經》戰爭詩中的主角形象，無論從哪個方面看，都未達到這樣的高度。」[5]我們的看法是，〈采薇〉中的抒情主角只是一個普通戰士，其貢獻畢竟有限，還不足稱之爲民族英雄。但輔佐宣王中興的功臣尹吉甫和南仲等主帥則可以冠之民族英雄的美名。吳起說：「夫總文武者，軍之將也。兼剛柔者，兵之事也。」[6]意思是文武全才的人，才能擔任軍隊的將領；剛柔相兼的人，才能統軍作戰。被譽爲「萬邦是定」的尹吉甫就是這樣一位統帥。方玉潤在評〈小雅・六月〉時說：「先言獫狁之猖獗無忌，次寫大將衝鋒先行。故一戰而敵退，王乃命將追奔，直至太原而止。蓋寇退不欲窮追也，此吉甫安邊良謀，非輕敵冒進者比。故當其乘勝逐北者，車雖馳而常安，馬雖奔而恒閑。何從容而整暇哉！及其回軍止戈也，不貪功以損將，不黷武以窮兵，又何其老成持重耶！所謂有武略者，尤須文德以濟之。非吉甫其孰當此？宜乎萬邦取以爲法也。」[7]

　　這裡我們不是清楚地看出尹吉甫在民族戰爭中閃爍出崇高壯麗的美嗎？他們的出現，充分說明我國文明史已由古老的神性英雄讓位給了人化的英雄。他們有了更寬闊的活動空間，有了更廣泛的群眾信仰基礎。他們已跟反映祖先崇拜的形象如公劉、后稷等神性英雄區別開來。馬克

思說：「如愛爾維修所說的，每一個社會時代都需要有自己的偉大人物，如果沒有這樣的人物，它就要創造出這樣的人物來。」[8]尹吉甫等民族英雄正是在戰爭的烈火中創造出來的。

《詩經》戰爭詩不僅具有思想美，而且具有藝術美。崇高的陽剛之美是其突出的特徵；例如〈大雅・常武〉第五章：

> 王師嘽嘽，如飛如翰。如江如漢，如山之苞，如川之流。綿綿翼翼，不測不克，濯征徐國。

朱熹《詩集傳》評云：「如飛如翰，疾也；如江如漢，眾也；如山，不可動也；如川，不可御也；綿綿，不可絕也。翼翼，不可亂也，不測，不可知也，不克，不可勝也。」也有人評論道：「綿綿三句，承上文而下，氣勢浩穰，有天地褰開，風雲變色之象。嘻，嘆觀止矣。』這種中肯的評論，正是突出地肯定了此詩的陽剛之美。〈大雅・大明〉中描寫武王伐殷的牧野之戰，也具有同樣的氣勢。[9]詩裡的情思不再迴旋於個人的狹窄天地，而是迴旋於變易不居的歷史長河之中，樂觀高亢的感情基調，壯大的氣勢反映了中興時代的民族精神風貌。

建功立業的主調中迴響著淡淡的憂傷，又能不失其雄渾開闊的意境，這是《詩經》戰爭詩美的第二個特徵。正是這種合乎人之常情的離愁別緒與一往無前的氣概的結合，才使詩中的形象有血有肉，真實可信。這是魏晉時代和南朝時代的戰爭詩所難以比擬的，只有盛唐的邊塞詩才能夠與之媲美。

沒有戰爭血腥場面的描寫，而著重於英雄人物的意氣風貌以及聲威表現，則是其第三個美學特徵。按常理講，戰爭詩就是描寫戰鬥的詩，然而《詩經》戰爭詩卻另有一番風貌。它一般不直接描寫具體戰鬥場面，多用筆墨去進行聲威和氣氛的渲染。作品中，只讓人感到緊張的氣氛，卻聽不到廝殺和呻吟，只有凱旋的歡樂，而看不到死亡的流血。

那麼這種美學特徵的思想根源是什麼呢？趙沛霖先生以為：「都以我國所特有的政治思想和軍事思想為靈魂，所展現的都是高德尚義的政治理想和勝殘去殺的軍事思想。」[10]這種分析可以說得通，但我們認為只有從中國文化的根本精神去理解，才能找到問題的關鍵。那麼什麼是中國文化精神呢？一言以蔽之，即「仁」。《說文》：「仁，柔也，從二人。」。其本義即「愛人」，表現在軍事上就是褒揚「有征而無戰」的仁義之師。荀子說：「仁人之兵，所存者神，所過者化。若過雨之降，莫不說喜，是以堯伐驩兜，舜伐有苗，禹伐共工，湯伐有夏，文王伐崇，武王伐紂，此四帝二王，皆以仁義之兵行於天下也。故近者親其親，遠方慕其義。兵不血刃，遠邇來服，盛德於此，施及四極。」[11]這裡的「不樂殺人」和「兵不血刃」都是「仁」在戰爭觀的體現。《詩經》正是在這深刻的意蘊上，成了中國詩歌的源頭，並給後代良好的影響。

在具體藝術手法上，《詩經》戰爭詩也有其獨特之處。

## （一）首先表現在「取影法」的運用上

所謂「取影法」，是指不正面描繪而借其「影子」曲折地表現人物的特徵及其思想情感。王夫之在評論〈小雅・出車〉最後一章時指出：

唐人〈少年行〉（應為王昌齡〈青樓曲〉）云：「白馬金鞍從武皇，旌旗十萬獵長揚。樓頭少婦鳴箏坐，遙見飛塵入建章。」想知少婦遙望之情，以自矜得意，此善於取影者也。「春日遲遲，卉木萋萋；倉庚喈喈，采蘩祁祁。執訊獲醜，薄言還歸。赫赫南仲，玁狁於夷。」其妙正在此。[12]

戰爭勝利了，王師凱旋而歸，和平又降臨人間。詩人本可以正面抒寫南仲班師的歡樂場面。然而詩人卻借助其妻子的所見所聞，以及見到

南仲凱旋時的歡樂。這種透過妻子之眼進行描寫的手法,不僅曲折成趣,具象地傳達出周朝朝野其時的心情,而且給讀者以更廣闊的想像空間和更多的回味。〈出車〉的「取影法」符合於二元對立原則,南仲與妻子,將帥與民眾,實寫與虛寫都是二元對立。這就是取影法能夠曲盡人情之妙的深層根源。後代杜甫〈月夜〉、王昌齡〈青樓曲〉、柳永〈八聲甘州〉等都是這種手法的具體運用。

## (二)借柳寫送別

《世說新語·文學》記載這樣的故事:

> 謝公(謝安)因子弟集聚,問《毛詩》何句最佳?遏(謝玄)稱曰:「昔我往矣,楊柳依依;今我來思,雨雪霏霏。」公曰:「訏謨定命,遠猷辰告」。謂此句偏有雅人深致。

「訏謨定命」二句出自〈大雅·抑〉的第二章,意思是,有偉大的計畫定要號召,有遠大的政策就要隨時宣告。雖然表現了政治家的風度,但藝術形象較差。從藝術美的角度看,謝玄賞受〈小雅·采薇〉中的名句確實比謝安高出一籌。那麼〈采薇〉四句好在哪裡呢?首先是創造了以樂景寫哀情的美學情境。王夫之《薑齋詩話》說:「昔我往矣,楊柳依依;今我來思,雨雪霏霏,以樂景寫哀,以哀景寫樂,一倍增其哀樂。」其意思是:當征人踏上征途時,正值桃花柳綠的陽春,面對著這美景卻不得不與親人作也許永無相見的離別。春色愈美,愈能生起生離死別的傷感與悲哀,王夫之的分析確實揭示出該詩藝術辯證法的要諦。然而,在中國文化史上有著更大影響的還是用「楊柳依依」來描繪送別情景。1.所謂「依依」,是形容柳條柔長嫋嫋的狀態,與送行的揮手,依戀的心情相交融。後代的「堤遠意相隨」「遠樹依依如送客」正是從這裡演化而來的。2.詩中的「柳」諧音「留」,暗含挽留行人之意。3.柳樹易栽易活,有預祝行人在異鄉茁壯生長之意。4.柔長的柳條

低垂地面，象徵心向其根，思歸故鄉。可見「楊柳依依」四字蘊含著多重的文化內涵，具有很強的藝術生命。

## （三）回環美與交錯美

謝朓說：「好詩圓美流轉如彈丸。」說明圓美是詩歌美學的重要一環。〈小雅・采芑〉第一章中的「乘其四騏，四騏翼翼。」上句最後兩字與下句的前兩字相同，前後蟬連，有回環之美。曹植《贈白馬王彪》詩使用的是連章轆轤體，則是〈采芑〉的踵事增華。〈大雅・常武〉第六章：

> 王猶允塞，徐方既來。徐方既同，天子之功。四方即平，徐方來庭。徐方不回，王曰還歸。

方玉潤評論道：「徐方二字，回環互用，奇絕快絕！杜甫『即從巴峽穿巫峽，便下襄陽向洛陽』之句，有此神理。」[13]《詩經》戰爭詩的圓美還表現在結構的交錯美上。陳子龍《詩問略》在評〈出車〉的結構時指出：

> 〈出車〉禦獫狁，城朔方也。而出車之初，不遽軍也，於此見軍機之密焉；鳥隼之旐在牧，龜蛇之旐在郊，設此建彼，世所謂前朱雀後玄武也。於此見部伍之整焉；獫狁勢強，禦之使無內侵，不交戰也；西戎勢弱，伐之使無北附，無肆殺也？故末句曰：「獫狁於夷」，西戎靖而獫狁孤，於此見廟算之審焉。

這裡的分析是專注於思想內容的，但我們卻可以看出詩中內在結構的特徵。鳥旗在牧，龜蛇旗在郊，建此設彼，交錯成陣。表現陣伍嚴整，指揮有方。殺獫狁，服西戎，一打一服，也交錯成文，布局猶如常

山蛇勢，首尾俱應。〈采薇〉、〈出車〉都採用時空交替的倒敘法也是交錯美的一種表現。〈出車〉寫主帥南仲的出場，語氣急促，讀者眼前浮現出車馳馬驟，急如星火的場面，然後再補寫南仲在京城接受天子之命，帶兵出征，現在驅車而來。這種寫法加強了戰爭的緊張氣氛，也突現了南仲爭赴國難的果敢精神。

## 注釋

1. 見《光明日報》1985年10月13日，中央編譯局列寧史達林著作編譯室發表的新譯文。

2. 《馬克思恩格斯選集》第四卷，第160頁。

3. 朱東潤《詩三百篇探故》，上海古籍出版社，第116頁，1981。

4. 陳鐵鑌《詩經解說》，第104頁。

5. 趙沛霖《詩經研究反思》，第137頁。

6. 《吳子・論將第四》。

7. 方玉潤《詩經原始》，中華書局版，第361頁。

8. 《馬克思恩格斯選集》第一卷，第450頁。

9. 揚之水《詩經名物新證》評之：「極見應天順人廓清六合之概。」陳戍國《詩經芻議》評之：「此詩最後用『會朝清明』一句戛然收束，恰似一旦陰霾掃盡，天空豁然開朗。宜乎數百年後，孟子還要讚嘆『武王之勇』。世界軍事史上著名的改朝換代的決戰，無有如牧野大戰決勝之速者。」

10. 《詩經研究反思》第143頁。

11. 梁啟雄《荀子簡釋》，第200頁。按，原文「四帝二五」應為「二帝四王」。

12. 戴鴻森《薑齋詩話箋注》，第12頁。

13. 《詩經原始》，中華書局版，第566頁。

# 屈原與《詩經》

　　屈原在創造被譽為一代文學的《楚辭》過程中，是否受《詩經》的影響，或者說《詩經》和屈原是否有衍流承變的關係，這是文學史上一個重要問題。因而自漢代以來，人們就進行了探討和研究，缺點是大多從經學角度，而不是從文學的角度，或者是只作概括性的說明，而缺乏具體深入的分析。[1]更奇怪的是，當今一些《楚辭》研究者斷言否定屈原和《詩經》的關係，[2]因而，對這個問題的分析和研究，就顯得十分必要。

## 一、由僻遠封閉到進取自強的楚國

　　馬克思關於「人創造環境，同樣環境也創造人」的科學論斷，已由現代文化人類學所證明，因此，作為創作主體的作家既有自由性、能動性和創造性，也必然有其依存性、愛動性和因襲性。從這個觀點出發，研究作家所處社會文化形態的構成，對作家創作的影響是何等重要。根據歷史記載，楚國是先秦時代歷史悠久的古國之一，楚人的活動，可追溯到夏末，在殷代，楚人已有了一定的發展，在周武王伐殷時，它成為諸侯聯盟中一支重要的力量。初時，出於立國於南方，地僻民貧，勢弱位卑，曾長時間為中原各國所鄙視，他們也常以「蠻夷」自稱。然而，楚民族是一個富於進取的民族，成、康時代的熊繹篳路藍縷，邁開了艱苦創業的大步。[3]熊繹五傳至熊渠，開始顯示了轉弱為強的態勢，「他

趁周夷王時中原動亂的良機，征討蠻夷，擴大了楚國的疆土，揭開了吸收蠻夷文化的序幕」。[4]到了楚成王時，楚國疆域逐漸擴大。《史記‧楚世家》說，成王之世，「楚地千里」，楚莊王時確立了楚國的霸業，《史記》記載：楚莊王八年（公元前606年）「伐陸深戎，遂至洛，觀兵於周郊。周定王使王孫滿勞楚王，楚王問鼎大小輕重」。[5]可見楚國勢力已經雄厚，並有覬覦中原的野心。在楚國逐漸稱霸中原的時候，在文化上也採取了兼收夷夏文化並推陳出新的政策，在經濟上和文化上跟中原進行了廣泛的交流。屈賦中的秦丐吳戈，齊縷鄭絡，吳歈蔡謳，鄭舞趙簫的描寫，表明了在屈原時代的楚國，已廣泛地吸收了中原各國的文化，成為一個開放型的國家。當時諸子百家之說在楚國也有很大影響，最近有專家指出：「屈賦中所引用的許多史實，大都與北方典籍所載相同或類似，足證屈原與北學的關係極深。」[6]在這種背景下，作為中原文化代表的《詩經》在楚國也得到普及，這可從《左傳》中楚人應用《詩經》的史實得到證明。例如文公十年，子舟引用〈大雅‧烝民〉和〈大雅‧民勞〉中的詩句；宣公十二年，孫叔（楚令尹）引用〈小雅‧六月〉中的詩句；成公二年，子重引用〈大雅‧文王〉中的詩句；襄公二十七年，遽罷到晉國訂立盟約，賦〈大雅‧既醉〉以讚美晉侯；昭公三年，鄭簡公訪楚。楚靈王在宴會上賦〈小雅‧吉日〉；昭公七年，無宇引〈小雅‧北山〉中的詩句；定公四年，郧公辛引用〈大雅‧烝民〉中的詩句。[7]此外《國語‧楚語上》記載了伍舉和楚靈王對話中引用了〈大雅‧靈臺〉等等，都足以說明在屈原之前的二三百年間，楚國君臣已能熟練地應用《詩經》作為政治鬥爭的工具跟中原各國交往了。到了戰國時代，引用《詩經》的風氣已不興盛，但楚人仍把《詩經》作為教育貴族子女的重要教材。屈原身為三閭大夫，負責屈、昭，景三姓的貴族子弟的教育，後來在任左徒期間，又分管外交工作並二次出使齊國。可以斷定，他對《詩經》是相當熟悉的。

## 二、屈原如何借鑑《詩經》

### （一）從《詩經》中吸收有生命的詞彙

劉先枚〈簡論楚國語言〉一文中指出：「在這偉大民族融合的洪流中，在祖國歷史上，有一位傑出的語言宗匠，他揮灑那如椽的巨筆，把齊魯文化和荊楚文化交流起來。他順應當時語言融合曲潮流，把古典詩歌的形式和民間流行的民歌結合起來，把古典的詞語和民間的詞語揉合在一起，使舊的得到創新，新的又培養了植株深厚的土壤；這便是偉大的愛國詩人屈原使用的語言」。[8]

這裡所講的荊楚文化和齊魯文化的交流，主要表現在，屈原在寫作過程中少量地採用了楚地的方言，更多地採用了《詩經》的同一語言系統。[9]許多詞語是從《詩經》裡借鑑而來的。有人曾把〈離騷〉和《詩經》作簡單比較：

1. 〈周頌·閔予小子〉：「於采皇考」；〈離騷〉：「朕皇考曰伯庸」。

2. 〈鄭風·簡兮〉：「云誰之思，西方美人。」；〈離騷〉：「恐美人之遲暮。」

3. 〈周頌·清廟〉：「對越在天，駿奔走在廟。」〈離騷〉：「忽奔走以先後兮」。

4. 〈衛風·碩人〉：「齒如瓠犀，蝤首娥眉。」；〈離騷〉：「眾女嫉余之娥眉兮，謠琢謂余以善淫。」

5. 〈小雅·正月〉：「哿矣富人，哀此煢獨。」；〈離騷〉：「夫何煢獨而予聽。」

6. 〈小雅·庭燎〉：「夜如何其？夜未央。」；〈離騷〉：「時亦猶未央。」

7. 〈齊風·載弛〉：「魯道有蕩，齊子翱翔。」；〈離騷〉：

「鳳皇翼其承旗兮，高翶翔之翼翼。」

　　過去有人認爲，楚辭語言特色是詩中帶「兮」，而「兮」的來源是楚地民歌，如〈滄浪歌〉、〈越人歌〉等，其實「楚辭」中帶「兮」也是呈多源狀態。《詩經》中帶「兮」也不少，〈國風〉四十六首，〈雅〉六首，〈頌〉一首，只是屈原加以發展變化罷了。所以劉勰說：「《詩》以『兮』字入於句限，《楚辭》用之，字出句外。尋『兮』字成句，乃語助餘聲，舜吟〈南風〉，用之久矣。」[10]

　　那麼，根植於南方巫風文化土壤之上的屈原爲什麼要借鑑《詩經》的語言進行創作呢？從客觀上談，他順應了南北文化交流的總趨勢；從主觀上談，詩人用詩歌爲楚國統一中國服務。〈九歌・雲中君〉：「覽冀州兮有餘，橫四海兮焉窮。」詩句既是白雲飄蕩形象的描繪，也是作家表達統一中國的心聲。

## （二）化用《詩經》中的意境

　　《九歌・湘夫人》中，有一段非常優美的文字：

築室兮水中，葺之兮荷蓋，蓀壁兮紫壇，播芳椒兮成堂。

桂棟兮蘭橑，辛夷楣兮藥房，罔薜荔兮為帷，擗蕙櫋兮既張。

白玉兮為鎮，疏石蘭兮為芳，芷葺兮荷屋，繚之兮杜衡。
…………

　　描寫了湘君未與湘夫人相遇時，就先爲她在夢想中築構了一個無以倫比的美好安樂窩，表達了對湘夫人的深摯感情和對未來的希望和追求。這種企戀式的寫法，在〈周南・漢廣〉中找到了淵源關係。此外，〈離騷〉中的「僕夫悲余馬懷兮」化用了〈周南・卷耳〉：「陟彼砠

矣，我馬瘏矣。我僕痡矣，云何吁矣。」〈離騷〉中的「乘騏驥以馳騁兮，來吾導夫先路」化用了〈衛風‧伯兮〉：「伯也執殳，為王前驅。」〈九歌‧少司命〉中的：「秋蘭兮青青，綠葉兮紫莖；滿堂兮美人，忽獨與余兮目成。」化用了〈鄭風‧出其東門〉中的：「有女如雲，雖則如雲，匪我思存，縞衣綦巾，聊樂我員。」等等，都有著演進的軌跡可尋。

## （三）繼承《詩經》的憂患意識，創造出堪稱悲劇的光輝詩篇

悲劇性是任何藝術形式都可具有的審美素質，它集中地展現了人類在歷史實踐的生成中，不可避免地要經歷艱難歷程，它表達了人類在改造自然和社會，改造人類自身的歷史實踐活動中，必然經歷的挫折、磨難和奮進。表達了人的主體性在歷史形成中，必然飽嘗憂患的歷史階段。劉小楓〈悲劇性今解〉一文中指出：「沉鬱的悲劇性色彩卻是中國古代藝術的主要審美素質之一。它最主要表現於音樂，以後又主要表現於詩歌。由屈原發其端的悲憤性屈騷傳統，貫穿著整個中國詩歌的發展，成為中國美學的民族性特質之一。」[11]這個觀點是深刻的，這裡需要作兩點補充：

1. 悲劇性有著一己之私利與為國家、為民族的區別。約翰‧洛斯金說：「一個少女可以歌唱她失去的愛情，但是一個守財奴卻不能歌唱他所失去的錢財。」[12]因為守財奴的悲劇是自私而又卑微的。屈原的可貴處正在於為國家、為民族而憂患終生。章學誠說：「孟子曰：『有伊尹之志則可，無伊尹之志則簒也。』吾謂牢騷者，有屈、賈之志則可，無屈賈之志則鄙。」[13]。正深刻地指示出屈原悲劇性的高人之處。

2. 從思想繼承的關係上來說，屈原思想中的憂患意識正是從《詩經》中發展而來的。《詩經》中的變風變雅，有著濃烈的憂國憂民意識，侯外廬《中國思想通史》中，把變風變雅歸結為：「暴露現實的悲劇思想」，稱之為「由社會悲劇的真實矛盾反映而為矛盾的真實悲

劇。」[14]李澤厚也說,孔子正是從變風變雅中提出「詩可以怨」的論斷,「從而開啓了中國美學史上以『怨』爲內涵的悲劇性理論。」[15]宋人李維楨也曾指出:「〈騷〉出於《詩》而衍於《詩》,以一人之手,創千古之業。」[16]他把兩者的關係講得再清楚不過了。


## 三、論題的意義

在中華民族的文化發展史上,春秋戰國時代曾有著許多重大的事象;其中之一是中原的華夏文化與南方楚文化的交流和融合。在這南北交流的歷史潮流中,屈原在楚文化的基礎上,用寬大的胸懷和氣魄吸收了中原文化,從而使他成爲一個爲人類文化作出貢獻的歷史人物。一代文學之《楚辭》的產生,再次證明了這樣的規律:文化是相互影響和互相交融的,交融的結果往往出現了組合型的新文化。交往和交融至關重要,閉關自守只能作繭自縛,扼殺自己。張正明在論及楚文化的發展道路時說:

> 楚國之所以能夠迅速地成為文明昌盛的泱泱大國,從它的主要條件來看,主要是因為君民上下有頑強地圖生存,求發展的傳統,善於把自己所處的特殊環境當作飾演歷史獨創性角色的舞臺,善於把自己所占的特殊地位當作夷夏文化競美爭妍,交流融合並且推陳出新的園地。[17]

楚人的優良傳統,楚文化所走的道路,是值得我們永遠記取的。

從屈原對華夏文化的自覺吸收上,使我們有必要研究一下關於我國文學自覺時代的起點問題。自從魯迅先生在〈魏晉風度及文章與藥及酒之關係〉一文中提出:曹丕的一個時代可說是「文學的自覺時代」之後,許多文學史,文藝理論著作都沿用了「魏晉時代是文學的自覺時代」的說法。這個提法是需要重新認識的。

（一）我國文學創作活動如果從原始歌謠算起的話，至少在4、5000年前之後已經開始，如果從「時日曷喪，予及爾偕亡」這樣歌謠算起，也近4000年之久。如果承認這個說法是正確的話，那麼就得承認，在2000多年裡，文學創作一直處於黑暗的探索之中。然而，從現在西周時代的《詩歌》中，我們可以看到，發展到《詩經》，人們的自覺創作意識已經萌芽。

心之憂矣，我歌且謠。　　　　　　　——〈魏風·園有桃〉

維是褊心，是以為刺。　　　　　　　——〈魏風·葛屨〉

夫也不良，歌以訊之。　　　　　　　——〈陳風·墓門〉

君子作歌，維以告哀。　　　　　　　——〈小雅·四月〉

吉甫作誦，其詩孔碩，其風肆好，以贈申伯。——〈大雅·嵩高〉

從這些詩中，可以看出人們對寫詩的目的已經比較明確，已經把詩歌創作作為抒發內心感情或者用以進行鬥爭的一種手段。可見《詩經》時代在詩歌領域裡是自覺的，但還夠不上是自覺的時代，因在其他領域還不自覺。

（二）魯迅先生的看法本身也存在著矛盾。他曾說：「今朝並非有意作小說，因為他們看鬼和人事，是一樣的，統當作事實。」「及唐時，則有意識作小說，這在小說上可算是一大進步。」[18]按照魯迅先生的邏輯，六朝人寫小說的還不是有意識的，還談什麼文學的自覺呢？

根據皮亞傑發生認識論的原理，文學的自覺應該是一個不斷發展的動態建構過程。基於這種認識，我們認為：我國的文學自覺經歷了三個階段，戰國為我國文學自覺的萌發期，唐宋為文學自覺的成熟期，明清為文學自覺的總結期。詩詞發展的高峰是文學自覺的成熟標誌，戲劇小說發展的高峰是文學總結階段的標誌。那麼，萌發期的主要標誌是什麼呢？

　　其一，出現了文學史上的眞正作家，第一位偉大的詩人屈原。他不僅能自覺地吸取民間文學和中原文化的養份進行成功的創作，而且在創作過程中，遵循著有意識的自覺創作原則。金開誠先生把神話創作與屈原的創作作了認眞比較之後指出：「神話的超現實想像是不自覺的，而屈原辭中的超現實想像是自覺的藝術思維活動。」「戰國以下，自覺的超現實想像在各種文學藝術創作中被日益廣泛地運用，而縱觀文藝創作的發展史，屈原辭實爲最早把這種想像用作自覺的藝術思維的光輝範例，了解這一點，顯然有助於進一步認識屈原辭在歷史上的地位和它對存在各種文學藝術創作的深遠影響。[19]」因此，我們可以說，屈原及隨之而來的《楚辭》爲主體的作家群的出現，是我國文學自覺階段報春的春雷，隨後的漢賦，魏晉時代的文學創作，只是在此基礎上向縱橫兩個方面有所開拓和發展罷了。

　　其二，戰國時代對文學本質有著比較深刻的認識。一些研究者以陸機〈文賦〉中：「詩緣情而綺靡」的「緣情說」作爲魏晉文學自覺時代的標誌。其實，「詩緣情說」早在戰國時代已經產生，〈毛詩序〉：「在心爲志，發言爲詩。情動於中而形於言，言之不足，故嗟嘆之，嗟嘆之不足，故詠歌之，詠歌之不足，不知手之舞之，足之蹈之。」這裡情與志對舉，可見志即情。有人把志解爲志向或回憶，恐怕離原意很遠。孔穎達說：「在己爲情，情動爲志，情志一也。」（《春秋左傳正義》昭公二十五年）。屈原〈九章・惜誦〉：「惜誦以致愍兮，發憤以抒情。」這裡把詩歌的表達感情的作用講得更爲明白。「緣情說」產生於百家爭鳴的戰國時代不是偶然的，它跟詩歌表現內容由宗教、政治而日益轉入人的主觀心靈有關。戰國時代產生的「賦、比、興」這一組文藝學範疇，則把文學的表情作用的探討和概括推向一個更高更深入的階段。什麼是賦、比、興，及其之間的關係呢？葉迦瑩先生作了以下的表述：

　　　所謂「賦」、「比」、「興」，其所代表的是詩歌創作時感發作用

之由來與性質的基本區分，這種區分本來至為原始，至為簡單，要而言之，則中國詩歌原是以抒寫情志為主，情志之感動，由來有二，一者由於自然界之感發，一者由於人事界之感發。至於表達此種感發之方式則有三，一為直接抒寫（即物即心），二為借物為喻（心在物先），三為因物起興（物在心先），三者皆重形象之表達，皆以形象觸引讀者之感愛，惟第一種多用人事界之事，第三種多用自然界之物象，第二種則既可為人事界之事象，亦可為自然界之物象，更可能為假想之喻象。我們以為這很可能是中國古代對詩歌中感發之作用及性質的一種最早的認識。

葉先生把「賦、比、興」詩論與西方詩論作比較之後說：「西方詩論中對於『形象』之使用的模式，有許多不同的名目，如明喻、隱喻、轉喻、象徵，擬人、舉隅、寓託、外應物象等，可以看出，他們對安排技巧的重視。但如果它們與中國詩論中的『賦』、『比』、『興』相比，那麼這些名目繁多的模式，可以說都僅是『比』的範疇，而未曾及『賦』與『興』的範疇。這也就正顯示了西方的詩歌批評，對這一類感發並不大重視。西方所重視的是對於意象模式如何安排製作的技巧，因此他們才會為這種安排制定的模式，定立了這麼多不同的名目。不過理論愈細密和名目愈繁多的結果，往往會誘使人只注意到理論上不同模式之外表的區分，卻反而忽視了詩歌中最感發之本質。」[20]

可見「賦」、「比」、「興」的理論對「感發之本質」的概括是多麼恰當而正確，如果沒有對文學本質的深刻認識，是總結不出來的。

其三，文學自覺意識遍及文史哲各個領域。有人可能會說，先秦時代文史哲不分，是文學不自覺的重要表現。我們認為，籠統地提先秦時代文史哲不分也不科學，因為影響深遠的《詩經》、《楚辭》都是純文學。至於戰國時代的諸子的哲學著作及歷史著作充滿了中國特有的文學色彩，更是文學觀念普及的標誌。亞里士多德《詩學》中談到歷史著作和文學作品的區別時指出：「兩者的差別在於一敘述已發生的事，一

描述可能發生的事。」[21]而我國戰國時代的歷史著作卻不受這個限制，《戰國策》沒有年月的記述，許多人物和言行出自虛構。實質是一部歷史小說。《左傳》文學色彩更濃，許多細節描寫也是根據「可能發生」的原則去憑空虛構。錢鍾書先生說：「紀昀《閱微草堂筆記》卷一曰：『鉏麑槐下之詞，渾良夫夢中之噪，誰聞之歟？……蓋非記言也，乃代言也。如後世小說劇本中之對話獨白也，左氏設身處地，依傍性格身分，假之喉舌，想當然耳。』」[22]《國語》同樣也有這種情況，如《晉語》中記載驪姬在晉獻公枕邊說公子申生壞話的一段，也是想當然之詞。至於諸子散文中的文學成分更濃。《莊子》是一部絕妙的文學著作，聞一多先生說：「他那嬰兒哭著要捉月亮似的天真，那神祕的悵惘，聖睿的憧憬，無邊際的企慕，無涯岸的艷羨，便使他成為最真實的詩人。」又說：「讀《莊子》的人，定知道那是多層的愉快。你正在驚異那思想的奇警，在那躊躇的當兒，忽然又發覺一件事，你問那精微奧妙的思想何以竟有那樣湊巧的，曲達圓妙的辭句來表現它，你更驚異；再定神一看，又不知道那是思想那是文字了，也許什麼也不是，而是經過化合作用的第三種東西，於是你尤其驚異。這應接不暇的驚異，便使你加倍的愉快，樂不可支。這境界，無論如何，在《莊子》以前，絕對找不到，以後，遇著的機會確實也不多。」[23]這種「多層的愉快，多層的審美享受，」是由濃厚的文學色彩造成的。《孟子》中的寓言，特別是〈齊人有一妻一妾〉章已經有了典型形象的創造。以上事實說明了戰國時代的文學意識已滲透到各個領域。它們以其特有的文學和美學特色在中國文學史上占有崇高的地位，在世界文學史上也是居於前列的。魏晉時期的《水經注》和《世說新語》為代表的山水遊記散文和筆記小說散文，也具有一定的文學和美學價值，但和戰國時期的諸子散文和歷史散文比較起來，都很難望其項背。另外，從文學體裁方面看，到了戰國時代，各種文體也大體具備，所以章學誠說：「知文體備於戰國，而始與論後世之文。」[24]劉師培也說：「中國文學，至周末而臻極盛。……屈宋《楚辭》，憂深思遠，上承風雅之遺，下啓詞章之體，亦中國文章

之祖也。」 **25**

　　那麼，戰國時代為什麼能成為文學自覺時代的萌發期呢？一方面是，我國在戰國以前已有長時間的文學準備，特別是春秋時代，《詩經》得到廣泛傳播以及外交上的廣泛運用，使文學的作用得到充分的發揮，文學表現了自身的力量。另一方面，由於當時封建生產方式正在形成，生產關係得到迅速調整，社會處於空前繁榮的大變革時代，以及隨之而來的中國古代史上僅見的百家爭鳴的出現，又為文學的覺醒帶來了強大的催化劑。再次是，當時出現了中國歷史上第一次人的解放思潮。「文學是人學」，文學的發展總是跟人的主體地位分不開。在我國，自夏朝建立國家以後，人們的精神和心理開始發生重大的變化，原來融化於群體中的個人，開始意識到自己的存在，自我觀念和自我意識逐漸增強，個性開始產生。馬克思說：「父權家族標誌著人類發展的特殊對代，這時個別人的個性開始上升於氏族之上，而在早先卻是湮沒於氏族之中。」（摩爾根《古代社會》一書摘要）具有個性和自我觀念的人在現實生活的激發下，第一次萌發了抒發其主觀情懷的要求，於是產生了抒情詩，在西周時代的《詩經》裡，抒情詩已經比較成熟，但以抒發個人情懷的文學只侷限於詩歌，只是到了戰國時代，表達個人盼情懷及風格的文學才浸透其他領域。在《孟子》一書裡，不僅有著「欲平治天下，當今之世，捨我其誰」的自我意識，而且其「一氣排宕，雄偉精卓」（周文麟《孟子讀法附記》），氣勢豪放，酣暢橫肆的風格與莊子的「汪洋自恣」，「儀態萬方」的風格迥然有別，就是同一學派的孟子和荀子文章也異其面目。明袁宏道〈與張幼于看〉：「昔者老子欲死聖人，莊子譏毀孔子，然至今其書不廢。荀卿言『性惡』，亦得與孟子同傳。何者？見從己出，不曾依傍半個古人，所以頂天立地。」這種不依傍古人的精神得到普遍的弘揚，才使戰國時代一躍而成為文學自覺時代的起點。

## 注釋

1. 劉勰《文心雕龍・辨騷》中就指出：「及漢宣嗟嘆，以為皆合經術；揚雄諷味，亦言體同〈詩・雅〉。四家舉以方經，而孟堅謂不合傳。」皮錫瑞《經學通論・詩經》中也指出：「《三百篇》後得風雅之權者，惟屈子楚辭」，但也沒具體展開。

2. 姜書閣《先秦辭賦原論》中說：「若說楚辭是直接續承《詩》三首篇，發展演變而來，就難於使人信而不疑。」由此就有人提「風」「騷」並舉說，更有甚者，最近就有人提出「騷」早於「風」的看法，例為廖群《原始與文明交響曲—楚辭藝術形態考察，辭論《楚辭》與《詩經》的邏輯關係》。（《文學遺產》1988年第5期）中，就提出這個觀點，其主要理由是《楚辭》是巫文化，《詩經》是史官文化，是「人文宗教」，根據世界文化發展的規律，巫文化總是在前，而史官文化總是在後，由此得出結論，《楚辭》先於《詩經》。這個結論的錯誤在於把《楚辭》和巫文化混合起來了。我們早就指出，楚辭是屈原改造巫風而創造出來的一種新詩體，沒有巫風就沒有楚辭，但沒有屈原等人的改造和發展，也沒有楚辭，這只要看看〈九歌〉中的神已具有凡人的品格，〈招魂〉被改造為：「外陳四方之惡，內崇楚國之美，以諷懷王，冀其覺悟而還之也。」以及〈天問〉是屈原：「全為自己抒胸中不平之恨耳。」（林之銘語）就會明白的。近代潘嘯龍指出，有些研究者強調了楚辭的原始性而否定其「極富開拓和創造精神的氣質」是錯誤。（《楚文化和屈原》《文學評論》1989年第4期）《楚辭》先於《詩經》論者不是只看其原始性而看不到其創造和開拓性嗎？

3. 《左傳・昭公十二年》記楚靈王時右尹子革說：「昔我先王熊繹，辟在荊山。篳路藍縷，以處草莽。跋涉山林，以事天子。」

4. 17張正明《楚文化史》第23頁，第40頁。

5. 《史記、楚世家》。

6. 張嘯虎《屈原及楚辭研究六年一瞥》《江漢論壇》1989年第2期。

7. 《國語・楚語上》記載楚莊王問如何教育太子，叔時曰：「教之《詩》，而為之守廣顯德，以耀明其志。」上海古籍出版社，第528

頁。

8. 見湖北人民出版社《楚文化初探》第137-138頁。

9. 根據明‧陳第《毛詩古音考》的結論，《詩經》和《楚辭》為同一語言系統。

10. 轉見郭晉稀注釋《文心雕龍》第446頁。

11. 劉小楓《悲劇性今解》，上海文藝出版社《美學》1987年第6期。

12. 轉引普列漢諾夫《藝術與社會生活》。

13. 章學誠《文史通義‧質性》。

14. 《中國思想史通》第一卷第109-110頁。

15. 李澤厚《孔子的美學思想》《美學》第4期第11頁。

16. 朱熹《楚辭集注‧李維楨序》。

17. 近代龔克昌在《文史哲》上著文，提出漢賦是文學自覺時代的起點的新觀點。（《文史哲》1988年第5期）這個觀點似難成立。葉朗《中國美學史大綱》指出：「漢代美學是先秦美學和魏晉南北朝美學之間的一種過渡形態，帶有明顯的過渡性。」（第8頁）漢承秦制，漢代在文學總體特徵也呈現為過渡形態，談不上為自覺時代的起點。

18. 魯迅《中國小說的歷史變遷》。

19. 金開誠《論作為藝術思維經驗的屈辭超現實想像》《藝文叢談》102頁、117頁。

20. 「賦、比、興」這組概念，最早見於《周禮‧春宮》：
太師……教六詩：曰風，曰賦，曰比，曰興，曰雅，曰頌。後來《毛詩‧大序》中也出現這組概念：
故詩有六義焉：一曰風，二曰賦，三曰比，四曰興，五曰雅，六曰頌。
孔穎達解釋說：
賦，比，興是《詩》之所用，風、雅、頌是《詩》之成形。用彼三事，成此三事，是故同稱為義。（《毛詩正義》卷一）
葉朗《中國美學史大綱》指出：「《周禮》是戰國末年儒家學者的著作，當然其中會有一些漢代人的附益。所以『賦』、『比』、『興』乃是國時代的學者總結《詩經》的藝術經驗面提出的一組美學範疇。」（《讀書》第85頁）

21. 葉迦瑩：《中國古典詩歌中象與情意之關係例説》。（《古代文學理論研究》第六輯，上海古籍出版社1982年版）

22. 亞里士多德《詩學》第28-29頁，人民文學出版社1982年版。

23. 根提出土的《戰國縱橫家書》的記載，張儀在前蘇秦在後，張儀在秦當權時，蘇秦只不過是個年輕的遊説者，張儀死於公元前310年，蘇秦要比張儀晚25年，而《戰國策》為了突出縱橫兩家的外交鬥爭，把他們寫成同時而又針鋒相對的人。在〈蘇秦始將連橫〉中所謂「錐刺股」「妻不下織，嫂不為炊，父母不與言」均是文學誇張手法而不是歷史。

24. 錢鍾書《管錐編》第一冊第165頁。

25. 聞一多：《古典新義·莊子》。《聞一多全集》第二冊，三聯書店版第281，第285頁。

# 錢鍾書先生《詩經》的心理學闡釋

　　文學藝術作爲人類社會一種特殊的精神現象，無論從創作還是欣賞方面，都包含著人的豐富的心理活動；如果不對它做心理的研究，人們對文學藝術的認識是不完全和缺乏深度的。因此德國美學家弗里‧德蘭德說：「藝術是一種心靈的產物，因此可以說，任何有關藝術的科學必然是心理學的。他雖然可能有其他方面的東西，但心理學卻是它首先要涉及的。」[1] 錢先生早在1932年就提出，文學藝術的研究「對日新月異的科學 —— 尤其心理學和生物學，應當有所借重。」[2] 並把借重心理學貫穿於研究之中。1.《史記‧老子韓非列傳》：「『韓』非爲人口吃，不能道說，而善著書。」《史記‧司馬相如列傳》：「相如口吃而善著書。」西漢大文學家揚雄和《後漢書》的作者范曄也有這個毛病，錢先生指出，這屬於心理學「心理補償反應。」（《管錐編》中華書局1986年版第11頁，下面見該書只注頁數，而錢先生對《詩經》的闡釋則大多見於《管錐編‧毛詩正義》六十則中）瞭解這種心理特點對我國古代的樂師大多是盲人就好理解了。2.錢先生在論述「得財以發身，而捨身爲財者有之，求名以榮身，而殺身成名者有之，行樂以娛身，而喪身者有之。」和《列子‧楊朱》：「豐屋、美服、厚味、姣色，有此四者，何求於外？」之後，引用了馮特（Wundt）「手段搶奪目的」的心理理論加以詮釋（520頁）。當代一些貪官不是「手段搶奪目的」爲財色而捨身了嗎？3.《史記‧魯仲連鄒陽列傳》魯仲連曰：「吾始以君爲天下之賢公子也。吾乃今然後知君非天下之賢公子也！」「乃今然後」

乍看不是重複囉唆嗎？錢先生說：「實則曲傳躊躇遲疑，非所願而不獲己之心思語氣。」又如《水滸傳》第12回：「王倫自此方才肯教林沖坐第四位。」文中正是多了「自此方才」四字，才傳達出王倫遲疑和於心不甘，不讓林沖坐第四把交椅的心理（321頁）。說明不作心理分析是講不清楚作家藝術用心的，甚至還可能造成誤解。4.對項羽的心理分析，前人根據「霸王別姬」而認為項羽有英雄之氣和兒女情長的特徵，錢先生根據《史記》的材料，揭示項羽具有以下的特徵：「言語嘔嘔」（說話和氣）和「喑惡叱吒」；「恭敬慈愛」與「剽悍滑賊」；「愛人禮士」與「妒賢嫉能」；「婦人之仁」與「屠坑殘賊」；「分衣推食」與「玩印不予」（275頁）如此多相反（可謂人與野獸同在）的心理特徵，竟然集合在項羽一身，錢先生說：「科以心學性理，犁然有當。」《史記》寫人物性格，無複綜如此者。」正是借助心理學原理的觀照，才使項羽複雜而又矛盾的性格得以顯現，並產生很好的影響。[1]他的研究使我們認識到，所謂智慧，就在於從矛盾中發現為人們所忽視或所掩蓋的內在統一。我們過去的文藝作品中，存在著寫正面人物單一化，寫反面人物醜化的現象，錢先生的研究有助於糾正這種弊病。常言道：「書從心靈深處香」，我們也可以說，只有揭示心靈深處的文學作品才更具藝術魅力。那麼，錢先生是怎樣對《詩經》進行心理闡釋的呢？

# 一、有關《詩經》創作心理的闡釋

所謂創作心理，是指所論文學現象，著重從作者的角度，描述分析創作過程的心理現象，並給予心理學的詮釋。

## （一）有關〈秦風·蒹葭〉中「企慕心理」的闡釋

〈秦風·蒹葭〉是一首廣為傳頌的詩篇，其意是：一個秋天的早晨，一個男青年在有蘆葦的河邊上，隔著河水遙望他嚮往已久的心上

人，然而，她是那樣難求，逆流而上吧，道路崎嶇而又遙遠；順流而下吧，她又彷彿在那水中的小島上，可望而不可求……

這是一首有意境的詩篇，而錢先生關注的重點是該詩的創作心理。他在引用陳啓源《毛詩稽古編‧附錄》「夫說（悅）之必求之，然惟可見而不可求，則慕說益至」之後指出：該詩與〈漢廣〉一樣，都抒寫了「西洋浪漫主義所謂企慕（Sehnsucht）之情境也。古羅馬詩人桓吉爾名句云：『望對岸而伸手嚮往』，後世會心者以為善道可望難即，欲求不遂之致」（第124頁）。這裡的「企慕」心理，是指表現所渴望，所追求的對象在遠方，在對岸，只能嚮往，不能達到，從而表達一種悅慕和嚮往之情。錢先生並用但丁「神曲」中「美人隔河而笑，相去三步，如隔滄海」等詩例加以說明。那麼這種企慕心境在創作中有何好處呢？

1. 設置可望而不可即的境界能夠增加嚮往之情，增加詩的張力。這可從《古詩十九首》中的〈迢迢牽牛星〉和〈西廂記〉第二折〈混江龍〉「繫春心情短柳絲長，隔花陰人遠天涯近」等例子看得出來。《史記‧封禪書》記載道士用「企慕心理」的方法虛構了可望而不可即的「海上三神山」，難怪騙得秦始皇非到東海尋找不可。[2]

2. 具有象徵意蘊，使詩作更具內涵和價值。所謂象徵意蘊，是指作品中蘊含的哲理和詩情，是隱秘與深刻的人生精義。

〈蒹葭〉中的「伊人」象徵著人類的美好理想，主角的追求象徵著人類對理想的追求。人類的歷史正是一部不斷自我完善，不斷向理想境界靠攏而永遠不能到達彼岸的歷史。海明威《老人與海》正是具有如此深刻的象徵意蘊而獲得諾貝爾文學獎的。

## （二）關於〈小雅‧車攻〉中「同時反襯現象」的闡釋

〈車攻〉是一首抒寫周宣王到東邊敖山狩獵（含有軍事演習性質）的詩，全詩八章，第七章抒寫狩獵歸來大營整肅的景象。錢先生對其中「蕭蕭馬鳴，悠悠旆旌」兩句別具會心，認為是以動襯靜，以馬的嘶鳴

聲和旗幟的飄動聲反襯營地的靜謐和隊伍的整肅,並用心理學中的「同時反襯現象」(138頁)加以說明,從而揭示該詩句的對立統一關係。在此基礎上,錢先生提出文學創作的兩條重要的規律,他說:「詩人體物,早具會心。寂靜之幽深者,每以得聲音的襯托而愈覺其深;虛空之遼闊者,每以有事物點綴而愈見其廣。」第一條我們好理解,深夜大廳裡鏜鏜的鐘聲顯得夜特別寧靜。此外,如王籍〈入若耶溪〉:「蟬噪林逾靜,鳥鳴山更幽。」杜甫〈題張氏幽居〉:「伐木丁丁山更幽。」等;第二條規律是以小襯大(包括廣)而使大更大,鮑照〈蕪城賦〉是抒寫廣陵(今揚州市)遭受戰亂之後的慘狀:「直視千里外,唯見起黃埃。」以小小的黃塵反襯廣陵的千里荒漠。而更典型的是王維〈使至塞上〉的「大漠孤煙直」,烽火臺燃起的那股直上雲霄的濃煙,反襯大漠的浩瀚無邊。補充一例,杜甫〈旅夜書懷〉的「星垂平野闊」也是「同時反襯現象」在創作中的運用。錢先生的研究表明,能夠揭示心靈奧秘的文學作品往往比較深刻,創作與欣賞都需要辯證的眼光。錢先生的心理美學具有辯證精神,於此可見一斑。

## (三)關於〈邶風‧靜女〉「移情」的心理闡釋

「移情」是創作心理學一個重要的概念,它認為美感的產生是由於人們在審美時,把自己的情感投射到審美對象上去;或者是,審美者設身處地與審美對象融為一體,達到物我同一。李白〈敬亭山〉「相見兩不厭,只有敬亭山」,辛棄疾〈賀新郎〉「我見青山多嫵媚,料青山見我應如是」,杜牧〈贈別〉「蠟燭有心還惜別,替人垂淚到天明」,周邦彥〈六醜‧薔薇〉「長條故惹行客,似牽衣帶話,別情無極」等都是好例。

「移情說」是由十九世紀德國美學家利普斯等人提出來的,而在《詩經》時代,我們聰慧的先民早就運用於創作之中。而最早運用「移情說」於《詩經》闡釋的正是錢先生。〈邶風‧靜女〉是首愛情詩,當男子接收到心愛的人從牧場帶來的一枝茅草時,讚嘆道:「匪女(汝)

之爲美，美人之貽。」錢先生認爲《毛詩正義》的解釋，把「詩明言物以人重」，卻解釋成「物重於人」是錯誤的，是顛倒好惡的，正確的解釋應該是「此詩人之至情洋溢，推己及他。我而多情，則視物可以如人，體貼心印」（第86頁）。錢先生正是運用移情說使該詩得到正確而明白的詮釋。牛希濟〈生查子〉：「記得綠羅裙，處處憐芳草」也是移情的好例。

我們認爲「移情」的運用在〈召南·甘棠〉也獲得成功，相傳召伯曾在甘棠樹下斷案，持正秉公，後人愛屋及烏，用〈甘棠〉詩表達對那棵甘棠樹的愛惜之情，從而傳達了人們對召伯的敬仰和懷念。由此被後人譽爲「千古去思之祖」（吳闓生《詩義會通》）。杜甫〈古柏行〉：「君臣已與時際會，樹木猶爲人愛惜」抒寫了對諸葛亮的懷念與仰慕；辛棄疾〈浣溪沙〉：「自笑好山如好色，只今懷樹更懷人」寫思念友人，都有著〈甘棠〉的影響。

## （四）關於〈小雅·正月〉的「心理空間」的闡釋

從物理學的角度講，時間的長短，空間的大小，都具有一定的客觀性。然而由於人的情感的主觀性，同一時間或空間的主觀感覺並不一樣。〈王風·采葛〉：「一日不見，如三秋兮」是心理時間的抒寫；而〈小雅·正月〉：「謂天蓋高，不敢不局（彎曲著身）；謂地蓋厚，不敢不蹐。」其意是，老天很高遠，可我不敢不彎腰；大地很厚實，可我不得不小步走。錢先生認爲這段抒寫與〈小雅·節南山〉「我瞻四方，蹙蹙（狹小）靡所騁。」一樣，都是「國治家齊之境地寬以廣，國亂家哄之境地仄以逼。此非幅員（空間）、漏刻（時間）之能殊。乃心情際遇之有異耳」（第141頁）。說明境地的寬窄，全由心造。錢先生指出，《詩經》中「心理空間」的抒寫具有較高的表現力，後人常用，李白〈行道難〉：「大道如青天，我獨不得出。」杜甫〈逃難〉：「乾坤萬里內，莫見容身畔。」柳宗元〈乞巧文〉：「乾坤之量，包容海嶽，臣身甚微，無所投足。」孟郊落第後寫道：「出門即有礙，誰謂天地

寬。」（〈送崔純亮〉），而中舉後寫道：「春風得意馬蹄疾，一日看盡長安花。」空間的寬窄隨心情的不同而不同。錢先生還用王爾德名劇的一個情節，有人勸女主角逃往國外說：「世界偌大。」女答說：「大非爲我也，在我則世界縮小如手掌爾，且隨步生荊棘。」該例說明了「心理空間」的運用具有普適性，適合於悲劇心理的藝術表現。

此外，錢先生還寫了〈通感〉專論（見《七綴集》），並對〈關雎序〉中「聲成文謂之音」進行「通感」（Synaesthesia）的闡釋（59頁）。他還以孔子論《詩經》的「詩可以怨」爲題寫了《詩可以怨》專論（見《七綴集》）總結出好詩往往是愁苦之音的宣洩等心理規律。

## 二、有關《詩經》接受心理的闡釋

所謂接受心理的闡釋，是指對於所論的文學現象，從讀者的視角，描述接受過程中的心理活動，並加以心理學的闡釋。

### （一）有關「情感價值」與「觀感價值」的引進與運用

所謂「情感價值」（Gefühlswert）是指情感刺激之後產生的聯想，所謂「觀感價值」（Anschaungswert）是指用理性觀照之後的直覺。這兩個心理學概念是錢先生第一次從西方語言學家和美學家艾爾德曼（K.O. Erdman）引進並運用於《詩經》的闡釋。

〈鄭風·有女同車〉：「有女同車，顏如舜花。」惲敬《大雲山房文稿》認爲詩中的「舜」即「蕣」（木槿花），其色黑，用它形容女子面貌之美不當。他還認爲〈陳風·東門之枌〉中紫赤色的「荍」（錦葵花）形容害羞則可，描繪女貌則非。錢先生認爲用黑色或紫色描繪女子的面貌是古今詩文慣常用法。《史記·趙世家》有用紫色的苕花形容美貌女子的，《左傳》也有「玄妻」之說。古羅馬摹寫女人紅暈也用「紫羞」。他認爲用紫色、黑色或「杏臉桃頰」、「玉肌雪膚」等形容詞，

只有「情感價值」而無「觀感價值」，如果人們在欣賞文學作品時，只用「觀感價值」，那麼女子的臉和和桃杏一模一樣，這個女子豈不成了怪物，或患有惡疾的人嗎？〈衛風・碩人〉用「螓首蛾眉」來寫衛莊姜之美，如果太坐實，莊姜頭上豈不「蟲豸蠢動，不復成人矣」（第106頁）。錢先生在〈讀〈勞孔〉〉中也提到，他說：

　　十八世紀寫景大家湯姆森在〈四季〉詩裡描摹蘋果花，有這樣一句：「紫雨繽紛落白花」，「白」是實色，「紫」是虛色，歌德的名言：「理論是灰色，生命的黃金樹是碧綠的」；「黃金」哪裡又會是「碧綠呢？」這裡的「黃金」，正如「黃金時代」的「黃金」，是寶貴美好的意思，只有「情感價值」，沒有「觀感價值」；換句話說，「黃金」是虛色，「碧綠」是實色，假如改說：「落花如雨炫人眼」或「人生寶貴油然綠」，也就乏味減色了。（《七綴集》41頁，上海古籍出版社，1994年版）

　　錢先生的研究告訴我們，在鑑賞詩文時，要著重領會詩文的情感價值，以藝術的眼光看待藝術語言。不能猶如參禪，死在句下。

## （二）關於「意識腐蝕」的闡釋

　　「意識腐蝕」是西方心理學的一個概念，是指觀察事物時，不是從實際出發，而以文本或記憶為依據的思維方式，妨礙對現實的體認。〈衛風・淇奧〉：「瞻彼淇奧，綠竹猗猗。」說明春秋時代衛國淇水邊上盛產竹子，而酈道元《水經注》已經明確記載該地不再有竹子。而高適〈自淇涉黃河途中作〉之四：「南登滑臺上，卻望河淇間，竹樹夾流水，孤村對遠山。」明顯是受〈淇奧〉的影響而作。所以錢先生指出：「殆以古障眼，想當然耳。」（第89頁）歐陽修〈採桑子〉的結句：「垂下簾櫳，雙燕歸來細雨中」是傳頌的名句，但明顯從謝朓〈和王籍怨情〉：「風簾入雙燕」，馮延巳〈採桑子〉：「日暮疏鐘，雙燕歸棲

畫閣中」等借鑑而來，並不說明歐陽修當時有雙燕歸來。再補一例，晏幾道〈臨江仙〉：「落花人獨立，微雨燕雙飛。」被譚獻評爲：「名句千古，千古不能二」（《譚評詞辨》卷一），其實它是從五代翁宏《春殘》詩中移植過來的。[3]基此，錢先生認爲：1.「從古人各種著作裡收集自己的詩歌材料和詞句，從古人的詩裡孳生出自己的詩來，把書架子和書箱砌成一座象牙之塔……可以使作者喪失了對具體事物的感受性，對外界視而不見，恰像玻璃缸裡的金魚，生活在一種透明的隔離狀態裡。」[3]這是從創作的角度對「意識腐蝕」消極面的分析。2.而從接受的角度講，錢先生說：「詩文風景物色，有得之當時目驗者，有出於一時興到者，出於興到，固屬憑空向壁，未宜緣木求魚。得之目驗，或因世變事遷，亦不可守株待兔。」（第90頁）這一理論對我們鑑賞詩文也是一副清醒劑，要求我們對具體作品做具體分析，同時說明生活眞實與藝術眞實是有所區別的。

## （三）關於「感覺情調」的闡釋

〈周南·桃夭〉：「桃之夭夭，灼灼其華。」《毛傳》：「夭夭，少壯也。」錢先生認爲《毛傳》的解釋並不恰切，並根據《說文》等材料論證「夭夭」即「笑笑」（第71頁），並用李商隱〈嘲桃〉：「夭桃唯是笑，舞蝶不空飛」、李白〈古風〉：「桃花開東園，含笑誇白日」、豆盧岑〈尋人不遇〉：「隔門借問人誰在，一樹桃花笑不應」和安迪生（Joseph Addison）言：「各國語文中有二喻不約而同，以花喻愛情，以笑喻花發」等例加以說明。所謂「感覺情調」，是指人們在觀察外物時，其知覺順序總是先感知事物的整體結構，用錢先生的話說：「見面即覺人的美醜或傲巽（驕傲與謙順），端詳乃辨識其官體容狀；登堂即覺家之雅俗或侈儉，審諦乃察別其器物陳設。」（第71頁）他認爲〈桃夭〉的「花笑」是符合於「感覺情調」的，正如〈小雅·節南山〉：「節彼南山，維石岩岩」，先感覺南山的整體氣象，再看到南山的石頭的形態。[4]

關於接受心理，《管錐編》中還有「興趣定律」值得一提，南北朝時代的虞龢〈論書表〉說：「凡書雖在一卷，要有優劣。今此一卷之中，以好者在首，下者次之，中者最後。所以然者：人之看書，以銳於開卷，懈怠於將半，既而略進。次遇中品，賞悅留連，不覺終卷。」錢先生指出：「體察親切，苟撰中國古心理學史，道及『興趣定律』『注意事項』者，斯其權輿乎？」（第1323頁）我們認為，他所揭示的「興趣定律」不僅有助於我國古代心理學史的研究，而且對我們書目、報刊、演出的編排，都有參考價值。

## 三、有關《詩經》普通心理的闡釋

### （一）關於「睹草木而生羨」心理的闡釋

古人說，人是萬物之靈，莎士比亞也說：「人類是一件多麼了不起的傑作，多麼高貴的理性！多麼偉大的力量！多麼優美的儀表！多麼文雅的舉動！在行為上多麼像天使，在智慧上多麼像一個天神！宇宙的精華，萬物的靈長。」（《哈姆雷特》中的台詞）然而〈檜風‧隰有萇楚〉的詩人卻很反常，羨慕起長得茂盛的萇楚（羊桃樹）的「無知」、「無家無室」來，這是為什麼呢？錢先生指出：「萇楚無心之物，遂能夭沃茂盛，而人則有身之患，有待為煩，形役神勞，為憂用老，不能長保朱顏青鬢，故睹草木而生羨也。」（第128頁）說明該詩是人生痛苦的一種特殊的表達。他還引用了後代的詩例加以說明，姜夔〈長亭怨慢〉：「樹若有情時，不會得青青如許。」鮑溶〈秋思〉：「我憂長於生，安得及草木？」韋莊〈臺城〉：「無情最是臺城柳，依舊煙籠十里堤。」戴敦元〈餞春〉：「春與鶯花都做達，人如木石定長生。」等，我們補充一例，《紅樓夢》第113回：「紫鵑：算來竟不如草木石頭，無知無覺，倒也心中乾淨。」該詩屬於變態心理的範疇，錢先生的研究，說明變態心理在文學創作中有用武之地。

## （二）關於「兄弟之親勝過夫婦之親」的心理闡釋

〈邶風・谷風〉是首著名的棄婦詩，當棄婦看到原夫新婚時唱道：「宴爾新婚，如兄如弟。」如果按照現代的心理，夫婦之親超過兄弟之親，〈谷風〉所寫新婚的夫妻恩愛如同兄弟之親，豈不要寫夫妻的親密反而疏遠了嗎？錢先生從民俗心理的角度加以闡釋，他說：「蓋初民重『血族』之遺意也。就血胤論之，兄弟，天倫也；夫婦則人倫耳，是以友於骨肉之親，當過於室家之好。新婚而『如兄如弟』，是結髮而連枝。人合而如天親。觀〈小雅・棠棣〉『兄弟』之先於『妻子』，較然可識。」（第84頁）並用中西許多例子加以說明，《三國演義》第15回，劉備云：「兄弟如手足，妻子如衣服。衣服破，尚可縫，手足斷，安可續？」鄭廷玉《楚昭公》第三折，船小浪大，必須有人下水，昭公夫人曰：「兄弟同胞共乳，一體而分。妾乃是別性不親，理當下水。」他還引用莎士比亞劇中一人聞妻死去的消息很痛苦，旁人寬慰道：「故衣敝矣，世多裁縫，可製新好著。」約翰・唐（John Donne）說教云：「妻不過夫之輔佐而已，人無重其拄杖如脛股者。」這裡的「脛股」比喻天倫之骨肉之親。

烏鴉今天被看作不祥的凶鳥，錢先生透過對〈小雅・正月〉「瞻烏爰止，於誰之屋」的考證，認為在周代是吉祥的象徵，落在誰家會給誰家帶來好運（第139頁）。他的研究說明不懂民俗心理，則讀不懂《詩經》，《詩經》的民俗研究是一個值得開拓的領域。

## （三）有關「當其捨時，純作取想」心理的闡釋

〈衛風・木瓜〉：「投我以木瓜，報之以瓊瑤」，〈大雅・抑〉「投我以桃，報之以李。」錢先生認為後者是送禮與回報相等，而前者則是送的薄而回報的厚。然而在人情世故中，還有一種「小往而責大來」，「送禮大可生利」的情況，《史記・滑稽列傳》記載淳於髡笑話希望豐收的農民拿著小量的酒和豬蹄祈求上蒼保佑，是「所持者狹，而所欲者奢。」這裡講的是祭祀心理；又引張爾岐〈濟陽釋迦院重修記〉

中諷刺求佛並兼人情世態的是：「希冀念熾，懸意遙祈，當其捨時，純作取想，如持物予人，左予而右索，予一而索十。」（第100頁）這段話對求神和送禮的心理揭示可謂入木三分。錢先生曾說，學說應該有補於人心、人世。該則的闡釋，對我們認識送禮心理很有好處，特別對當官的更有提醒的意義。

## （四）關於「黃昏生愁」的心理闡釋

〈王風・君子于役〉是一首婦女思念久役不歸的丈夫的詩，揚之水《詩經別裁》評論道：「《詩》常在風中雨中寫詩，〈君子于役〉卻不是，甚至通常以『興』和『比』也都沒有，它只是用了不著色澤的，極簡極淨的文字，在一片安寧中寫詩。」[4]很有道理。而錢先生卻認為該詩最大特色是選擇了在黃昏之時抒寫思念與憂愁這一視角，他欣賞許瑤光對該詩的詩評：「雞棲於桀下牛羊，飢渴縈懷對夕陽，已啓唐人閨怨句，最難消遣是昏黃。」（〈再讀詩經二十四〉之一）並認為許瑤光是〈君子于役〉的大解人（第101頁）。那麼「黃昏生愁」有何心理依據呢？錢先生說：「蓋死別生離，傷逝懷遠，皆於昏黃時分，觸緒紛來，『最難消遣』」。所謂「觸緒紛來」，是說人們在黃昏時候，最容易觸景生情，正如詩中主角看到牛羊下山，雞兒回窩，而丈夫卻久久不能回家團圓，怎能不悲傷呢？為了揭示黃昏與悲愁的連結，錢先生用司馬相如〈長門賦〉、潘岳〈寡婦賦〉、白居易〈閨婦〉、趙德麟〈清平樂〉：「斷送一生憔悴，只消幾個黃昏和丁尼生（Tennyson）詩寫女子懷想所愛「不捨晝夜，而最憎薄暮日落之際」等例加以說明。我們可以補充幾例，李清照〈聲聲慢〉「梧桐更兼細雨，到黃昏點點滴滴，這次第，怎一個愁字了得」；《紅樓夢》中的〈紅豆曲〉「睡不穩紗窗風雨黃昏後，忘不了新愁與舊愁。」謝冰瑩〈黃昏〉「最難過的是黃昏，最有詩意的也是黃昏。」等，我們瞭解了黃昏與悲愁的關係，對馬致遠〈天淨沙・秋思〉中的「昏鴉」和「人家」的意象才會有更深的理解。

此外，對〈魏風・陟岵〉中「客思家而家人也想客」的心理闡釋

（第113頁）；對〈王風‧采葛〉中「官場憂懼進讒」心理的闡釋（第102頁）；對〈鄭風‧狡童〉「見多情易厭，見少情易變」愛情心理的闡釋（第109頁）；對〈衛風‧氓〉中「女子比男人專貞」心理的闡釋（第94頁）；對〈檜風‧山有樞〉「及時行樂」的心理闡釋（第200頁）；對〈鄭風‧女曰雞鳴〉「黎明怨別」的心理闡釋（第105頁）；對〈陳風‧衡門〉「隨緣自足」的心理闡釋（第125頁）等，對《詩經》和我國心理學研究都很有價值。

## 四、錢先生研究的主要特色

十八、十九世紀之後，隨著美學的正式創立和發展，審美活動中的心理闡釋成為文學研究的一個重要的側面。從世界學術的眼光看，自古典哲學解體之後，歷史學派是十九世紀人文學科的主流，而二十世紀則由心理學派所取代。可以預言，二十一世紀應該是這兩個學派在各自發展後的統一。而錢先生對《詩經》的心理學闡釋，是符合世界學術發展的趨勢。從《詩經》研究史的角度看，以寇淑慧編《二十世紀詩經研究文獻目錄》為例，竟然沒有一篇《詩經》心理分析的專論。如果說《詩經》是先民情感心理的一塊綠洲，那麼錢先生是這塊綠洲的開拓者，同時也說明，文學研究和心理學的結合，必將有助於提高作家的藝術表現力和讀者的審美鑑賞力。那麼錢先生研究的特色主要表現在哪裡呢？

### （一）紮根於《詩經》文本之中

錢先生認為文學中的心理研究必須首先從作品的實際出發，而僅僅搬弄一些新奇術語，故弄玄虛，對解決實際問題沒有好處。他曾提及南宋有個蜀妓，寫給她情人一首〈鵲橋仙〉：「說盟說誓，說情說意，動則春愁滿紙，多應是念得『脫空經』，是哪個先生教的？」對這種「脫空經」我們見得還少嗎？美國學者E‧潘諾夫斯基說：「如果說，沒有

歷史的例證，藝術理論將永遠是一個抽象世界的貧乏綱要；如果沒有藝術理論方向，藝術史將永遠是一堆無法系統表達的枝節。」錢先生正是從作品的實際出發進行理論闡釋的，例如他認為：1.〈鄭風・子衿〉：「縱我不往，子寧不嗣音？」其心理是「薄責己而厚望於人」；2.〈鄭風・褰裳〉：「子不我思，豈無他人」其心理是「強顏自解」；3.〈鄭風・豐〉：「悔予不送兮！」其心理是「自怨自艾。」並指出：「這三首詩開創後世言情心理描寫的三種類型」（第110頁）。在當代文學理論研究中，人們大多在《文心雕龍》、《詩品》、《原詩》等著作中討生活，錢先生從《詩經》等文學作品中提煉出許多鮮活的藝術理論，這個研究方向是值得學習的。

## （二）鄰壁之光，堪借照也

我國文化的研究生態，有一個不足，即熟悉傳統文化的學者大多不瞭解外國的學術；瞭解外國文化的學者，大多不熟悉傳統文化。而錢先生則有兩者兼顧的優長，（有人統計《管錐編》所徵引的英、法、德、義、西、拉丁語的作者多達千人，著作近兩千種）他常說：「鄰壁之光，堪借照也。」（第166頁）他在堅守傳統文化的同時，借重了國外的學術文化，從「他者」的立場出發，反觀自身以求得對自身更全面更深入的瞭解，這種研究方向為我們提供了榜樣。泰戈爾詩云：星光散去夜兒遙遙，召喚從深處傳來：「人啊！拿出你的燈來」。錢先生從西方文化中借來的燈光，照亮了古老《詩經》昏暗的角落。除文中提及的「情感價值與觀感價值」、「意識腐蝕」、「企慕心理」等外，還有「造藝幻想」（第938頁）、「雜糅情感」（第227頁）、「比鄰聯想」（第531頁）、「情感相反而互轉」（第204頁）等都很有價值。當代文學理論研究不是存在著「失語症」嗎？錢先生提出的許多理論命題，既是一副糾正「失語症」的良方，又可以充實我國的理論寶庫。寫在這裡，筆者忽發奇想，藝術沒有國界，世界詩學早晚要應運而生，在中西藝術理論中尋找共同點，不也在為世界詩學的建立「來吾導夫先路」嗎？

## 注釋

1.  易中天說:「曹操可能是歷史上性格最複雜,形象最多樣的人,他聰明透頂,又愚不可及;奸詐狡猾,又坦率真誠;豁達大度,又疑神疑鬼;寬宏大量又心胸狹窄。可以說是大家風範,小人嘴臉;英雄氣派,兒女情長;閻王脾氣,菩薩心腸。看來曹操好像好幾張臉,但又長在他身上,一點都不矛盾,這是一個奇跡。」(《中國電視報》2006年7月31日)當代歷史學家評唐太宗矛盾性格:既偉大又卑劣,既仁厚又殘酷,既崇高又平庸,既博大又偏狹;既有成就感,又有罪惡感。(《百家訪談‧歷史人物的悲劇》)。

2.  《史記‧封禪書》記方士言「(三神山)未至,望之如雲;及到,三神山反居水下,臨之,風輒引去。……未能至?望見之焉。」

3.  其詩為:「又是春殘也,如何出翠帷?落花人獨立,微雨燕雙飛。」

4.  此外,李白〈菩薩蠻〉:「寒山一帶傷心碧」,杜甫〈滕王亭子〉第一首:「清山一帶傷心麗」,在描寫美景時為何用「傷心」這樣的字眼呢?錢先生指出:「心理學即所謂人感受美物,輒覺胸隱然痛,心怦然躍,背如冷水澆,眶有熱淚滋生等反應。」(949頁)說明美感與痛苦有一定的心理關聯,是心理學上美感與痛苦相伴生的規律之反映。

## 參考文獻

[1]  轉見朱狄《當代西方美學》,北京:人民文學出版社,1987。
[2]  錢鍾書《錢鍾書散文》,杭州:浙江出版社,1997。
[3]  錢鍾書《宋詩選注》,北京:人民文學出版社,1982。
[4]  揚之水《詩經別裁》,南昌:江西教育出版社,2000。

# 姚際恒對《詩經》詩學的開拓

　　姚際恒（1636—？）字立方，號首源。原籍安徽休寧，長期寓居浙江仁和（今屬杭州），爲清代前期的經學大家。著有《九經通論》、《古今僞書考》、《好古堂書畫記》、《庸言錄》等著作。《詩經通論》爲《九經通論》的一種，是影響很大而且保存完整的著作，寫作於康熙四十四年（1705）冬十月。該書的體例是：卷前有姚際恒自序和《詩經論旨》，《詩韻譜》，正文十八卷，爲《詩經》作注釋。各篇詩前有題解，在正文之後有著者的辨正和詩內容的解釋。正文旁加相關的評點，句子下有押韻說明並標注賦、比、興。篇後有總評。

　　《詩經通論》原以抄本形式流傳，1958年12月，顧頡剛先生根據道光十七年（1837）王篤本進行點校，並由中華書局正式出版，對該書的研究開始熱絡起來。1994年臺灣中央研究院文哲研究所林慶彰教授編輯出版《姚際恒著作集》和《姚際恒研究論集》，該著作集中的《詩經通論》是根據顧氏的點校本重新排印，加標篇目和糾正明顯錯誤。本文所用的主要依據就出自該書。

　　《詩經》詩學研究是比較薄弱的環節，對姚際恒《詩經》詩學研究更是少之又少。本文試就這個問題談點看法，以期批評指正。需要說明的是，在《詩經》研究中，人們往往把《詩經》詩學和《詩經》學混淆起來。其實兩者有著性質的不同。《詩經》詩學是以美學方法論爲指導，從理論高度研究《詩經》的性質，創作與鑑賞，它強調理論思維和理論運用。而《詩經》學則是研究《詩經》研究史上所有問題，兩者有

一定的交義，但各有所側重。《詩經》學可以涵蓋《詩經》詩學，而《詩經》詩學則不能，例如〈詩序〉作者問題，「笙詩」，〈商頌〉是商詩還是宋詩等，《詩經》詩學並不涉及。

# 一、《詩經》創作詩學

## （一）人情論

在《詩經》研究史上，存在著以史說詩和以人情說詩這兩個不同的研究方向。漢代的經師們以極大熱情從事於《詩經》歷史化的建構，特別是經過鄭玄《詩譜》的努力，漢代《詩經》學終於構築了《詩經》歷史化體系，以史說詩成為中國封建社會《詩經》學的最重要特徵，並貫穿於中國封建社會全過程。然而，有識之士知道，《詩經》是詩，不是歷史，必須尋找切合《詩經》本體的研究路線，姚際恒以人情說詩理論的提出，就是出色的代表，他說：

> 古今人情一也。作詩者亦猶人情耳。（中略），其詩不合人情，亦何貴有詩哉。（《詩經通論》第224頁，出自林慶彰主編《姚際恒著作集》（一），以下凡見該書，只注頁數）

這就是說，《詩經》是用詩這種形式表現先生們對生活的感受，情感和願望的載體，情感是先民們創作《詩經》的動力源。「人情」是姚氏詩學的一個關鍵詞，它與闡釋史上實用說詩，以史說詩區別開來。作詩如此，釋詩又該怎樣呢？他說：

> 大抵釋《詩》，必須近人情，不可泥於字句之間。苟泥於字句之間，以致不近人情，何貴釋詩哉！（第244頁）

這就是說，「近人情」是闡釋詩的總原則，他是這樣說，也是這樣做的。他在闡釋〈小雅・苕之華〉時說：「此遭時饑亂之作，深悲其不幸而生此時也。與〈兔爰〉同。」（第373頁）該說已被陳子展先生《詩經直解》所引用（見該書847頁）說明從人情角度領會詩者，已為當代學者所認同。

由於生命的不可重複性，求生欲望便成為人類最基本需求。然而詩中卻喊出「知我如此，不如無生」的悲怨，痛苦與絕望之情可想而知。難怪姚氏把〈苕之華〉與〈王風・兔爰〉相連起來考察，〈兔爰〉中：「我生之後，逢此百憂，尚寐無覺」。使我們聯想起米開朗基羅著名雕塑「夜」的座上刻的詩：「只要世上還有苦難和羞辱，睡眠是甜蜜的。要能成為頑石，那就更好。一無所見，一無所感，便是我的福氣。因此，別驚醒我，啊！說話輕些吧！」一個在東方，一個在西方，詩的情感及其表達竟是那麼一致，據專家研究，《詩經》很早就流傳到歐洲，說不定米開朗基羅的詩是受〈苕之華〉和〈兔爰〉的啟發而寫成的。

西方的情感說產生於十九世紀興起的歐洲浪漫主義文學思潮之中，英國詩人華茲華斯（Wiljian Wordsworth，1770-1850）在西元1800年發表的《抒情詩歌謠集・序》中第一次提出：「詩是強烈感情的自然流露」。而姚氏的「人情說」要比華茲華斯早100多年。

## （二）錯覺描寫

錯覺是人們生活中常有的現象，它把真的當成假，把假當成真，日出東方，日薄西山的美景，都是人們對地球由西向東自轉的錯覺。而在中國詩歌史上，最早把錯覺作為藝術手法的是《詩經》中的〈齊風・雞鳴〉：

雞既鳴矣，朝既盈矣。匪雞則鳴，蒼蠅之聲！東方明矣，朝既昌矣。匪東方則明，月出之光。

該詩在藝術上的特色是,開「都用問答聯句體」的先河。其次是錯覺藝術的運用,而最先揭示這一藝術特色的是姚際恒,他在《詩經通論》中評論道:「警其夫欲令早起,故終夜關心,乍寐乍覺,誤以蠅聲為雞聲,以月光為東方明,真情實境,寫來活現。」(第169頁)這種錯覺描寫,確能傳達其妻「終夜關心,乍寐乍覺」的精神狀態。有學者非得證明詩中的蒼蠅是青蛙之誤不可,那是不明白這種錯覺描寫的緣故。

可喜的是,由《詩經》開創的這一藝術,在後代詩歌創作中有著廣泛而深遠的影響。謝靈運〈初去郡〉中兩句詩:「野曠沙岸淨,天高秋月明。」由於沙岸明淨,四野越發顯得空曠寂寥;由於皓月當空,分外明亮,夜空也顯高遠莫測。這是自然界本身的色彩,在人們視覺上產生空間感知的錯覺。南朝〈子夜歌〉:「長夜不得眠,明月何灼灼。想聞郎喚聲,虛應空中諾」明代民歌〈認錯〉:

月兒高,望不見乖親(情郎)到,猛望見窗兒外,花枝影亂搖,低聲似指我名兒叫。雙手推窗看,原來是狂風吹花梢。喜變做羞來,差變做惱。

也是應用錯覺的好例。不這樣寫,就很難把女子思念情郎的感情表達出來。

## (三)壯美與柔美

壯美與柔美結合而得和諧之美是《詩經》重要藝術特色之一。例如〈秦風〉的美學風格是以慷慨激昂著稱,其中寫婦人的相思之情卻顯得柔情似水,深情委婉。而對這一美學有較早體認的是姚際恒,他在評論〈秦風・小戎〉時說:

寫軍容之盛，細述其車馬、器械制度，刻琢典奧，於斯極矣；漢賦
迥不能及。「言念君子」以下，忽又為平淺之音，空淡之句。一篇之
中；氣候不齊，陰晴各異，宜乎作《序》者不知之，以為兩文也。（第
204-205頁）

詩中的「氣候不齊，陰晴各異」正是壯美與柔美統一於一篇之中的
具象比喻。〈豳風·東山〉抒寫一位跟隨周公東征凱旋而歸於途中的戰
士，對家鄉和妻子的思念之情。姚氏評論道：「凱旋詩乃作此番香豔幽
情之語，妙極。」又說：「末章駘蕩之極，直是出人意表，後人作從軍
詩必描寫閨情，全祖之。」（第244頁）當然後人全祖《詩經》這一寫
法的不光是從軍詩，政治抒情詩也有，最典型的是蘇軾〈念奴嬌〉（大
江東去），該詞在「亂石穿空，驚濤拍岸」和「強虜灰飛煙滅」之中，
夾寫一段「小喬初嫁」的旖旎風情，使得思想感情更加豐富，詞的色彩
更加絢麗。至於杜甫的〈北征〉，梁啓超譽之為：「工部寫情，能將
許多性質不同的情緒，歸攏於一篇中，而得調和之美。」（〈情聖杜
甫〉）則是對《詩經》只停於兩極的調和之美的突破。

當然，在《詩經》中，壯美與柔美和諧統一的不光是姚際恒所肯定
的兩篇。〈小雅·采薇〉也具有這個特色。陳子展在評論〈采微〉四、
五章時指出：「此兩章寫出軍容之壯，戒備之嚴，企篇氣勢為之一振。
前後俱作私情軟語，若不如此，則不成戒歌，不足勸士。」（《詩經直
解》第541頁）「軍容之壯」是壯美，「私情軟語」是柔美，可見這一
值得稱道的美學原則，我們的先人們是很能運用自如的。

此外，在論及〈周南·葛覃〉的第三章，揭示其創作的「映帶生
情法」（第24頁），在〈周南·關雎〉中論及〈關雎〉篇「文章爭扼
要法。」（第51頁）〈鄭風·溱洧〉「非士與女所自作的代言體說」
（第163頁）等都是值得深入研究的創作詩學。

## （四）趁韻法

趁韻法是姚氏的首創。所謂趁韻法，是指在重章迭句的情況下，同一個詞語，除首章外，其餘的可以爲押韻的需要而換用別的語詞來替代。例如〈鄭風·山有扶蘇〉：

山有扶蘇，隰有荷華，不見子都，乃見狂且。山有扶蘇，隰有遊龍，不見子充，乃見狡童。

在這首愛情詩裡，「子都」是古代美男子，借指女子的情人。而「子充」是爲了與「遊龍」押韻而換的詞，其實「子都」「子充」是一個人。

〈鄭風·蘀兮〉：

蘀兮蘀兮，風其吹女。叔兮伯兮，倡予和女。蘀兮蘀兮，風其漂女。叔兮伯兮，倡予和女。

姚氏認爲，「倡、和」是成語，第二章的「要」是爲了與「漂」字押韻而換成的。明瞭「趁韻法」，對詩中許多問題就好解決。〈鄘風·桑中〉首章是「孟姜」，次章是「孟弋」，三章是「孟庸」，表面上是三個女人名，其實是一個人。弋和庸是爲了押韻而換的字。錢鍾書先生解成一個男子在同一地點和三個女人談情說愛，並用西洋文中善誘婦女的〈名蕩荒〉（Ponyuan）和古樂府〈三艷婦〉所謂「三婦共事一夫」加以印證。（《管錐編》第88頁）這是不懂得趁韻法而造成的錯誤。〈鄘風·干旄〉是一首讚美衛文公招致賢士，復興衛國的詩，首章「良馬四之」，次章是「良馬五之」，三章是「良馬六之」。用四匹馬駕車去招賢，這是實的，而所謂「五馬」「六馬」是爲押韻而換的字，是虛的。因爲用六匹馬駕車的制度始於秦代，用五匹馬駕車起於漢代，春秋

時代並沒有這種制度。（請參看季旭昇《詩經古義新證序》）《毛傳》
按實數解釋，也是不明「趁韻法」所致。


## 二、修辭詩學

「修辭」一詞出自《易‧文言》：「君子進德修業，忠信所以進德
也。修辭立其誠，所以居業也。」這裡的「修辭」，主要指修整文教及
個人修養。與現代意義的修辭不同。現代意義的修辭，主要是研究如何
運用各種語言材料和表現方式，使語言表現得更加準確、鮮明、生動。
作為我國第一部詩歌總集的《詩經》，不僅有著簡明的修辭理論。[1]而
且在修辭實踐上也給後代以深刻影響。然而我們清楚地看到，對《詩
經》修辭的研究還較少涉足，基此，姚氏的研究彌足珍貴。


## （一）比喻只取一點不及其餘

在《詩經》、《楚辭》和先秦諸子著作中，比喻是一種常用的修辭
方法。亞里士多德說：「比喻是天才的標識。」說明比喻的重要，但在
《詩經》闡釋史上，對它並沒能好好體認。〈召南‧鵲巢〉是一首歌頌
新娘出嫁的詩。「維鵲有巢，維鳩居之。」詩人看見布穀鳥住進喜鵲的
窩，聯想女子出嫁住到男方家，就拿它作比。然而〈詩序〉說：「夫人
之德也，國君積行累功，以致爵位，夫人起家而居有之，德如鳲鳩，乃
可以配焉。」《鄭箋》也說：「夫人有均壹之德如鳲鳩然，而後可配國
君。」姚氏反對這種牽強附會之說，反駁說，像布穀鳥有何道德可言。
為此他分析道：

按此詩之意，其言「鵲」、「鳩」者，以鳥之異類況人之異類也。
其言「巢」與「居」者，以鳩之居鵲巢況女之居男室也，其義止此。不
穿鑿，不刻畫，方可說《詩》，一切紛紜，盡可掃盡。（第45頁）

　　姚氏認爲，詩中比喻是「其義止此」即只取一點不及其餘。只有懂得這個要諦才能詮釋詩歌。〈周南·螽斯〉是一首祝福多生子孫的祝願歌，詩中用螽斯作比，只取其「一生九十九子」的意義而不及其餘。有學者不認識這一點，把〈螽斯〉說成是一首「勞動人民諷刺剝削者的短歌」，那就大錯特錯了。現代人常用鳥獸比喻無道德的人，但《詩經》卻常用鳥獸比喻好人好事，這是爲什麼呢？范文瀾《文心雕龍注》引孔子言：「〈關雎〉興於鳥而君子美之，取其雌雄之有別。〈鹿鳴〉興於獸而君子大之，取其得食而相呼。若以鳥獸之名嫌之，固不可也。」這就告訴我們，事物之間，只要有一點相似就可作比，用螽斯比喻多子，其道理就在這裡。

## （二）正筆與閒筆

　　所謂正筆，指與詩旨密切相關的句子；所謂閒筆，指具體的形象描寫與細節描寫。姚際恒在論及〈豳風·七月〉時說：

> 　　大抵古人爲文，正筆處少，閒筆處多，蓋以正筆不易討好，討好全在閒筆處，亦猶擊鼓者注意於旁聲，作繪者留心於畫角也。古惟《史記》得此意，所以傳於千古。（第238頁）

　　正筆與閒筆的概念源於散文，姚氏用於《詩經》修辭是對《詩經》修辭的發展。他認爲〈七月〉中凡直接抒寫衣食之源的都是正筆，首章言衣、食之源，前段言衣，後段言食，「二章至五章終前段言衣之意；六章至八章終後段言食之意。而二章中「春日載陽，有鳴倉庚」背景下採桑女採桑及其情思的描寫是閒筆，正是這段描寫，「描摩此女盡態極妍，後世詠採桑女，作閨情詩，無以復加。」（第238頁）。

　　正筆與閒筆的提出，有助於我們對長篇抒情詩那種洋洋灑灑，錯落有致的寫法有較好的體認。〈離騷〉最後描寫抒情主角駕龍遠逝，轉道

昆侖的時候：「奏〈九歌〉而舞〈韶〉兮，聊假日以娛樂」的描寫，也屬於隨意點染的閒筆，但閒筆不閒，「形成了全詩的精神集結點，又使全詩潛伏著前後貫通的脈絡。」[2]

## （三）順呼說

〈衛風·木瓜〉首章：「投我以木瓜，報之以瓊琚」；次章：「投我以木桃，報之以瓊瑤；」三章：「投我以木李，報之以瓊玖。」其中的「木瓜」爲植物中的瓜果名，落葉灌木，果實如黃金瓜，故名。那麼「木桃」「木李」爲何物呢？王觀國《學林》卷一〈說木瓜〉云：「乃以木爲瓜，爲桃，爲李，俗謂之『假果者』」……投我之物雖薄而我報之實厚。」意思是三種都是木頭做成的假果。姚氏不同意這種說法，他說：

瓜種甚多，古今同然，故此詩呼「木瓜」以別之。「木桃」「木李」而順呼之。詩中如此甚多，不可泥？（第130頁）

這就是說，在重章迭唱的詩篇中，多見相互因襲之辭。詩中的「木桃」之「木」，「木李」之「木」是順著「木瓜」而加上去的。並不是假果，也不是爲了與羊桃，雀李相區別。明瞭這種特殊修辭方式，《詩經》中一些難題可迎刃而解。倒爲〈檜風·隰有萇楚〉首章：「隰有萇楚，猗儺其華」；三章，「隰有萇楚，猗儺其實。」詩中「猗儺」即「婀娜」。《毛傳》、《鄭箋》並訓爲「柔順」，王念孫《廣雅疏證·釋草》則認爲「華」與「實」不得言「柔順」，改訓爲「美盛之貌」，這是王念孫不瞭解順呼說而造成的錯誤。詩歌作爲語言藝術，它與其他用語言表達的文獻區別，就在於它的特殊結構方式和表達方式，正是其特殊表達方式才產生了特有的審美效果。艾略特說：「論詩就必須把詩當作詩，而不是別的東西。」道理就在這裡。

## （四）歌詩的視角

關於〈唐風·綢繆〉的詩旨，〈詩序〉：「刺晉亂也。國亂則不得其時焉」。認爲是一首諷刺詩。而姚氏認爲是一首賀婚詩：「如今人賀人作花燭詩，亦無不可也。」（第194頁），其形式是，「一章『子兮』指女；二章『子兮』合指；三章『子兮』指男」。

其意思是，這首賀婚詩是合唱的賀婚詩。第一章是女聲唱；第二章是男女合唱；第三章是男聲唱。關於這一點，錢鍾書先生有進一步的詮釋，他說：「首章是托爲女之詞，稱男爲『良人』；次章托爲男女和聲合賦之詞，故曰『邂逅』義兼彼此，末章托爲男之詞，稱女『粲者』，⋯⋯譬之歌曲之『三章法』，女先獨唱，繼以男女合唱，終以男獨唱。」[3]《詩經》原是可以演唱的唱本，詩中的重章迭唱就是爲歌唱需要而形成的。從歌詩形式研究《詩經》的修辭，不失爲一種重要的視角。只因原唱譜失傳，給後人研究增加困難。應該承認，姚氏的研究成果並不多，但他開闢一個新方向，功不可沒。

## （五）換句法

〈唐風·葛生〉是一首悼亡詩，全詩五章，四、五章是：

　　夏之日，冬之夜。百歲之後，歸於其居。冬之夜，夏之日。百歲之後，歸於其室。

姚氏評論道：「此換句特妙，見時光流轉。」（第199頁）這就是說，詩由「夏之日，冬之夜」轉換成「冬之夜，夏之日」，它不僅是形式的變化，而且透過詞語的巧妙變換，寫出時光的流轉，增加了時間漫長的形象感，從而表現悼亡者的無限愁緒。這種深入細緻的分析，受到後代學者的讚揚。[4]此外，關於「蟬聯格」（第381頁）、「詩的多義性」（第198頁）、「遞進法」（第159頁）等，都有所闡釋並產生良

好影響。

從某種程度來說，詩歌是一種變形藝術而不是自然的模寫。作家的心靈不是被動的，而是具有建設性，爲抒情的需要可以對語言秩序加以改造和變形，即對普通語言的異化（或稱爲陌生化），姚氏的研究可以讓我們加深對這一問題的理解。

## 三、闡釋詩學

接受美學認爲，作品只有爲讀者所接受，才使其潛在功能轉化爲顯性功能。因此，如何詮釋和鑑賞《詩經》就成爲《詩經》詩學另一重要內容。在這方面，姚氏也有自己的見解。

### （一）涵詠篇章，審繹文義

姚氏在《詩經通論・自序》中談如何闡釋《詩經》時說：「惟是涵詠篇章，審繹文義，辨別前說，以從其是而黜其非，庶使《詩》意不致大歧，埋沒於若固、若妄、若鑿之中。」（第16頁）「涵詠篇章，審繹文義」可說是姚氏闡釋學的綱領。應該承認，該說前人早已提出，朱熹就很強調「涵詠篇章」。姚氏的貢獻在於區別詩的內外之分。語言符號是外，詩作意者是內。在對文本進行切身體驗的同時，必須由外而入內，才能把握詩的意旨。〈詩序〉、《鄭箋》等對《詩經》的闡釋，大多先把《詩經》作爲王道教化之書，然後再從《詩經》中尋找與之相關內容加以印證。這種脫離文本的作法，往往離實際很遠。例如〈召南・小星〉、〈詩序〉：「〈小星〉惠及下也。夫人無妒忌之行，惠及賤妾。進御於君，知其命有貴賤」。意思是寫夫人不妒忌，而讓宮中妃妾與周王同床享樂。姚氏從詩的內容加以反駁。主要觀點是詩中「三五在東，肅肅宵征」是戴星夜行之象，其地點不在宮闈之中。其次是「肅肅宵征」是寫行走之快，不像宮女步行之狀。再次國君與宮女行樂，哪有

自帶被子和床帳的道理？姚氏如果沒「審繹文義」是講不出來的。

那麼怎麼更好地「審繹文義」呢？他提出：

## 1.審其辭氣

所謂「審其辭氣」就是從詩的外在形式入手去體會詩作的口吻神情，領會詩人的情感表達。〈曹風・鳲鳩〉〈詩序〉：「刺不壹也。在位無君子，用心之不壹也」姚氏說：「詩中純美，無刺意。」（第229頁）〈大雅・抑〉〈詩序〉：「衛武公刺厲王，亦以自警。」姚氏說：「篇中句句刺王，無一語自警。」（第438頁）該說得到當代學者王宗石先生的認同。[5]姚氏之所以能夠反駁謬說，提出新解，正是從一字一句起步，體會詩作的神情口吻而得來的。有學者認為，姚氏「審其辭氣」說與朱熹「深玩辭氣」說並無差別。這說明姚氏之說是對前人的繼承。但他把「審其辭氣」說運用於研究之中，並取得豐碩成果也是事實。而且對後代產生良好的影響。黃焯先生說：「治經不徒明其訓詁而已，貴在得其詞之情。戴震謂訓詁明而後義理明，實則有訓詁明而義理仍未得明者。要須審其辭氣，探其義旨，始可由訓詁學入，不可由訓詁學出，治之者識其本末終始，斯得矣。」[6]我們明瞭其中的道理，還能把〈陳風・月出〉說成一首殺人詩？把〈魏風・伐檀〉說成是一首愛情詩？把〈豳風・鴟鴞〉說成是「周公救亂」之詩嗎？

## 2.圈評

所謂圈評，就是在詩的文本之中加以眉評，圈點和旁批。眉評和旁批，大多簡明扼要，對詩作的藝術進行賞評。這種詮釋方法在唐代就有了，姚氏為什麼還要加以使用呢？他說：

> 詩何以必加圈評，得無類月峰（孫鑛），竟陵（鍾惺）這之見乎？曰：非也，予亦以明詩旨也。知其辭之妙而其義可知；知其義之妙而其旨亦可知。學者於此可以思過半矣。且詩之為用與天地而無窮。《三百

篇》固始祖也，苟能別出心眼，無妨標舉。忍使千古佳文遂爾埋沒乎！爰是嘆賞感激，不能自己；加以圈評，抑亦好學深思之一助爾。（第11頁）[7]

可以看出，《詩經通論》的圈評是姚氏涵詠文本之後心血的結晶。例如〈周南·桃夭〉賞評：「桃花色最豔，故以取喻女子，開千古詞賦詠美人之祖。」（第32頁）；〈衛風·碩人〉第二章評：「千古頌美人者無出其右，是爲絕唱。」（第118頁）〈小雅·無羊〉第一、第二章評：「此兩章是群牧圖，或寫物志，或寫人情，寫得人物兩忘之妙。」（第293頁）圈評的好處是：(1)形式比較自由，靈活，可以對讀者進行閱讀、欣賞的指導。(2)由於姚氏對文本下了很大功夫反覆閱讀、分析，揣摩、品味，從而對《詩經》有比較深的感受和理解。這樣的圈評可以對《詩經》作出比較細緻深入的藝術分析，也可以有對詩歌藝術內在規律的真知灼見。這就與那種脫離文本而作先驗的空洞批評區別開來。由於圈評是夾在文本當中，讀者在閱讀過程中，隨時都會得到姚氏的指點。據說阿爾卑斯山谷中有塊語牌，上面寫著「慢些走，欣賞！」圈評的作用也有勸讀者放慢閱讀的速度，一邊閱讀文本，一邊品味，從而獲得更深一層的美感。姚氏是一位有藝術鑑賞能力的鑑賞家，他的圈評寫得生動活潑，淋漓酣暢，極有啓發性。難怪陳子展先生《詩經直解》對姚氏的評賞文字幾乎全部引用。

## （二）闡釋詩要區分源與流

關於〈小雅·四牡〉的詩旨，〈詩序〉認爲是一首慰問使臣的詩，而姚氏根據詩的實際，認爲是一首使臣自詠的詩，他說：

試將此詩平心讀去，作使臣自詠極順，作代使臣詠極不順。解《詩》何不取順而偏取逆乎？（中略）此詩作於使臣，源也；勞使臣，流也；〈燕禮〉、〈鄉飲酒〉歌之，流而又流也。（第254頁）

這就是說，〈小雅‧四牡〉原是使臣在外奔波，不得休息，無法奉養父母的自嘆自傷的詩。後來被王者用來作慰問使臣的樂歌，就成爲流了。再後來，又被作〈儀禮〉的人作爲〈燕禮〉、〈鄉飲酒禮〉的樂歌，又是流而又流了。讀者只有瞭解《詩》的源流及其演變，才不致於誤解詩人的原意。姚氏認爲〈小雅‧采薇〉是首「戍役還歸的詩」；〈小雅‧杕杜〉是首「室家思其夫歸的詩」等，都是從源處著眼而得出正確體認。

應該指出，在古代闡釋史上，從〈詩序〉到《詩集傳》，以流釋詩已經形成了在歷史時空中占據著數量優勢，並形成一個接受於本源，政教理性重於情感體驗的權威性《詩經》闡釋體系。在這種情況下，姚氏區分源流的理論，撥亂反正，其意義不可低估。章學誠指出：「論詩論文，而知溯流別，則可以探源經籍，而進窺天地之純，古人之大體矣。此意非後世詩話家流所能喻也。」[8]可見姚氏之說具有方法論的價值。

## （三）把詩作放到中國文學史上進行評賞

姚氏爲了闡釋《詩經》之美，往往把詩放到文學史上的語境中進行評賞。〈小雅‧正月〉第五章：「謂天蓋高，不敢不局（跼，捲曲著身子）；謂地蓋厚，不敢不蹐（用最小的腳步走）」〔評〕「謂天蓋高」四句，即唐人謂曰：「出門即有礙，誰云天地寬也。」所謂唐人詩，即孟郊〈送崔純亮〉詩，它說明心理空間的描寫早在《詩經》裡就有。並對後代以影響。我們補充的是，日本萬葉時代著名詩人山上憶良〈貧窮問答歌〉：「雖云天地寬，何以我狹偏？雖云日月明，何以照我天無焰？」說明《詩經》的影響不僅到了唐代而且擴大到日本。在評〈鄘風‧君子偕老〉時說：

> 此篇遂為〈神女〉（宋玉〈神女賦〉）、〈感甄〉（曹植〈洛神賦〉）之濫觴。「山河」「天、帝」，廣攬遐觀，驚心動魄；傳神寫

意，有非言辭可釋之妙。」（第103頁）揚之水評論道：「《詩》在文學史上占了第一，自然前無古人，後多來者，『濫觴』云云，原本不錯。只是『神女』專為娛樂君王，「感甄」則獨藏自家心事，雖揵辭摛藻安排遠勝於《詩》，但〈君子偕老〉中所特有的一種廣大的原始的悲愴，一種樸茂而深厚的同情和關懷，即所謂溫柔在誦，最附深衷之『驚心動魄』者，都是很難再見到，此又可謂『後無來者』矣。**9**

透過比較，〈君子偕老〉不僅有著良好的影響，而且有其不可企及性。〈鄭風·大叔于田〉〔評〕：「描摹二絕，鋪張亦復淋漓盡致，便為〈長楊〉（揚雄〈長楊賦〉）、〈羽獵〉（揚雄〈羽獵賦〉）之祖。」（第147頁）這就說明具有鋪張揚厲特色的漢大賦，其源頭也來自《詩經》。著名美學家李普曼說：「當我們把當代美學中的審美客觀性的討論放到古典美學的背景下去時，就會看到一種新的光澤和意義。」**10**這裡講的是美學研究，但也適用於《詩經》的闡釋。此外還有「詩妙處須於句外求之」（第169頁）、「說詩不可入理障」（第359頁）、「不可妄改經文」（第81頁）等，也有相當重要的理論價值。

## 四、尾聲

姚際恒《詩經》詩學研究是其《詩經》研究重要的組成部分。由於詩學研究向來是薄弱環節，他的成果值得發掘和作深入的研究。他雖然不能從經學的影響中擺脫開來，但已達到對《詩經》是「諷喻政事的工具」的思維的有所偏離。在以政治功利為主的他律束縛下，轉向以審美為中心的途程中，作出了自己的貢獻。他的經驗是詩學研究不能只停留在賦、比、興的論爭上而應該有所開拓，應該以理性精神借助想像力，把語言符號轉換成文學形象進行審美觀照。**11**接受美學的創始人姚斯（Hans Robert Yanss，1921—）說：

文學作品不是對於每一個時代的每一個觀察者都以同一種面貌出現的自在客體，並不是一座自言自語地宣告其超時代性質的紀念碑，而像一部樂譜，時刻等待著閱讀活動中產生的、不斷變化的反映。只有閱讀活動才能將作品從死的語言材料中拯救出來，並賦予它現實生命。**12**

而對《詩經》這部先民留下的「樂譜」，姚氏已經彈奏出美妙的樂音，我們還可以大有作為，彈奏出更加美妙的樂章。

## 注釋

1. 如〈大雅・板〉：「辭之輯矣，民之洽矣；辭之懌（懌借為，頰喪）矣，民之莫（瘼）矣。」意思是，人民發出的言論溫和，說明人民的心情和平順暢，人民發出的言論哀傷頹喪，可知人民的心情痛苦不堪。〈小雅・抑〉：「白圭之玷，尚可磨也；斯言之玷，不可為也。」意思是，白玉圭上的瑕疵，還可以加工磨掉；說出口的言論，是不能磨掉的。〈小雅・雨無正〉：「巧言如流，俾躬處休。」意思是，乖巧的言語像水那樣流利，能使他處於美善的境地。〈小雅・巧言〉：「巧言如簧，顏之厚矣。」意思是，取巧的言論好像演奏笙簧那樣動聽，臉皮之厚，不知羞恥。以上可謂我國最早的修辭論。

2. 楊義《楚辭詩學》第98頁，人民出版社，1998年版。

3. 錢鍾書《管錐編》第120—121頁，中華書局，1979年版。

4. 張啟成《詩經風雅頌研究論稿》第183頁，學苑出版社，2003年版。洪湛侯《詩經學史》第523頁，中華書局，2002年版。

5. 王宗石《詩經分類詮釋》第691頁(1)注。湖南教育出版社，1993年版。

6. 黃焯《毛詩鄭箋平議序》第7頁，上海古籍出版社，1985年版。

7. 方玉潤《詩經原始・凡例》中也說：「古經何待圈評？……即古人精神，亦非借此不能出也。故不惜竭盡心力，悉為標出。既加眉評，復加旁批，更用圈點，以清眉目。飾飾觀乎？亦用以振讀者之精神，使與古人之精神合而為一焉耳。」中華書局，1986年版。

8.　章學誠《文史通義》內篇五《詩話》，上海書店1988年版，第75頁。

9.　揚之水《詩經名物新證》第404頁，北京古籍出版社，2000年版。

10.　M‧李普曼主編《當代美學》中譯本，光明日報，1985年第2頁。

11.　〈陳風‧月出〉評：「尤妙在三章一韻。此真風之變體，愈出愈奇者。每章四句，又全在第三句使前後句法不排。蓋前後三句皆上二字雙，下一字單；第三句上一字單，下二字雙也。後世作律詩，欲求精妙，全講此法。」（第218頁）在傳統審美心理重意義輕形式的價值取向的情況下，能對《詩經》文體作如此深入而精妙的分析，難能可貴。

12.　H‧R‧姚斯《接受美學與接受理論》，第24頁，遼寧人民出版社，1987年版。

# 王夫之《詩經》詩學研究

　　《詩經》詩學研究是《詩經》研究的薄弱環節，正是在這個環節上。王夫之以其深邃的思想，辛勤的耕耘，登上了古代《詩經》詩學研究的頂峰，總結其成果及其經驗，對當代詩學研究有著重要的價值。

## 一、《詩經》創作詩學

### （一）詩以道情

　　王夫之認爲感情是《詩經》的主要特徵，正是這個基本特徵，使它與其他經書區別開來。他說：「《詩》以道性情，道性之情也。性中盡有天德，王道事功，節義，禮樂，文章，都分派《易》、《書》、《禮》、《春秋》去。彼不能代《詩》而言性之情，《詩》亦不能代彼也。」[1]王夫之確實抓住了詩歌的特質，他所謂的「情」，是一種審美感情。蘇珊·朗格在《藝術問題》中就認爲「藝術是表現人類感情的外觀形式。」王夫之正是在這一正確的把握上建立起《詩經》詩學的邏輯起點。爲了使感情的表達具有審美價值，他從《詩經》中總結出兩個理論：

　　1.「憂樂以理」。王夫之認爲情感有公私優劣之分，詩歌的感情應該是純正的，「浪子之情，無當詩情」。[2]詩「要導人清貞」。這一正確的理論主張，使我們想起約翰·洛斯金的名言。「一個少女可以歌

唱她失出去的愛情，但是一個守財奴卻不能歌唱他所失去的錢財。」基此，王夫之提出「憂樂以理」的命題。他說：「其憂樂以理，斯不廢天下之理。其釋憂以即樂也，無凝滯之情，斯不廢天下之情。」[3]這就是說，作為審美對象的「情」，要使一己之情與天下之情相通而不要侷限於個人的一時的哀樂。例如〈豳風·東山〉中的周公東征勝利歸來時，「其樂也大矣」，然而他還念念不忘戰士的「獨宿之悲」，「結褵（結婚）之喜」，表現了周公的博大情懷。他認為，優秀的作品應能傳達「公意之情」，維護國家的最高利益。在他的《楚辭通釋》中，一再襃揚屈原不計較個人的安危，關切國家命運的情懷，正是他詩學理論的實踐。

2.「情」的抒發要有所「忍」。英國評論家羅斯金指出：「一個詩人是否偉大，首先要看他有沒有激情的力量，當我們承認他有這種力量以後，還要看他控制它的力量如何。」[4]然而，王夫之早就提出與之相似的觀點，他指出：「每當近情處，即抗引作渾然語，不使氾濫。」「筆妙之至，惟有一法曰忍。」「忠有實、情有止。」[5]「君子以節情者文焉而已。」[6]所謂「止」、「節」、「不使氾濫」、「忍」，都是強調情感表達要適度。儘管這一命題的提出，有著〈詩大序〉「發乎情，止乎禮義」的影響，但王夫之把屬於內容的表達改造為藝術表現的理論，有其重要的貢獻。

## （二）情與景

「情」指審美主體的主觀情感，「景」指作為主體的審美對象而呈現於主體之前的外界景物，它們之間的關係為詩歌詩學研究的最重要的課題之一。王夫之在《詩經》研究中，對這一對範疇作出獨特的理解。

1. 情景「互藏其宅」在王夫之之前，對情景的關係，大多停留在景對情的決定性的影響這一層次上。《禮記·樂記》：「感於物而動，故形於聲。」陸機〈文賦〉：「遵四時而嘆逝，瞻萬物而思紛，悲落葉

於勁秋，喜柔條於芳春。」鍾嶸《詩品》：「若乃春風春鳥，秋風秋蟬，夏雲暑雨，冬月祁寒，斯四候之感諸詩者」，劉勰《文心雕龍·明詩》：「人稟七情，應物斯感。感物吟志，莫非自然。」以上理論可稱之感物說（或感景說），強調的是外界景物對詩人主觀情感的決定作用，王夫之則認為：「情，景雖有在心在物之分，而景生情，情生景。哀樂之觸，榮悴之迎，互藏其宅。」（戴鴻森《薑齋詩話箋證》第37頁，以下凡見該書只注頁數）如果說，感物說只停留在刺激反應這一簡單的線性關係的話，那麼王夫之的「互藏其宅」說，則是一種雙向建構過程，已為皮亞傑的認知心理學說所證明。現象學認為，現象是主客體作用而生的對象，它既不是純粹客觀的，也不是純粹心理的，而是現象客體。它既是現實事物，又包括心理內容。[7]現代現象學也證明王夫之理論的正確性和深刻性。

2. 即景會心的「現量說」。王夫之認為情景關係是互動關係，但也強調直接感知經驗對審美認識的重要性。由此他提出「現量說」：「『僧敲月下門』，只是妄想揣摩，如說他人夢，縱令形容酷似，何嘗毫髮關心？知然者，以其沈吟『推』『敲』二字，就他作想也。若即景會心，由或推或敲，必居其一，因景因情，自然靈妙，何勞擬議哉？『長河落日圓』，初非定景；『隔水問樵夫』，初非想得，則禪家所謂現量也。」（第52頁）「現量」原為佛教因明學術語，指由感受直接取得的知識，王夫之這裡借指作家直接感知自然景物，並以其親切的感受寫出詩歌。由此，他十分推崇《詩經》中即景會心的詩句，認為〈小雅·采薇〉中的「楊柳依依」、「零雨其濛」等詩句是「聖於詩」（第23頁）；推崇〈小雅·庭燎〉描寫夜色的獨特感受：「『庭燎有煇（形容煙火繚繞的樣子）』，鄉晨之景，莫妙於此。晨色漸明，赤光雜煙而靉靅（暗淡），但以『有煇』二字寫之。唐人〈除夕〉詩『殿庭銀燭上熏天』[8]寫除夜之景，與此彷彿，而簡至不逮遠矣。『花迎劍佩』[9]四字，差為曉色朦朧傳神；而又云『曉星初落』，則痕跡露盡。益嘆《三百篇》之不可及也」（第15-16頁）。

　　黑格爾曾經把古今詩人加以對比，認為古代詩人的一個重要特徵是單純性或樸素性，其作品直接取材於個人的經驗和生活，如實地展現事物的原貌，寫作時無清規戒律，人人有獨創性；近代詩人則脫離直接經驗，而專靠書本材料作空洞的抽象，因此古代詩人優於近代詩人。[10]王夫之與黑格爾心是相通的，他們所強調的作家要從直接的生活經驗中吸取靈感的理論，已為詩歌史所證明，是符合藝術規律的。

　　3.「以樂景寫哀情，以哀景寫樂情」。在詩歌中，所謂情景相融主要是指樂景寫樂，哀景寫哀，然而王夫之從《詩經》中揭示出一種相反關係的表達方式；「昔我往矣，楊柳依依；今我來思，雨雪霏霏」以樂景寫哀，以哀景寫樂，一倍增其哀樂。」（第10頁）引詩出自〈小雅‧采薇〉第六章。他在《詩廣傳》卷三作了解釋：「往伐，悲也；來歸，愉也。往而詠楊柳之依依，來而嘆雨雪之霏霏，善用其情者。」這是說，〈采薇〉中的征人踏上征途時，正值桃紅柳綠的春天，面對這美麗的美景，哪有心思去欣賞呢？春色愈美，愈能襯托著離別的悲哀。王夫之這一詩學理論總結了詩歌藝術意境創造中一種特殊手法，以情景的矛盾來加強情感的表達。

　　〈豳風‧七月〉第二章用明媚的春光，黃鶯在枝頭自由歌唱的樂景反襯採桑女的悲傷，機杼與此機同。南朝江淹〈別賦〉：「春草碧色，春水綠波。送君南浦，傷如之何？」也是這樣藝術手法的應用。蔣捷〈一剪梅〉（舟過吳江）：「流光容易把人拋，紅了櫻桃，綠了芭蕉」。也是以樂景寫哀情的好例。相傳李政道致信朱鎔基關注江南酸雨問題，提議改為：「酸雨容易把人傷，酸了櫻桃，黑了芭蕉」這種改法就變成哀景寫哀情了。這種藝術辯證法還可用之小說描寫，《紅樓夢》第97回寫林黛玉臨終時，用賈寶玉新婚的樂來反襯，就是一個好例，它說明由王夫之最先總結的這一辯證藝術，具有很強的涵蓋性。

　　4. 妙在取影。這一創作方法是從〈小雅‧出車〉總結的，他說：「唐人〈少年行〉（王昌齡作，應作〈青樓曲〉），云：『白馬金鞍從

武皇，旍旗十萬獵長楊。樓頭少婦鳴箏坐，遙見飛塵入建章』。想知少婦遙望之情，以自矜得意，此善於取影者。春日遲遲，卉木萋萋，倉庚喈喈，采蘩祁祁。執訊獲醜，薄言還歸。赫赫南仲，玁狁於夷。』其妙正在此。……征人歸矣，度其婦方採蘩，而聞歸師之凱旋，故遲遲之日，萋萋之草，鳥鳴之和，皆爲助喜；而南仲之功，震於閨闥。室家之欣幸，遙想其然，而征人之意得而可知矣。乃以此而稱『南仲』，又影中取影，曲盡人情之極至者也。」（第12-13頁）〈小雅・出車〉是首征人隨主帥南仲平討玁狁的詩，最後一章寫戰士凱旋歸來的喜悅之情，但作者不正面描寫，而是寫戰士想像家中妻子聽到勝利消息後的欣喜，借妻子的喜悅寫戰士的喜悅，可見，所謂「取影法」是一種以虛景寫實情的藝術，猶借影寫身，爲《詩經》藝術辯證法的另一種表現。〈魏風・陟岵〉寫征人思念家中的父母兄弟，而展現的畫面卻是家中父母兄弟思念征人。〈豳風・東山〉第三章出現征人之妻準備迎接丈夫的描寫，採用的也是這種「取影法」。〈周南・卷耳〉首章寫思婦思念在外奔波的丈夫，二、三、四章則展現丈夫思念家中妻子，方玉潤《詩經原始》稱之爲「從對面著筆」。名稱不同，實質一樣。這種藝術曲折成趣，可收由此及彼，意在言外的效果，可以演化的一種更深刻，更大功能的藝術結構，後世仿效的很多。除王昌齡〈青樓曲〉外，以杜甫〈月夜〉最爲出色，該詩本是在長安的杜甫思念家中的妻子兒女，而詩中更多地展現了妻子在月夜中的思念情景，杜甫是深得「取影法」之妙諦的。

## （三）情與理

情與理是古代詩學中又一重要範疇，王夫之也有其貢獻。他同嚴羽一樣，反對以文字爲詩，以議論爲詩，但不反對創作中有理性思維和詩中出現理語，他說：「謝靈運一意迴旋往復，以盡思理，吟之使之卞躁之意消。〈小宛〉抑不盡此，情相差，理尤居勝也。王敬美謂『詩有妙悟，非關理也』，非理抑將何悟？」（第31-32頁）[11]

在這則詩話裡，他推崇「〈小雅‧小宛〉理尤居勝」，他還推崇「〈大雅〉中理語造極精微」[12]，說明王夫之不僅認識到情感的主導作用，也看到理性力量在創作中的價值。藝術史告訴我們。在全部的心理狀態中，情感和理性意識是難以分離的，它們發生在實踐過程中，在主體的心理構成中相生相剋，互為作用。「不論是成功的作家與成功的典型人物，僅以其一為心理動因的，實難舉出。」[13]說明王夫之情理統一論，（即詩作中可以有理語，在創作中需要理性思維的控制）也符合創作規律，那麼怎麼更好地表現理呢？王夫之提出：

1. 「以顯函微，以事函理」。該命題是在《詩廣傳》卷五論〈周頌‧清廟〉中提出的：「『〈清廟〉之瑟，朱弦疏越，一唱三嘆，有遺音也。』非其澹也，為八音函也。〈清廟〉之詩，盛德無所揚詡，至敬無所申警，……故以微函顯，不若以顯而函微也；以理函事，不若以事而函理也。」在古代詩學中，「函」這個概念是王夫之最先使用的，意即包含，寄寓。所謂「以顯函微，以事函理」，是指在創作中，把無形的情意、事理借助於有形的事象把它顯現出來，把抽象的理寄託於具體的事物之中。王夫之舉例說，〈周頌‧清廟〉是首歌頌周文王的詩，但詩中沒有對其功德進行直接的頌揚，而是借助讚頌廣大無垠、清明澹泊並能生長萬物的「天」來完成，他還論及〈小雅‧鶴鳴〉一詩全用比體，不道破一句，《三百篇》中創調也。（第127頁）所謂「不道破一句」，正是強調以生動具體的藝術形象作為思想感情的載體，強調詩歌藝術思維不同於抽象思維的特徵。

2. 「以寫景之心理言理」。詩歌中出現理語容易影響形象的表達，怎麼處理這個矛盾呢？王夫之提出「以寫景之心理言理」的命題，他說：「以寫景之心理言情（理），則身心中獨喻之微，輕安拈出。謝太傅於《毛詩》取『訏謨定命，遠猷辰告』，以此八字如一串珠，將大臣經營國事之心曲，寫出次第；故與『昔我往矣，楊柳依依；今我來思，雨雪霏霏』，同一達情之妙。」（第91-92頁）《世說新語‧文學》記載，謝玄欣賞〈小雅‧采薇〉中的「昔我往矣，楊柳依依」兩

句，謝安則欣賞〈小雅‧抑〉第二章的「訏謨定命」兩句，認爲這兩句「偏有雅人深致」。王夫之認爲這兩句雖是理語，但它像一串珠，寫出大臣經營國事的心曲，這是以寫景的方法來表現的，有其內在的形象性。這一詩學理論前人還沒涉及，純爲王夫之所獨創，充分說明了王夫之認識到創作主體寫理語時，必須以藝術創作的方式處理，否則就失去詩歌藝術的特質。

3. 物態與物理。所謂「物態」，是指客觀事物的外部形象；所謂「物理」，是指自然界一切事物的自然規律。王夫之認爲創作中要寫物態，更要寫物理，他說：「蘇子瞻謂『桑之未落，其葉沃若』[14]，體物之工，非『沃若』不足以言桑，非桑不足以當『沃若』固也[15]。然得物態，未得物理。『桃之夭夭，其葉蓁蓁』，『灼灼其華』，『有蕡（肥大）其實』[16]，乃窮物理。夭夭者，桃之稚者也。桃至拱把以上，則液流囊結，花不榮，葉不盛，實不蕃。小樹弱枝，婀娜妍茂，爲有加耳。」（第17頁）蘇軾認爲〈衛風‧氓〉中用「沃若」形容肥潤而富有光澤的桑葉，並以之暗示年輕貌美女子的皮膚是很恰當的，然而王夫之則認爲這僅僅寫出「物態」（外部形象），而達不到「窮物理」的層次。而〈桃夭〉用少壯的桃樹所特有的枝葉茂密，粉紅鮮豔的花色比喻新嫁娘的美麗，用繁花滿枝，碩果纍纍祝願新嫁女子，既符合於新嫁女子的特徵，又符合桃樹的生長規律，達到藝術規律和自然規律的完美統一，生活真實與藝術真實的完美統一。只有這樣，才是詩的最高境界。

## 二、《詩經》鑑賞詩學

### （一）關於「興、觀、群、怨」

孔子在《論語‧陽貨》中提出的「興、觀、群、怨」，是《詩經》詩學的古老命題，前人已作了深入的探討，然而，王夫之卻有超越前人的見解，他說：「『詩可以興，可以觀，可以群，可以怨。』盡矣。辨

漢、魏、唐、宋之雅俗得失以此，讀《三百篇》者必此也，『可以』云者，隨所『以』而皆『可』也。於所興而可觀，其興也深；於所觀而可興，其觀也審。以其群者而怨，怨愈不忘；以其怨者而群，群乃益摯。出於四情之外，以生起四情；遊於四情之中，情無所窒。作者用一致之思，讀者以其情而自得。」（第4-5頁）對這一詩學命題，王夫之的貢獻是：其一，突破了前人對「興、觀、群、怨」的孤立理解。[17]認為四者是統一的，有內在關聯，是審美活動和社會功利的統一。其二，前人強調《詩經》在政治得失，風俗盛衰等方面對讀者的影響，而忽視了接受主體（讀者）在審美過程中的能動作用。正是他最先提出：「作者用一致之思，讀者各以其情而自得」「人情之遊也無涯，而各以其情遇，斯所貴於有詩。」（第5頁）說明他已認識到《詩經》文本的多義性和文本美學價值的可變性。這一理論的提出，有益於避免闡釋中的簡單化、絕對化，為《詩經》的研究提供更大的自由。我國至今還沒有古代接受理論史問世，如果有，應給王夫之留片席之地。可惜王夫之沒能提及，儘管文本的理解可以多種多樣，但自有見解高低、價值大小之分。

## （二）以詩解詩

王夫之痛感經生們眼中的《詩經》只有「經」而沒有「詩」的弊病，提出「以詩解詩」的重要理論，他提出：「此貼括塾師之識說詩，遇轉則割裂，別立一意；不以詩解詩，而以學究之陋解詩，令古人雅度微言，不相比附。陋於學詩；其弊必至於此。」（第20頁）「陶冶性情，別有風者，不可以典冊、簡牘、訓詁之學與焉也」（第1頁）這就是說，《詩經》的本質是詩歌，對其鑑賞和闡釋首先應該立足於詩的審美創造規律的探討，使之跟歷史著作、應用文區別開來。他舉例說，詩歌用韻和意義可以不一致，即所謂「句絕而語不絕，韻變而意不變」。〈商頌‧玄鳥〉：「天命玄鳥，降而生商」，降的主語是玄鳥，但分成兩句，「氣絕而神不散」，闡釋時就不能就韻釋義，削足適履。又如〈衛風‧氓〉：「女也不爽，士貳其行。士也罔極，二三其德。」從形

式上看是對偶句，但從意義上看，則是「上一下三式」。李白〈上皇西巡南京歌〉：「劍閣重關蜀北門，上皇車馬若雲屯。少帝長安開紫極，雙懸日月照乾坤。」上三句分說唐玄宗（上皇）和唐肅宗（少帝）的事，最後一句是對雙方的總括，屬上三下一式，這是李白學習《詩經》而「逆用之」（第29頁）對《詩經》藝術形式作如此深入地研究，在《詩經》研究史上還不多見。王夫之認爲，「以詩解詩」還要注意藝術眞實與生活眞實的區別。他說，有人用杜甫〈偪側行贈畢四耀〉詩：「我欲相就沽斗酒，恰有三百青銅錢」去考訂唐代的酒價，而崔國輔卻有「與沽一斗酒，恰用十千錢」（《雜詩》）的詩句，他諷刺道，從杜甫處買酒再到崔國輔處賣，豈不能獲三十倍利錢嗎？（第122頁）

## 三、《詩經》詩學研究的主要方法

趙沛霖說：「清代第一個將《詩經》作爲文學作品進行系統研究的是王夫之」（《詩經研究反思》）。他的《詩經》詩學研究的成績是很突出的，見解精到深刻，自成體系，許多理論具有開拓性。恩格斯曾認爲「歌德和黑格爾各自在自己的領域中都是奧林帕斯山上的宙斯。」我們也可以說，王夫之在古代《詩經》詩學研究領域裡也是一座高聳入雲的山峰，代表著古代《詩經》詩學研究的最高成就。那麼，他的成就是怎樣取得的呢？首先得力於研究視角的轉變。雷內·威萊克說：「文學研究如果不決心把文學作爲不同於人類其他活動和產物的一個學科來研究，從方法學的角度來說，就不會取得任何進步。因此，我們必須面對『文學性』這個問題，即文學藝術的本質這個美學中心問題。」[18]王夫之正是得力於由經學向文學的轉變，他是有清一代，最先用文學眼光研究《詩經》的人。其次，王夫之是個具有辯證法思想的哲學家，在研究中，努力從對立統一中把握詩美的特殊規律，從「情與景」，「情與理」「情與法」（藝術形式）這三組矛盾的具體運動中揭示其內在的特徵，從而得出許多前人未曾涉及的理論。最後一點是，紮根於《詩經》

文本之中而又有所超越。它的研究是在《詩經稗疏》的基礎上進行的，對《詩經》本身有透徹的瞭解，然後再進行理論昇華。他的經驗告訴我們：文學研究的最原始思維活動是感性的，由感性而理解，由理解而引出理論和規律。他的研究傳達出一個基本理念；文本是意義形成的根本因素。重視文本，就是重視意義的生成，理解和接受。當今有些人不先在作品上下功夫，就急於築構理論體系，猶如在沙灘上蓋高樓，沒有不坍塌的。王夫之的經驗還告訴我們：對古代詩學研究有兩個基本層面，一個是對舊有詩學命題的論爭與闡釋，一個是從作品中發掘出新的詩學理論來，後一個層面更為重要。然而我們縱觀《詩經》研究史，人們大多集中於舊有詩學命題的論爭而較少開拓，如對什麼是賦，比、興就爭論了1000多年，至今興趣未減。從這個意義上而言，王夫之的研究成果及其經驗，至今仍閃爍著耀眼的光芒。


## 注釋

1. 《明詩評選》卷五。
2. 《古詩評選·鮑照〈登黃鶴磯〉》評。
3. 《詩廣傳》卷二論〈豳風·東山〉。
4. 羅斯金《論感情的誤置》。
5. 《詩廣傳》卷一論〈關雎〉。
6. 《詩廣傳》卷一論〈召南·鵲巢〉里格爾說：「誰想獲得偉大的東西，誰就應該像歌德所說那樣，善於克制自己」，與王夫之觀點相同。
7. 轉見黃藥眠、童慶炳主編《中西比較詩學體系》，第145頁。
8. 唐杜審言《守歲侍讌應制》中詩句。
9. 唐岑參《和賈至舍人早朝大明宮之作》中詩句。
10. 黑格爾《論古代詩人與近代詩人的某些特徵》。
11. 此處王夫之有誤記，嚴羽《滄浪詩話》：「夫詩有別材，非關書也；詩有別趣，非關理也。」「大抵禪道惟在妙悟，詩道亦在妙語。」他把嚴

羽的詩學理論簡化並誤記為王世貞之弟王敬美之語。

12. 〈大雅〉中的理語確實精微而富於哲理，至今仍有很強的生命力，如〈文王〉：「周雖舊邦，其命維新」。〈既醉〉：「既醉以酒，既飽以德。」〈板〉：「先民有言，詢於芻蕘（樵夫）」〈蕩〉：『『殷鑑不遠，在夏后之世。」等。

13. 王向峰主編《文藝學新編》第9頁。

14. 引語出自〈衛風·氓〉第三章。

15. 蘇軾《東坡志林》卷十：「詩有寫物之功，『桑之未落，其葉沃若（肥澤貌）』，它木殆不足當此。」蘇軾用肥澤的桑葉形容年輕女子的美貌並沒錯。

16. 引詩見〈周南·桃夭〉。《毛傳》：「夭夭，其（桃）少壯也。」

17. 例如影響最大的朱熹的闡釋：「興，感發意志；觀，考見得失；群，和而不流；怨，怨而不怒。」孤立地理解還表現在過去的經生們用以釋解《詩經》篇章的主題，如釋〈鹿鳴〉、〈嘉魚〉為群；〈柏舟〉、〈小弁〉為怨，等等。

18. 雷內·威萊克〈比較文學的危機〉，轉見張隆溪《比較文學評論集》，北京大學出版社，1982年版。

# 對《詩經探微》「〈國風〉非民歌說」的批評

花城出版社出版的《詩經探微》（袁寶智，陳智賢合著）是一部有較大影響的《詩經》研究專著，出版後許多報刊雜誌發表文章大加讚揚，著名學者錢鍾書先生還親自為該書的封面題字。筆者在閱讀中也有所收獲，但對該書的基本觀點和研究方法不敢苟同，先就其主要論點「〈國風〉非民歌」說提出不同意見，以就正於作者和同仁。

## 一、藝術進化論的觀點不能成立

袁、陳二先生為什麼要花費20多年的功夫寫一部《詩經探微》來否定「〈國風〉多為民歌」這一普遍認識呢？作者在〈序言〉中說：「2500多年前的勞動人民能夠寫出這麼高藝術水準的詩歌，實在難以令人置信。對此我們曾經拿《紅旗歌謠》和《詩經》相比較，感到儘管《紅旗歌謠》經過專業詩人和編輯加工潤飾，然而它們的藝術造詣卻比《詩經》遜色得多。《詩經》被傳誦千古，而《紅旗歌謠》很快就被人忘卻，其中除了政治原因之外，藝術水準低顯然是個重要的因素。今天的勞動人民也難以達到的造詣，遠古勞動人民反而達到了，這實難使人理解」。這段話是該書的基本觀點，也是「〈國風〉非民歌」論者的主要理論根據。其實朱東潤先生早在抗戰前寫的〈國風出於民間論質疑〉一文中，就提出類似的見解：「文化之紬繹，苟以某一時代之偶然

現象論之，縱不免有後不如前之嘆，然果自大體立論，則以人類知識之
牖啓，日甚一日，後代之文化較高於前代，殆無疑議。何以3000年前
之民間，能為此六十篇之〈國風〉，使後世之人，驚為文學上偉大之創
作，而3000年後之民間，猶輾轉於〈五更調〉、〈四季相思〉之窠臼，
肯首吟嘆不能自拔。」[1]

　　這種典型的文化進化論，以其「想當然」的推論早已為藝術的發展
史所否定。在我們現代人看來，原始民族似應與當時的生產力一樣，在
藝術上也是初學者，然而事實並非如此。美國歷史學家泰勒說：「原始
人不是『天性純樸的兒童』，而是發展中的社會成熟的一員。他們天天
面對一些生存問題，並在其藝術中深刻而富於情感地表達了他們的經驗
和價值。[2]德國藝術史家格羅塞在《藝術的起源》一書中說：「北極
人所雕刻的各種單個圖形和複雜圖形以及動作上都極逼真自然，凡在北
極人生活中所見到動物，他們都能敏銳的理解並且能精確地描刻出來，
和澳洲人與布須人的繪畫一樣足以令人驚歎。」[3]是否社會的進步，
生產的發展規定著人類藝術能力的必然進步呢？顯然不是，它們兩者往
往處於二律背反的規律之中。產生在奴隸制時代的我國藏族民間說唱體
英雄史詩《格薩爾王傳》曾以其宏大的篇幅、高超的藝術手腕，生動
樸實的語言，塑造了一系列感人的民族英雄形象，其影響所及，遍於世
界。而解放之後的西藏儘管政治改革帶來了科技進步，生產力的和社會
文明的飛躍，可是，迄今我們還未曾見到哪一部藏族的新作可以跟《格
薩爾王傳》相媲美。類似的情況在各民族的藝術發展史上是舉不勝舉的
¹。難怪歌德曾感慨地說，近代，沒有對「真正的藝術作品的產生創造
必要的條件，在真正的藝術作品的創造上沒有多大的進展。在一定意義
上，藝術創造能力彷彿在萎縮[4]」。黑格爾在美學研究中更為深入地
探討了這個問題，他說：「我們現在依其一般情況來說，是對藝術不利
的。」[5]這是為什麼呢？

　　其一，這是由於理性思維與形象思維有所區別的緣故。社會發展，
特別是近代科技的進步，促進人類理性思維的發展，與此同時，形象思

維和審美感知能力卻相應的減退,正如黑格爾所說:「反思能力的進步,同時也意味著藝術能力的退步與喪失。」在黑格爾看來,近代社會具有反思的特點,隨著文明的演進,人們的觀念愈來愈強,日常的精神活動逐漸變成純粹的推理。關於這一點,格式塔心理學家阿恩海姆作了更為具有的分析,他指出:

這種知覺(按,指審美知覺)在兒童和原始人中尚占很大的優勢,兒童把一座山嶺認成是溫和可親的或猙獰可怕的;把一條搭在椅子上的毛巾,看成是苦惱的,悲哀的或勞累不堪的,其原因也在此。但是,這種特殊的知覺方式,在現代的成年人中卻日趨消退了。這是因為,成年人總是運用理性的範疇或分類標準去觀察事物。在看到某種東西時,還沒來得及細細觀察,便很快把它們歸併到某某類別中(是生物還是非生物,是人類還是非人類,是精神的還是物質的等),由於我們總是習慣於從科學的角度和經濟的角度去解釋它們,而不是以它們的外表中所具有的能動去解釋它們。這些習慣上的有用和無用,敵意和友好的標準,只能阻礙我們對事物的表現性的感知,甚至使我們在這方面不如一個兒童和原始人。」[6]

這種理性的發展,自然造成藝術能力的退化,只要我們看看〈紅旗歌謠〉裡那些充斥著標語口號而很少有詩味的詩歌便會明白。

其二,早期詩人,特別是民間詩人,與大自然接觸密切,關係融洽,他們以大自然為最初審美對象,審美是自由的。而且他們的創作發自內心,即所謂「勞者歌其事,饑者歌其食。」他們以山水抒懷,用鳥獸寓意,真實地描述了自然界,反映了自然界。據晉陸璣《毛詩草木鳥獸蟲魚疏》的統計,《詩經》寫到草木八十多種,鳥獸三十多種,蟲魚三十種。孔子也認為,讀《詩》可多識鳥獸草木之名。元遺山說:「自『匪我愆期,子無良媒』,『自伯之東,首如飛蓬』,『愛而不見,搔首踟躕』,『既見複關,載笑載言』之什觀之,皆以小夫賤婦,滿心而

發,肆口而成,見釆於采詩之官,而聖人刪詩亦不敢盡廢⋯⋯蓋秦以民俗淳厚,去先王之澤未遠,質勝則野,故肆口成文,不害爲合理。」(〈陶然集詩序〉)元遺山所引詩均出自《詩經》,他並不像某些人的頭腦那樣簡單,看出《詩經》時代的「小夫賤婦」「滿心而發,肆口而成」的詩篇的不可企及性,是很有見地的。

其三,藝術的發展不是臺階式的上升,而是迂迴曲折地前進。當代著名文藝理論家揚義指出:

歷史的、尤其是精神和文藝史的辯證法,並非走著一條直線的,一刀切的進化路線。其發展過程是一個千頭萬緒的系統,充滿著曲折與迂迴、量變與質變,進化與蛻化,參差錯綜,不能忽視其不平衡性與因果性。從實際情形看來,很難簡單地說後起的文學作品就一定比原先的作品更有魅力,精神文化史在總體的發展中,存在著難以枚舉的不可重複性、突發性,甚至難以企及的地方。[7]

如果按照《探微》作者的看法,我們怎麼解釋李白、杜甫以及唐詩(特別是盛唐詩歌)的不可企及性呢?

然而,藝術的發展是否像西方一些理論家所預言的那樣,從此消亡下去呢?不是的。歷史總要按照辯證法的規律,即否定之否定的規律發展的。如果唐宋以前是藝術發展的「正」的話,那麼唐宋以及今後一段時間是「反」,不久將來就是「合」,偉大的合乎時代要求的作品將適應時代的潮流應運而生。法國學者多夫爾預言:「藝術喪失神話的,儀式的和詩的特徵是一個必經階段。它使藝術得到了一個我們文明所特有的新技術維度。然而,我還認爲,在下階段,人們將會爲了新的藝術目標而利用神話和詩的因素,創造性的藝術將不會是對理性幻想的剝奪。」[8]我們熱切地盼望創造性藝術時代的到來。

《探微》的作者爲了進一步否定〈國風〉民歌說,又提出了文化決

定論。他們說：「一般來說，《詩經》中風詩的技巧要優於雅頌，如果同意〈國風〉中大部分是民歌，那就得同意古代詩歌的品質與文化修養成反比，文化程度高的奴隸主貴族的作品既然不如文化程度低的平民和奴隸，這顯然是不合乎情理的。」（《詩經探微》第308頁）這個觀點，朱東潤先生在抗戰之前就提出來了，他說：

大凡言男女悅慕這事者，其人文化愈淺，生事愈絀者，則其所悅慕者，自以此滿足生理欲望者為止，稍進則言體段，言容色，再進則言舉止，最上則言性情，凡吾國文字中描摹男女悅慕之感之能事者，至此竟矣。……而胼手胝足之人，又決無此餘裕，無此心緒，以領略舉止性情之美，彼既不暇知，即不能知，惟其不能知，故終不能言。故凡文字之中，僅僅言及滿足欲望及體段之美，作者必為胼手胝足之人，不然，則其所寫者為胼手胝足之人也。」[9]

朱先生的意見很明確，勞動人民由於生活所迫，只能欣賞描寫滿足生理欲望的事情，只能欣賞體段，容色之美。而〈國風〉許多詩篇如〈野有死麕〉、〈月出〉、〈澤陂〉描寫性情，求愛方式也很複雜，所以不是勞動人民所能創作的。這裡涉及創作論的根本問題，是不能辨別清楚的。

中外文學史證明，文學創作，特別是詩歌創作與文化水準有一定的關係，但文化並不起決定作川。不然，歷代狀元豈不都成了優秀詩人。徐凝〈和夜題玉泉寺〉：「風清月冷水邊宿，詩好官高能幾人？」說的就是這個意思。那麼寫好詩的決定因素是什麼呢？主要看作者是否有真經歷感情。恩格斯說：「憤怒出詩人」，憤怒就出於痛苦坎坷的經歷。古人有「詩窮而後工」的說法，講的就是這樣的道理。因為坎坷、痛苦的經歷可以激發人的才思，即所謂「坎坷」可激思力，牢騷必吐胸臆」。而古代勞動人民生活於社會最低層，痛苦最為深切，林興宅在《藝術魅力的探尋》中說：「《詩經》中的〈國風〉和〈小雅〉的多數

篇章都是靈魂痛苦的呼喊。」〈國風〉中那麼多痛苦的呼喊不是來自民眾，還能來自哪裡呢？

其次，早期的民歌屬於口頭文學，從心理補償的原則看，文字表達能力愈低，口頭表達能力往往愈強。所以我國著名民間文學研究家賈芝指出：「經濟愈落後，民間文學愈發達；愈是窮鄉僻壤，甚至有些與世隔絕的地方，民間文學愈加豐富，現代文明同民間文學的存在發展適可成反比，這大概是一條不可抗拒的歷史規律。」前人王叔武說過：「夫途巷蠢蠢之夫，固無文也，乃其嘔也，咢（沒伴奏的清唱）也，呻也，吟也，行咕（低語）而坐歌，食咄而寢嗟，此唱而彼和，尤不有比焉，興焉，無非情焉，斯足以觀義矣。故曰詩者天地自然之音。」《詩經》時代民眾中的歌手，他們文化不高，卻能唱出「天地自然之音」，不是情理之中的事情嗎？

如果說我們推斷2000年前的人和事不足以令人信服的話，那麼劉三姐與秀才們對歌的故事去今未遠而又能爲人接受吧！劉三姐的文化水準然低於那些專門請來的秀才們，但是她肆口而成的歌的品質卻高出秀才們一大截。又如中國內戰時期，國統區的一些文化層次較高的大城市及其內生活著的先生淑女中間，絕少流傳過高品質的歌曲謠諺，而在荒漠貧瘠的陝北的土窯裡卻唱出一首首充滿生活氣息的信天遊。可見，〈國風〉的品質高於〈雅〉〈頌〉是不足爲怪的，我們也不能依文化決定論作爲「〈國風〉非民歌」說的根據。

## 二、〈國風〉民歌說的內證與外證

我們所說的〈國風〉係民歌，是僅就〈國風〉中的大部分詩篇而言，與此同時，並不否認其中有少量的貴族作品。其次，所謂的民歌是指民眾的歌謠，而不專指從事體力勞動的勞動者的作品。朱熹說：「風者，民俗歌謠之詩也。」「凡《詩》之所謂風者，多出於里巷歌謠之

作，所謂男女相與詠歌，各言其情者也。」（《詩集傳》）這個定義比較符合於我國民歌的實際，它是相對於貴族或文人所創作的詩歌而言，其內涵又比較寬泛。基此，我們認為否認〈國風〉民歌說的其他論點也是值得商討的。首先，否定者一口咬定「先秦文獻中，都沒有關於《詩經》的篇章有來自民間、出自平民或奴隸之手的明確記載」。（《探微》290頁）事實果真如此嗎？請看《左傳》的幾條記載：

1. 《左傳·隱公三年》：「衛莊姜娶於齊，東宮得臣之妹，曰莊姜，姜而無子，衛人所為賦〈碩人〉。」

2. 《左傳·閔公二年》：「鄭人惡高克，使帥師次於河上，久而弗召，師潰而歸，高克奔陳。鄭人為之賦〈清人〉。」

3. 《左傳·文公六年》：「秦伯任好卒，以子車氏之三子奄息，仲行，鍼虎為殉，皆秦之良也。國人哀之，為之賦〈黃鳥〉。」

這裡的〈碩人〉、〈清人〉、〈黃鳥〉均為〈國風〉中的詩。《左傳》明確記載皆由「國人」所作，屬民間歌謠是沒有疑問的。據朱東潤先生的統計，〈詩序〉中有作者可推求的共六十九篇，其中可明確為「國人」者二十七篇，民人一篇，百姓一篇，占近半數。現在的問題是對所謂「國人」涵義的理解上。朱先生及《探微》的作者皆認為所謂「國人」均指士大夫，為統治階級的通稱。這種看法的證據是不足的。儘管「國」在古代有都城義，而「人」即人民，絕沒有當大夫或貴族講的。《左傳·文公十六年》記載：「宋公子鮑禮於國人，宋饑，竭其粟而貸之。年自七十以上，無不饋貽也。」饑荒時挨餓的「國人」當然指普通老百姓，所以公子鮑「竭其粟而貸之」。宋國再饑荒，貴族們絕不至於靠貸公子鮑的糧食過日子。

《左傳·哀公十六年》：「葉公亦至，及北門，或遇之曰：君胡不冑（戴上頭盔）？國人望君如望慈父母焉，盜賊之矢，若傷君，是絕民望也。」這裡的「國人」和「民」對舉，可見「國人」即「國中之民」也。

《國語‧周語上》：「厲王虐，國人謗王。召公告王曰：民不堪命矣。王怒，得衛巫，使監謗者，以告，則殺之，國人莫敢言，道路以目。」國人之所以批評周厲王，是因為「民不堪命」，可見國人即民，道路以目者，亦略去主語「人民。」

《孟子‧梁惠王下》：「國君進賢，如不得已，將使卑逾尊，疏逾戚，可不慎與？左右皆曰賢，未也；諸大夫皆曰賢，未可也；國人皆曰賢，然後察之。見賢焉，然後用之。」這條資料更明顯。諸大夫批准了還不行，只有國人批准了才行，這不證明國人不是專指大夫嗎？

我們再看《詩經》本身的用法，《詩經》用「國人」一詞只有二處。〈陳風‧墓門〉：「夫也不良，國人知之。」〈詩序〉說：「〈墓門〉刺陳陀無良師傅，以至於不義，惡加於萬民焉。」由於陳陀「惡加於萬民」，所以國人寫詩進行諷刺。孔穎達在解釋「國人知之」一句時說：「國內之人，皆知之矣。」可見國人即「國內之人」，即「萬民」，而絕不是大夫。

〈國風〉非民歌論者由於急於證實自己觀點的正確，有時連起碼的訓詁常識都不顧。〈齊風‧盧令〉，〈詩序〉說：「刺荒也，襄公好田獵畢弋而不修民事，百姓苦之，故陳古以風（諷）焉。」因為齊襄公「不修民事」，所以「百姓苦之」，百姓和民顯係一回事。然而朱東潤先生為了把「百姓」解釋為貴族，引用《尚書‧堯典》的資料說：「〈堯典〉：『九族既睦，平章百姓，百姓昭明，協和萬邦，黎民於變時雍。』」鄭注：『百姓，百官』。要之，百姓與黎民對舉，其為統治階級無疑。」朱先生沒理會漢語詞彙具有多義性的特點。〈堯典〉中百姓解作百官，〈盧令〉中的百姓未必也解釋成百官，因為齊襄公「不修民事」，苦的是老百姓而不是百官。民歌可以集體創作，百官怎能合寫一首「陳古以風（諷）」的詩呢？《論語‧憲問》：「修己以安百姓，堯舜其猶病諸？」邢疏：「百姓猶眾人也。」《荀子‧強國》：「入境觀其風俗，百姓樸，其聲樂不流於汙。」其中的「百姓」都是作民眾的

解釋。

《探微》的作者爲了證明〈秦風‧無衣〉的作者是奴隸主，引用了《左傳‧定公四年》：「申包胥立，依於庭牆而哭，日夜不絕於聲，勺飲不入口七日。秦哀公爲之賦〈無衣〉。九頓首而坐，秦師乃出。」作爲佐證。然而，這則資料是幫不了作者忙的，因爲作者沒能正確理解引文中「賦」的涵義。誠然，「賦」有作詩之義，如《左傳‧閔公二年》：「鄭人爲之賦〈清人〉。」但《左傳》中的「賦」還有不歌而誦的意思，《左傳》中記載春秋時代列國相互聘問，作爲外交手段的賦詩就是後一種意思。秦哀公借誦讀〈無衣〉暗示將要出兵救楚，所以《鄭箋》云：「《詩‧秦風》取其「王於興師，修我戈矛，與子同仇」是對的。試想，〈尤衣〉若是秦哀公自作，詩應爲第一人稱，怎能出現「王於興師」的字樣呢？

在否定〈國風〉民歌說中還有一個經常被人引用的證據，即詩中出現的用品、服飾、人物，多爲統治階級所專有。朱東潤先生〈國風出於民間論質疑〉一文中就曾以「我姑酌彼金罍」和「我仆痡（因疲勞而生病）矣」（按爲〈周南‧卷耳〉中的詩句）二句爲根據，認爲作詩者定爲統治階級無疑。」我們認爲朱先生忽略了以下兩點：

1. 藝術眞實不能等同生活眞實。詩中採用誇張的手法並不能眞正代表作者的身份。華鐘彥先生說：「韓詩考罍之制：金罍，大器也，天子以玉，諸侯、大夫皆以金，士以梓。故以金罍斷言役夫爲大夫。實則詩人慣用之誇飾詞耳，役夫不過小吏而已。」[10]這是正確的。例如漢樂府民歌中〈有所思〉：「有所思，乃在大海南。何用問遺君？雙珠玳瑁簪，用玉紹繞之。聞君有他心，拉雜摧燒之。」我們難道能因詩中出現貴重的玳瑁簪而否定它是民歌呢？又如〈相逢行〉：「黃金爲君門，白玉爲君堂。堂上置樽酒，作使邯鄲娼。」南朝〈子夜四時歌〉：「羅裳迮紅袖，玉釵明月璫。冶遊步春露，豔覓同心郎。」南朝〈聞歡變歌〉：「金瓦九重牆，玉璧瑚珊柱。中夜未相尋，喚歡聞不顧？」這些

民歌都出現了裝飾品和用器，均為貴族所有，但我們不能因此說它不是民歌。

2. 不能把詩作者和詩中人物等同起來。〈周南·卷耳〉是一首代言體的詩，詩的第一章為一個場景；二、三、四章為另一場景。第一場景中的主角為懷人的女性；第二個場景中的主角是被懷想的男性，他們的身份和地位並不等同作者的身份和地位，它完全可以是平民寫貴族，就像《漢樂府·陌上桑》一首，我們能因為羅敷的穿戴非民眾所有，羅敷的丈夫是個「專城居」的大官，而否認〈陌上桑〉為民歌嗎？

最後還應該一提的是，否定〈國風〉為民歌論者常常用〈詩序〉中許多關於貴族作者的介紹做為自己的論據。但〈詩序〉除少數篇章外，大部分是靠不住的，例如〈邶風·柏舟〉本是一首愛情詩，而〈詩序〉卻說：「〈柏舟〉，共姜自誓也。衛世子共伯蚤（早）死，其妻守義，父母欲奪而嫁之，誓而不許，故作是詩以絕之。」《鄭箋》：「共伯，僖侯世子。」然而根據《史記·衛康叔世家》記載：「釐（僖）侯卒，太子共伯餘立為君。共伯弟和，有寵於釐侯，多予之賂。和以其賂賂士，以襲攻共伯於墓上。共伯入釐侯羨（墓道）自殺。衛人因葬之釐侯旁，諡曰共伯，而立和為衛侯，是為武公。」說明共伯不是早死於做世子之時，而是當上國君之後被他弟弟殺害的。據姚際恒的考證，共伯死年為四十五六歲。這樣的國君夫人怎會有父母逼嫁的事呢？所以王先謙說：「共伯事當以史為證，〈毛序〉不合。」[11]這個論斷是可信的。

關於〈國風〉為民歌說的內證，前人已作了較多的說明，我們只補充兩點：

1. 從《詩經》以漢樂府民歌的比較中，可以看出許多相似之處，現列表比較如下：

| 項目 ＼ 詩別 | | 詩・國風 | 漢樂府民歌 |
|---|---|---|---|
| 採集地域 | | 雒邑、鄭、齊、魏、唐、秦、陳、豳、曹、周南、召南。 | 趙、秦、楚、吳、燕、齊、鄭。 |
| 思想內容 | 勞動 | 〈芣苢〉、〈十畝之間〉。 | 〈江南可採蓮〉等。 |
| | 愛情婚姻 | 〈關雎〉、〈靜女〉、〈漢廣〉、〈溱洧〉、〈摽有梅〉等。 | 〈白頭吟〉、〈陌上桑〉〈怨歌行〉等。 |
| | 戰爭徭役 | 〈無衣〉、〈君子于役〉、〈卷耳〉、〈伯兮〉等。 | 〈十五從軍征〉、〈戰城南〉等。 |
| 藝術形式 | 諷刺詩 | 〈新臺〉、〈株林〉、〈相鼠〉等。 | 〈雞鳴〉、〈相和曲〉等。 |
| | 寓言詩 | 〈鴟鴞〉等。 | 〈烏生八九子〉。 |
| | 敘述詩 | 〈氓〉、〈谷風〉等。 | 〈東門行〉、〈陌上桑〉。 |

2. 套語的運用是民間口頭創作的重要特徵。〈國風〉保留著許多套語正是民歌的主要證據。什麼叫套語？詩人在口頭創作過程中常把熟記於胸中的現成的詩句順手引入詩歌之中，這種現成詩句的多次引用便成套語。在運用過程中，套語往往與詩歌的環境不盡協調，然而卻可產生獨特的審美效應。〈召南・草蟲〉：「喓喓草蟲，趯趯阜螽。未見君子，憂心忡忡；亦既見止，亦既覯止，我心則降。」〈小雅・出車〉也出現相似的詩句：「喓喓草蟲，趯趯阜螽，未見君子，憂心忡忡。既見君子，我心則降。」又如〈豳風・七月〉：「春日載陽，有鳴倉庚。……春日遲遲，采蘩祁祁。」〈小雅・出車〉：「春日遲遲，卉木萋萋。倉庚喈喈，采蘩祁祁，」〈王風・揚之水〉和〈鄭風・揚之水〉都用「揚之水不流束薪」起興等等。套語的運用，正是民歌的明證。

## 三、時代召喚著文學研究的回歸

《探微》的作者為了進一步否定〈國風〉民歌說，對〈國風〉和〈小雅〉的部分詩篇進行了剖析，得出了許多新的結論：

| 篇　　目 | 詩　　　　　旨 |
|---|---|
| 〈魏風・伐檀〉 | 一首謳歌君子，宣揚勞心者治人的詩。 |
| 〈魏風・碩鼠〉及〈小雅・黃鳥〉 | 咒罵新興地主階級，反對的是新興的封建生產關係，煽動生活在這種生產關係下的農民，回到奴隸制的「樂土」、「樂園」、「樂郊」去。 |
| 〈鄘風・相鼠〉 | 一首咒罵反對奴隸社會禮樂制度的詩，是首宣揚和維護周代奴隸社會重要制度的詩。 |
| 〈秦風・黃鳥〉 | 一首不反對以良臣為殉葬品的詩。 |
| 〈周南・芣苢〉 | 一首奴隸主貴族的祈子詩。 |
| 〈豳風・七月〉 | 一首奴隸主貴族向其子弟傳授農事和習俗的詩。 |

於是，幾首著名的民歌便都成了維護奴隸制的反動詩篇。試問一部對中國歷史和文化都有重要影響的詩集在《探微》作者的筆下竟然成了反動的殘餘！這是多麼不可思議。我們認為上述結論之所以錯誤，原因很複雜，而主要的缺陷則在於其基本視角的錯誤，沒有把《詩經》從文學、美學的角度去研究，而是把詩歌和政論文混為一談。如果上述的結論符合《詩經》的實際，那麼這些「充滿反動內容」的作品何以能充當2000多年來中國人民十分寶貴的美學教材，潛移默化地影響著中華民族的審美情趣？詩歌本質是情感，情感是詩的根基和血肉，朱光潛先生說：「詩人與哲學家究竟不同，他固然不能沒有思想，但是他的思想未必是有方法系統的邏輯推理，而是從生活中領略出來，與感情打成一片，蘊藏在他的心靈深處，待時機到來，忽然迸發，如靈光一現，所以詩人的思想不能離開他的情感生活去研究。」[12]葉嘉瑩先生也說：

「詩歌是訴之人的感覺，不是說教，不是訴之人的理性知識的。」試想，「勞心者治人」是戰國後期孟子首倡的理論，東周時期的魏國人怎麼可能用一首詩歌來闡發這樣重要的社會學課題呢？

在〈從「禮」看〈相鼠〉的思想傾向〉一文中，作者論證了「人而無禮」的「禮」是指維護奴隸制的政治制度的周禮。其錯誤除了把詩和政論混為一談外，也由於對〈相鼠〉複句的結構缺乏正確的分析。該詩三章，重章疊句的結構，首章言「人而無儀」，二章言「人而無止」、二章言「人而無禮」。可見「儀」「止」「禮」都是近義詞，《鄭箋》：「儀，威儀。止，容止」，可見「禮」只當禮儀、禮節講，哪來的「周禮」呢？作者之所以要把「禮」解為「周禮」，純屬一種「想當然」，《探微》中說：「一個人不自尊，不注重禮貌，固然不足稱道，然而，僅僅為此詩人即對他發出『不死何為』，『胡不遄死』等一類氣勢洶洶的詛咒和惡罵，似乎也有點小題大作，不近情理。」（第115-116頁）這也是不懂得詩的誇張藝術而造成的謬誤。王充說：「俗人好奇，不奇言不用也。故譽人不增其美，則聞者不快其意；毀人不益其惡，則聽者不愜其心。」[13]〈相鼠〉裡，詩人為了強調禮儀在人生特定環境中的重要性，採用誇張的語氣為何不可呢？

在〈〈碩鼠〉、〈黃鳥〉新解〉一篇中，更有這樣一段奇文：「由於農民來源除了奴隸和平民外，還有因政治鬥爭失敗而外逃的貴族，因此詩中才有『適彼樂國』和『適彼樂郊』這樣不同的說法。詩人在鼓勵『我』回到原來的屬國中去時，也竟沒有忘記奴隸制社會中必須恪守不渝的『禮』，原來的奴隸回到農村——樂郊，原來的貴族返回城市——樂國。由此可見，詩人的階級觀點是極其鮮明的。」（第51頁）〈相鼠〉為詩人所作，「我」即詩人自己，怎麼會有「詩人鼓勵我」的邏輯呢？從重章複遝的結構看，樂國，樂郊不過是樂土的換一種說法而已。詩人怎能有分身之術同時兼屬兩個階級，既是奴隸回到樂郊，又是貴族回到樂國呢？此外，《探微》的作者為了證實〈魏風·碩鼠〉旨在「反對新興封建制，維護沒落奴隸制」結論的正確，竟然把魏國曾經實行過

的「履畝稅」偷換作魯國的「初稅畝」。眾所周知，〈魏風〉七篇皆作
於魏亡以前，即春秋初年。這時魏國實行的履畝稅是除農民要種公田。
收取勞役地租稅外，又要收農民私田中的十分之一稅。而魯國初稅畝開
始實行於西元前594年，其主要內容是承認私田的合法性並一律徵稅。
〈碩鼠〉產生於早此百餘年的魏國，它怎麼可能去詠唱百餘年後的魯國
實行的初稅畝呢？

　　《探微》的作者在〈序言〉中談到如何研究《詩經》說：「《詩
經》對春秋人來說是詩，但對我們來說首先是『史』，然後才是
『詩』。」我們認爲這種研究方向正是本末倒置的，難怪他們在研究中
幾乎把每個辭彙都套上奴隸制時代的階級內容，而把階級觀點庸俗化。
作者不懂得文學批評首先是一種審美認識，審美研究。文學批評，特別
是詩的批評，首先應該是對作品形象的審美感受力的傳達，分析和評
價，其次對詩歌的訓詁與闡釋應尊重詩歌的藝術特點，這正是它區別於
其他學科的分界嶺。由於傳統文藝學的缺陷至今還沒有得到徹底清，算
致使許多文學研究和歷史學，社會學研究混同起來。我們深深感到，在
今天，努力追求在辯證唯物論原理的指導下的文學研究的復歸是何等
迫切，何等必要。請《探微》作者記住普魯塔光（Plutarch）的一句名
言：「一個人用鑰匙去劈柴，用斧頭去開門，不但把這兩件用具弄壞
了，而且自己也失去它們的用處。」

## 四、幾項體會

　　（一）在《詩經》研究史上，用庸俗社會學來研究《詩經》由來已
久，只是隨者時代的變遷，其表現形式有所不同罷了。早期《毛詩序》
把《詩經》當作政治教科書。儘管後來解釋《詩經》有古文、今文、
漢學、宋學之分，但都沒能克服掉儒家印記的庸俗社會學影響，所以明
人萬時華在《詩經偶箋・序》中說：「今之君子知《詩》之爲經，不知

《詩》之爲詩，一蔽也。」

　　如果說，古代庸俗社會學是以禮義教化作爲綱領來解釋《詩經》的話，那麼，近代資產階級庸俗社會學則是以今律古，牽強比附爲其主要特徵，胡適認爲〈召南·小星〉是「寫妓女生活的最古的記載」；有人解釋〈邶風·簡兮〉：「彼美人兮，西方之人兮」時，說是「此指美國人」[14]就是明顯的例子。解放以後，許多學者注意應用馬克思主義原理解釋《詩經》，取得一定的成績，但也有少部分人把庸俗社會學誤爲馬克思主義，用「階級鬥爭爲綱」作爲解讀《詩經》的綱領[2]。可以肯定，《探微》的觀點和方法正是這股思潮的延續，如果不加以糾正，勢必把《詩經》乃至古典文學研究引向歧途。

　　（二）由於「詩無達詁」，加上《毛詩》對《詩經》題旨的解說錯誤，北宋以後，對詩旨重新解釋便成爲《詩經》研究史上一道引人注目的景觀。張樹波先生把歷代關於〈國風〉新解編成一本厚書便是證明[3]。科學需要創新，沒有創新就沒有科學發展與進步。因此對新解並不能一概反對，但我們也看到，許多新解違背了從「實際出發」與「實事求是」的原則，他們不懂得藝術掌握世界的方式不同於科學、政治以及哲學等掌握世界的方式，不懂得分析詩歌應該體味詩歌的特有感情，用古人的話說是「審其詞氣」[4]，只要我們細細體味「不稼不穡，胡取禾三百廛兮？不狩不獵，胡瞻爾庭有懸貆兮？」這樣憤怒不平的語氣，無論如何也不會像有些人那樣得出〈伐檀〉是首「愛情詩」（見《齊魯學刊》1993年，第四期）〈豳風·七月〉是奴隸主頌歌的錯誤結論的。

　　（三）中外學術史證明：批評是學術發展的動力，正如丹麥文學史家勃蘭兌斯所說：「批評是人類心靈路程的指路牌，批評點燃火把，批評披荊斬棘，開闢新路。」我國春秋戰國時代學術爲什麼那麼繁榮呢？原因相當複雜，但跟各種學派自由競爭、互相批評有重要的關係，班固在談戰國時期的百家爭鳴時說：「其言雖殊，辟猶水火，相滅相生也。」（《漢書·藝文志》）深刻地揭示了批評對促進學術發展的作

用。漢武帝罷黜百家，獨尊儒術以後，再也沒出現過戰國時代那樣繁榮昌盛的局面，其主要原因也就是缺乏相互間的批評。解放以後，由於極左思潮的影響，批評成為政治鬥爭的工具，無限上綱，無情打擊，「多少年來，我們警惕著把敵人引為同志，但卻很少警惕把同志當作敵人。」（鍾惦棐語）這種情況在批判胡適、胡風和俞平伯的過程中初露端倪，文化大革命達到登峰造極。這是多麼慘痛的教訓。改革開放以後，這種不正常的現象得到徹底改正，但隨之而來的走上另一個極端，即不敢進行批評，以免傷害感情。最近還流行一種「自生自滅說」[5]成為不進行相互批評的理論根據。我們認為真理愈辯愈明，沒有互相碰撞，不可能把問題引向深入。筆者鼓起勇氣寫出該文，希望有助於這種風氣的轉變。寫到這裡，想起鸚鵡救火的寓言：山中大火，鸚鵡見之。入水濡羽，飛而灑之。天神曰：「爾雖立志，何滅之也？」對曰：「嘗僑居是山，不忍也。」如果我們能夠發揚鸚鵡精神，提高我們的學術責任感，定會迎來《詩經》研究的燦爛輝煌的明天。

## 注釋

1. 朱光潛先生說：「個人意識愈發達，社會愈分化，民眾藝術也就愈趨衰落，民歌在野蠻社會中最發達，中國邊疆民族以及澳、非二洲土著都是明證。在開化社會中歌謠的傳播推廣者大半是無知識的嬰兒，村婦，農夫，樵子之流。人到成年後便逐漸忘去兒時的歌，種族到開化後也逐漸忘去原始時代的歌。所以有人說，文化是民歌的仇敵。」（《朱光潛·美學文集》第二卷，第24頁。）

2. 〈周南·螽斯〉本是一首祝福多子的祝願歌，被說成是首「勞動人民諷刺剝削者的短歌。」〈召南·殷其雷〉本是一首「婦女思夫的詩」，被說成是首「奴隸逃亡之歌」中華文化之典的《詩經》被說成「是為儒家複製倒退的政治路線服務的文學經典。」

3. 最近從《古籍新書目》得知，山西古籍出版社即將出版劉毓慶、賈培俊

合著《國風百家別解考》一書，並介紹説：「《詩經》是古代文化的元典，〈國風〉又是《詩經》之精華所在，本書從野史，筆記等典籍中爬梳出諸多前賢對『國風』的『別解』（即非傳統意義上的解釋），並加注作者之考證，是《詩經》研究的又一朵奇葩。」（《古籍新月書》2002年，第54期）。

4. 黃焯在談到如何訓釋《詩經》時説：「治經不徒明其訓詁而已，貴在得其詞之情。戴震謂訓詁明而後義理明，實則有訓詁而義理仍未得明者。要須審辭氣，探其義者，始可訓詁學入，不可由訓詁學出，治之者識其本來終始，斯得矣。」（《毛詩鄭箋評議序》第7頁，上海古籍出版社）。

5. 蒂博代《六説文學批評》一書中説：「文學的歷史和現象告訴我們，『水清則無魚』，粗製濫造是一種可避而不可免的現象，最好的辦法是批評的沉默，令其自生自滅。」可見「自生自滅説」大有市場。然而鐘不敲不響，掃帚不到灰塵照例不會跑掉，不批評，謬誤怎麼澄清？真理怎能為更多人所接受呢！

# 參考文獻

[1] 朱東潤《詩三篇探故》，上海：古籍出版社，第3、37頁。

[2] 泰勒《人類學科論藝術》，1959年，人類學一般研究討論會文集。

[3] 轉見王春元《文學原理——作品論》，北京：社會科學文獻出版社1989，第37頁。

[4] 黑格爾《與藝術難題》，北京：中國社會科學出版社。

[5] 黑格爾《美學》（第一卷），北京：商務印書館。

[6] 阿恩海姆《藝術與視知覺》，北京：中國社會科學出版社。

[7] 楊義《楚辭詩學》，北京：人民出版社。

[8] 葉朗《審美文化的當代課題》，美學，1999（12）。

[10] 華鐘彥《詩經會通新解》，文學遺產，1988（6）。

[11] 王光謙《詩三家義集疏》，北京：中華書局。

[12] 朱光《潛美學文集》（第三卷），上海：文藝出版社，1982。

[13] 王充《論衡·藝增》，諸子集成（第一冊），北京：中華書局。

[14] 轉見陳子展《詩經直解》，上海：復旦大學出版社。

附記：文學進化論的觀點不能成立，還有以下證據：

維柯《新科學》中就指出：在世界兒童期，人們按本性就都是崇高的詩人。「推理力愈弱，想像力就愈強。」「原始人不說『我發怒』，而是唱『我的熱血在沸騰』，不說『地乾旱』，而是唱『地渴了』，不說『波浪蕩起波紋』而說『波浪輕聲細語』。

趙沛霖《現代學術文化思潮與詩經研究》第四章《極『左』思潮干擾下的〈詩經〉研究》對庸俗社會學的《詩經》研究作了深刻的清算，可參考。近讀汪祚民《詩經文學閱釋史》（先秦—隋唐）有一節《采詩及風詩出於民間說辯疑》（第7-22頁）寫得很好，可參看。

# 村山吉廣教授以《詩經》欣賞派為中心的系列研究

　　村山吉廣先生是日本早稻田大學名譽教授，日本詩經學會會長。他自西元1959年寫出《姚際恒的學問》以來，40多年來，《詩經》始終是他的主攻方向，成績卓越。

　　村山吉廣教授的《詩經》研究領域是多方面的，有關於當代日本詩經學研究，有關於歐美詩經學研究，有關於詩經目錄、索引的研究；但用力最勤影響最大的要數《詩經》欣賞派的研究，他寫了以下系列論文：

　　一、崔述《讀風偶識》的側面 —— 和戴君恩《讀風臆評》的關係（原載日本《中國哲學》第二十一號，1992年10月；林慶彰譯文載臺北《中國文哲研究通訊》第五卷第二期）。

　　二、《讀風臆評》與陳繼揆《讀風臆補》比較研究（臺灣中央研究院文哲所編《明代經學國際研討會論文集》，1996年6月）。

　　三、竟陵派的《詩經》學以鍾惺評價為中心（原載日本《東洋的思想與宗教》第十號，1995年6月；林慶彰譯文載臺灣《中國文哲研究通訊》第五卷第一期）。

　　四、鍾伯敬《詩經鍾評》及其相關問題（原載日本《詩經研究》第六號，1981年6月；林慶彰譯文載臺灣《中國文哲研究通訊》第六卷第一期）。

　　五、鍾伯敬《詩經鍾評》的周邊（日本《詩經研究》第六號，1981年6月）。

　　六、姚際恒的學問（上）——關於《古今偽書考》（原載日本《漢文學研究》第七號；林慶彰譯文載臺灣《經學研究論叢》第三輯，1995年4月）。

　　七、姚際恒學問（中）——他的生涯與學風（原載日本《漢文學研究》第八號，1960年9月）。

　　八、姚際恒學問（下）——關於《詩經通論》（原載日本《漢文學研究》第五號，1961年9月；林慶彰譯載同上）。

　　九、姚際恒論（原載日本《中國文學論》（目加田誠古稀紀念，東京龍溪書店，1974年10月）。

　　十、方玉潤的生涯與著述（日本《中國古典研究》第三十一號，1986年12月）。

　　十一、方玉潤的《詩經》學（日本《中國學會報》第四十一集，1989年10月）。

　　以上爲核心論文，此外還有相關論文三篇[1]，共有十四篇。

　　村山吉廣教授的有關研究，使我們得知：

　　（一）在《詩經》研究史上，明清兩代存在著一個《詩經》文學欣賞派，其代表人物是明代戴君恩、孫鑛、鍾惺等，到了清代出現了賀貽孫，姚際恒，方玉潤等同好者，繼承和發展了他們的學說。此外，朱善《詩解頤》、季本《詩說解頤》、萬時華《詩經偶箋》等研究風格與他們相近，形成了一個具有特色的流派。

　　（二）他們的研究方法是，在作品上加圈點和評點，對作品的情趣和奧妙所在，用眉評和尾評的方式作文學判斷。他們解詩的立場是，不把《詩經》當作經書，而是當詩學之書，把詩章的技巧作爲研究主要目

標，訓詁考證不是他們想要過問的事。例如戴君恩《讀風臆評》對〈周南·關雎〉的尾評：

> 詩之妙，全在翻空見奇。此詩只「窈窕淑女，君子好逑」便盡了。欲翻出未得時一段，寫個牢騷憂慮的光景；又翻出已得時一段寫個歡欣鼓舞的光景。無非描寫「君子好逑」一句耳。若認作實境，便是夢中說夢。局陳妙絕，分明指點後人作賦法。

戴君恩認為〈關雎〉前一段是實寫，後半段是虛寫，虛幻的樂景襯托現實的悲哀從而把思念之情發揮殆盡。這個尾評表現了戴君恩具有很高的鑑賞力。[2]

（三）《詩經》欣賞派的研究方法近似於歐美新批評派，專注於內部研究，但他們又能超出文本，與後代的古詩、樂府、唐、宋詩詞等一塊兒加以比較和考察，這就使他們的研究具有詩歌史的性質，擴大了研究的視野。如《讀風臆評》對〈周南·卷耳〉的尾評：

> 情中之景，景中之情，宛轉關生，摹寫曲至，故是閨思之祖。
> 詩貴遠不貴近，貴淡不貴濃，唐人詩如「嬝嬝城邊樹，青青陌上桑，提籠忘采葉，昨夜夢漁陽」，亦猶〈卷耳〉四句意耳。試取比較，遠近濃淡，孰當擅場。無端轉入登高，不必有其事，不必有其理，妙極妙極，是三唐人所不敢道。

把《詩經》放到中國詩歌史上考察，這種觀察角度和思維方式，在《詩經》史上是一種突破。

（四）《詩經》欣賞派還有許多寶貴的詩學理論。鍾惺《詩論》中就提出：

　　《詩》，活物也？游、夏以後，自漢至宋，無不說詩者，不必皆有
當於《詩》，而皆可以說《詩》。其皆可以說《詩》者，即在不必皆有
當於《詩》之中。非說《詩》者不能如是，而《詩》之為物，有能不如
是也。

　　所謂「《詩》，活物也」是說《詩》是有生命的，因此對《詩》的
詮釋可以因時代不同而不同，讀者不同而不同。這是我國較早的接受理
論，對後代的王夫之、張惠言的接受理論有直接的影響。

　　此外，姚際恒在《詩經通論》中提出的「趁韻法」也值得引起學人
的重視。

　　綜上所述，我們可以看出，《詩經》欣賞派是有獨特方法，獨特理
論，影響較大的一個流派。然而在村山吉廣教授之前，無人專題研究
過，所有的經學史、《詩經》研究史均沒有涉及。錢鍾書先生曾說：
「宋人能把唐人修築的道路延長了，疏鑿河流加深了。可是不曾冒險開
荒，沒有發現新天地。」[3]村山吉廣教授的貢獻正在於「冒險開荒和發
現新天地上」，開拓性，原創性構成他《詩經》研究的特色。另外，在
《詩經》學史上，對一個學派，一個專題進行系列研究，前人也很少做
過。這種系列研究不是心血來潮，不是零敲碎打，既可避免前後失照，
又是對蜻蜓點水式批評的超越，是值得我們借助和學習的。

　　在《詩經》研究史上，普遍存在著重視「大家」輕視「小家」的傾
向。村山吉廣教授的研究表明，在《詩經》學已有2000多年歷史的今
天，「大家」當然還可繼續研究，但應該在「小家」上多盡心力，因
為這樣，才能理清《詩經》學史的發展脈絡。他的〈毛詩原解序說〉[4]
一文，既糾正了前人對郝敬的誤解，還能夠從郝敬身上看清「明學中作
為清學的先導」的發展脈絡。村山吉廣教授認為「從鍾惺到方玉潤的
《詩經》解析流程和崔述之間，暗示了強烈的相通的《詩經》觀的存
在。」[5]這個結論是從戴君恩《讀風臆評》的研究得出的。村山吉廣教

授研究表明，真正的大學者並非一味砍樹的人，而是能夠在一大堆歷史的雜物中發現珍珠的人。

凡讀過村山吉廣教授文章的人，無不驚嘆他對我國傳統文化的精通，對我國版本學、目錄學、文字、訓詁學、考據學、儒學、諸子學，甚至佛學都有深厚的素養。舉個小例，他在介紹徐光啓《毛詩六帖》書名來歷時說：

「六帖」的名稱顯然仿白居易的〈白氏六帖〉。宋代的孔傳有〈續六帖〉，集二書所成的〈白孔六帖〉，為世所周知，同為宋代的陳天麟有《周易六帖》。

開元時期有科舉的「帖經」，「六帖」本是由此而來，但後來又成了類書以及成語故事的名稱了。然而不管怎麼說，還是帶有為參加科學考試的人提供方便的目的。徐氏的〈六帖〉和《白氏六帖》有鮮明的體例上的差異。不過給經義加上通俗易懂的說明，這一點還是顯示了作者的良苦用心。

一個書名的講析連結到六帖史，如果沒有對我國傳統文化的熟知，是很難達到這種境界的。為了更貼近中國，為了搜集第一手資料，他於西元1995年4月至1996年3月，到北京大學和復旦大學作訪問學者，其時他已是一位六十七歲的老人了。在北大期間，他有幸見到在日本沒能見到的戴君恩《讀風臆評》和陳繼揆《讀風臆補》的刻本，並寫下了〈戴君恩《讀風臆評》與陳繼揆《讀風臆補》比較研究〉這篇力作。為了親自看到徐光啓《毛詩六帖》的底本，他訪問了上海圖書館，並記述了當時閱讀《毛詩六帖》的情景：「半個月來一直在那裡度過。冬天，在沒有暖氣的圖書館的陳舊小房間裡，置身於從地板下面直衝上來的寒氣之中。然而見於《毛詩六帖》中的徐光啓的見解，使我始終感受著著者明晰智力的同時，還感到他那豐富的心靈也充分地傳達出來，令我常常忘記了這間小房間裡的寒冷。」[6]這種「坐冷板凳」的刻苦精神，這

種重視原典文獻的嚴謹學風，很值得學習。

　　村山吉廣教授治學的優長之處，還在於有深厚的理論素養，手中有一把分析問題和解決問題的鑰匙，他早年專攻東洋哲學史，有哲學的功底。他用直覺的理論分析戴君恩的學術立場，既準確又新鮮。他在研究中，既注重文本分析，又能採用知人論世的方法，思維是辯證的。他研究徐光啟《詩經》學的目的之一就是爲了弄清《詩經》欣賞派的時代背景，從而爲《詩經》欣賞派的存在與發展提供可靠的歷史依據。姚際恒的《詩經》學豐富而又複雜，有時出現矛盾。村山吉廣教授認爲只有抓住其思想本質，問題才能迎刃而解。那麼什麼是姚氏的核心思想呢？他認爲就是「聖經觀」：其一，姚氏尊崇聖經，所以不允許豐坊和何楷變亂《詩經》的篇次；其二姚氏研讀《詩經》時，能夠脫離一切因襲，捨去成見，講求經典本身的價值，也是尊崇聖經的結果，因爲對待聖經，非以虔誠態度不可；其三，他之所以敢向捧爲權威的《詩序》和朱熹《詩集傳》挑戰，一點也不退縮，也是淵源於崇聖觀念；其四，姚氏原想拋開成見，從詩的本身去體會詩，可又看不出戀愛詩的存在，其根本原因也源於這種崇聖觀念。[7]

　　《四庫全書總目提要》認爲明代戴君恩《讀風臆評》：「已開竟陵之門」，意思是戴君恩是竟陵派的先驅。這種說法對嗎？村山吉廣教授作了以下辨析：

　　鍾惺的《詩經鍾評》，依我所見到的內閣文庫藏本，是明泰昌元年序刊，這是西元1620年。另一方面，《臆評》萬曆戊午（四十六年，1618）序刊，僅差兩年。在這之前，竟陵派已相當活躍，他們的代表作之一《古詩歸》刊行於萬曆四十五年。因此，戴氏的《臆評》，倒不如說是刺激竟陵派運動的作品，比說是「先驅」要好一點。[8]

　　這裡表面上是討論一個語詞是否準確，其實它是涉及到《詩經》欣

賞派的發展史的大問題，反映了村山吉廣教授思維的縝密和富於思辨色彩。

最後需要提及的是，明學過去被認為是空疏之學。顧炎武的評價更低，他說：「若有明一代之人，其所著書，無非竊盜而已。」[9]

皮錫瑞也說：「論宋、元、明三朝之經學，元不及宋，明不及元。」正如林慶彰教授所說「可說是一竿子打翻一船，徒見顧氏對明學的偏見而已」[10]。村山吉廣教授的研究有助於消除對明學的偏見，明學需要重新評價和定位。

西元2000年3月，德高望重的村山吉廣教授七十高齡光榮退休，4月末，他的朋友和學生在東京帝國飯店舉辦《村山吉廣教輯古稀紀念中國古典學論集》出版祝賀會。中國詩經學會會長夏傳才教授為該文集寫了序言，中國詩經學會《會務通訊》還發了消息，傳達了中國同行對他的情誼。村山吉廣教授對中國人民有著深厚的情感。他積極參加中國詩經學會的各項活動，多次來中國進行學術交流和觀光，寫了〈燕園再遊記〉、〈上海雜詠抄〉，還寫了〈西域紀遊〉、〈桂林山水記〉、〈濟南再遊記〉等散文。[12]向日本人民介紹中國的優美風光和風土人情。我想，如果我們要寫《中日友誼史》的話，村山吉廣教授是應有一席之地的。

## 注釋

1. 這三篇論文分別是：（一）《毛詩原解序說》，原載日本《詩經研究》第七號（1982）；（二）《崔述的〈詩經〉學——〈讀風偶記〉的立場》；（三）徐光啟的《詩經》學，中國詩經學會主編《第四屆詩經國際學術研討會論文集》，學苑出版社。

2. 轉見村山吉廣〈戴君恩《讀風臆評》與陳繼揆《讀風臆補》比較研究〉。村山氏對這段尾評作了如下講析：「認為『詩之妙』全在於『翻

空見奇』，即詩句是以修辭為核心而構成的，為追求表現的效果而連綴成句，決非『實境』的描寫。如果把詩作實境來解，那就是『夢中說夢』的愚鈍的行為。最後稱讚『局陳妙絕』，欲使後人將該詩的技巧作為賦方法的典型。」村山氏的講析，要言不繁，畫龍點睛，讓我們加深對戴氏這段話的理解。

3. 錢鍾書《宋詩選注序》。

4. 村山吉廣〈《毛詩原解》序說〉，原載日本《詩經研究》第七號（1982）；林慶彰譯文載臺北《書目季刊》第二十九卷第四期。

5. 村山吉廣《崔述〈讀風偶識〉的側面》。

6. 村山吉廣〈徐光啟的詩經學〉，《第四屆詩經國際研討會論文集》第436頁，第431頁。

7. 見林慶彰、蔣秋華編《姚際恒研究論集》（中），第409頁。

8. 村山吉廣《讀風偶識的側面》，臺北《中國文哲研究通訊》第五卷第二期，第139頁。

9. 顧炎武《日知錄》卷十八，〈竊書〉條。

10. 皮錫瑞《經學歷史》第238頁，中華書局版。

11. 臺北中國文哲研究所《明代經學國際研討會論文集》，第1頁。

12. 與此同時，還出版了村山吉廣教授私家版文學著作集《棕櫚之花》，該書收有俳句八十五首，連句二卷和隨筆六篇。

# 《詩經》研究中的庸俗社會學傾向

　　用社會學的觀點對古典文學進行研究是可行的，但是，用庸俗社會學的觀點代替馬克思主義的歷史的美學的分析，則與馬克思主義大相逕庭。然而，這種傾向曾在一個相當長的時期內，在古典文學的研究領域內產生了不良的影響。近年來，已引起人們的普遍關注。我們不避淺陋，試就《詩經》研究中的庸俗社會學問題進行歷史的反思，可能有些益處。

## 一、〈周南‧螽斯〉是首「勞動人民諷刺剝削者的短歌」嗎？

　　　螽斯羽，　〔那螽斯的翅膀啊，〕
　　　詵詵兮。　〔總是成群地扇動。〕
　　　宜爾子孫，〔祝願你多子多孫。〕
　　　振振兮。　〔總是繁衍出眾。〕

　　這是一首祝福多生子孫的祝願歌。螽斯是蝗蟲的一種，為什麼用螽斯作比，祝願多子多孫呢？朱熹說：「螽斯，蝗屬。長而青，長角長股，能以股相切作聲，一生九十九子」[1]。嚴粲《詩輯》說：「螽蝗生子最多，信宿即群飛。因飛而見其多，故以羽言之」[2]。可見，詩人用

它作比，僅僅是取其多子特點，而不顧及其他。而且，這首詩的價值還在於反映了我國古代喜歡多生子孫的習俗。古代人少地多，對自然支配力不如現在強，加上戰爭頻繁，丁壯傷亡慘重。因此，繁衍人口就成爲民族繁榮，國家興盛的重要因素。多子多孫也成爲人們的共同願望。《周禮‧地官‧媒氏》條說：

> 媒氏（即媒官）掌萬民之判（配合）。……中春之月令會男女，於是時也，奔（淫奔）者不禁；若無故而不用令者，罰之，司男女之無夫家者而會之，[3]《管子》卷十八〈入國篇〉說：

> 凡國都皆有掌媒。丈夫無妻曰鰥，婦人無夫曰寡；取鰥寡而合之。予田宅而家室之，三年然後事之，此之謂合獨。[4]

《管子》的合獨，就是《周禮》的「會男女」，所言的乃是同一習俗。越王勾踐爲了發憤圖強，制定了「十年生聚」的政策，「令壯者無取老婦，令老者無取壯妻。女子十七不嫁，其父母有罪；丈夫二十不娶，其父母有罪」[5]。以上的措施，都是繁殖人口爲社會需要的反映。於是，多生子，早生子，就成爲我國古代的重要民俗。烏丙安《民俗學叢談》說：

> 新婚夫婦入洞房前，由一名親屬中的長輩婦女，手執托盤，盤中盛棗栗，邊抓棗栗撒向寢帳，邊唱《撒帳歌》：「一把栗子一把棗，小的跟著大的跑。」

> 用這種做法祝早生貴子，子孫滿堂[6]。

可見〈螽斯〉還是一篇先秦時代的重要民俗資料呢！然而，有人把這首詩解釋成，「這是勞動人民諷刺剝削者的短歌。詩以蝗蟲紛紛飛翔，吃盡莊稼，比喻剝削者子孫眾多，奪盡勞動人民的糧穀，反映了階

級社會的階級實質，表達了勞動人民的階級仇恨」[7]爲什麼會得出這樣的結論呢？原來蝗蟲是一種吃莊稼的害蟲，既然害蟲一定比喻壞蛋，在舊社會就一定比喻剝削者。這就是解詩者極其簡單的邏輯，由此推論：〈召南·羔羊〉中有「委蛇」二字，就把這首詩解釋成「衙門中的官吏者是剝削壓迫、凌踐殘害人民，蟠在人民身上，吸食人民血液以自肥的毒蛇。……人民就唱出這首歌，咒罵他們，揭出他們是害人毒蛇的本質」[8]。其實，〈羔羊〉裡的「委蛇」是個聯綿詞，用它描繪士大夫安閒自得的狀態。鄭玄《箋》：「委蛇，委曲自得之貌」[9]，正得其解。〈離騷〉：「載雲旗之委蛇」的「委蛇」是旗幟飄揚的樣子。哪來害人的毒蛇呢？而且說「衙門中的官吏都是毒蛇」也不盡然。〈召南·甘棠〉就是一首民眾懷念周代召伯的詩。召伯（召伯虎）是周宣王時的三公之一，他曾爲國家的統一和人民做了許多好事，人民對他非常懷念，「蔽芾甘棠，勿剪勿伐，召伯所茇（住）」。思其人而愛其樹，感情是異常深厚的，我們怎麼可斷言，凡是衙門裡的官吏都壞的呢？〈衛風·有狐〉是首愛情詩，寫一個女子愛憐一個窮苦的青年而唱的歌。但因詩中用「狐狸」作比，就說是「貧苦的婦人看到剝削者穿著華貴的衣裳，在水邊逍遙散步，而自己的丈夫光著身子在田野勞動，滿懷憂憤，因作此詩」[10]。這種解釋，連《詩經》中的比興關係都置之不顧了。解詩者沒有看到文學中的比喻是個很複雜的問題。事物的性質的複雜性決定著比喻的多邊性，即一個喻體有各種不同的方面，這一方面可比甲，那一方面可喻乙，它們之間僅僅取其一點相似而已。錢鍾書先生曾講到這樣的例子：「衡」（秤）古人用它比喻無成見私心，公平允當，褒誇之詞也。《論衡·自紀》：「如衡之平，如鑑之開」，諸葛亮《與人書》：「吾心如秤，不能爲人輕重」。但也有用「秤」比喻趨炎附勢，沒有操守的人。周亮工《書影》卷一：佛氏有「花友」，「秤友」之喻，花者因時而盛衰，秤者視物爲低昂；則言心之失正，人之趨炎，爲責問之喻。[11]這種例子《詩經》還有，人們常用禽鳥比喻無道德的人，但《詩經》中則常用禽鳥比淑女，這是爲什麼呢？《文心雕龍·比興》

說：「義取其貞，無從於夷禽」。意思是用禽鳥來比淑女，只取其貞一的德性，而不是罵這個女子爲禽獸。范文瀾《文心雕龍注》引孔子言：「〈關雎〉興於鳥而君子美之，取其雌雄之有別，〈鹿鳴〉興於獸而君子大之，取其得食而相呼，若以鳥獸之名嫌之，固不可行之」。[12] 這就清楚地告訴我們，事物之間，只要有一點相似之處，即可取比。用螽斯比喻多子，以狐狸比喻心愛的人，道理就在這裡。

# 二、〈召南·殷其雷〉是「奴隸逃亡之歌」嗎？

殷其雷，　　〔隱隱響的雷聲，〕
在南山之陽。〔遠在南山之南。〕
何斯違斯？　〔爲什麼要離開這裡，〕
莫敢或遑。　〔不敢有暇偷閒。〕
振振君子，　〔仁厚的丈夫啊。〕
歸哉歸哉！　〔快點回還！快點回還！〕

這首詩的主題，朱熹《詩集傳》認爲：「南國被文王之化。婦人以其君子從役在外而思念之，故作此詩」[13] 程俊英先生也認爲「這是一位婦女思夫的詩」[14]。總之，它抒發了一個妻子對從役的丈夫的深切懷念之情及盼望他早日回家團圓的願望。這種主題的詩在《詩經》中是比較常見的。然而，有人提出新解，說是一首「周代普通人民（甚至是奴隸）爲了抗議沉重勞役壓迫而唱出的逃亡之歌」[15]。「詩的傾向是叛逆的」「應和〈伐檀〉、〈碩鼠〉等名篇一樣，被列爲《詩經》中最有思想作品之一」。新解的理由是：

　　（一）把「何斯違斯」解釋成「爲什麼離開家」，並說它「正是外出服勞役者自己的話，是他自己對於長期服役不得歸家發出的抗議」。

然而，在解釋「振振君子，歸哉歸哉」時，卻說他們是「服勞役的人們彼此號召逃亡歸去的呼聲」。在一首短詩中，竟然出現了詩人身份的「自己」和一個「服勞役的人們」的「彼此」，這不僅自相矛盾，而且把完整的一首詩分解得支離破碎了。

（二）說詩中的「君子」不是指貴族統治者，而是指勞動人民，甚至是奴隸。把《詩經》中的「君子」說成是對勞動人民的稱呼，從而把一首屬於上層統治階級的詩說成是勞動人民的作品，這是許多提出新解的人常用的法子。我們認為，《詩經》中的「君子」儘管也常用來指勞動人民，如〈汝墳〉、〈草蟲〉、〈君子于役〉等篇中的「君子」便都可以理解為妻子對丈夫的敬稱。但是，在多數篇章中「君子」一詞還是指上層統治階級。朱東潤先生說得好：「大抵其時婦人之稱其夫，皆只就其社會地位而言；統治階級之妻，稱其夫為君子，被統治階級之妻，不稱其夫為君子也。正同後代官腔，妻則稱夫為老爺，夫亦稱妻為太太，如是而已。」（《詩三百篇探故》）

〈殷其雷〉所反映的主題，跟〈伯兮〉〈君子于役〉〈葛生〉〈小戎〉〈采蘋〉〈陟岵〉〈鴇羽〉〈何草不黃〉等一樣，曲折地反映了舊時代統治階級窮奢極欲，濫用權力，濫施勞役，給人民帶來不幸的現實，具有一定的認識價值和美學價值。為什麼非說成是「奴隸逃亡之歌」才足以提高它的地位呢？

## 三、〈陳風‧月出〉是首「描寫統治者殺害英俊青年的哀歌」嗎？

　　月出皎兮，〔月亮出來明皎皎啊，〕
　　姣人僚兮。〔美人的面孔多俊俏啊。〕
　　舒窈糾兮，〔身段婀娜又苗條啊，〕

　　勞心悄兮。〔勞我心裡好煩惱啊。〕

　　這也是一首愛情詩，余冠英先生說：「這詩描寫一個月光下的美麗
女子。每章第一句寫月色，第二句寫她的容色之美，第三句寫行動姿態
之美，末句寫詩人自己因愛慕彼人而騷然心動，不能自寧的感覺。」[16]
美人被詩人精心安排在月光下，使月光和美人互相映襯，把俊美的秀容
融入朦朧的月色之中，從而使情人顯出一種朦朧狀態的美。

　　讓美人在明月清輝的襯托下，構成立體的畫面，可以說是真正的空
間藝術。而且，詩人以他敏銳的審美知覺，把懷念情人的情節放在月光
如水的特定環境之中，最先揭示了望月和思人之間的對應關係，開後代
望月思鄉，望月思親的先河，其美學價值是顯而易見的。然而，有的人
為了突出階級鬥爭，把這首優美的詩歌說成：「這一篇抒寫慘白的殺人
場，一位英俊的農民，身被五花大綁，被領主殺死了，屍身被領主焚燒
了，這時枝幹盤曲的老橡樹，在怒吼，在顫搖，作者的心靈，在憂愁，
在跳動，在悲痛。這是淒慘壯烈的一幕悲劇。」[17]這豈不是使整首詩的
美感喪失殆盡了嗎！

　　以庸俗社會學的觀點來研究和評論《詩經》是由來已久的，只是隨
著時代的變遷，表現形式不同罷了。在《詩經》研究中，比較早而且具
有完整思想體系的，要算〈毛詩序〉，它幾乎把《詩經》當作一部政治
教科書來講解，把〈關雎〉說成是歌頌「后妃之德」的詩，把〈桃夭〉
說成是「后妃之所致也。不妒忌，則男女以正，婚姻以時，國無鰥民
也。」[18]把〈草蟲〉說成：「夫妻能以禮自防也」等等。儘管後來解釋
《詩經》有今文，古文，漢學，宋學等派別，但都沒能克服帶有儒家印
記的庸俗社會學的深刻影響。所以明人萬時華《〈詩經〉偶箋·序》中
說：「今之君子知之為經，而不知《詩》之為詩，一蔽也。」[19]清人阮
葵生說：「余謂《三百篇》正不必作經讀，只以讀古詩樂府之法讀之，
真足陶冶性靈，益人風趣不少。」[20]都是針對這種傾向而提出的救蔽之
方。

　　如果說，古代庸俗社會是以禮義教化作為其綱領來解釋《詩經》的話，那麼，近代資產階級的庸俗社會學則是以今律古，牽強比附為其主要特徵。〈召南‧小星〉中有「肅肅宵征，抱衾與裯」的詩句，胡適說：「是寫妓女生活的最古的記載。我們試看《老殘遊記》，可見黃河流域妓女送鋪蓋上店陪客人的情形。再看原文，我們看她抱衾裯以宵征，就知道她為的何事了。[21]」這是斷章取義的典型，那麼詩中「肅肅宵征，夙夜在公」應作何解釋呢？難怪有人在解釋〈邶風‧簡兮〉中的「彼美人兮，西方之人兮」時，說是「此指美國人」[22]。豈不讓人噴飯。

　　解放以後，許多學者注意應用馬克思主義的理論和方法來研究《詩經》，取得了可喜的成績。然而，有些研究者把庸俗社會學誤以為是馬克思主義。用「階級鬥爭為綱」為基本理論和劃成分、貼標籤的方法來研究，這可以說是解放以後，《詩經》研究中的庸俗社會學的主要傾向。那麼，這種傾向的錯誤在什麼地方呢？

　　（一）馬克思主義和庸俗社會學有著原則的區別，涇渭分明，不容混淆。恩格斯本人就親自對庸俗社會學的錯誤傾向進行過尖銳的批判。他說：「首先我必須說明：如果不把唯物主義方法當作研究歷史的指南，而把它當作現成的公式，按照它來剪裁各種歷史事實，那麼它就會轉變為自己的對立物。」[23]他又指出：「無論如何，對德國的許多青年作家來說，『唯物主義』這個詞只是一個套語，他們把這個套語當作標籤貼到各種事物上去，再不作進一步研究，就是說，他們一把這個標籤貼上去，就以為問題已解決了。」[24]如果我們把「唯物主義」換成「階級鬥爭為綱」的話，那麼，不就好像恩格斯是針對解放後庸俗社會學傾向而說的嗎？值得指出的是，《詩經》研究中有這個問題，在古典文學研究的其他領域也都存在，有人在屈原研究中，對〈九歌〉中的人物進行了階級分析。[25]把《西遊記》中的「大鬧天宮」說成是「農民起義」，把孫悟空皈依佛法，西天取經說成是對農民起義的叛變。把《紅樓夢》的主題歸結為「展開了中國封建社會末期，即中國資本社會黎明時期的

各階級以及它們用各種方法和形式進行階級鬥爭的長卷圖畫」[26]等等。

（二）庸俗社會學的錯誤還在於不注意藝術規律，不懂得藝術掌握世界的方式不同於政治或其他理論思維。因此，他們在鑑賞藝術作品時，沒有從歷史和美學的結合上去掌握作品的內涵，從而把生動活潑，豐富多彩的藝術看成無趣的政治口號。或者是主觀地先有個階級鬥爭的框框，然後再去尋找適合框框的論據，這種先入爲主的研究方法是直接違背馬克思主義「從實際出發」和「實事求是」的基本原則。從文學史的角度講，這種傾向對文藝創作和文藝欣賞都產生過不良的影響。托爾斯泰的《戰爭與和平》是一部傑出的戰爭小說，書中的庫圖佐夫寫得非常成功，是一個多維的活生生的立體型的英雄形象。但書中的拿破崙形象就缺乏應有的色彩和豐富的內涵，這是爲什麼呢？劉再復說：「這是因爲托爾斯泰出於愛國主義的激情，更人爲地從政治角度，而不是從審美角度來描繪拿破崙的緣故。他把拿破崙當成一個妄自尊大、盲目自恃，矯情做作的戲子，他認爲拿破崙一切都是虛僞的，他未能客觀地把拿破崙看成是一個偉大的歷史人物，而把他看成是一個歷史小丑。」[27]這就充分說明：自覺或不自覺的庸俗社會學會給創作帶來損害。「四人幫」爲害時，出現了許多所謂「高、大、全」的類型化人物更是很好的證明。至於欣賞上的用政治代替藝術，把審美評價變成政治法庭的結果，只能是如恩格斯所說的：「在這方面，我是可以責備許多最新的「馬克思主義者」的，這的確也引起過驚人的混亂……」[28]

（三）庸俗社會學的失足處，還在於訓詁問題上亂用通假。研究先秦古籍是離不開通假這個方法的。王引之在《經義述聞》裡特別立了一個「經文假借」的條目來闡明讀古書須識假借的重要，他說：「至於經典古字聲近而通，則有不限本字之假借者，往往本字見存，而古本則不用本字而用同聲之字。學者改本字讀之則怡然理順，依借字解之則以文害辭。是以漢世經師作注有讀爲之例，有當作之例，皆由聲同聲近者以意逆之而得其本字，所謂好學深思心知其意也。」[29]

現在的問題是用得太濫，且有更多的主觀隨意性。〈月出〉中的「僚」字，《毛傳》：「僚，好貌。」這是相當準確的。然而爲了把〈月出〉說成是首殺人詩；就說「僚」借爲「繚」「束縛纏繞」，即所謂「五花大綁」。試問，《詩經》時代，還有「僚」可解作「五花大綁」的第二個例證嗎？須知，通假原則的確立是要以事實的歸納爲前提。有的人不懂得「一個花瓣不是花」（泰戈爾語）的道理，專在個別字句上求新解，專以甲骨文的古義律《詩經》的含義，往往也違背了語言學和闡釋學的基本原則。

那麼，怎麼才能更好地掌握詩中的意境和形象呢？這是一個非常值得深入研究的問題。我們認爲，這裡有個如何運用馬克思主義考察藝術規律的方法論的問題。董學文《馬克思與美學問題》一書中，講了一段很精闢的話：「馬克思指出，從實在和具體開始，從現實的前提出發，把個別地抽取出來的現象本身當做研究的對象，這種認識方法，仔細地考察起來，是錯誤的。因爲這時的整體是一個渾沌的表象。而具體之所以具體，因爲它是許多規定的綜合，是多樣的統一。具體雖是現實的起點，是直觀和表像的起點，但在思維中則表現爲綜合的過程，表現爲結果，而不表現爲起點。」[30]

一些研究者，僅僅抓住螽斯、狐、烏鴉的某一屬性而加以誇大，或者某個詞語在甲骨文應作解釋，並以此去認識詩的形象和主題，這不首先犯了方法上錯誤了嗎？孟子早就說過：「不以文害辭，不以辭害意」這是從消極方面來看。從積極方面，《莊子·外物》有段名言：「荃（筌）者所以在魚，得魚而忘（筌）。蹄者所以在兔，得兔而忘蹄：言者所以在意，得意而忘言。吾安得忘言之人而與之言之哉。」[31]後來魏晉玄學大師王弼對《莊子》這個「得意而忘言」論作了進一步的闡釋，他說：「夫象者，出意者也。言者，明象者也。盡意莫若象，盡象莫若言。言生於象，故可尋言以觀象；象生於意，故可尋象以觀意。意以象盡，象以言著，故言者所以明象，得象而忘言；象者所以存意，得意而忘象。……是故，存言者，非得象者也；存象者，非得意者也。象生於

意而存象焉,則所存者乃非象也;言生於象而存言焉,則所存者乃非其言也。然則,忘象者,乃得意者也;忘言者,乃得象者也。得意而忘象,得象在忘言,故立象以盡意,而象可忘也;重畫以盡情,而畫可忘也。」[32]

　　這就是說,「意」要靠「象」來顯現,「象」要靠「言」來說明。但是「言」和「象」只是一種手段,而不是目的。因此,在得到「象」之後,就要否定「言」;得到「意」之後,就要拋開「象」。湯用彤先生進一步解釋道:「因此言為象之代表,象為意之代表,二者均為得意之工具。吾人解析要當不滯於名言,忘言忘象,體會其所蘊之義,則聖人之意乃昭然可見。」[33]這種得意忘言的哲學,對我們掌握詩的思想是具有方法論的指導作用的。

　　其次,要研究和分析詩歌的感情。用古人的話來說,就是「審其詞氣」。黃焯先生說:「治經不徒明其訓詁而已,貴在得其詞之情。戴震謂訓詁明而後義理明,實則有訓詁明而義理仍未得明者。要須審其辭氣,探其義旨,始可由訓詁學入,不可由訓詁學出,治之者識其本末終始,斯得矣。」[34]這段話與「得意忘言」論相得益彰,是解釋《詩經》的又一把鑰匙。只有這樣,我們才能從古人製造的迷宮中解脫出來。

# 注釋

1. 上海古籍出版社《詩集傳》,第4頁、11頁。多生貴子的習俗,外國也有,愛德華・韋斯特馬克《人類婚姻史》提到「魚及某種雕像,每每應生殖的目的,而用於結婚儀式中。在東方猶太人間,新婚夫婦完成宗教儀式後,立即在盛滿鮮魚的大盤上,或在養有活魚的容器上,三度超越,或另在一尾魚上,來回跨過七次。這種儀式的解說,係當作禱求子嗣的象徵。」(第154頁)。
2. 轉見貴州人民出版社,袁愈荌等《詩經全譯》,第9頁。

3. 中華書局《十三經注疏》上冊，第733、289、279頁。

4. 世界書局《諸子集成·管子》卷十八，第299頁。

5. 上海古籍出版社《國語》下冊，第635頁。

6. 上海文藝出版社《民俗學叢談》，第15頁。

7. 上海古籍出版社，高亨先生《詩經今注》，第7頁。

8. 上海古籍出版社，高亨先生《詩經今注》，第24頁。

9. 中華書局《十三經注疏》上冊，第289頁。

10. 上海古籍出版社，高亨先生《詩經今注》，第93頁。

11. 中華書局《管錐編》第一冊38頁。原文較長，有刪節。

12. 人民文學出版社《文心雕龍注》，第605頁。

13. 上海古籍出版社，高亨先生《詩經今注》，第184頁。

14. 上海古籍出版社《詩經譯注》，第32頁。

15. 《文學評論》80年第6期，鮑昌《詩·召南·殷其雷新解》。

16. 人民文學出版社《詩經選》，第143頁。

17. 《文史哲》1956年第5期，高亨先生〈詩經引論〉。

18. 中華書局《十三經注疏》上冊，第279頁。

19. 轉見中華書局《管錐編》第一冊，第79頁。

20. 中華書局《茶餘客話》卷十一，第307頁。

21. 轉見復旦大學出版社，陳子展《詩經直解》上冊第59頁。

22. 轉見復旦大學出版社，陳子展《詩經直解》上冊第116頁。

23. 人民出版社，《馬克思恩格斯全集》第三十九卷，第409頁。

24. 人民出版社《馬克思恩格斯全集》第四卷，第475頁。

25. 見長江文藝出版社《屈原研究論集》第4頁。

26. 徐遲《紅樓夢藝術論》第13頁，上海文教出版社。

27. 劉再復〈論悲喜劇性格的二重組合〉，《文藝研究》1984年第6期。

28. 人民出版社《馬克思恩格斯全集》第四卷，第479頁。

29. 轉引中華書局，齊佩瑢《訓詁學概論》，第19頁。

30. 北京大學出版社《馬克思主義與美學問題》，第109頁。

31. 中華書局《莊子集釋》第四冊，第944頁。

32. 王弼《周易略例·明象》，轉引北京大學出版社，葉朗《中國小說美

學》第37頁。

33. 人民出版社，《魏晉玄學論稿》第29頁。

34. 上海古籍出版社，《毛詩鄭箋平議序》第7頁。葉嘉瑩說：「詩歌既大多以表現內心情意之活動為主，所以如何透過詩歌的口吻神情來掌握詩人內心情意之動向，自然是說詩所當注意的一項重要課題。」（《我的詩詞道路》）體會詩歌的「口吻神情」即「審其辭氣」。有人把〈魏風‧伐檀〉說成是首愛情詩，其失足之處正在這裡。

國家圖書館出版品預行編目資料

《詩經》藝術趣談／林祥征著. －－初
版.－－臺北市：五南，2015.07
　面；　公分
ISBN 978-957-11-8099-1（平裝）
1.詩經　2.研究考訂
831.18　　　　　　　104006468

學術叢刊　014

1XCB　《詩經》藝術趣談

作　　者 ― 林祥征（115.6）

發 行 人 ― 楊榮川

總 編 輯 ― 王翠華

副 總 編 ― 蘇美嬌

責任編輯 ― 邱紫綾

封面設計 ― 童安安

出 版 者 ― 五南圖書出版股份有限公司

地　　址：106台北市大安區和平東路二段339號4樓

電　　話：(02)2705-5066　　傳　　真：(02)2706-6100

網　　址：http://www.wunan.com.tw

電子郵件：wunan@wunan.com.tw

劃撥帳號：01068953

戶　　名：五南圖書出版股份有限公司

法律顧問　林勝安律師事務所　林勝安律師

出版日期　2015年7月初版一刷

定　　價　新臺幣380元

※版權所有．欲利用本書內容，必須徵求本公司同意※

—